KB123342

신광한

기재기이

신광한

기재기이

전성운

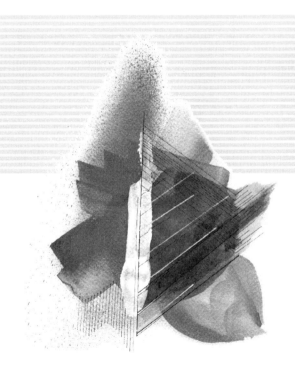

보고사
BOGOSA

책머리에

어른들은 옛날 얘기 좋아하면 가난하게 산다고 하셨다. 그런데도 옛날 얘기 읽는 것을 평생의 업(業)으로 삼았다. 옛날 얘기를 읽다 보면 어느덧 무념(無念)의 즐거움에 빠져 들었기 때문이다. 사실 옛날 얘기의 대부분은 복잡하지 않은 구성과 뻔한 결말을 지녔다. 문학적 성취라는 거창한 말로 고전소설을 보면 유치하기 짝이 없다. 하지만 그 질박(質朴)함 덕분에 아무 생각 없이 작품에 빠져들곤 했다. 등장 인물이 겪는 고난, 그들의 말과 행동에 쉽게 하나가 되곤 했다.

그런데 가끔은 작품을 읽는 즐거움이 온통 유예되기도 한다. 등장 인물이 그리 많지도 않고 구성도 단순한 데, 읽어도 도통 무슨 말인지 모른다. 작품에 빠져들지 못한 채, '그래서 어떻다는 말인가.'라는 생각만 하게 된다. 어쩌면 작품 세계의 입구부터 꽉 막혀 버린 것이 아닌가 싶기도 하다. 그럴 때는 늘 서두르지 말자고 다짐한다. 세상 사 늘 그렇듯 서로에게 익숙해지는 시간이 필요할 테니 천천히 시간 을 두고 읽어 가자고 생각한다. 그리곤 작품을 한 편에 밀쳐둔다. 언젠가 작품과 그 속의 등장인물이 말을 걸어 올 때가 있을 것이라 믿고 기다린다. 선명하고 논리적인 말을 조곤조곤 건네지는 않지만, 등장 인물의 흐릿한 속삭임이 들리기 시작할 때가 있을 거라고 기대한다.

『기재기이』에 수록된 네 작품들이 그랬다. 여러 차례 읽어 줄거리는 다 꿰고 있지만 작품 속에는 들어가지 못했다. 뭔가 뚜렷하게 머리에 그려지는 것도 없었다. 모든 것이 알듯 말듯 했다. 심지어 무척 재미있을 것 같기도 했고 덤덤하기도 했다. 참 오랫동안 『기재기이』의 각편(各篇)을 읽고 내려놓기를 반복했다. 그리고 『기재기이』를 읽기 시작한 지 20년 가까이 돼서야 관련 논문을 쓰기 시작했다. 그것도 더디게 하나씩 써나갔다. 〈최생우진기〉와 신광한(申光漢), 〈안빙몽유록〉과 〈서재야회록〉, 〈하생기우전〉을 각각 한 편의 논문으로 써 냈다. 그리고 그것들을, 왜 하나로 묶어서 간행했는지에 대한 논문도 썼다. 나름의 마무리를 지은 듯싶으니, 이런 긴 여정을 하나로 엮어야겠다는 욕심이 났다.

그런데 이런 생각은 다소간의 무리가 있었다. 처음부터 하나의 책으로 엮겠다는 의도를 품지 않은 채, 오랜 시간 동안 드문드문 논문을 쓴 까닭에 각 논문 사이에 어느 정도의 거리가 있었다. 작지만 그사이 새로 알게 된 사실이나 각 논문들을 쓸 때의 문장이나 호흡이 달라진 것도 많았다. 그런데 이런 것은 차지하고 덧대 기워 쓰고 싶은 부분들도 적지 않았다. 또한 개별 논문임에도 불구하고 『기재기이』 속 작품을 대상으로 한 탓에, 반복되는 인용과 유사한 생각들도 산포(散布)해 있었다. 하나의 책으로 묶으면서 이를 산삭(刪削)하고 첨가하려고 했다. 그러나 특정 시기와 체계 속에서 쓰여진 글을 다 바로잡을 수는 없었다. 조금씩 손을 댔지만 고쳐지지 않은 채 그대로인 것들이 태반이다. 혹여라도 이 책을 읽는 분들이 계시다면 저간의 사정을 헤아려 주시길 바랄 뿐이다.

이렇게 논문을 쓰는 사이 많은 공부 빚을 졌다. 『기재기이』를 처음

발굴, 소개하고 번역하신 고 소재영 선생님을 비롯하여 『기재기이』
와 관련하여 별 같은 논문을 제출하신 선후배나 동학분들이 그렇다.
그분들의 논문을 소리 없이 읽었고, 생각을 염치없이 빌려다 썼다.
모든 분들이 『기재기이』를 읽고 사유(思惟)하는 데 도움을 주신 분들
이다. 이 자리를 빌려 깊이 감사드린다.

　공부를 하고 논문을 쓰면서 같은 길을 걷는 분들께만 빚을 진 것도
아니다. 실상은 그렇지도 못하면서 학자연(學者然)하며 고답적인 태
도로 얌체같이 제 일만 하는데도, 큰 불평 없이 곁에서 지켜보며 자기
일 다 해내는 아내와 아이에게도 빚을 졌다. 제대로 다 갚지 못하니
그저 미안하고 또 감사할 따름이다. 특히 무엇 하나 온전히 기억하지
못하시는 어머니께는 더욱 죄송하고 감사할 따름이다. 더불어 부족
함이 많은 책을 흔쾌히 출판해주겠노라 하신 김흥국 사장님, 책 편집
과 손질에 많은 열성을 보인 보고사 이소희 선생님 그리고 이 책의
출판과 관련된 모든 분들께도 감사드린다.

2021년 12월
저자 씀.

차례

| 제3부 |

『기재기이(企齋記異)』의 간행 주체와 지향(指向)

『기재기이(企齋記異)』의 편집 체계

제1부

◦ 신광한의 사유 태도와 지향

신광한(申光漢)의 사유 태도와 지향(指向)

1. 머리말

『기재기이(企齋奇異)』는 전기소설의 변곡(變曲)을 이해할 수 있는 지표적(指標的) 성격을 띤 작품집이다.[1] 이와 같은 『기재기이』의 소설사적 위상의 중요성은 작가 이해의 필요성도 비례적으로 증대시켰다. 특히 기묘사화(己卯士禍)라는 정치적 격동의 한 가운데 존재했던 정치인 신광한(申光漢; 1484~1555)을 통해 작품집에 담긴 우의(寓意)를 밝힐 수 있으리라 기대했다. 그리고 이런 기대는 신광한 이해를 통해 『기재기이』를 해석하거나, 『기재기이』 해석을 근거로 정치적 인물인 신광한 이해하고자 하는 시도로 이어졌다.

『기재기이』 연구의 주류는 이런 연구 경향에서 벗어나지 못했다. 요컨대 한편에서는 신광한의 가문(家門) 배경이나 정치적 성향, 처세 방식 등을 구명(究明)함으로써 『기재기이』 해석의 토대를 구축하려는 연구나 훈구(勳舊) 가문을 배경으로 한 신광한 삶의 태도와 처세 방식이 작품에 어떻게 투사(投射)되었는지를 밝히려는 연구가 있었고, 다

---

[1] 소재영, 『기재기이 연구』, 고려대학교 민족문화연구소, 1990, 87~88쪽.

른 한편에서는『기재기이』에 수록된 각 작품의 주제의식이나 구성 방식과 같은 면모가 신광한의 정치사상이나 삶의 궤적과 어떻게 조응(照應)하는가를 밝히려 했다. 작품의 주제의식이나 사상적 특징을 작가의 계층적 세계관과 대응(對應)시킨 것이다.

이상과 같은 연구 방법은 서로 다른 것처럼 보이지만, 작품의 문제 의식을 작가에 대응시켜 이해하려는 시도라는 점에서 실제로는 동일한 내용에 대해 다르게 접근한 것일 뿐이다. 특히『기재기이』를 신광한의 정치적 입장, 혹은 가문의 위상과 연결지어 이해하려 했다는 점에서 그러하다. 작품을 작가의 계층의식에 고착시켜서 연구한 것이다.

이와 같은 연구와 관련해서, 외견상 드러나는 가장 큰 특징은 신광한의 계급적 이중성 혹은 모순성이다. 신광한은 훈구(勳舊) 가문 출신이면서 친사림(親士林)의 면모를 지닌 중간자,[2] 회색분자,[3] 혹은 그 세계에 갇힌 고립된 한 개인이라는[4] 것이다. 그리고 이런 특징으로 신광한은 정치적 환경에서 자신의 실존 위치 자체가 발언을 금지하고야 마는 언어적 소수자로[5] 규정되곤 했다. 그는 신숙주(申叔舟; 1417~1475)

---

2 신해진, 「안빙몽유록의 주제의식 고찰−작가의 의식 성향 및 정치적 입장과 관련하여」, 『한문학연구』 20, 한국한문학회, 1997.

3 윤채근, 『황혼과 여명−16세기 문학사의 맥락』, 도서출판 월인, 2002, 20쪽.

4 엄기영, 「企齋記異와 작가 신광한의 자기 인식」, 『고소설연구』 32, 한국고소설학회, 2011, 118쪽.

5 신광한의 중간적 처지 혹은 훈구와 사림을 오간 인물로서의 평가는 거개의 연구자들이 동의하는 바다. 다만 그 이해의 지점을 얼마나 섬세하게 확보하였는가, 혹은 얼마나 정치적으로 이해하고 있는가에 따라 설명 방식이나 연구 내용이 조금씩 다르다. 이와 관련해서 윤채근은 신광한의 이중성 혹은 모순성을 가장 깊이 있게 설명한 연구자라 할 수 있다. 윤채근, 「기재기이의 창작 배경과 그 소설적

의 손자이고 신용개(申用漑; 1463~1519)의 종제(從弟)면서도 조광조(趙
光祖; 1482~1519)와도 가까운 인물, 기묘사화(己卯士禍)에서 살아남았
지만 신사무옥(辛巳誣獄)으로 파직된 후 15년간 지조를 지키며 은거
했던 인물, 그리고 1538년 재출사한 이후로는 사림의 기망(企望) 속에
서도 사림(士林)으로서의 명백한 처신은 보이지 않은 채 무난한 관직
생활을 하며 영달을 누렸던 인물로 이해되었다. 훈구 출신으로 친사
림적 면모를 보였지만, 종국에는 현실 모순에 눈을 감은 채 개인적
영달만을 추구한 인물로 파악됐다. 사실 이런 신광한 이해는 크게
잘못된 것이 없어 보이기도 했다.

그리고 당연히, 『기재기이』 또한 신광한의 계층적 정치적 위상과
연동하여 해석되었다. 신광한은 훈구도 사림도 아닌 중간자적 위치
의 무색무취한 회색인, 옹색한 정치적 틈바구니에 놓인 고립된 개인
으로서 『기재기이』를 창작했다는 것이다. 『기재기이』는 신광한의 중
간자적 이중성이란 이해의 틀 안에서 설명되었다. 더불어 신광한의
출신 배경에 따른 정치적 입장으로의 중간자적 성향이, 『기재기이』
각 작품의 주제적 모호성이나 손쉬운 문제 해결의 구성 방식 등을
설명하는 적절한 준거(準據)가 되었다. 역사 진행의 과도적(過渡的)
측면을 반영한 문인으로, 훈구계 사장 문인의 한 명으로 판단 확정할
수만도 없으며 그렇다고 사림파의 일원으로 속단할 수도 없는 것이
그에 관한 텍스트가 보여주는 현실이라는[6] 기술이 정곡(正鵠)을 얻은

의미 – 수사적 만연성을 중심으로」, 『고전문학연구』 29, 한국고전문학회, 2006,
342~351쪽.

6 윤채근, 『소설적 주체, 그 탄생과 전변』, 도서출판 월인, 1999, 262쪽.

셈이다.

그런데 이것은 작가와 작품을 상호 규정적 틀에 가둔 것이다. 작가 신광한이 훈구와 사림의 중간적 위치에 존재하니 작품도 모호성을 띨 수밖에 없고, 작품의 우의성이 모호한 것을 보면 작가는 정치적으로 중간적 처지이거나 고립된 개인일 수밖에 없다는 논리다. 그런데 이런 견고한 논리 체계에 갇히게 되면, 신광한과 『기재기이』에 대한 새로운 이해는 차단된다. 중간자적이고 모호한 회색인의 정치색을 띤 작가와 연동된 작품의 특성을 밝히는 연구만 계속될 뿐이다. 신광한은 영원히 중간적 위상의 회색인이거나 고립된 개인일 따름이며, 『기재기이』는 문제 의식이 결여된 작가와 그 의식을 반영한 작품에 불과한 것이 될 뿐이다.

이런 점에서 정치적 관점에서의 신광한과 작가 신광한을 분리하거나, 『기재기이』를 신광한과 분리해서 보려는 연구는 충분히 의미가 있다. 예컨대 『기재기이』의 서사 동력을 '흥미' 혹은 '재미'에 대한 추구라고 하거나[7] 작품 자체의 문면에 집중한 연구의 필요성을 적극 제기한 경우 등이 그렇다.[8] 이것은 『기재기이』를 새로운 시각, 『기재기이』 자체의 측면에서 이해하려 한 것이다. 물론 이런 연구 역시 일정한 한계는 지닌다. 작품을 작가와 분리하여 이해하는 것이 과연 가능한가라는 질문에 답변이 궁색해진다는 것은 차치하고, 결과적으로 보면 이같은 연구의 결론은 대부분 신광한의 정치적 입장과 작품 해석을 연계하는 것으로 되돌아가 있기 때문이다.

7 신상필, 「기재기이의 성격과 위상」, 『묻혀진 문학사의 복원』, 소명출판, 2007, 227쪽.
8 엄기영, 『16세기 한문소설 연구』, 도서출판 월인, 2009, 15쪽.

『기재기이』 연구는 이와 같은 연구 경향에서 벗어나야 한다. 신광한의 출신과 정치적 성향의 모순성을 전제로 한 연구가 아닌 새로운 관점에서 신광한을 살펴볼 필요가 있다. 신광한이 중간자적 위상이라는 애매모호함을 보였다면, 그것은 출신 배경과는 무관한 그 자신의 성향이었을 가능성이 다분하다. 신광한은 역사적 상황에 이끌리는, 정치적으로 끼인 존재로서의 수동적 개인이 아니라 자신의 가치 태도에 근거한 삶의 방식을 살아간 능동적 주체였을 수 있다. 만약 그렇다면, 신광한을 그의 학문적 지향과 삶의 태도라는 측면에서 살펴보고, 그가 그런 태도를 지니게 된 까닭을 구명(究明)할 필요가 있다. 요컨대, 신광한을 출신 가문, 정치적 관점의 사슬에 구속하여 판단할 것이 아니라, 그의 사유태도와 성향 그 자체에 더 주목해야 할 것이다.

2. 신광한과 출신 배경의 변석(辨析)

신광한을 이해함에 있어 그가 훈구 가문 출신이라는 사실은 결코 배제할 수 없는 분명한 사실이다. 하지만 그의 출신 배경이나 가문이 삶의 태도와 가치 지향을 결정짓거나 한계 짓는 오롯한 전체일 수는 없다. 훈구 가문은 신광한을 이해하는 범박(凡朴)한 요소의 하나일 수는 있겠지만, 그의 성향과 사유를 완전하게 설명하는 충분조건은 아니다. 기왕의 연구에서 신광한을 이해하는데 훈구 가문이란 요소가 과대하게 부각된 면이 없지 않다. 이것은 다음 몇 가지 측면에서 그러하다. 먼저, 신광한의 처세와 훈구 가문의 후광을 증언하는 기록으로 빈번하게 인용되는 다음의 기록을 보자.

이 날 중외의 포폄(褒貶)을 아뢰었는데, 예문봉교(藝文奉敎) 박우(朴
祐), 승문박사(承文博士) 유예신(柳禮臣), 교서박사(校書博士) 이영준(李
英俊)이 거중(居中)에 매겨졌다. 사신(史臣)은 논한다. 당시 4관(四館)에
고풍(古風)이 없어 상하의 예절이 무너지고 모든 일이 해이했기 때문에
수관(首官)이 모두 거전(居殿)에 매겨졌는데, 승문박사 신광한만이 모면
하였다. 아관(亞官) 유예신이 광한을 대신하여 폄(貶)을 당하였는데, 무
릇 광한은 대제학 신용개의 동성종제(同姓從弟)다. 당시 사람들은 이를
두고 말하기를 '유순정(柳順汀)이 있었더라면 예신 또한 반드시 면하였으
리라.'고 하였는데, 예신은 유순정의 종제다. 당시에 공도(公道)가 행해지
지 않았음을 알 수 있다.[9]

기왕의 연구에서 신광한을 이해하는데 신숙주와 신용개는 절대적
준거가 되었다. 특히 위 기록에 나타난 신용개의 후광에 대한 이해는
더 그러했다. 사신(史臣)은 신광한이 거전(居殿)의 평가를 면(免)했다
는 말과 함께 신광한은 신용개의 동성종제라는 사실을 지적했다. 신
광한이 신용개의 후광으로 거전의 평가를 면했음을 은근히 드러낸
것이라 이해된다. 이 기록은 신광한의 훈구 가계, 현달한 문중이란
배경의 사례로[10] 인용되었으며, 나아가 신광한의 훈구적 면모와 회색

---

9 是日啓中外褒貶 藝文奉敎朴祐 承文博士柳禮臣 校書博士李英俊居中 史臣曰 時四
館無古風 上下禮毀 凡事解弛 故首官皆居殿 承文博士申光漢獨免 亞官柳禮臣代光
漢見貶 盖光漢卽大提學申用漑同姓從弟 時人爲之語曰 柳順汀若在 則禮臣亦必免矣
禮臣順汀之從弟也 當時公道之不行 可見矣. 『중종실록』권19, 중종 8년(1513) 계유
12월 15일.

10 신해진, 「〈안빙몽유록〉의 주제의식 고찰-작가의 의식 성향 및 정치적 입장과

인적 처지를 입증하려는 자료로 빈번하게 활용되었다. 그러나 해당 자료의 내용과 작성 시기, 문맥은 신중하게 고려하여 판단할 필요가 있다. 단순히 신광한의 가문 후광에 대한 실록 기사로만 인용하는 것은 곤란하다.

사신의 이런 논평은 신광한의 훈구 가문을 드러내는 것과는 무관한 진술이었다. 이는 공도(公道)가 무너진 현실에 대한 비판이며, 정치 개혁에 대한 사림의 기대를 담은 것이다. 먼저 사신의 비판이 기록된 시기를 주목할 필요가 있다. 중종 8년(1513)년은 중종 반정을 이끈 삼대신(三大臣)의 마지막 생존 인물 성희안(成希顏; 1461~1513)이 죽은 해이다. 박원종, 유순정에 이어 성희안까지 정계에서 사라지자, 사림파 신료들은 정치 개혁을 기대할 수 있게 되었다. 대간의 탄핵에도 불구하고 유순정 등의 반정 대신을 완강하게 비호하던 중종도, 1514년 관노 정막개(鄭莫介)의 고변으로 정국공신 무신들이 정계에서 사실상 사라진 이후, 사림을 적극 등용한다. 이어 1515년에는 조광조를 출사(出仕)시키며 도학적 지치주의(至治主義)의 실현을 시도한다.

신광한 관련 4관의 풍조에 대한 비판이 이런 정치적 맥락에 있음을 주목할 필요가 있다. 사신은 먼저 "당시 4관(四館)에 고풍(古風)이 없어 상하의 예절이 무너지고 모든 일이 해이"했으며, 그렇기 때문에 "수관(首官)이 모두 거전(居殿)에 매겨졌다"고 한다. 다만 신광한만이 모면하였고 "아관(亞官) 유예신이 광한을 대신하여 폄(貶)을 당하였는데, 대개 광한은 대제학 신용개의 동성종제(同姓從弟)였"다고만 말한다. 그리고 이에 덧붙여 "유순정(柳順汀)이 있었더라면 예신 또한 반

관련하여」, 『한국한문학연구』 20, 한국한문학회, 1997, 217쪽.

드시 면하였으리라."고 하는 세간의 말을 인용한다.

4관은 성균관, 예문관, 승문원, 교서관으로 문과 급제자들의 실무 연수 및 견습을 대표하는 기관이다. 그런데 신예가 막 관계에 진출한 기관에서조차 고풍이 사라지고 상하의 예절이 무너졌으며 기강이 해이해진 까닭에 성균관을 제외한 각 기관의 젊은 대표들을 거전(居殿)에 평가한 것이다. 다만 유순정이 있었더라면, 유예신이 신광한을 대신할 리가 없었다. 사망 직전까지 유순정의 존재감은 실로 어마어마했다. 1512년에서 1513년에 이어지는 약 3개월 동안 유순정이 뇌물을 받고 재물을 축적했다는 탄핵이 지속적으로 이어졌다. 하지만, 중종은 유순정에게 방한구와 말을 하사하며 격려했을 뿐만 아니라 되레 영의정에 오르게까지 했다. 사신은 이같은 분위기를 고려해서 당시에 공도(公道)가 행해지지 않았다고 말한 것이다. 신광한이 가문의 후광을 누렸다는 사실이 아닌, 신예의 집합소라 할 4관조차 상하의 예절이 무너지고, 모든 일에 기강의 무너졌다는 말과 함께 조정의 일반적 풍조와 문란한 상황을 강조하고자 했던 것이다. 4관 대표를 거전(居殿)에 평가한 것 역시 정치 개혁의 출발을 위한 것이었다. 그런 점에서 보면, 신광한의 폄(貶) 모면은 그가 면할 만했기 때문에 면한 것이라 볼 수 있다.

기묘사화 전『중종실록』에 나타난 사신(史臣) 평 즉 사론(史論)은 주로 당시 조정의 풍속이 폐퇴(廢頹)했음을 지적하는 국정 전반에 대한 것이 많았던 반면 기묘사화 이후에는 개별 인물의 처신과 포폄이 더 많았다.[11] 사론을 담당하는 신진(新進)을 중심으로 현실 개혁의 필

---

11 신석호, 『한국사료해설집』, 한국사학회, 1964.

요성을 강조하는, 도학적 지치주의를 실행하고자 하는 사림들의 정치적 요구와 기망을 반영한 것이다. 사실 앞서 인용한 신광한의 후견인으로 등장하는 신용개(申用漑)나, 유예신의 후견인일 수 있는 유순정(柳順汀)은 모두 김종직 문하의 인물들이다. 신용개나 유순정은 엄밀한 의미에서 사림(士林)과 유관한 인물들이다. 더욱이 유예신의 가문은 신광한의 가문과 비교할 정도가 아니다. 그렇기에 유순정이 죽었다고 유예신의 가문이 일시에 몰락했다고 보는 것은 어불성설이다. 유순정은 박원종, 성희안 등과 함께 반정을 주도하고 정국공신 1등과 정난공신의 1등 공신 책록을 받았으며, 죽기 직전에는 영의정에 책봉되었던 가문의 인물이다. 이런 점에 고려한다면 유순정과 같은 권력자가 살아 있었더라면 감히 유예신을 폄하지 못했을 것이라는 지적, 유순정과 같은 권력자에 의해 고과가 휘둘리는 문란한 조정의 정황에 더 초점이 맞춰진 말일 수 있다.

그런 점에서 사신의 논(論)은 훈구와 사림의 변별적 관점에서 이해해야하며 훈구 가문을 비판한 것이라기보다는 개혁이 필요한 정치 현실 문제를 부각시키기 위한 기록으로 이해해야 한다. 더욱이 고과에 있어 거중(居中) 평가는 1회로 결정되는 바가 아니다. 최소 2~3회 누적되어야 폄(貶)을 당하게 된다. 이것은 신광한이 실제로 특별한 문제 될 바가 없었기에 거중의 평가를 받지 않았던 것으로 볼 수도 있다. 즉, 사신은 거중 평가와 폄직을 기회로, 반정공신에 휘둘리는 정치 개혁의 필요성을 제기하면서 공도가 행해지지 않음을 사례적으로 말했다고 할 수 있다. 더구나 신광한이 훈구 가문의 힘으로 기묘사화에서 죽음이나 유배를 면했고, 재출사한 이후에는 승승장구할 수 있었다고 보는 것도 온당하지 않다. 신광한을 훈구 가문의 잣대가 아닌 당시 정치 현실의 측면에서 이해할 필요가 있다. 물론 신광한이 출사(出仕)나 그 이후 가문의 혜택을 일정하게 입었음을 애써 부정할 필요는 없다. 하지만 그것이 그를 규정하는 전부는 아니었을 것이기 때문이다.

> 이때 권간(權奸)들이 한 시대 명류(名流)들의 명단을 만들고, 처비(姜斐; 작은 무늬)로 자개무늬(=크고 아름다운 무늬)를 이루듯 일망타진하려고 하였다. 화가 장차 공에게도 미치려 할 때 좌우의 모든 사람이 말하기를, "이 사람은 비록 저들과 동류(同類)이나 지적하여 말할만한 자취가 없습니다." 하여 마침내 죄를 면할 수 있었다.
> 조광조(趙光祖) 등이 옥에 갇히자 달려가 말을 나누었고, 멀리 유배될 때에는 교외에서 전송했으며 죽었을 때는 부의(賻儀)를 했다. 평생 친구 사이였기에 비록 화가 목전에 이르렀어도 세정(世情)에 따라 변하지 않고 믿음을 지키는 것이 항상 이와 같았다.[12]

신광한의 외조카 조사수(趙士秀; 1502~1558)가 기록한 신광한 행장의 일부이다. 조사수에 의하면, 신광한은 유배를 가거나 죽임을 당했어야 마땅했지만, "좌우의 모든 사람이 말하(左右皆曰)"여 면했다고 기록했다. 이를 두고 가문의 후광에 의지한 대신들의 변석(辨釋)으로 유배를 면한 것이라고 주장한다. 그러나 신광한이 화를 면한 것이 과연 훈구 출신이었기에 가능한 것이었는가. 좀 더 세심한 고려가

---

12 時權奸籍一時名流 姜斐成貝 欲一網打盡 禍將及公 左右皆曰 此人雖與彼同流 無可指名之跡 竟得免焉 光祖等就獄 馳往與語 及竄遠送郊外 及致賻儀 平生朋友之際 雖在禍患之迫 不爲世情變易 所守之確常如此. 조사수(趙士秀), 〈문간공행장(文簡公行狀)〉, 『기재집(企齋集)』 권지십사(卷之十四).

필요하다.

무엇보다 행장이란 글의 특징과 조사수가 행장을 쓸 당시의 상황을 고려해야 한다. 행장은 죽은 이의 평생 행적을 기록한 글로, 그를 변호하거나 칭송하는 입장에서 쓰는 것이 일반적이다. 더구나 조사수는 기묘사화와 관련해서 죽거나 유배갔던 일을 자랑할 수 있는 시대 상황에서 행장을 썼다. 그런 점에서 조사수가 신광한을 두고 기묘사화 때에 유배를 피할 수 없었던 인물이었다고 기술하는 것은 너무나 당연하다. 좀 더 노골적으로 말하면, 특별한 죄가 없어 유배를 가지 않았다고 말하는 것이 오히려 신광한에게 누가 된다.

조사수가, "장차 화가 공에게도 미치려 했"지만 주변의 도움으로 죄를 받지 않았다고 쓴 것도 이런 맥락에서 이해해야 한다. 그리고 당연히, "저들과 동류이나 지적하여 말할만한 자취가 없습니다."라고 변호의 말을 했을 것이다. "동류(同類)"라는 것을 밝혀 사림으로서 신광한을 추숭하고, "지적하여 말할만한 자취가 없음을" 말하여 살아남게 된 연유를 밝힌 것이다. 다만 사림으로서의 지적할만한 자취가 없음이 지나치게 두드러지면 사림의 기림을 받기도 했던 신광한에게 누가 되겠기에, 그가 옥에 갇힌 조광조(趙光祖; 1482~1519)를 찾고 전송하고 부의(賻儀)했다는 것을 들어 밝혔다. 조사수가, 조광조와 신광한이 "평생 친구 사이였기에 비록 화가 목전에 이르렀어도 세정(世情)에 따라 변하지 않고 믿음을 지켰"다고 했던 말의 맥락은 여기에 있다. 결국 조사수의 기록을 준거로 하여 신광한을 본다면, 신광한은 사림과 "동류(同類)"였던 것은 분명하지만, 도학적 지치주의(至治主義)의 실현하기 위해 강고한 태도로 실천하던 인물이라 할 수는 없다.

이것은 홍섬(洪暹; 1504~1585)의 〈증시문간신공묘지명(贈諡文簡申公

墓誌銘)〉에서도 드러난다. 홍섬은 신광한이, "마땅히 유배당했어야 하지만 대신들의 변석(辨釋)에 힘입어 면"했다고[13] 썼다. 홍섬이 기록을 남길 당시에는 기묘사화에 해를 입은 이들의 신원이 대부분 이루어졌다. 그렇기 때문에 기묘사화 때 아무 처벌도 받지 않았을 처지라고 말하는 것이 도리어 신광한을 욕되게 하는 일이 된다. 기묘사화에 처벌받지 않을 처지라는 것은 사림(士林)다운 행동을 하지 않았다는 의미이기 때문이다. 홍섬 역시 신광한을 사림으로 적극 선양하기 위해서는 조사수와 같은 말이 필요했다. 묘지명을 짓는 문인 혹은 아랫사람의 입장에서, 기묘사화에서 화를 입었어야 했지만 대신들의 적극적 해명으로 화를 면했던 것이라고 한 까닭이다.

그러므로 조사수나 홍섬의 기록이 가문의 후광을 감추기 위한 변호라고 적극적으로 해석을 하는 것은 그다지 적절하지 않다. 기묘사화 당시 대신(大臣)들은 조광조나 김식(金湜; 1482~1520)처럼 어쩔 수 없는 경우까지를 포함하여, 모든 신진들의 처벌 수위를 낮추려고 애썼다. 실제로 당시 영의정이었던 정광필(鄭光弼; 1462~1538)을 비롯한 많은 대신은 신진 사림을 구하는데 앞장섰으며, 정광필은 조광조(趙光祖) 등의 신진을 구하려다 영중추부사의 한직으로 밀려나기도 했다. 신광한이 기묘사화의 화(禍)로부터 변석(辨釋)되었다는 것은 단순히 훈구 가문의 후광 때문이 아니라, 당시 정치적 상황에서 벌어진 자연스러운 일이었을 개연성이 있다. 훈구 가문 출신이 아니어도 신

---

13 時新進喜於得君 爲事過激 二三宰執 欲斥而加罪 公亦當謫 賴大臣辨釋獲免. 홍섬(洪暹), 〈증시문간신공묘지명(贈諡文簡申公墓誌銘)〉, 『기재집(企齋集)』 권지십사(卷之十四).

광한은 충분히 화를 모면할 수 있는 위상을 지닌 인물이었다.

　신광한을 이해하고자 할 때, 훈구 가문이란 관점에 크게 집착할 필요가 없다는 것은, 그와 비슷한 처지의 신진 사림의 출신 배경에서도 드러난다. 기묘사화의 핵심 인물인 조광조, 김정(金淨; 1486~1521), 기준(奇遵; 1492~1521) 등의 출신 가문을 보자. 조광조는 개국공신 조온(趙溫)의 현손이고, 1519년 기묘사화 당시 좌참찬(左參贊)에 있던 조원기(趙元紀; 1457~1533)의 조카이다. 조원기는 기묘사화 이후에도 영달했을 뿐만 아니라, 기묘사화 전에 조광조에게 근신(謹愼)을 경계하는 편지를 보냈을 정도다. 조광조 역시 훈구 가문 출신의 인물이었다. 이는 기준 역시 크게 다르지 않다. 기준은 기묘사화 당시에 유배되고 신사무옥 때 죽임을 당했다. 그런데 기준의 증조인 기건(奇虔; ?~1460)은 원종공신(元從功臣)으로 판중추부사(判中樞府事)를 지냈고, 조부 기축(奇軸) 역시 원종공신이었다. 그리고 김정은 부친이 호조정랑(戶曹正郎)을 역임했다. 기묘사화에 해를 입은 인물들의 이같은 출신 배경은 신진 사림이란 명목상의 분류 혹은 출신 가문의 위상으로 그들의 삶의 태도나 가치 지향을 규정할 수 없음을 뜻한다.

　이것은 신광한 역시 마찬가지다. 신광한이 훈구 가문 출신이었기에 기묘사화에 유배나 죽음을 모면했다고 볼 수 없다. 신광한이 훈구 가문 출신으로서의 정치 성향에 견인되었고, 이런 가문 덕분에 살아남을 수 있었다면 조광조나 기준 등도 마찬가지였어야 한다. 사실 사림과 반대로 분류된 인물의 경우에도 그러하다. 남곤(南袞; 1471~1527)은 김종직의 문하로 명백한 사림 출신이다. 하지만 그 누구도 남곤을 사림으로 인식하지 않는다. 더구나 남곤은 한때 사림과 같은 사유 태도나 지향을 보였던 인물이다. 그럼에도 불구하고 그를 기묘

삼흉(己卯三凶)의 훈구로 이해한다. 남곤이 훈구로 이해되었던 것은 전적으로 그의 출신 배경이나 학맥이 아닌 정치적 신념과 처신에 따른 것이다.

이런 점에서 훈구 가문 출신 혹은 특정인의 학맥을 이었다는 사실만으로 그 인물의 지향 가치나 삶의 태도를 재단(裁斷)할 수 없다. 훈구와 사림의 구분, 혹은 지향 가치나 삶의 태도에 대한 판단은 성리학적 사유의 철저성을 근거로 이해되어야 한다. 학문적 연원과 경향에 바탕을 둔 도학적 지치주의 실천의 차원에서 판단되어야 한다. 특정 인물이 사림의 정치적 태도를 견지했는가 여부는, 재지사족(在地士族)의 입장을 견지하며 도학적 지치주의를 얼마나 내면화했는가의 차원에서 다루어야 할 문제이지, 실제 재지사족 출신 혹은 도학적 사승(師承) 관계로 한정되지는 않는다.

이런 점에서 신광한의 출신 가문이 훈구이니 신광한도 훈구의 삶의 태도나 지향 가치를 지녔을 것이라 판단하는 것은 온당한 이해 방식이 아님이 분명하다. 신광한의 출신 배경에서 정치적 성향을 이해하는 단서를 찾거나, 그것이 이해의 일정한 요소가 됨을 인정할 수는 있지만, 그를 온전히 규정하는 것이 될 수는 없다. 신광한은 애초부터 기묘사화의 중핵(中核)에 자리한 인물, 혹은 급진적 개혁파의 성향을 지녔던 것은 아니었다. 그는 기묘사화의 중심 표적에서 일정부분 비껴난 자리에 위치한 인물이었다. 기묘사화로 죽임을 당하거나 유배를 당할만한 처지에 있지 않았다. 그를 사림으로 분류할 수는 있지만 그 사유 태도나 실천 방식이 강경한 도학적 지치주의의 엄정한 실천을 강행하는 근본주의자의 면모라고는 할 수 없다. 그는 훈구와 사림의 도식적 이해의 틀에서 일정하게 비껴난 성향의 인물이었다.

신광한을 이해함에 있어 훈구와 사림의 범주화된 틀을 벗어날 필
요가 있다. 오히려 신광한이 추구한 성리학적 가치 지향의 실체를
고찰해야 한다. 이런 관점이 신광한의 소옹 철학과 삶의 지향에 대한
주목이다. 신광한의 삶의 태도와 학문적 측면에서의 소옹 지향은 성
리학적 가치 지향과 일치하고 있다. 그리고 그것은 도학적 지치주의
의 적극적 실천과 일정한 거리를 지닌다. 이를 신광한이란 인물 및
학문적 성향이란 측면에서부터 살펴보자.

> 분진강서관(分進講書官)이 경서(經書)를 강론하였다. 대사성(大司成)
> 유운(柳雲)이 『역(易)』의 도(道)를 논하였는데, 곁들이는 인증(引證)이
> 곡진하게 통하고 제서(諸書)를 두루 보아 막히는 것이 없었고, 또 인(仁)
> 자의 뜻을 극진히 논하니, 상이 이르기를, "불인(不忍)의 단(端)이 있음에
> 따라 그 단은 알고서 미루어 넓혀가야 할 것이다." 하였다.
> 집의(執義) 김희수(金希壽), 사성(司成) 유보(柳溥)는 한갓 입으로 읽
> 을 뿐이고, 또한 홍문관 교리(弘文館校理) 신광한(申光漢)은 글에 따라
> 논설했으며, 유독 부수찬(副修撰) 기준(奇遵)이 풍간(諷諫)이 많아 아뢰
> 기를, "임금과 재상(宰相)에게 조금이라도 선비를 좋아하지 않는 마음이
> 있으면 국가가 글러집니다." 하였다.[14]

인용한 기사는 1517년의 일을 기록한 것이다. 이때는 도학적 지치
주의의 실천이 적극 추진되던 해다. 유운(柳雲; 1485~1528)이 명륜당

---

14 分進講書官 講論經書 大司成柳雲 論易之道 旁引曲通 出入諸書 無所阻礙 又極論仁
字之義 上曰 因其有不忍之端 識其端而推廣之 可也 執義金希壽司成柳溥 徒口讀而
已 弘文館校理申光漢 亦因文論說 而獨副修撰奇遵 多有諷諫 乃曰 人君與宰相 有一
毫不好士之心 則國家誤矣. 『중종실록』 권29, 중종 12년(1517) 9월 21일.

에서 『주역(周易)』의 '仁'자를 강설할 때의 상황이다. 사신은 유운이 『주역』에 정통하였음을 강조하면서 여타 인물의 학문 수준과 성향을 비판적으로 기술하였다. 김희수, 유보는 입으로만 읽었다고 하였으니, 『주역』에 내재한 성리학적 사유를 깊이 내면화되지 못하였음을 나타낸다. 반면 신광한은 문장의 의미를 논설하는 수준의 성리학적 지식의 소유자였다고 했으니 이들보다는 이해가 깊었음이 분명하다. 다만 그는 유운처럼 "곁들이는 인증(引證)이 곡진하"거나 제서(諸書)에 "막힘이 없는 것이 없었"던 수준의 강설을 했던 것도 아니었다. 입으로만 읽을 수 있는 김희수나 유보의 학문 수준을 넘어섰던 것은 분명한데도 글의 의미 이외에 대해서는 별도의 해석을 붙이지 않았다. 유운처럼 곁들이고 인증하지도 않았고, 더구나 기준처럼 "풍간(諷諫)이 많"지도 않았다. 그는 문맥에 따라서 적절하게 해석해낼 뿐이었다.

이런 신광한의 강설 태도는 두 가지를 의미한다. 첫째는 당시 신광한의 성리학적 학문 수준이 유운처럼 심화되지는 못했지만 그렇다고 몽매(蒙昧)한 신예거나 학문 초입자, 입으로만 읽는 수준도 상태도 아니었다. 사실 신광한이 분진강서관(分進講書官)으로 참여하는 것 자체가 당시 그의 학문적 성취를 보증하는 것이기 때문이다. 둘째는 신광한은 기준처럼 학문을 현실 정치에 적극 연결하여 자기 목소리를 내지 않는 성격의 소유자였다. 신광한은 많은 풍간을 하는 기준의 강경한 정치적 성향과도 거리가 있는 인물이었다. 즉 성리학적 소양은 충분히 갖춘 인물이지만 적극적으로 풍간을 하는 성향의 인물이 아니었다. 그는 자신이 이해한 수준에 근거해서 강설을 하는 그런 성향을 지닌 인물이었다. 이해의 수준이 떨어지지 않지만 그렇다고 그것에 정치적 의미를 덧붙이지도 않았다. 신광한을 두고, "동류이나 지적하여 말할만한 자취가 없"는 인물이라고 비호했던 이유를 미루어 짐작할 수 있다.

> 참찬관 정충량(鄭忠樑)이 아뢰기를, "성균관은 인재의 본원이 되는 곳입니다. 대사성(大司成) 유운(柳雲)이 이제 충청도 관찰사로 체직(遞職)되었는데 유운이 바야흐로 학교에 마음을 다하고 있는데 체직하신 것입니다. 외방에 보내지 말고 머물러 두어 성균관동지사(成均館同知事)로 삼는 것이 어떻겠습니까?" 하였다. 조광조가 아뢰기를, "유운이 나이는 젊으나 학문에 밝으며, 대사성이 되어 마음을 다하여 교회(敎誨)하였습니다. 이제 신광한(申光漢)이 유운을 대신하여 대사성이 되었는데 광한도 운만 못하지 않으니, 운을 동지사로 삼아 광한과 함께 마음을 같이하여 교육하도록 하는 것이 좋겠습니다." 하였다.[15]

인용한 기사처럼, 한 해 뒤인 1518년에는 신광한이 유운의 뒤를 이어 대사성(大司成)에 오른다. 조광조가 신광한을 평가하면서 "光漢亦不下於雲"이라고 한 것이나, 정충량이나 조광조가 유운을 종2품의 동지관사(同知館事)로 삼아 신광한과 협력하여 일을 처리할 수 있도록 한 것 등을 보면, 신광한은 여전히 학문적으로나 사림으로서 명망에 있어 유운에 뒤진 인물로 이해된다. 그러나 신광한이 대사성의 직임을 맡았던 것을 보면 그의 학문적 성취가 상당했거나, 성리학자

---

15 參贊官鄭忠樑曰 成均館 人材本源之地 大司成柳雲 今遞爲忠淸道觀察使 柳雲方能 盡心於學校 而乃遞之 請勿遣外 留爲成均同知 何如 光祖曰 柳雲雖年少 善於學問 爲大司成 盡心敎誨 今申光漢代雲爲大司成 光漢亦不下於雲 以雲爲同知 則與光漢 同心敎育可也. 『중종실록』 권29, 중종 13년(1518) 7월 11일.

로서의 면모가 본격적으로 발현되기 시작했음을 짐작케 한다. 이 시기 신광한은 사림 내부에서, 그의 학문적 역량을 바탕으로 정치적으로 성장하고 있었다.

이것은 승정원에서 『성리대전(性理大典)』을 강독할 만한 사람 26인을 뽑아 올릴 때, 신광한 역시 강독자 명단에 이름을 올릴 수 있었던 것에서도[16] 드러난다. 신광한은 1517년경에는 이미 성리학의 학문 세계에 진입해 있던 상태였고, 1518년 이후 성리학적 사유를 지닌 인물로 두각을 드러내면서 신진 사림의 사상적 면모를 갖추어가다가 기

---

16 정원(政院)이 『성리대전(性理大全)』을 강(講)할만한 사람 26인을 뽑아서 아뢰었는데 그 절목(節目)은 다음과 같다. "강독(講讀)하는 사람은 하루에 2~3장을 보되, 만약 쉽게 이해되는 곳은 장수(張數)에 구애되지 않으며 순말(旬末)에 이르러 홍문관에 모여서 서로 질문하여 변정(辨正)하고, 월말에 이르러 홍문관의 장무관(掌務官)이 그 달에 질정(質正)한 장수를 써서 아뢰고 또 분기(分期)의 끝 달에 강독한 사람의 이름을 써서 입계(入啓)해서 4~5인을 지정하여 읽은 곳을 강론하게 하되, 강론하는 날은 임시에 취품(取稟)한다. 또 홍문관의 대제학(大提學)·제학(提學) 및 김안국, 이자, 김정, 조광조 등이 질문하고 변정하는 날에 매양 와서 논란하며, 또 이 선발에 끼지 못한 사람이라도 앞으로 홍문관에 들어가는 자는 또한 강독에 참여한다." 그 선발에 참여하게 된 사람은 공서린(孔瑞麟), 김정국(金正國), 신광한(申光漢), 김구(金絿), 민수원(閔壽元), 기준(奇遵), 정응(鄭譍), 권운(權雲), 구수복(具壽福), 윤형(尹衡), 이인(李認), 정순붕(鄭順朋), 민수천(閔壽千), 유돈(柳墩), 한충(韓忠), 윤자임(尹自任), 최산두(崔山斗), 정옥형(丁玉亨), 박세희(朴世熹), 황효헌(黃孝獻), 이약빙(李若氷), 장옥(張玉), 이충건(李忠健), 이희민(李希閔), 조언경(曺彦卿), 김식(金湜)이었다.(政院選啓 可講性理大全二十六員 其節目則講讀人 每一日覽二三張 若易解處 則不拘張限 至旬末 會于弘文館 質問辨正 至月季 弘文館掌務官 本朔三旬所質正張數書啓 且每於季月 畫講讀人員之名 而入啓 四五人受點 所讀處講論 講論之日 則臨時取稟 且弘文館大提學 提學及金安國 李耔 金淨 趙光祖等 於質辨之日 每來論難 且雖不與於此選者 今後入弘文館者 亦參於講讀 其與選者 孔瑞麟 金正國 申光漢 金絿 閔壽元 奇遵 鄭譍 權雲 具壽福 尹衝 李認 鄭順朋 閔壽千 柳墩 韓忠 尹自任 崔山斗 丁玉亨 朴世熹 黃孝獻 李若冰 張玉 李忠健 李希閔 曺彦卿 金湜也.) 『중종실록』 권29, 중종 13년(1518) 11월 6일.

묘사화를 맞이했던 인물이었던 것으로 짐작된다. 다만 그의 학문적 위상이나 역량이 유운처럼 크지도 않았고, 기준처럼 정치적 태도가 적극적이지도 않았다. 요컨대 신광한은 기묘사화를 전후한 시기, 새로운 학문인 성리 철학을 내면화하여 심화하기 시작했고, 성리학에 대한 이해의 심화와 함께 사림들과의 관계를 확장해 갔다. 특히 당시의 신광한은 북송의 신유학, 성리학을 새롭게 받아들이는 사림들과의 학문적 공동체를 구축하고 사림적 지향을 강화해갔던 도정(道程)에 있었던[17] 것으로 보인다.

이런 모든 점에서 신광한은 기묘사화를 전후한 시기에 강경한 도학정치의 실천자, 도학적 지치주의의 선도자는 아니었다고 하겠다. 기묘사화에도 살아남아 벼슬했던, 유운의 경우를 대비하여 보면 더욱

---

17 이와 같은 성리학에 대한 학문적 이해의 정도는 신광한뿐만 아니라 당시 사림의 일반적 특징으로 볼 수 있다. 당시 대다수의 사림은 성리학에 대한 이해가 철저하지 못했다. 이는 당시 도학적 지치주의를 주도했던 조광조에 대한 저간의 평가에서도 그대로 드러난다. 이황은 조광조를 두고, "대개 하늘이 장차 큰일을 내리려 할 적에 어찌 젊을 때에 한 번 이룬 것만으로 단번에 충족하겠는가. 반드시 중년과 말년에 넉넉하고 풍요롭게 공을 쌓은 후라야 크게 갖추어지게 된다."고 했다.(夫天將降大任於是人也 豈能一成於早 而遽足哉 其必有積累飽飫於中晚而後 大備焉 向使先生 初不爲聖世之驟用 得以婆娑家食之餘 隱約窮閭之中 益大肆力於此學 磨礱沈涵 積以年時之久 硏窮者貫徹 而愈高明 蓄養者崇深 而愈博厚 灼然有以探源乎洛建 而接響乎洙泗."라고 했다. (이황(李滉), 〈정암조선생행장(靜庵趙先生行狀)〉, 『퇴계선생문집(退溪先生文集)』 권지사십팔(卷之四十八.) 이황은 조광조의 타고난 자질이 훌륭했지만 중년 이후의 학문이 충실하지 못해 안타깝게도 그가 벌인 일에 마땅한 정도를 지나친 데가 있었음을 지적한 것이다. 이런 평가는 이이의 경우에도 비슷하다. 그는, "어질고 밝은 자질과 나라 다스릴 재주를 타고났음에도 불구하고, 학문이 채 이루어지기 전에 정치 일선에 나간 결과 위로는 왕의 잘못을 시정하지 못하고 아래로는 구세력의 비방도 막지 못하고 말았다."고 했다.(以賢哲之資經濟之才 學未大成 遽昇當路 上不能格君心之非 下不能止巨室之謗.) 이이(李珥), 〈융경원년정묘(隆慶元年丁卯)〉, 『석담일기 상(石潭日記 上)』.

분명하게 알 수 있다.

전경(典經) 이희민(李希閔)이 아뢰기를, "유운(柳雲)이 대사성(大司成)이 되어서는 사학(四學)의 선비가 다『소학』을 강독(講讀)하였고, 경상도 관찰사 김안국(金安國)이 『소학』을 권하니 항간의 아이들까지도 모두가 진작되어 온 도내도 그러하였는데, 상께서 행하시기는 어렵지 않으나, 지금의 재상으로서 이것을 그 자제에게 가르치는 사람이 있다는 말을 듣지 못하였으니, 법이 행해지지 않는 것은 거실(巨室)로부터 시작되는 것입니다."[18]

『소학(小學)』은 성리학적 인격 도야의 도덕 규범 중 기본적이고 필수적인 내용을 담고 있는 책이다. 도학적 지치주의의 근본을 이루는 책으로써, 인간교육의 근본 원리가 된다. 그렇기에 조광조를 도학적 지치주의로 이끈 스승 김굉필(金宏弼)은 평생『소학』을 손에서 놓지 않았다. 이런 이유로 기묘사화 이후『소학』은 금서(禁書)가 되었고, 공사간의 자리에서『소학』을 언급되는 것 자체가 금기시된다. 그런데 유운은 사학(四學)에『소학』의 보급과 교육에 절대적으로 공헌을 했다. 사실 유운은 단순히 성리학에 조예가 깊은 인물만이 아니었다. 기묘사화로 처벌받은 젊은 김식, 조광조 등을 변호하는 그의 태도는 단호하였다.

대사헌 유운(柳雲)이 아뢰기를, "김식(金湜) 등은 임금께서 뽑아 쓰고

---

18 典經李希閔曰 柳雲爲大司成 四學之士 皆講小學 慶尙道觀察使金安國勸小學 閭巷之童 靡不興作 一道且然 在上行之不難矣 今之爲宰相者 未聞以此敎其子弟也 法之不行 自巨室始也.『중종실록』30권, 중종 12년(1517) 11월 15일.

가까이하여 신임하셨으므로, 한갓 적심(赤心)으로 나라에 보답할 줄만 알
고 물정에 어그러지는 줄 몰랐으니, 임금께서 그 사람들을 대우한 것이
이미 잘못되었습니다. 만약에 제재하여 성취시킨다면 이만한 사람들을
얻기가 쉽겠습니까? 그러지 않고 하루아침에 초개처럼 버리시니, 누가
성상의 마음을 믿겠습니까? 참으로 자손을 위한 계책을 끼쳐서 나라의
명맥을 연장하는 도리가 아닙니다. 신이 취직하더라도 할 수 있는 것이
없으며 사기(士氣)가 저상(沮喪)하여 더욱 참연(慘然)히 한심하므로 감히
사직합니다."하였으나 윤허하지 않았다.[19]

유운은 기묘사화 후 대사헌에 임명되자 사직을 청하면서 기묘사화
의 처분에 대한 부당성을 아뢴다. 그의 아룀은 거칠 것이 없다. 그는
김식 등이 적심(赤心)을 가지고 나라의 은혜에 보답할 줄만 알았는데,
하루아침에 초개처럼 버림을 당했으니 임금의 마음을 믿을 수 없다
고 말한다. 그리고는 이런 임금의 행위로 인하여 사기(士氣)가 저상하
여 참연하고 한심하므로 사직을 청하지 않을 수 없다고 극언한다.
이후 유운의 상소는 이와 같은 간언에서 더 나간다.

유운(柳雲)이 아뢰기를, "조광조 등은 이미 그 죄를 정하였고 무뢰한
무리는 도리어 스스로 즐거워하니, 아마도 간사한 모의는 이제부터 자라
나고 사기는 이제부터 막혀서 국가의 원기(元氣)가 따라서 위축될까 걱정
됩니다. 저 사람들의 죄는 국가에 관계되지 않는데도 너무 지나치게 죄주
어 사기가 막고 원기가 위축되게 하였으므로, 자잘한 유생들도 다 분격

---

19 大司憲柳雲啓曰 金湜等見上之擢用親信 徒知赤心報國 而不知物情之違忤 上之待其
人已誤矣 若使裁制成就之 則若是之人 豈可易得哉 不然而一朝棄之如草芥 誰信聖
上之心哉 固非貽厥孫謀 延長國脈之道也 臣雖就職 無所可爲 士氣沮喪 尤可慘然寒
心 故敢辭 不允. 『중종실록』 37권, 중종 14년(1519) 11월 17일.

합니다. 대저 선인(善人)은 조정의 원기이며 그 마음은 본디 나라를 위하
는 것인데도 이렇게까지 죄주는 것은 매우 애석하니, 짐작하여 놓아 주소
서." 하니, 임금이 이르기를, "무슨 짐작할 것이 있겠는가? 조광조 등의
일은 대신도 그르다 한다. 그 죄대로 죄를 준다면 여기에 그치지 않을
것이다." 하였다.

정광필이 아뢰기를, "조광조 등이 받은 죄가 과중(過重)하며 그들이
한 일이 제 일신의 사사로운 일이 아니니, 대간의 말이 지당합니다." 하고,
오결(吳潔)이 아뢰기를, "저 사람의 마음은 당초에 탁란(濁亂)하려는 것
이 아니었는데 과중하게 죄주었으므로, 사기가 막히고 원기가 없어져 위
망(危亡)의 조짐이 이제부터 싹틀 것이니, 빨리 놓아주소서." 하니, 임금
이 이르기를, "이들을 죄준 까닭은 조정의 폐단을 바로잡으려는 것이었으
니 다시 논할 수 없다." 하였다.[20]

유운은 중종에게 잘 생각해보고 조광조 등 죄 없는 선인(善人)을
놓아달라고 청한다. 이에 중종은 생각할 여지도 없으며, 그 죄대로
죄를 준다면 정배에 그치지 않을 것이라고 경고한다. 이런 태도는,
사신이 말하고 있는 바, "조광조가 죄를 받았을 때에 유운이 처자와
영결(永訣)하고 임금께 극진히 간(諫)하여 죽기로 결심하였다."란 것
이 결코 과장이 아니었음을 알 수 있다. 유운의 조광조 등에 대한
비호는 격렬하였다. 이는 정광필이나 오결 등의 대신이 비교적 온건

---

20 柳雲曰 光祖等旣定其罪 無賴之徒 反自爲樂 竊恐奸謀 自此而長 士氣自此而沮 國家
元氣 隨而萎薾矣 彼人之罪 不關於國家 而罪之太過 使士氣摧沮 元氣萎薾 故雖小小
儒生 皆憤激 夫善人者 朝廷之元氣 其心本爲國 而罪至若此 甚可惜也 願甚酌放之
上曰 有何斟酌乎 光祖等事 大臣亦以爲非 若以其罪罪之 則不止此矣 光弼曰 光祖等
被罪過重 其所施爲 非一身私事也 臺諫所言至當 吳潔曰 彼人設心 初非濁亂也 而罪
之過重 士氣沮 元氣喪 危亡之漸 自此而兆 願速放之 上曰 其罪此輩者 欲矯朝廷之弊
不可更論. 『중종실록』 37권, 중종 14년(1519) 11월 18일.

하게 죄를 지었던 것을 인정하고 그 죄중이 지나치다란 말로 변호하는 것과는 사뭇 다른 태도이다. 이후에도 유운은 조광조 등을 사면할 것을 적극 청하고, 이로 인하여 반사림파 세력의 표적이 된다.

　유운의 이런 면모에 비교하면, 신광한이 죽임을 당하거나 귀양 갔어야 한다는 조사수나 홍섬의 말은 그를 칭송하기 위한 과장된 표현에 가깝다고 할만하다. 사실 신광한은 조광조 등을 구하기 위한 노력을 기울이지 않았다. 그는 훈구 가문의 후광이 없었다고 해도, 특별히 처벌받을 만한 위치에 있지 않았다. 신광한은 기묘사화의 핵심에 존재하던 인물이 아니었다. 이것이 그의 정치적 태도에 대한 평가와도 일치한다. 그는 "지적하여 말할만한 자취(無可指名之跡)"가[21] 있는 인물이 아니었다. 이는 또한 그가 사헌부 탄핵으로 삼척부사로 좌천되고, 이어 관직을 추탈당하게 될 때 그에게 덧씌워졌던 "어리석고 망령되게 서로 친하게 상종한(愚妄懲逐)"이란[22] 것이 적절한 죄명이자 유배를 면한 까닭일 수 있다. 이는 같은 기록에서 유운을 두고, "관망하다가 세력에 아부한(觀望附勢)"[23] 것이란 죄명으로 덧씌운 것과 비교해서도 분명하다. 유운정도 되는 인물을 두고, 세력에 아부했을 따름이라고 변호했다면, 이에 비해 훨씬 덜 과격하고 특별히 자취가 드러나지 않는 신광한의 경우, 지적할만한 자취가 없다고 말하는 것이 당연하다. 신광한이 도학적 지치주의를 지향했던 것은 사실이겠지만, 근본적 성향상 온건학 학자풍의 인물에 가깝다고 하겠다.

---

21 조사수(趙士秀), 〈문간공행장(文簡公行狀)〉.

22 三陟府使申光漢 則愚妄懲逐. 『중종실록』 권43, 중종 16년(1521) 9월 28일.

23 前刑曹參判柳雲 前慶州府尹柳仁淑 則觀望附勢. 『중종실록』 권43, 중종 16년(1521) 9월 28일.

신광한의 온건한 인물 성향은 기묘사화 직후 삼척부사로 재직하는 중의 세 가지 일화를 든 것에서도 드러난다. 홍섬이 쓴 신광한 묘지명의 일화를 보자.

경진년(庚辰年, 1520년 중종 15년)에 삼척 부사(三陟府使)로 나가 의지할 데 없고 가난한 사람을 구휼하고 예교(禮敎)를 돈독히 하니, i)다스림이 번거롭지 않아 거문고를 어루만지고 시(詩)만 읊는데도 주민들은 그 교화를 즐겁게 여겼다. ii)풍속이 무당을 믿어 무릇 병이 있는 자는 반드시 기르던 소를 신사(神祠)에 매어두고 떠나면서 감히 돌아보지 않고 묻지도 않았다. (이에) 무당과 관부(官府)에서 임의로 취해서 쓰곤 했다. 공이 수레에서 내려 듣기도 하고 묻기도 하여 그 폐단을 바로잡으려 하였다. 하리(下吏)가 소를 가져가기를 청하기에 공이 기꺼이 허락하니 조금 있다가 소를 몰고 왔다.

공이 여러 고을의 늙은이들에게 당부하기를, "이후에 만약 이같은 일을 보고 고(告)하면, 마땅히 소를 고하는 자에게 줄 것이다." 하였다. 뒤에 다시 와서 고하자 곧바로 그 주인에게 돌려주었다. 고을의 백성이 그제야 비로소 탄망(誕妄)함을 깨닫게 되었고 나쁜 풍속도 그로 인해서 마침내 변하였다. 또 iii)형제(兄弟)가 관아에 소송한 일이 있었는데 천륜으로 맺어진 지친(至親)임을 권념(勸念)케 하여 화해시켜 보내니 마침내 화목을 이루었다. 임기를 마치고 돌아가게 되자 늙은이와 어린이가 길을 막고 더 머물기를 희망하였으니, iv)은연(隱然)히 한(漢)나라 순리(循吏)의 기풍이 있었다.[24]

---

24 庚辰 出宰三陟 岬孤貧敦禮敎 爲治不煩 撫琴吟嘯 而民樂其化 俗信巫覡 凡有疾者 必繫牛畜于神祠 去而不敢顧不問 巫覡與官府任其取用 公下車聞問 欲矯其弊 下吏以取牛爲請 公祥許之 俄而牛至 公付諸鄉人之老者曰 後若見告 當以牛與告者 後復來告 輒還其主 邑民始覺誕妄 弊俗因而遂變 又有兄弟訟于官 公勸念天顯 和解而遣遂成敦睦 及還 老幼遮道願留 隱然有漢循吏之風. 홍섬(洪暹), 〈졸추성정난위사

　기묘사화 후 신광한은 삼척부사로 폄척(貶斥)되어 나간다. 그런데 삼척부사로 간 신광한이 이치(吏治)에서 보인 태도는 현실 정치를 혁신하려는 완강한 지치주의자의 면모와는 사뭇 다르다. i)에서 지적한 것처럼 그는 다스림을 번거롭게 하지 않았으며 오히려 거문고를 매만지고 시를 읊조린다. 이와 같은 신광한의 지방관으로서의 태도는 iv)의 "한(漢)의 순리(循吏)"라는 기술과도 통한다. 한(漢) 초기에는 도가(道家)의 황로학(黃老學)을 지배 이념으로 채택했다. 황로학에 제시한 '무위이치(無爲而治)' 정책은 진(秦)의 혹독한 법치(法治)에 시달린 백성들의 적극적인 지지를 받았고, 서한(西漢) 초기 번영의 토대가 된 바 있다. 그런데 신광한의 지방관의 면모가 이런 황로학의 무위이치(無爲而治)에 가깝다. 신광한의 "爲治不煩"과 "撫琴吟嘯"했던 태도야말로 무위이치(無爲而治)의 전형적인 모습이라 하겠다.

　이것은 신광한이 현실 개혁에 전혀 무관심했다는 의미는 아니다. 그가 ii)의 무격(巫覡)에 젖은 삼척의 민풍을 바로잡으려 한 것이나 iii)의 형제간 소송을 해결하려는 태도에서 드러난다. 이는 현실에서 성리학적 이치(吏治)를 실천하려는 태도라 할 수 있다. 다만 그 방법이 강경하지 않을 따름이다. 그러니 그를 두고, "은연(隱然)히" 한(漢)나라 순리(循吏)의 무위이치의 기풍이 있다고 평가했던 것이다. 그는 무당이나 관속의 행위, 형제간의 소송을 거는 행위 등을 엄치하여 일거에 바로잡으려 하지 않았다. 오히려 잘못을 범한 행위의 주체가

　공신보국숭록대부영성부원군 겸영경연지춘추관성균관사홍문관대제학예문관대제학증시문강신공묘지명(卒推誠定難衛社功臣輔國崇祿大夫靈城府院君 兼領經筵知春秋館成均館事弘文館大提學藝文館大提學贈諡文簡申公墓誌銘諡文簡申公墓誌銘)〉, 『기재집(企齋集)』 권지십사(卷之十四).

스스로 무엇이 잘못된 것인지를 알게 하는 처리 방법을 택했다. 무속의 탄망(誕妄)을 깨달아 그 폐해를 없애기 위해 소를 되돌려 주는 방법을 취했고, 형제간의 소송에서는 지친임을 권념(勸念)케 하여 화목함을 회복하게 하게 했다. 그는 성리학적 가치를 실현하려는 것에 궁극적인 목표를 뒀지만, 누구를 체벌하거나 죄줌으로써 현실을 개변하려고 하지 않았다. 성리학적 가치를 지향하되 그 실천 방법은 지극히 온건하였다.[25]

신광한의 이런 성향은 재출사(再出仕)를 전후한 시기의 그에 대한 언급에서도 일관되게 나타난다. 그는 결코 사태를 주동하거나 선도하는 인물, 적극적 개혁인으로 언급되지 않았다. 주변의 기망(企望)이 그리해도 그는 자신의 삶의 태도와 신념을 지켜나갔을 따름이다.

윤은보 등이 아뢰기를, "기묘년에, 국사를 어지럽힌 죄가 중한 자는 사형시키고 가벼운 자는 멀리 귀양 보낸 지가 이제 19년이 되었습니다. 그래

---

25 신광한은 그 기질이 날카롭고 강고한 인물은 아니었다. 오히려 겉으로는 부드럽고 내면적으로는 자기 확신이 강한 인물이었다. 기준처럼 정치 현실의 전면에 적극적으로 나서며 현실 모순과 대결하는 것이 아니라, 자신의 신념과 가치 기준을 온건하지만 확고하게 지켰던 인물이었다. 홍섬은 신광한을 두고, "기질이 온화하고 두터우며 도량이 넓고 지키는 바가 확고했다."(氣和而質厚 量弘而守確 姿貌瑰偉 癯瘦長身)고 했다.(홍섬(洪暹), 〈졸추성정난위사공신보국숭록대부영성부원군 겸영경연지춘추관성균관사홍문관대제학예문관대제학증시문강신공묘지명(卒推誠定難衛社功臣輔國崇祿大夫靈城府院君 兼領經筵知春秋館成均館事弘文館大提學藝文館大提學贈諡文簡申公墓誌銘)〉,『기재집(企齋集)』권지십사(卷之十四).). 홍섬이 이렇게 기술한 한 것도 신광한의 정치적 성향과 통한다. 실제로 이런 평가는 조사수에 의해서도 비슷하게 내려진다. 조사수는, "기질이 순일하고 넓으면서도 바르고 굳세다."(氣醇而恢 質直而毅)고 했다.(조사수(趙士秀), 〈문간공행장(文簡公行狀)〉,『기재집(企齋集)』권지십사(卷之十四).) 실록이나 행장, 묘지명을 막론하고 신광한의 기질에 대한 한결같은 평가다.

서 살아남은 사람은 거의 없고 그 사이에 비록 두세 명이 있기는 하나 모두 지엽적인 사람들입니다. 또 오늘날에 기용할 만한 재주를 지닌 자도 있으니 높은 직임에는 서용할 수 없더라도 그 나머지 직임에는 서용해도 되겠습니다. 그 당시에 권세를 마음대로 한 자라면 신들이 어찌 감히 아뢰겠습니까. 그리고 지금 명나라 사신이 올 테니 어쩔 수 없이 마땅히 유능한 사람을 등용해야 합니다." 하니, 아뢴 대로 하라고 전교하였다.[26]

인용한 부분은 신광한의 재출사와 관련된 시기의 상황을 기록하고 있다. 그런데 여기서 신광한은 기묘사화의 주범이 아닌 종범(指葉之人)으로 간주되고 있다. 물론 신광한 등의 출사를 위한 변명이기 때문일 수도 있지만, 그가 그러한 성향의 인물이었기에 그같은 변명이 가능했을 것이다. 요컨대 신광한은 문장의 재주가 뛰어난 인물이므로 현직(顯職)이 아닌 여직(餘職)에 서용하도록 추천받아 출사하게 된다. 중국의 사신을 접대하는 데는 신광한과 같은 지엽적이면서도 문재(文才)가 있는 자의 등용이 필요한 현실이 반영된 것이다. 실제로 중종은 김안국(金安國)을 현직에 서용하지 말 것을 전제로 하여, 양팽손, 이약빙, 김정국, 정순붕 등과 함께 신광한의 직첩을 환급하도록 조처한다.[27]

---

26 殷輔啓曰 己卯時 擾亂國事 罪重者死 輕者遠竄 今已十九年 存者無幾 其間雖有二三人 然皆枝葉之人 且有才華 可用於今日者 亦有之 顯職則不可敍 餘職則可除 若用事於其時者 則臣等何敢啓之 且今天使當出來 不得已當用其有才華者 傳曰 當如所啓. 『중종실록』 권86, 중종 32년(1537) 12월 13일.

27 정원에 전교하기를, "기묘년에 관련된 지엽적인 사람들은 이미 징계한 지 20년에 이르렀다. 김안국(金安國)은 서용하되 다만 높은 직임에는 서용하지 말도록 하라. 그리고 양팽손(梁彭孫), 이약빙(李若氷), 김정국(金正國), 정순붕(鄭順朋), 신광한(申光漢), 유인숙(柳仁淑), 박영(朴英), 이청(李淸) 등은 직첩(職牒)을 되돌려 주

이상을 보면, 기묘사화 이전이나 이후의 신광한은 강경한 도학의 실천자로서 현실 정치를 개혁하는 선두에 섰던 인물이 아니었다. 그는 도학적 지치주의의 실현이 나가야 할 길이라는 것은 믿었지만, 그 실천에 있어서는 온건한 태도를 지녔다. 그의 이같은 정치적 태도는 일정 부분의 그의 인물 성향에 의한 것이다. 이런 점에서 신광한은 출신 가문과 사림 지향의 사이에서 상호 불일치의 모순성을 보였던 적이 없는 인물이라고 하겠다. 그러므로 현실 정치에서 중간적 처지의 회색인이나 고립된 개인으로 치부될 만한 이유도 없다. 그의 인물 성향이 본래 그러했기 때문이다. 신광한은 특정 정치 노선의 어중간한 위치에서 오락가락한 것이 아니며, 오히려 자신만의 정치적 성향과 색깔을 굳게 지키며 세상을 살아갔던 인물이었다.

3. 신광한의 소옹 지향과 삶의 태도

그렇다면 신광한이 현실에 완강하게 저항하며 개혁을 지향하는 것이 아닌 온건한 성품과 가치 지향을 지닌 인물로 이해할 수 있는 다른 근거, 특히 그의 삶의 태도와 가치 지향을 학문적 경향의 관점에서 살펴보자.

신광한, 세상에서 그를 중시한 것이 이와 같았다. 학문 연원은 육경에

라.(傳于政院曰 己卯枝葉人等已懲 今至二十年矣 金安國則敍用 但勿敍顯職 梁彭孫 李若冰 金正國 鄭順朋 申光漢 柳仁淑 朴英 李淸等 職牒還給可也.) 『중종실록』 권 86, 중종 32년(1537) 12월 15일.

있었고『논어』,『맹자』,『중용』,『대학』에 특히 정심(精深)하였다. 사물의
이치를 깨닫고 마음으로 얻어 높고 오묘한 경지에 홀로 나가니 원근 학자
들이 모여들어 스승으로 존경하였다.[28]

신광한이 당대의 신진 사림들과 학문 세계를 공유했던 학자였던
것은 분명하다. 조사수가 행장에서 기록하고 있는 것처럼, 신광한의
학문 세계는 육경(六經)에 근본을 두고 있다.『논어』,『맹자』,『중용』,
『대학』의 사서(四書)에 대해 심득(心得)한 바가 있어 높은 경지의 이
해를 보였다. 신광한은 말할 것 없는 성리학적 사유 태도를 갖춘 유자
(儒者)였다. 조사수의 신광한 관련 기록이 주관적이라면, 비교적 객관
적인, 실록(實錄)의 사신(史臣)이 평한 신광한에 대한 첫 마디 역시
"광한은 유자다."였다.[29] 어느 관점에서 봐도 신광한은 성리학적 학문
체계와 사유의 범위를 벗어나 있지 않은 인물이었다.

그렇지만 이상만으로 신광한의 학문적 지향이나 사유 태도의 구체
적인 면모를 다 확인했다고 할 수 없다. 유자(儒者) 신광한이라는 표
현은 지나치게 포괄적이고 모호한 것일 뿐이다. 특히 그의 온건하고
도 형세적인 학문 성향은 충분히 설명되지 않는다. 그런데 다음과
같은 기록에서 어느 정도 학문적 성향을 확인할 수 있다.

『역(易)』에 밝아 수(數)를 헤아리는 것에 민첩하였다. 일찍이『황극경

28 申光漢 其見重於世 如此 學問淵源 本諸六經 尤精於語孟庸學 理會心得 獨詣高妙
遠近學者 日萃師尊之. 조사수(趙士秀), 〈문간공행장(文簡公行狀)〉,『기재집(企齋
集)』권지십사(卷之十四).

29 史臣曰 光漢儒者也 以己卯餘類 落職退居于陰竹之元亨里 環堵蕭然 日以書籍自
娛.『명종실록』권11, 명종 6년(1551) 5월 15일.

세서(皇極經世書)』를 읽다가 이해되지 않는 곳이 있어 허공을 보며 사색
에 잠긴 것이 칠일 밤낮이었다. 설풋 잠이 들었을 때, 용모가 심히 웅위한
노인이 자칭 소옹(邵雍)이라 일컬으며 그가 해득하지 못한 곳을 말해주
니 놀라 깼는데, 확연하게 얻은 바가 있었다.[30]

조사수는 신광한이 『주역(周易)』
에 뛰어났고, 추수(推數)에 민첩했음
을 지적하였다. 그리고 그가 『황극
경세서』를 이해하기 위해 부단한 노
력을 기울였다고 했다. 이는 신광한
이 상황 판단에 기민했음과 소옹(邵
雍; 1011~1077)의 학문 세계에 깊이
빠져들었음을 말해준다. 앞서 신광
한이 경연에서 보여준 태도를 통해,
『주역』에 대한 학문적 수준이 당시
에 상당한 정도였음을 확인했다. 그
런데 이 기록은 신광한이 『주역』에
대한 이해를 바탕으로 한 수(數)와
상(象)의 추리, 『주역』의 상(象)과 수
(數)를 기반으로 한 상황 이해 능력

소옹(邵雍)의 초상[31]

---

30 長於易學 捷於推數 嘗讀經世書 有所未達 仰而思者七日七夜 假寐有老人容儀甚偉
自稱邵子 告其所未解 惕然而覺 豁然有得. 조사수(趙士秀), 〈문간공행장(文簡公行
狀)〉, 『기재집(企齋集)』 권지십사(卷之十四).

31 사진 출처. https://ko.wikipedia.org/wiki/

을 길러 왔음과 '經世書'(=『황극경세서』)의 이해에 매달렸다는 사실은
알게 한다. 한마디로 신광한은 『주역』을 근간으로 한 학문인 소옹의
상수학(象數學)에 매진했던 것이다.

신광한이 밤낮없이 공부했던 『황극경세서』는 소옹의 주저(主著)이
다. 『황극경세서』에 대한 신광한의 매진은 단순한 학문적 관심 이상
의 의미를 지닌다. 『황극경세서』는 『성리대전(性理大全)』에 수록된
성리서(性理書)이며, 상수학이란 학문 체계를 대변하는 책이다. 그런
데 그가 이 책을 읽으면서 7일 밤낮을 생각하다가 설핏 잠이 들고,
소자(邵子; =邵雍)가 꿈에 나와 그 이해되지 않았던 부분을 말해주면
놀라 깼으며, 그제야 비로소 이해가 되지 않았던 바를 명확하게 알게
되었다고까지 말했다. 이것은 소옹과 상수학에 대한 신광한의 지향
과 열정을 고스란히 보여준다. 신광한은 소옹의 학문과 사유 태도를
이상적 사상 체계로[32] 받아들였던 것이다. 실제로 신광한은 여주 원
형리(元亨里)에 은거했던 시기부터 본격적으로 상수학에 빠져들었다.

---

[32] 신광한의 학문이 소옹의 역학에 닿아 있음은 여러 차례 지적된 바 있다. (유기옥,
「기재 신광한의 문학과 사상적 배경」, 『인문논총』 22, 전북대학교 인문학연구소,
1992, 190쪽. ; 윤채근, 「기재 신광한의 한시 연구」, 『어문논집』 36, 민족어문학회,
1997, 202쪽. ; 박명채, 「기재 신광한 한시 연구」, 단국대학교 박사학위논문, 2004,
14~15쪽.) 그러나 소옹 흠모의 양상을 전면적으로 검토하면서 신광한의 의식 세계
를 고찰하고자 한 것은 손유경에 의해서다. 그는 신광한의 소옹 수용 경로를 『성리
대전』 진강을 통해서였음을 밝히고, 소옹 사상의 경도 원인을 음양 교역(交易)의
원리, 변화의 생성, 순환 반복 원리를 내면화하여 혼란기를 인정하고 견디는 방법으
로 삼았기 때문이라고 했다. 그리고 신광한의 소옹 수용을 산문과 시(詩)의 분석을
통해서 구체적으로 제시하였다. (손유경, 「기재 신광한의 의식 세계에 대한 일고찰
-소옹 흠모 양상을 중심으로-」, 『한문학논집』 29, 근역한문학회, 2009 참조.)

내 농사에 밝아지면서부터 자못 날씨의 흐림과 갬에 뜻을 두게 되었다. 집이 가난하여 또한 술이 없어 인하여 소옹의 '섭리경륜(燮理經綸)'이란 구절을 읊조리며 장난삼아 절구(絕句) 하나를 짓노라.[33]

인용한 내용은 신광한의 소옹 지향, 그의 학문적 관심과 관련하여 적지 않은 사실을 시사한다. 특히 다음과 같은 점에서 그러하다. 첫째, 신광한이 추수(推數)에 의한 날씨 예측에 깊은 관심을 두었다는 사실이다. 이른바 "날씨의 흐림과 갬에 뜻을 두게 되었다.(頗關意陰晴)"는 것이다. 소옹 학문의 가장 큰 특징은 세계 변화의 기미(幾微)를 상(象)과 수(數)로 살펴 이해하고 판단하는 것이다. 그리고 그런 소옹의 상수학은 『주역』에 대한 이해와 해석을 기반으로 한다. 『주역』이 야말로 상과 수로 현재를 파악하고 미래를 합리적으로 판단하는 성현의 책이다. 때문에 신광한이 농사를 위한 날씨 예측에 뜻을 두었다는 것은 소옹이 구축한 학문 체계인 상수학에 대한 이해가 깊어지고 있으며, 그것을 삶에 직접 적용하려 했다는 것을 의미한다. 더구나 신광한이 머문 곳은 원형리(元亨里)였다. 그는 『주역(周易)』의 상(象)에 근거한 이름을 삶의 공간에 부여함으로써 자신의 삶이 『주역』의 원리 속에서 실현되기를 기대했던 것이다. 이런 점에서 신광한은 상수학의 이론 학습을 실생활에서 적용, 확인하려 했다.

둘째, 신광한이 소옹의 『이천격양집(伊川擊壤集)』〈사백순찰원용선생불시타괴인(謝伯淳察院用先生不是打乖人)〉이란[34] 작품을 열독했음

---

33 신광한(申光漢), 〈자여명농파관의음청가빈우무주인우령소자변리경륜지구희작일절(自余明農 頗關意陰晴 家貧又無酒 因偶吟邵子燮理經綸之句 戲作一絕)〉, 『기재집(企齋集)』 권지이(卷之二).

을 알 수 있다. 신광한이 "섭리경륜(燮理經綸)"이란 구절을 읊조렸다
는 것이, "경륜(經綸)"으로 시작하는 첫째 구와 "섭리(燮理)"로 시작하
는 둘째 구절만이 아닌 작품 전체를 가리키는 것임은 분명하다. 더욱
이 신광한이 이 작품을 외워 읊조렸다는 것은 그가 평소 소옹의 시를
즐겼다는 것, 소옹의 삶의 태도나 지향과 자신의 삶의 태도나 지향을
일치시키려 했음을 미루어 짐작할 수 있다.

　신광한은 소옹의 삶의 태도를 자신의 삶에서 실현해내고자 했다.
소옹이 〈사백순찰원용선생불시타괴인〉에서 읊조려낸 요체(要諦)는
세계 변화의 이치 안에서의 안락(安樂)이었다. 작품에서 보이는 것처
럼, 소옹은 자신이 머무는 집을 "안락와(安樂窩)"라 이름 짓고 한가롭
게 지내며 자연과 세계의 변화에 순응하는 삶을 살고자 했다. 그런데
이것은 신광한의 경우도 마찬가지였다. 그는 농부로서 한가롭고 여
유로운 삶을 누리고자 했기에 섭리경륜(燮理經綸)을 읊조리며 시를
지었다. 신광한은 소옹의 학문뿐만 아니라 그의 삶의 태도 역시 내면
화하여 실천하고자 했다. 신광한은, 소옹처럼 가난해도 즐거움을 누
리고자 하는 안락을 추구했던 것이다. 신광한은 소옹을 꿈꿨고, 그를
자기 삶의 준거(遵據)로 삼고자 했다.

　　농가의 봄이 다 하면 비 오고 비둘기 울며
　　집둘레 뽕나무와 삼나무는 싹이 솟는다.
　　술이 없지만 또한 섭리를 보존할 수 있고

---

34 經綸事業須才子 燮理工夫有巨臣 安樂窩中閑偃仰 焉知不是打乖人. 소옹(邵雍), 〈사
　　백순찰원용선생불시타괴인(謝伯淳察院用先生不是打乖人)〉, 『이천격양집(伊川擊
　　壤集)』 권십일(卷十一).

농부는 다만 날씨를 알아 살필 뿐이네.[35]

신광한은 원형리에 머물면서 자연의 변화 이치를 탐구하는 자세와 술이 없어도 편안하게 자연의 추이를 예측하려는 삶을 시로 그려냈다. 소옹처럼 세계 변화의 기미를 상과 수에 의해서 파악함으로써 그 속에서 편안하고자 했다. 이런 점에서 소옹이나 신광한의 작품에서 말하는 바, 그 요체는 다를 바 없다. 세계의 변화의 기미를 살펴 이에 순응하며 살아가려는 태도 그것이 섭리를 보존하며 살아가는 것이다.

"봄이 다 하면 비 오고 비둘기 울며"로 표현되는 제1구와 2구는 자연의 변화와 그 자연스러움인 순리를 가리킨다. 이런 자연 변화의 섭리에 거역하지 않고 고요하게 온전히 지켜낼 수 있어야 편안하다. 다만 "술이 없다"는 진술에서 현실을 다 감내하기 어렵다는 심리를 은연중에 드러냈다고 말할 수도 있겠다. 하지만 "날씨를 알아 살핀다"는 진술에서는 세계 변화의 기미를 살피며 한가하고 편안하게 지내고자 했던 그의 근본적 지향이 분명하게 드러난다. 더구나 마음을 달래기 위해 술을 마시는 것은 안락(安樂)하지 못한 상태일 뿐이다. 그러니 신광한은 술이 없어도 섭리를 보존할 수 있다고 했다. 현실 변화에 순응하며 편안할 따름이다. 이것이 "섭리경륜(燮理經綸)"의 온전한 실현이고 안락한 상태를 의미한다.

---

35 園林春盡雨鳩鳴 繞屋桑麻看發生 無酒更能存燮理 農夫只解管陰晴. 신광한(申光漢), 〈자여명농파관의음청가빈우무주인우령소자변리경륜지구희작일절(自余明農頗關意陰晴家貧又無酒因偶吟邵子燮理經綸之句戲作一絕)〉, 『기재집(企齋集)』 권지이(卷之二).

　　원형리 은거 시기의 신광한이 쓴 시와 산문의 상당한 작품은 소옹의 학문 지향이나 삶의 태도와 밀접하게 관련되어 있다. 그렇다면 소옹의 가치 지향이나 삶의 태도는 어떠한 것이며, 신광한은 그것을 어떤 방식으로 수용, 내면화하려 했던 것일까. 이와 관련하여 신광한의 다음 시에 주목해 보자.

　　　건곤이 오가는 것, 진실로 (둥근)고리와도 같아
　　　동정(動靜)이 모름지기 따르니, 이 날을 보네.
　　　만물 처음 잉태하여 양의 기운 비로소 돌아오고
　　　동지(冬至)가 마침 이르러 눈도 처음 잦아드네.
　　　오묘하고 아득하여 시변(時變)을 알기 어려우니
　　　면면히 바라나 선단(善端)을 누가 알아 체득하리오.
　　　종에게 지나가는 장사치 응대하지 말라 경계하고
　　　나는 집에 머물며 사립문 닫았네.³⁶

　　동지(冬至)에 내린 눈을 두고 노래한 신광한의 작품이다. 그런데 이것은 단순히 눈이 내린 정경에 대한 감흥이나 묘사에 머물지 않는다. 그 요체는 음양의 변화, 동정(動靜)의 오감에 따른 순환을 노래하는 것으로 시작한다. 시변(時變)은 곧 우주적 질서가 때에 따라 변화하는 것을 가리킨다. 그리고 그 변화는 상(象)과 수(數)로 표상된다. 그러나 상과 수로 표상되는 변화는 현묘하고 은미하여 쉽사리 알아채기 어렵다. 자연의 변화를 알아챈다고 하더라도 "선한 본성[善端]"

36　乾坤來往信如環 動靜須從此日看 萬物始胎陽始復 一冬初至雪初殘 難將眇眇知時變 誰體綿綿認善端 戒僕莫應商旅過 自家猶得閉柴關. 신광한(申光漢), 〈지일설우음(至日雪偶吟)〉, 『기재집(企齋集)』 권지삼(卷之三).

을 체득(體得)하기란 더더욱 어렵다. 세속과 욕망에 길들여져 본성을 잃기 십상이기 때문이다. 선한 본성을 잃게 하는 것은 욕망과 거짓이다. 당연히 번잡하게 장사치를 상대하거나 물(物)을 탐해서는 안 되는 것이다. 장사치를 의미하는 '상(商)'은 이익을 위한 '거짓'의 뜻도 담겨 있다. 그러니 종에게 장사치를 응대하지 말라고 경계한 것이다. 거짓을 멀리하고 고요히 침잠하여 외계의 변화에 주목해야, 관물(觀物)해야 그 기미를 겨우 알아챌 수 있다.[37]

신광한이 관물을 말하는 것은 나름의 이유가 있다. 그것은 존재하는 모든 것, 우주의 본원에는 변역원리(變易原理)와 통일성의 원리가 내재하기 때문이다. 그리고 그 원리는 자연의 은미한 표상, 상(象)과 수(數)로 나타난다. 그것은 괘효(卦爻)로 표상(表象)되고 역수(曆數)로 추연(推衍)할 수 있다. 이런 상(象)과 수(數)의 표상을 파악하기 위해서는 심법(心法)에 의한 주체의 객관화 과정이 필요하다. 물(物)에 의한 간섭을 배제하고 주체를 객관화할 수 있어야 한다. 신광한이 주목한 것은 소옹의 이런 사유 태도이다. 그리고 그것은 『황극경세서』에 대한 밤낮 없는 궁구로 나타났다. 신광한은 〈지일설우음(至日雪偶吟)〉을 통해 이런 사유와 삶의 태도를 노래로 형상화했다.

이렇게 상과 수로 표상되는 변역원리의 체득에 대한 지향은 신광

---

37 관물(觀物)은 『기재기이』 소재 〈안빙몽유록〉과 〈서재야회록〉을 독해하는 중요한 사유 방법이 된다. 물상(物像)을 주관적 감정에 따라 보는 것이 아니라 객관화 시켜 물(物)의 입장에서 바라보고, 그 세계를 진실되게 받아들이는 것이다. 이것이 야말로 세계 변화의 기미를 알아챌 수 있는 방법이 된다. 심법(心法)에 의한 주체의 객관화 방법인 관물(觀物)과 궁리(窮理)에 대한 〈안빙몽유록〉, 〈서재야회록〉의 형상화 방식과 그 지향은 장을 달리하여 살피도록 하겠다.

한의 산문이나 시에 빈번하게 등장한다.[38] 다음의 경우를 보자.

　　신묘 칠월 십삼일에 여노(女奴)가 와서 고하기를, "아, 제가 이상한 것을 보았습니다. 서쪽 채마밭에 오이가 있는데, 한 꼭지에 두 열매가 달리더니 합쳐 하나가 되었습니다. 그 모습이 분명해서 제가 상서롭지 못하다고 여겨 그것을 버렸습니다."고 했다. 내가 시험 삼아 가져다 보니 과연 그 말과 같아 실로 크게 이상했다.

　　장주(莊周)가 말하기를, '과연 오이에도 이치가 있다.' 하였으니 이것이 어찌 이치가 없겠는가? 옛날 두 개의 벼이삭이 하나로 맺고 보리가 두 갈래로 났으며 연리지(連理枝) 나무가 있었지만 상서롭지 못하다는 말은 듣지 못했다. 그렇다면 이 오이 또한 어찌 그런 종류가 아니겠는가? 오이는 셋으로 나뉘는 결이 있어 쉽게 나뉘는 물건을 가리켜 과분(瓜分)이라 한다. (이처럼) 오이는 본래 셋으로 나뉘는 것인데, 지금에 두 오이가 합해서 하나가 되었으니 이것은 양일육합(兩一六合)의 상(象)일 것이다. 양일은 음양이 화하여 하나가 되는 것이고 육합은 상하사방(上下四方)이 하나로 합한 것이다. 어찌 이것이 홀로 상서롭지 않겠는가?[39]

사물을 이해하고 사유하는 신광한의 태도가 〈포전합환과설(圃田合

---

38 원형리 은거 시기 신광한의 문학 작품에 나타난 소옹 지향은 손유경이 꼼꼼하게 살폈다. 이에 대해서는 손유경의 논의를 참고하기 바란다. 손유경, 앞의 논문, 18~31쪽 참조.

39 辛卯七月之十有三日 有女奴來告且曰 噫 吾見異矣 西圃之田有瓜焉 一蔕兩實 合而爲一 其狀可明 吾以爲不祥 而棄之 余試取以觀之 果如其言 實異之大者 莊周曰 果瓜有理 此豈無理者乎 古有同穎禾 兩岐麥 連理木 未聞以爲不祥也 然則斯瓜也 抑亦其是之類歟 瓜有三分之理 故指物之易分者 謂之瓜分 瓜本三分之物 而今者兩瓜合而爲一 此兩一而六合之象歟 兩一者 陰陽和而爲一也 六合者 上下四方同而合也 玆獨非祥耶歟. 신광한(申光漢), 〈포전합환과설(圃田合歡瓜說)〉, 『기재문집(企齋文集)』 권지일(卷之一).

歡瓜說)〉에 드러나 있다. 상과 수에 의한 추연과 세상에 대한 낙관적 태도다. 여종은 채마밭 오이가 한 꼭지에 둘이 달렸고, 그 둘이 다시 하나가 된 것을 버렸다고 고한다. 정상적인 물건의 모습이 아니라는 점에서 상서롭지 못한 것이라고 여긴 때문이다. 일반적으로 발견되지 않는 물상(物像), 이물(異物)을 두고 상서롭지 못하다고 여기는 것은 당연하다. 그러나 신광한은 그것이 상서롭지 않을 까닭이 없음을, 사물의 형상과 이치로 논증한다.

그의 주장은 장자의, '오이에도 이치가 있다.'는 말로 시작한다. 오이에 이치가 내재해 있으니, 오이가 둘이 하나로 합쳐지는 현상에도 이치가 내재할 것이라는 말이다. 그리고 오이는 본래 셋으로 잘 나뉘는 결이 있다는 것과 그 합쳐짐에 이치가 내재할 것을 근거로 자신의 주장을 펼친다. 그것은 두 오이가 합쳐져 하나가 된 상(象)과, 오이의 3결과 두 오이의 수(數)에 근거한 세계 인식이다. 즉 두 오이가 합쳐져 하나가 되었으니 둘이 하나가 되는 "양일(兩一)"이며, 본래 셋으로 잘 나뉘는 것인데 합쳐졌으니, 둘이 합쳐져 여섯이 되는 "육합(六合)"이라고 추연했다. 이는 양일은 음양의 화합이며, 육합(六合)은 상하사방(上下四方)이 하나로 합쳐지는 것으로 이해됨을 뜻한다. 요컨대 '이상한 오이'인 물상의 상과 수가, 음양과 상하사방의 화합을 표상하고 있는 것이니 상서롭지 못할 까닭이 없다는 것이다.

그는 일견 비일상적 현상을 양일육합의 상과 수로 해석했다. 이는 현상계를 토대로 상(象)을 추출하고 수(數)를 추연하여 세계 변화의 기미를 밝힌 것이다. 만물의 생성 변화 원리를 추상적, 상징적으로 표상한 상(象)과 천도(天道)의 이치를 수적(數的)으로 인식하고 논증하는 이수원리(理數原理)에 근거한 사유 태도가 드러났다. 이른바 상수학의 사유 태도가 이 글에 온전히 드러나 있다. 요컨대 이 글은, "사물의 제 현상에서 그 현상을 만들어내고 완성시키고 있는 수(數)를 발견해내고 그에 대한 논리적 분석을 통하여 이것을 선천적 자연 질서로까지 확대시켜 끌어나가는 상수적(象數的) 분석 사유"이며[40] 세상 변화의 기미를 살펴 처신의 방책으로 삼으려는 태도의 표현이다. 그리고 이것은 신광한이 세상에 적극적으로 대응하고 모순을 고치려 하기보다는 세상의 변화를 읽고 이에 대응하려는 온건한 삶의 태도를 지녔음을 보여주고[41] 있다. 정치적인 관점에서 신광한의 형세주의적(形勢主義的)이고도 소극적인 태도나 처세 방식도 이런 측면에서 이해 가능하다.

　　윤개(尹漑)가 아뢰기를, 대제학 신광한(申光漢)이 병으로 사직하자 체직하라고 명하셨는데【광한은 일찍부터 문장(文章)으로 이름을 날렸다. 기묘년 이후로는 한산(閑散)으로 시골에서 사니 사림(士林)이 중히 여겼는데, 정유년에 조정으로 돌아온 뒤로는 몸을 보존하고 벼슬자리를 지키려고 세로(世路)에 부침하였으므로 그르게 여기는 사람이 많았다.】이것은 조종조의 고사에 상고할 바가 없는 것입니다. 얼마 전 김안국(金安國)이 죽자 성세창(成世昌)이 하였고, 성세창이 죄를 입자 신광한이 하였는데 죽은 사람과 죄지은 사람은 형세 상 사람을 추천하여 자기를 대신하게 할 수 없으므로 그때 권점(圈點)을 받았던 것입니다. 그런데 지금은 광한이 살아 있으니 상께서 스스로 천거하여 대신케 하라고 하교하시면 반드

―――――――

40 손유경, 앞의 논문, 21쪽.
41 이와 관련하여『기재기이』내의〈하생기우전〉을 주목할 필요가 있다.〈하생기우전〉에는『주역』의 명이(明夷)와 가인(家人)의 괘효(卦爻)에 근거한 기미의 추론과 판단, 이에 따른 주인공의 삶의 태도가 결정되는 양상을 보인다. 이에 대한 구체적인 다음의 장에서 진행하도록 한다.

시 적임자를 얻을 것인데 하필 권점(圈點)을 해야 합니까."[42]

신광한이 병(病)으로 대제학을 사직하자 그 후임 인선을 어떻게 할 것인가와 관련된 실록의 기록이다. 그런데 그 기록 중간에 끼어 있는 신광한에 대한 사관(史官)의 평가가 주목을 끈다. 사관은 신광한이 원형리(元亨里)에 머물러 있을 때는 절개를 지키며 학문에 힘을 쏟고 조정에 기웃거리지 않았으므로 사림의 중망(重望)을 얻을 수 있었지만, 재출사한 후로는 몸을 보존하고 벼슬자리를 지키려는 태도만을 보였으므로 그르게 여기는 사람이 많았다고 적었다. 스스로 버림받은 야인(野人)으로 자처[今余棄於時 而爲野人]할[43] 때는 분수를 지키며 "한산거향(閑散居鄕)"하였고, 벼슬살이할 때는 "부침세로(浮沈世路)"하였다는 것이다. 사신은 신광한에 대해 냉혹할 정도로 엄격하게 평가했다고 하겠다.

그런데 신광한의 "閑散居鄕"은 그가 어떤 현실에서도 낙망하거나 좌절하지 않았음을[44] 나타내며, "浮沈世路"는 이상적인 목표를 설정하

---

42 尹漑曰 大提學申光漢病辭 命遞【光漢早以文章著名 己卯年後閑散居鄕 士林倚重 自丁酉還朝之後 容身持錄 浮沈世路 人多非之】祖宗朝故事 無所徵也 頃者金安國死而成世昌爲之 成世昌被罪 而申光漢爲之 死者 罪者 勢不得擧人以自代 故其時乃受圈點矣 今則光漢在焉 自上下敎 使之自擧 而代之 則必得其人矣 何必用圈點乎. 『명종실록』 16권, 명종 9년(1554) 2월 18일.

43 〈포전합환과설(圃田合歡瓜說)〉, 『기재문집(企齋文集)』 권지일(卷之一).

44 이는 앞서 살핀 〈포전합환과설〉에서 분명하게 드러난다. 그는 앞서 인용한 내용에 이어 다음과 같이 말하며, 부정적이거나 비탄에 빠지기 쉬운 현실을 긍정하며 편안하려 했다.

"오이의 합환(合歡)이 들사람의 밭에 생겨났으니, 홀로 무슨 뜻이겠는가? 또한 스스로 이치를 찬찬히 풀어본다. 음양이 화합하고 상하사방이 하나 됨은 진실로 들사람의 사업은 아닐 것이다. 지금 시국에 어진 인물이 나서 위로는 임금의 덕을

고 이와 어긋나는 현실 모순을 해결하기 위해 적극적으로 대응하지
도 않았음을 뜻한다. 현실의 폭압을 저주하며 울분을 터트리지 않고
번요(煩擾)하지 않은 채 여유롭게 마음을 가지런히 하는 "한산(閑散)"
과 세파(世波)의 흔들림에 굳건하게 맞서지 않고 굴곡을 함께 하는
있는 "부침(浮沈)"은 대척적인 것이라거나 상호 모순된 태도가 아니
다. 오히려 신광한은 자신이 어떤 상황에 처하더라도 자신의 분수와
처지를 지키며 미래를 낙관하고 편안하고자 했다. 신광한의 삶의 태
도와 지향이 재출사 후 달라진 것이 아니라 그는 본래부터 그러했던
것이다.

이런 신광한의 태도가 바로 기묘사화와 관련하여 "지적하여 말할
만한 자취가 없다"는 말이나 "어리석고 망령되게 서로 친하게 상종한"
것, 출사 후 "처사에 있어 적절하지 못한 단점"이 있다거나 "이치(吏治)
에 보잘것없다"는 것, 혹은 "일을 함에 있어 망연(茫然)했다는[45] 평가

보필하고 아래로는 민심에 순응(順應)해서 사방이 하나가 되게 할 것을 어찌 알겠
는가? 임금의 덕을 보필할 수 있으면 화기(和氣)가 위로부터 생기고, 민심에 순응
하면 화기가 아래로부터 생겨나게 된다. 상하가 화합하면 음양이 조화롭고, 음양
이 조화로우면 나뉜 것이 합할 것이니, 그리하여 사방이 또한 따라서 화합할 것이
다. 화합이 지극함에 이르면 장차 농사가 풍년이 들고 세도(世道)가 찬란할 것이니
먹고 사는 것이 즐거워 〈격양가(擊壤歌)〉를 부를 것이다. 어찌 들사람의 상서로움
이 아니겠는가?" (而瓜之合歡 生於野人之田 獨何歟 徐又自解之日 陰陽和而上下四
方同者 固非野人之事也 安知今之時有賢者出 能上輔君德 下順人心 以同四方者乎
能輔君德 則和自上生 能順人心 則和自下生 上下和則陰陽和 陰陽和 則分者可合 而
四方亦從而和 和而至於此 將見豐年穰穰 世道熙熙 舍哺而嬉 擊壤而歌 豈非野人之
祥也歟.) 신광한(申光漢), 〈포전합환과설(圃田合歡瓜說)〉, 『기재문집(企齋文集)』
권지일(卷之一).

45 及蒙收敍 歷臺諫秉文衡 其所著述 有足可稱 爲詩文淸高典雅 非俗流所可企及 至是
爲當道者所不悅 并與其文章而毀短之 固辭請免 但性頗迂僻 處事未免有不中之弊
拙於吏治 臨事茫然 此其短也. 『명종실록』 권11, 명종 6년(1551) 5월 15일.

등을 받게 했다. 신광한이 형세(形勢)를 보아가며 처신하는 태도를
보였기 때문에 신진의 젊은 사관(史官)이 보는 눈, 즉 도학적 원칙주
의자의 입장에서 보면 "용신지기(容身持羈)" 했다고 하거나 "임사망연
(臨事茫然)"하다고 평가할 수밖에 없었을 것이다. 이것은 실록에 나타
난 그의 〈졸기(卒記)〉역시 마찬가지다.

> (신광한은; 필자 주) 성품이 순후(醇厚)하였으며 풍도(風度)는 고상하
> 고 옛 풍취가 있으며 학문은 해박(該博)하고 문장은 정려(精麗)하였다.
> 중국 사신을 접대할 때에는 늘 칭찬을 받았다. 그러나 일을 처리할 때에는
> 간혹 치우쳐 막히는 잘못이 있으므로 사람들이 이것을 단점으로 여겼다.[46]

신광한 〈졸기(卒記)〉의 끝부분이다. 여기에는 신광한의 인물됨, 행
적은 물론이고 그의 단점에 대한 언급도 함께 존재한다. 신광한의
단점에 대한 지적의 핵심은 "於處事時 有偏滯之失"이다. 여기서 "偏
滯"는 치우쳐 막혀 있는 것이다. 신광한이 일에서 자신의 주장이나
생각을 좀처럼 바꾸지 않았던 모양이다. 그러나 이것은 자기주장만
적극적으로 내세우는 강경한 태도는 아니었다. 자신의 생각을 굳게
지킬 따름이며, 자신이 받아들여지지 않는 현실과 쉽게 타협하지도
않는 태도를 지녔음을 뜻한다. 인정은 하되 강제하지는 않는 태도라
하겠다. 이는 이를 앞서의 "容身持羈"과 연결지어 볼 때 더욱 그렇다.
그가 세상에 대한 적극적인 대응, 현실 개혁의 적극적 견해를 개진하
지 않았지만, 동시에 자신의 본연을 잃지도 않았다. 그렇기에 "容身持

---

[46] 爲人性稟醇厚 風度高古 學問該博 文章精麗 儐待華使 每見稱賞 然於處事時 有偏滯
之失 人以是短之 『명종실록』19권, 명종 10년(1555) 윤11월 2일.

羈"하다는 비판과 "偏滯"하다는 지적을 동시에 받았다. 요컨대 신광
한은 자신을 감춰 드러내지 않고, 모든 일에서 자신의 주장을 적극적
으로 내세우지 않았다. 그렇다고 현실에 적극적으로 아부하며 권력
과 야합하지도 않았다. 자신이 정한 원칙과 태도를 안으로 지키며
형세에 따르고, 세사(世事)에 편안하고자 할 뿐이었다. 이런 신광한의
처신과 태도로 인하여, 신진을 이끌어줄 것이라고 한가득 기대했던
젊은 사림들은 실망했다. 그리고 이로 인하여, "대제학의 자리를 차지
하고 있을 따름"이라고[47] 모욕적으로 평가했다. 젊은 사림들에게 그
는, '유자(儒者)'이면서 "醇厚"한 성품을 지녔지만 "偏滯"한 사람이었
다. 순후하지만 자신의 생각을 바꾸지 않고 그렇다고 현실과 맞서지
도 않는 사람, 그런 신광한을 기대에 차서 바라보면 답답하기만 했을
터이다.

그간의 연구 성과들은 신광한의 이같은 처신, 삶의 태도를 두고
"중간자 처지" 혹은 "훈구파와 사림파 사이에 옹색하게 끼여 있는 회
색분자"나[48] 고립된 개인으로 설명한다. 그러나 이것은 중간자적 처

---

47 이(악장)는 부제학(副提學) 정언각(鄭彦慤)이 지어서 대제학에게 취정(取正)한 것
    이다. 그 고친 구(句)는 곧 좌의정 이기(李芑)가 고친 것이다. 무릇 지제교(知製敎)
    가 지은 것을 가감을 하거나 개정을 하는 것은 곧 대제학의 임무이지 삼공(三公)에
    게는 진실로 관계가 없는 것이다. 그런데 이번에 좌의정 이기는 대소(大小)의 문서
    (文書)에 있어서 문형(文衡)을 맡은 자가 지은 것은 취하지 않고 반드시 스스로
    지어서 아뢴 것이 대다수가 이러하였으니, 신광한은 단순하게 자리만 지키고 있는
    허수아비 대제학이었다.(此副提學鄭彦慤之製, 而取正於大提學者也. 其改句, 卽左
    相李芑之製也. 凡知製敎者之所製, 增損改正, 乃大提學之任, 而固無與於三公也. 今
    者左相李芑, 每於大小文書, 不取典文者之製, 而必自製以啓者多類此, 申光漢徒具
    位大提學耳. 『명종실록』 권6, 명종 2년(1547) 8월 1일.
48 윤채근, 「기재기이의 창작 배경과 그 소설적 의미」, 『고전문학연구』 29, 한국고전
    문학회, 2006, 350쪽.

지의 옹색한 회색분자나 고립된 개인이 되기를 강요하던 현실에 대
한 대응의 결과가 아니다. 오히려 그의 본래적 인간 성향과 학문적
지향, 삶의 태도가 외현(外現)한 것일 따름이다. 결론적으로 말하면,
신광한의 삶의 태도와 지향은 소옹의 삶의 태도와 지향과 정합한 것
이며, 그의 이같은 처세의 방식이 중간자나 회색분자로 이해되었다.
좀 더 구체적으로 소옹에 대한 기왕의 평가를 신광한과 비교해보자.

> 소옹은 고명(高明)하고 영매(英邁)하여 천고(千古)에 뛰어났다. 그러나
> 평탄(平坦)하고 혼후(渾厚)하여 모나 보이지 않았다. 그렇기 때문에 맑으
> 면서도 격하지 않고 조화로우면서도 시류(時流)에 휩쓸리지 않았으니 사
> 람들이 그와 더불어 사귐이 오래될수록 더 존경하고 따랐다.[49]

소옹에 대한 평가다. 그런데 소옹의 인품을 기술하는 것과 신광한
의 사람됨을 평가하는 것이 크게 다를 바 없다. 신광한을 두고 "성품
이 순후(醇厚)하였"다는 것이나 소옹의 "평탄(平坦)하고 혼후(渾厚)하
여 모나 보이지 않았다."는 말은 거의 같은 말의 다른 표현일 뿐이다.
또한 "조화로우면서도 시류(時流)에 휩쓸리지 않았"던 소옹의 삶의 태
도와 "容身持羈"하면서도 "偏滯"했던 신광한은 성격상 판박이라고 하
겠다. 자신의 주장을 강경하게 내세우며 시류와 맞서지도 않지만 자
신이 지켜야 할 바를 잃지도 않는 처세이다. 더욱이 "다른 사람과 이
야기할 때는 그의 착한 점을 즐겨 말하고 나쁜 점은 숨겼"으며, "억지

---

49 雍高明英邁 逈出千古 而坦夷渾厚 不見圭角 是以淸而不激 和而不流 人與交久 益尊
信之.〈소옹(邵雍)〉,『송사(宋史)』「도학열전(道學列傳)」제일백팔십육(第一百八
十六).

로 말하거나 가르치지 않았다."는[50] 기술은 신광한의 온건한 삶의 태
도와 방불하다.

> 사신이 말하기를, 신광한은 풍치가 있고 아담한 사람이다. 모습은 수척
> 하였지만 신색(神色)은 범류(凡類)를 벗어났으며, 집안에서는 생업을 경
> 영하지 않았고 조정에 처하여서는 몸 가지기를 청렴하고 신중히 하였다.
> 아첨하는 태도가 없었고 장자(長者)의 기풍이 있었으며, 문장은 바르고
> 고상하였다.[51]

신광한 〈졸기〉를 남긴 사신(史臣)의 평이다. 그런데 신광한에 대한
묘사는 소옹의 모습과 크게 다를 바 없다. 신광한의 인간적 성향과
삶의 태도에 대한 기술을 소옹의 것과 서로 바꾼다고 해도 알아채기
힘들 정도이다. 본래적인 성향도 그러했거니와 신광한의 소옹 가치
지향이 외화된 결과라 하겠다. 요컨대, 신광한은 소옹의 삶의 태도와
가치지향을 따르려 했고 실제로 그런 삶의 태도를 일정 부분 실현했
음을 알 수 있다. 이것은 재출사 이후 '기재(企齋)'를 짓고 그곳에서
안락(安樂)을 얻고자 하는 것에서도 그대로 드러난다.

> 내 재실의 앞에는 시내가 있어 뒤섞이며 면면히 흐르는데 냇물이 그치
> 지 않는 것을 바라며 차탄한다. 내 재실의 뒤에는 소나무가 있어 절절(切
> 切)히 엇갈려 솟았는데, 소나무가 추운 겨울에도 변치 않음을 바라며 흠

---

50 與人言 樂道其善 而隱其惡 有就問學則答之 未嘗強以語人. 〈소옹(邵雍)〉, 『송사(宋
   史)』「도학열전(道學列傳)」제일백팔십육(第一百八十六).
51 史臣曰 光漢文雅人也 形容癯瘦 神采脫凡 居家不營生産 處朝持身廉謹 無阿諛之態
   有長者之風 文章典雅. 『명종실록』19권, 명종 10년(1555) 윤11월 2일.

모한다. 내 재실의 가운데에 향대 하나, 거문고 하나, 만권의 책이 있어 때로 분향하고 거문고를 뜯거나 거문고를 밀치고 책을 읽으니 그 또한 바랄만한 바가 아니겠는가. 책 속엔 현인이 있으니 현인을 뵈면 그를 바라고, 책에 성인이 있으니 성인을 뵈면 그를 바란다. 성인은 하늘과 같고 하늘은 바로 편안함이다. 하늘에 편안한 것, 그것을 명(命)으로 삼는 것이 내가 바라는 바다. 이에 마침내 〈기재기〉를 짓노라.[52]

〈기재기(企齋記)〉 후반부이다. 신광한은 늙어 은퇴한 시기를 전후하여 새로 집을 짓고 그 집에 기재(企齋)라는 이름을 붙인다. 그리고 그런 집을 지은 연유를 밝혔다. 그가 '기재'라 이름 한 것은 조상 신숙주(申叔舟; 1417~1475)의 당호(堂號)가 '희현(希賢)'인 것과 무관하지 않다. 신광한이 풀이한 희현의 의미는 곧 '희성(希聖)'이며, 희성은 '희천(希天)'이기도[53] 하다. 자기가 집에 기재라는 이름을 붙인 것은 조상이 희현했기 때문이고, 그것은 궁극적으로는 성인(聖人)과 하늘을 바랐기 때문이다. 그렇다면 "하늘을 바란다는 것[希天]"은 무엇인가. 이것은 이어지는 바 서술에서, 기재라는 공간을 조성함으로써 무엇을 하고자 했는가를 분명하게 드러내고 있다.

신광한은 기재 앞쪽의 시내와 뒤쪽의 소나무들을 말하여, 기재라는 공간의 주변의 경치를 말한다. 기재에서 조망되는 것은 "면면[混

---

52 吾齋之前 有川混混而逝 見川之逝而不息 則企而嘆 吾齋之後 有松切切而交峙 見松之歲晚 則企而羨 吾齋之中 有香一炷 有琴一張 有書萬卷 時或焚香而鼓琴 捨琴而讀書 其亦有所企乎 書有賢焉 見賢焉則企之 書有聖焉 見聖焉則企之 聖如天 天則安也 安於天以爲命 吾所企也 遂以爲企齋記. 신광한(申光漢), 〈기재기(企齋記)〉, 『기재문집(企齋文集)』 권지일.

53 齋以企名 何企也 企吾祖也 吾祖名堂以希賢 吾名齋以企 企吾祖 所以希賢也 希賢則希聖 希聖則希天. 신광한(申光漢), 〈기재기(企齋記)〉, 『기재문집(企齋文集)』 권지일.

기재(企齋) 터[56]

混"히 흐르는 물과 "절절(切切)"히 치솟아 한겨울에도 변치 않는 소나무이다. 이는 군자가 지녀야 할 "原泉混混 不捨晝夜"[54]의 "混混"한 태도와, 선비가 지녀야 할 "切切偲偲"의[55] "切切" 태도를 상징한다. 기재의 앞뒤 풍경에서 바란 것은 군자와 선비의 지향에 다름 아니다. 그리고 그와 같은 경물 한가운데에 자리한 공간에서 향을 피우고 거문고를 뜯거나 책을 읽는 일들을 하고자 했다.

물처럼 끊임없이 흐르면서도 지극한 마음으로 거문고를 뜯고 책을

---

54 徐子曰 仲尼亟稱於水 曰 水哉水哉 取於水也 孟子曰 原泉混混 不捨晝夜 盈科而後
進 放乎四海 有本者如是 是之取爾. 『맹자(孟子)』, 「이루장구하(離婁章句下)」.

55 子路問曰 何如 斯可謂之士矣 子曰 切切偲偲 怡怡如也 可謂士矣 朋友切切偲偲 兄
弟怡怡. 『논어(論語)』, 「자로(子路)」第十三.

56 낙산(洛山) 끝자락인 종로구 이화동에 자리잡고 있던 기재(企齋) 터이다. 이곳은
조선후기 신대(申臺)로 알려졌으며, 현재는 이화장(梨花莊)이 자리하고 있다.

읽고자 했다. 그가 책을 읽는 것은 책 속에서 현인을 보고 바라고 성인을 보고 바라며 하늘을 보고 바라기 위함이다. 그리고 이것은 "하늘에 편안"한 것을 "명으로 삼는 것(安於天以爲命)"으로 귀결된다. 자신의 삶 자체를 하늘과, 하늘이 부여한 운명에서 벗어나지 않게 꾸리기 위한 것이다. 물과 소나무로 둘러싸인 기재(企齋)라는 공간에서 향불과 거문고, 책에 묻혀 지내면서 성인을 뵙고 하늘의 기미를 알고자 했던 것이다.

이것은 온건하고 평화스러우면서 자신의 지조를 지켜나가겠다는 삶의 태도를 표현한 것이다. 현실을 적극적으로 바꾸고 개혁하려는 것도 아니겠지만, 일신의 영달을 도모하며 출세를 꿈꾸는 태도 또한 아니다. 신광한의 삶의 태도와 지향은 하늘을 바라며 명(命)에 편안하고자 하는 것일 따름이다. 그리고 그것은 소옹의 삶의 태도와 궤를 같이하는 안락(安樂)한 것이다.

　　소옹은 철마다 농사를 지었는데 근근이 의식을 댈 수 있는 정도였다. 그가 사는 곳을 이름하여 '안락와(安樂窩)'라 하였는데, 이로 인하여 스스로 '안락선생'이라 하였다. 아침이면 향을 피우고 편안히 앉았고 저녁 무렵이면 술을 서너 사발 마시었는데 조금이라도 취하면 곧 그쳐서 항상 취하는 데까지는 이르지 않았다. 흥이 나면 문득 시를 지어 읊조렸다. 봄가을이면 성중으로 놀러 가되 바람 불고 비 오면 늘 나가지 않았고 나갈 때는 작은 수레를 탔는데 한 사람으로 끌게 하여 뜻 가는 데로 갔다.[57]

---

57 雍歲時耕稼 僅給衣食 名其居曰 安樂窩 因自號安樂先生 旦則焚香燕坐 晡時酌酒三四甌 微醺即止 常不及醉也 興至輒哦詩自詠 春秋時出遊城中 風雨常不出 出則乘小車 一人挽之 惟意所適. 〈소옹(邵雍)〉, 『송사(宋史)』「도학열전(道學列傳)」제일백팔십육(第一百八十六).

소옹은, 농사를 짓고 살았는데 겨우 먹고 살 정도였다. 그러면서도 자신의 거처를 '안락와(安樂臥)'라고 이름하고 스스로 호를 '안락선생(安樂先生)'이라고 하였다. 그의 삶은 안락과 어긋나지 않았다. 아침에는 향을 피워놓고 편안히 느긋하게 앉았고, 늦은 오후가 되면 술을 서너 사발씩 마셨다. 그런데 조금이라도 취하면 곧 그쳐서 항상 취하는 데까지 이르지는 않았다. 흥이 오르면 문득 시를 짓고 스스로 노래했다. 봄가을에는 성중(城中)을 유람하였는데 비가 오거나 바람이 불면 항상 나가지 않았다. 출타할 때면 말을 몰게 하여 마음먹은 데는 어디든지 갔다. 안분(安分)하여 과하지 않고, 넉넉하고 여유 있는 삶의 태도가 여실하다.

소옹은 신광한이 지향한 것과 유사한 삶을 살았다. 이렇게 소옹이 누렸고 신광한이 지향한 삶은 궁극적으로 '안빈낙도(安貧樂道)'에 다름 아니다. 안빈(安貧)의 출발은 현재적 상태를 결여태로 인식하지 않는 데서 출발한다. 현재 상태를 결여태로 인식하지 않는 것은 결코 저절로 획득할 수 없는 경지다. 하늘이 부여한 명(命) 안에서 도를 향해 끊임없고도 간절히 나가야 이루어질 수 있다. 세계의 이치를 관조하고 그 안에서 편안히 낙관해야 가능한 바다. 소옹은 우리의 마음이 천지에 앞서 있음을 깨달을 때 천지가 나로부터 생겨난다고 여겼다. 그것은 신광한 역시 마찬가지였다. 즉 이들은 천지의 조화(調和)와 음양(陰陽)의 소장(消長)을 보아 만물의 변화에 통달하여 무심(無心)의 경지를 깨달아야 한다고 했다. 관물을 통해 주체의 자유가 존재를 매개하므로, 한없이 자유롭고 편안할 수 있었다.[58]

---

58 이와 같은 안락(安樂)을 지향하는 삶의 태도는 소옹의 〈자여음(自餘吟)〉과 같은

신광한의 궁극적 지향은 소옹의 학문 세계와 삶의 태도를 따르려
했던 것이며, 명(命) 안에서 낙관하며 편안하고자 했던 것이라 하겠
다. 원형리 은거 시기의 신광한은 세상 변화의 기미에 주목하였고,
그 변화에 맡겨 자신의 운명을 편안하게 즐기고자 했다. 하늘의 뜻에
맡겨 편안하고자 하는 바람을 담고 있는 '기재'나 '안락와'에서의 삶은
이들의 삶의 태도와 지향 가치를 대변하는 것들이다. 그러나 신광한
의 이와 같은 삶의 태도는 모순된 현실을 개혁하려는 의지에 충만한
젊은 인재들 눈에는 "浮沈世路"나 "容身持羈"했던 모습으로 보일 수
있었을 것이다. 그의 인격에 대한 칭송과는 별개의 정치적 관점에서
말이다.

신광한이 회색인적 삶의 태도와 지향을 보였다고 규정하고, 이것
이 "정유년의 환조 행위로부터 운명적으로 연유한 것"이라[59] 추단한
후에, "공식 언어를 가지고는 기묘년에 대해서는 고사하고 자신의 삶
에 대해서도 속 시원히 털어놓을 수 없는 언어적 소수자의 운명을
짐지게 되"었으며, "가해 세력과 피해 세력 사이의 모호한 경계를 상
징한다는 의미에서 언어적 정치적 소수자였다."고[60] 이해한다. 그러
나 신광한은 삶의 태도는 그의 개인적 성향과 학문적 지향에 기인한

작품에서도 여실히 드러난다. 그의 〈자여음(自餘吟)〉을 보자.
身生天地後 心在天地前 몸은 천지의 뒤에 생겨났지만 마음은 천지에 앞서 있어라.
天地自我生 自餘何足言 천지는 나로부터 생겨나는데 자여(自餘)하니, 무엇을 족히
말하리오.
소옹(邵雍), 〈자여음(自餘吟)〉, 『이천격양집(伊川擊壤集)』 권십구(卷十九).
59 윤채근, 「기재기이의 창작 배경과 그 소설적 의미－수사적 만연성을 중심으로」,
『고전문학연구』 29, 한국고전문학회, 347~348쪽.
60 윤채근, 위의 논문, 350쪽.

것이지 특정 정치적 사건이나 시기를 기점으로 외화(外化)된 것으로
볼 수 없다. 그는 본래부터 격정적 정치 성향이 아닌 온건한 지향을
보였던 인물이고, 학문적 지향의 심화에 따라 그것이 좀 더 선명하게
드러났을 뿐이다. 초기 성리학자였던 신광한은 학문적 인식의 심화
와 함께 삶에 편안하고자 했고, 그는 그런 지향을 실제 생활에서 적극
실천하면서 살아갔던 인물이다. 그리고 그 학문적 모델을 소옹에서
찾았다. 그는 현실과의 갈등 속에서 억압된 자아로서 존재했던 것이
아니라, 질서의 변화와 명운 앞에 편안한 삶을 지향했을 따름이다.

4. 맺음말

그동안의 고소설 연구자에게 신광한은 훈구 가문과 사림의 중간적
위치에 존재하는 현실에 억압된 회색인으로 치부되었다. 그 결과 출
신 배경의 한계로 인하여 훈구와 사림의 어중간한 입장에서 재출사
후 자신의 영달을 도모한 인물로 이해하였다. 그리고 이런 신광한의
이해는 『기재기이』의 명시적 우의 대상의 부재, 혹은 문제 의식의 결
여라는 특징과 연결지어 설명되곤 했다.

그렇지만 신광한의 삶의 태도는 단순히 중간적 처지나 회색인, 고
립된 개인으로만 설명될 수 없다. 그에 따라 그의 학문 경향과 삶의
태도, 지향 가치를 좀 더 정밀하게 고찰할 필요성이 제기되었다. 그
결과 다음과 같은 사실을 확인할 수 있었다. 첫째, 신광한의 이중적
면모는 훈구 가문 출신이면서도 사림을 지향했기 때문으로 설명할
수 없다. 이는 조광조, 기준, 김정과 같은 사람의 경우나 기묘 삼흉

가운데 한 사람으로 지적되는 남곤, 기묘사화에 살아남았을 뿐만 아니라 등용되었지만 현실에 대한 신랄한 비판을 가한 유운의 경우를 보아도 알 수 있다. 가문적 배경은 신광한을 이해하는 하나의 요소일 따름이지 그를 설명할 수 있는 전부가 될 수는 없다. 신광한이 기묘사화에서 살아남은 이유가 출신 배경 때문이 아니라 애초부터 도학적 지치주의를 적극이고도 급격하게 실현하려는 정치적 성향의 부재, 그의 인간적 성향이 그러하지 않았던 것이다.

둘째, 신광한은 사림의 사유와 가치를 적극 수용하는 단계에서부터 소옹의 학문 세계에 빠져들었다. 특히 『주역』에의 침잠과 정밀한 독서, 원형리 은거 시기 보여주는 생활 태도 등은 그가 소옹의 상수학에 침잠했던 정황을 여실히 보여준다. 실제로 이것은 신광한의 〈졸기(卒記)〉나 한시(漢詩), 설(說) 등에서 명백히 드러난다. 즉 신광한의 성리학에 대한 다기(多岐)한 이해가 심화되어 가던 시기에 소옹의 학문 체계에 대한 침잠이라는 자신의 학문적 지향을 분명히 했다. 그의 이런 학문적 지향은, 그의 개인적 성향은 물론이고 현실 순응적이고 형세주의적인 삶의 태도와도 일맥상통하는 특징을 지닌다.

셋째, 소옹의 삶의 태도와 지향은 신광한의 그것과 흡사하다. 세상 변화의 기미에 주목하여 몸을 그 변화에 맡겨 자신의 운명을 편안하게 즐기고자 하는 태도는 신광한이나 소옹이 모두 동일하다. 하늘의 뜻에 맡겨 편안하고자 하는 바람을 담고 있는 '기재'나 '안락와'는 이들의 삶의 태도와 지향 가치를 대변하는 것들이다. 이런 까닭에 신광한은 젊은 사림들로부터 "浮沈世路"했다는 평가를 받거나 "容身持祿"했다는 혹평을 받았다. 다만 신광한 개인적으로 본다면 자신의 학문적 지향에 따라 신념을 지키고 그것을 삶에서 실현하고자 했을 뿐이다.

『기재기이』에 대한 이해 역시 신광한의 학문 태도나 지향 가치와 관련지어 이해하는 것이 온당할 것이다. 기왕의 연구에서 볼 수 있는 것처럼, 신광한의 가문이나 출신 배경만으로『기재기이』를 해석하려는 것은 협애(狹隘)한 시각에 머문 것이다. 소옹의 상수학을 기반으로 한 초기 성리학의 이해 체계와 실천의 방식에 근거를 둔『기재기이』이해의 시도가, 그간『기재기이』연구가 직면하고 있던 연구 내용 및 방법의 한계를 극복할 수 있는 한 방안이 될 수 있을 것이다.

제 2 부

〈안빙몽유록(安憑夢遊錄)〉의
몽유세계와 관물(觀物)

1. 머리말

〈안빙몽유록〉은 〈하생기우전〉과 함께 『기재기이』에서 가장 많은 주목을 받았다. 이런 〈안빙몽유록〉의 주요한 특징은 '의인체 몽유록' 이라는 점이다. 기왕에 이루어진 대부분의 연구 역시 이런 사실에서 출발하고[1] 있다. 문학사적 측면에서 〈안빙몽유록〉은 몽유록과 의인체로서 가전(假傳)의 전통을 어떻게 계승하고 있는가, 의인체 방식으

---

[1] 〈안빙몽유록〉의 이같은 특징에 대해서는 『기재기이』가 발굴, 소개되기 전부터 주목되었던 바다. (차용주, 『몽유록계 구조의 분석적 연구』, 창학사, 1981, 148쪽. ; 김기동, 『한국고전소설연구』, 교학사, 1983, 74쪽. ; 최승범, 「안빙몽유록에 대하여」, 『국어문학』 24, 전북대학교 국어문학회, 1984, 125~145쪽. ; 유종국, 〈안빙몽유록〉, 『몽유록소설연구』, 아세아문화사, 1987). 나아가 『기재기이』를 처음 소개한 소재영이나, 이후 『기재기이』 관련 연구사의 주요한 국면에 위치한 연구자들 역시 '의인체 몽유록'의 연구 관점에 대체로 동의하고 있다. (소재영, 『기재기이연구』, 고려대학교 민족문화연구소, 1990, 25~40쪽. ; 유기옥, 『신광한의 기재기이 연구』, 1999, 120쪽. ; 소인호, 『한국전기문학연구』, 국학자료원, 1998, 218쪽. ; 윤채근, 『소설적 주체, 그 탄생과 전변』, 월인, 1999, 321쪽. ; 최재우, 『기재기이의 특성과 의미』, 도서출판 박이정, 2008. ; 엄기영, 『16세기 한문소설연구』, 도서출판 월인, 2009).

로 형상화된 몽유세계[=꿈속 세계]는 실제 현실과 어떤 관계를 맺으며
그 의미는 무엇인가, 의인체 몽유세계로 형상화된 〈안빙몽유록〉은
신광한(申光漢; 1484~1555)의 세계관이나 가치 지향과 조응(照應)하는
가 등과 같은 연구 성과가 그것이다. 그리고 이런 연구 경향은 〈안빙
몽유록〉의 형상화 방식이나 표현 기법,[2] 문학사적 전통과 그 수용,
신광한의 삶 혹은 그의 세계관이 작품의 주제 의식 또는 작가 의식으
로 발현된 양상, 〈안빙몽유록〉의 문학사적 의의나 의미 등에 대한
고찰로 구체화되었다.[3]

　〈안빙몽유록〉에 대한 여기서의 고찰 역시 이와 같은 연구사적 방
향에서 크게 벗어나 있지는 않다. 이에 〈안빙몽유록〉의 몽유세계는
어떻게 형상화되며 여기에서 드러나는 몽유자의 태도는 어떠한가, 그
리고 이를 통해 형성해내는 의미 지향 혹은 주제의식은 무엇인가를
중심으로 논의를 진행하고자 한다. 〈안빙몽유록〉에서 몽유세계는 어
떻게 형상화되고 현실과 어떤 관계 하에 존재하며, 몽유자 안빙이 몽
유세계를 경험한 이후에 보이는 태도의 변화와 그 의미는 무엇인가를
살피려는 것이다. 이는 기왕의 연구사적 방향과 궤(軌)를 같이하면서
도, 그것이 지닌 의미를 기왕과는 다른 관점에서 살피려는 것이다.[4]

2 송병열, 「『기재기이』의 의인체적 성격」, 『한국한문학연구』 20, 한국한문학회, 1997.
3 〈안빙몽유록〉에 대한 연구사적 검토는 유기옥이 일차 정리한 바 있다. 여기서는 유기옥의 연구사적 검토를 기반으로 논의를 진행하되, 이후에 제출된 성과는 본 논의와 유관한 경우에 한하여 언급하도록 하겠다. (유기옥, 「기재기이의 연구 동향과 쟁점」, 『고소설연구사』, 도서출판 월인 2002, 75~100쪽).
4 『기재기이』에는 의인체 작품이면서 몽유록과 근사한 특징을 지닌 〈서재야회록〉이 있다. 〈안빙몽유록〉과 〈서재야회록〉이 지향은 다르지만, 동일한 문제 의식의

2. 몽유세계의 형상과 실재성(實在性)

대부분의 몽유록 작품에서 몽유세계는 현실모순에 대한 문제 의식을 기반으로, 현실을 관념적 혹은 상상적으로 직조(織造)한 것이 대부분이다.[5] 몽유록이 교술이나 교술적 서사, 혹은 중간 혼합적 갈래의 특징을 지닌다고 판단하는 것도 이와 무관하지 않다. 그런 점에서 그간의 연구자들이 〈안빙몽유록〉이 몽유록 일반의 특징을 지녔다고 여기면서, 〈안빙몽유록〉의 현실 대응 양상과 그 의미를 해명하려고 한 것도 이와 일정 부분 관련된다.

그렇지만 〈안빙몽유록〉의 몽유세계가 의인화 방식을 통해 형상화된다는 것만으로, 현실의 관념적 재구(再構)나 우의(寓意)한 것이라고 단언할 수는 없다. 〈안빙몽유록〉의 몽유세계가 현실과 긴밀한 연관을 맺을 수는 있다. 하지만 의인화 기법을 통해 형상화되었기 때문에 특정한 정치 현실을 우의하거나 비유적으로 형상화했다고 예단하는 것은 곤란하다. 특히 〈안빙몽유록〉에서의 우의의 실체가 명확하지 않은 경우에는 더 그러하다. 이른바 "우의의 모호성"이나 "다층적 우의성"이 〈안빙몽유록〉의 매력이라면 이에 대한 천착이 필요하다.[6] 요

연속 선상에서 창작되었다. 그러므로 〈안빙몽유록〉은 〈서재야회록〉과 비교, 고찰할 필요가 있다. 다만 이런 필요성에도 불구하고 여기서는 연구 범위를 한정함으로써 논의를 예각화하기 위해 〈안빙몽유록〉만을 대상으로 하였다. 〈서재야회록〉에 대해서는 다음 장에서 논의하기로 한다.

5 장편 국문소설인 〈소현성록〉 말미에 존재하는 〈자운산몽유록〉과 같이 몽유세계가 허구적 소설의 등장인물에 의한 경우를 제외하면, 거개의 몽유록은 현실 모순과의 관련성을 기반으로 창작되었음을 부정할 수 없는 형편이다.

6 〈안빙몽유록〉의 모호성과 관련해서 다음과 같은 지적을 참고할 수 있다. 윤채근

컨대 몽유세계가 드러내 보이는 특징을 면밀히 살피고, 이를 근거로 현실과의 관련성을 밝힐 수 있어야 한다. 이것이 〈안빙몽유록〉의 작품 세계에 대한 온당한 이해의 방향이다.

이와 관련하여 〈안빙몽유록〉의 몽유세계 특징은 다음의 세 가지 특징으로 설명된다. 먼저 〈안빙몽유록〉의 몽유세계는 '실재(實在)하는 세계'이다. 여타 몽유록에서는 작품 외적 현실 모순에 대한 강고한 문제 의식으로 몽유세계가 새롭게 꾸며진다. 작품 외적 현실 모순의 정도가 상상적 혹은 관념적으로 현실을 재구하는 동력으로 작용한다. 그런데 〈안빙몽유록〉의 몽유세계는 작품 외적 현실에서의 모순과는 무관하다. 몽유세계가 작품 내에 실재하는 세계로 형상화된다. 〈안빙몽유록〉의 몽유세계는 꿈의 형식을 통해 구현된 환상 세계가 아니라는 점에서 여타의 몽유록과 확연히 다르다.

바로 화원으로 나갔다. 모란 한 떨기가 비바람에 시달려 꽃잎이 시들어 땅에 떨어져 있고, 그 뒤에 복숭나무와 오얏나무가 나란히 서 있는데 가지 사이에서 파랑새가 지저귀고 있었다. 대나무와 매화가 각기 한 둔덕씩 차지하고 있는데 매화는 새로 옮겨 심은 터라 난간으로 받쳐 보호하고 있었다. 연꽃이 심어져 있는 정원 한가운데의 연못에는 푸른 연잎이 막 떠오르고 있었다. 울밑에는 국화가 싹을 틔우고 있었고 적작약은 활짝

은 "〈안빙몽유록〉이 꽃을 의인화한 우의로 조직되어 있다."고 하면서도 "〈안빙몽유록〉 표층 문맥 자체로는 우의의 실체가 밝혀질 수 없다는 결론이 나온다."고 했다. 그러면서 "이 묘한 다중적(소설적) 우의성이야말로 이 작품의 최대 매력"이라고 했다. (윤채근, 앞의 책, 288~289쪽.) 또한 최재우는 "주제를 제대로 읽어내기 어렵게 만드는 다양한 현상이 그려져 있기 때문에 연구자들조차 그 주제를 찾는 데 애를 먹고 있는 실정"이라 했다. (최재우, 앞의 책, 181쪽.) 이같은 지적은 쉽게 포착되지 않는 〈안빙몽유록〉의 의미 지향을 말한 것이다.

핀 채 섬돌위에 무리를 이루고 있었다. 석류 몇 그루는 채색된 화분에 심어져 있었다. 담장 안에는 수양버들이 땅을 쓸 듯이 늘어져 있고 담장 밖에는 늙은 소나무가 담을 덮듯이 드리워져 있었다. 그 밖의 여러 꽃들은 울긋불긋 하였고 탄알처럼 나는 벌과 춤추는 나비는 악기(樂妓)들처럼 보였다.7

안빙이 꿈에서 깬 후에 목격한 후원(後園)의 모습이다. 그런데 그 후원이 바로 그가 경험한 몽유세계다. 즉 안빙은 꿈에서 깨어 후원을 살핌으로써 몽유세계가 실재 세계임을 확인한다. 비바람에 쓸려 붉은 꽃잎이 떨어진 모란의 형상과 그 뒤에 서 있는 복숭아와 오얏[桃李], 그리고 가지 사이를 지저귀며 오가는 청조(靑鳥), 정원의 한 두둑을 각각 차지하고 있는 대나무와 새로 옮겨 심어 난간으로 둘러있는 매화, 정원 한 가운데의 연지(蓮池) 바닥에서 조그맣게 떠오르고 있는 연잎, 울타리 아래의 싹트는 국화, 섬돌 바로 아랫단의 만개한 작약, 채색된 화분에 심어진 석류 몇 그루, 땅을 쓸고 있는 담장 안의 버들가지, 담장을 덮은 채 드리워 있는 늙은 소나무와 여타의 울긋불긋한 꽃, 벌과 나비들. 정원 안팎의 모든 물상(物像)의 위치와 특징이 꿈에 본 모습 그대로이다. 안빙은 꿈에 본 꽃 왕국의 특징과 위차(位次)가 자신의 정원과 온전히 일치함을 확인한다.

이것은 안빙이 꿈에서 경험한 꽃의 왕국이, 그가 매일 마주하고

---

7 仍詣花圃 牧丹一叢 爲風雨所擺 委紅墮地 其後桃李並立 枝間靑鳥噪嘈 竹與梅 各專 一塢 而梅則新移 護以欄 庭中有蓮池 靑錢始浮 籬下有菊抽苗 赤芍藥盛開 亞于階上 安榴數株 植於彩盆 墙內垂楊拂地 墙外老松偃盖矣 其餘雜花 絳綠紅紫 蜂彈蝶舞 若 見樂妓. 〈안빙몽유록〉, 26쪽. 인용은 소재영의 『기재기이연구』에 영인된 고려대 만송문고본을 따랐다. 소재영, 앞의 책, 26쪽. 이하는 인용 쪽만 밝힌다.

그 아름다움에 빠져 있던 실제 세계와 다르지 않음을 뜻한다. 작품 외적 현실을 토대로 관념적으로 새로운 세계를 재구성해낸 것이 아니라, 안빙이 날마다 산보(散步)하며 친애(親愛)하던 공간의 사물이 그대로 꿈속에 등장한 것일 뿐이다. 안빙의 꿈속 세계는 환상 공간이지만 실재하는 현실 공간이다.

> 가) 생이 공손히 사례하고 문을 나섰다. 한 미인이 문밖에 서 있다가 생에게 읍하며 말하기를, "오늘의 놀음이 즐거우셨습니까?" 생이 말하기를, "그대는 누구길래, 여기에 홀로 서 있는가?" 하였다. 미인이 눈물을 흘리며 말하기를, "세속의 전하는 말에, '첩의 선조가 개원(開元) 말에 양귀비에게 죄를 지었다.'고 합니다만, 이 일은 책에 실려 있지도 않고 말이 황당무계한데도 지금까지 천여 년에 이르도록 전해져 후손들에게 연루되어 당(堂)에 오르지도 못하고 있습니다. 두루 사랑한다고 하면서 어찌 이런 일이 있습니까?" 하였다.[8]

> 나) 또 문밖의 미인을 생각해보니, 안생이 일찍이 이른바 출당화(黜堂花)라고 불리는 것을 얻어 화동에게 잘 간수하라 하면서, 장난삼아 말하기를, "이 꽃은 양귀비에게 죄를 지은 까닭에 출당이라고 하니 섬돌밖에 심는 것이 좋겠다."고 하였다. 화동이 과연 섬돌 아래에 심었다.[9]

가)의 안빙은 꿈속 꽃의 왕국을 떠나오기 직전, 문밖에서 한 미인

---

8 生拜謝出門 有一美人 立于門外 揖生曰 今日之遊 樂乎 生曰 子何人 獨立於斯乎 美人泫然曰 諺傳 妾之先 於開元末 得罪于楊妃 事不載籍 語甚無稽 而至今千有餘年 累延後裔 亦未升堂 泛愛之前 宜有兹事. 〈안빙몽유록〉, 25쪽.

9 又思門外美人 則生嘗得 俗所謂黜堂花者 戲謂護花童曰 此花得罪楊妃 故名黜堂 植諸外階 可也 僅果植之階下矣. 〈안빙몽유록〉, 27쪽.

과 마주친다. 안빙이 미인에게 왜 홀로 당(堂) 밖에 서 있느냐고 묻는
다. 그러자 그녀는 자신의 선조가 양귀비에게 죄를 입어 쫓겨났다는
속전(俗傳)이 있는데, 근거 없는 이 말로 인하여 천년이 지난 지금도
당(堂)에 들지 못하고 있다고 말한다. 죽단화(=출당화; 黜堂花)가 안빙
에게 자신의 처지를 하소연하는 내용이다.

가)의 안빙과 죽단화의 대화는 서사 전개상 다소 뜬금없어 보인다.
해당 부분은 없어도 그만일 정도로 서사 기능이 약하다. 그러나 꿈속
세계의 실재성 확인이란 측면에서 보면 중요한 의미를 지닌다. 꿈속
세계에서 이들의 대화는, 현실에서 죽단화를 당(堂) 밖에 심었던 것과
연결된다. 안빙은 나)를 회상(回想)함으로써 가)를 추인(追認)한다. 그
리고 이것은 몽유세계가 실재하는 세계이며, 현실 세계임을 확인하는
명백한 증거가 된다. 자기 화원의 구성과 배치가 몽유세계에서 경험
한 꽃 왕국과 같은 세계임을 대비적 성찰을 통해 추리하고, 죽단화를
집밖에 심어 두었던 경위(經緯)를 떠올림으로써 그것이 부정할 수 없
는 사실임을 인정하게 된다. 즉 안빙은 가)와 나)를 통해 꿈속 꽃의
세계가 실재하는 것임을 분명하게 확신한다.

그렇다면 〈안빙몽유록〉의 몽유세계는 어떤 특징을 지닌 시공간인
가. 몽유세계의 속성은 안빙의 화원이라는 현실과의 관련 하에서만[10]

---

10 몽유세계의 특징에 대한 연구자의 시각은 다양하다. 차용주는 "인간 사회의 부조
리한 모습"이라고 했고,(차용주, 앞의 책, 148쪽.) 유정일은 "정계를 상징하는 꽃밭"
이라는 부정적 공간으로 보았으며,(유정일, 「안빙몽유록연구-서사구조의 특성과
주제를 중심으로」, 『청대학술논집』 2 「인문과학」, 청주대 학술연구소, 2004, 200
쪽.) 신해진은 "몽중세계의 화원 왕국은 권도가 횡행하"고 "기강과 체통이 바로
설 수 없게 되어 시기와 질투가 만연할 수밖에 없었고 또 언로가 폐쇄되어 뜻있는
선비들이 떠나지 않을 수 없는 세계"라고 했다.(신해진, 앞의 책, 238쪽.) 최재우는

이해되는가. 그렇지 않다. 〈안빙몽유록〉의 몽유세계는 그 나름의 지향과 가치를 지닌다. 몽유세계로 형상화된 화원의 세계는 안빙에 종속된 물(物)로만 존재하는 것이 아니라 하나의 독립된 의미를 지닌 세계이며, 몽유세계의 꽃들은 각각의 개체성과 지향을 지닌 존재로 형상화되었다.

> 두 편 모두 구구절절 놀라웠다. 왕이 말하기를, "수양의 고고(枯槁)함과 동리의 소방(疎放)함은 이른바, '뼈가 닳아도 변치 않는다.'는 것이겠지요. 옛날 노(魯) 공자는, '주(周)는 하은(夏殷) 이대(二代)를 본받았으니 문물이 융성하도다! 나는 주를 따르리라.' 했고, 당(唐)의 한유도, '애석하도다, 내가 그때 태어나 그 사이에서 진퇴읍양(進退揖讓)하지 못함이여! 아, 성(盛)하도다!' 했습니다. 만약 두 분으로 하여금 그때에 태어나게 했더라도 역시 능히 고고하고 소방하게만 생을 마칠 수 있을 뿐이겠는지요?" 하였다. (그런데 이 말에는) 풍자하는 뜻이 있는 듯하였다. (수양)처사가 낯빛을 바꾸며 성난 목소리로 말했다. "위로 요순이 계시던 때에도 아래로 소부(巢父)와 허유(許由)가 있었지요. 주(周)의 덕이 비록 성(盛)하지만, 요순시대에 비하면 한참 부끄러울 것이오. 우리 두 사람이 비록 늙었지만 소부나 허유보다 못하고 싶지 않소."[11]

왕(모란)이 수양(버드나무)과 동리(국화)를 은미(隱微)하게 조롱하며

"너와 내가 전혀 별개로 나뉘어져 심각하게 대립하고 있는 상황"을 "내면화한 결과"로 보았다.(최재우, 앞의 책, 191쪽.) 모두 현실과의 관련 하에 몽유세계를 이해하고 있다.

11 兩篇句句皆驚 王曰 首陽之枯槁 東籬之疎放 所謂骨消未變者也 昔魯孔子曰 周監於二代 郁郁乎文哉 吾從周 唐韓愈亦曰 惜乎 吾不及其時 進退揖讓乎其間 嗚呼 盛哉 假使兩君 生際斯時 亦能終於枯槁疎放而已耶 意若有諷 處士變色厲聲曰 堯舜在上 下有巢許 周德雖盛 遠愧唐虞 吾兩人雖衰 不欲居由父之後. 〈안빙몽유록〉, 21~22쪽.

출사를 권하고, 수양과 동리는 발연(勃然)하며 완강하게 거절하는 내
용이다. 왕은 먼저 둘의 지조(志操)가 쉽게 변할 것이 아님을 칭송한
다. 그리고 공자(孔子)와 한유(韓愈)의 말을 빌어 주(周)가 융성한 문
화의 시기였다는 것을 환기시킨다. 사실 이런 단계를 밟는 모란 왕의
발언은 전략적이다. 왕은 공자와 한유의 말을 인용한 주(周)의 문화
적 융성이라는 전제적 발화를 기반으로, 수양과 동리가 태어난 때가
주(周)의 시대였다고 해도 여전히 고고와 소방한 삶을 지향할 수 있
었겠냐고 되묻는다. 두 사람의 고상함이나 소방함은 뼈가 닳아도 변
치 않을 굳건한 것이겠지만, 그래도 주(周)의 성한 시대라면 마음을
바꾸어 출사하지 않았겠냐는 뜻이다. 그리고 이는 곧 자신이 주(周)
의 덕을 잇고 있으므로 출사하는 것이 좋지 않겠냐는 의미로 귀결된
다. 결국 지금과 같은 태평성대에 고고와 소방만을 고집할 게 뭐냐라
는 뜻을 담아 은근히 출사를 권유를 한 것이다. 그렇기에 서술자는
"풍자의 뜻"이 있다고 하였다. 그러자 왕의 은근하면서도 진지하지
못한 권유에 대해 수양은 발끈하며 대답한다. 요순의 시대에도 소부
와 허유는 존재했다. 더구나 지금 왕이 다스리는 시대는 요순과도
같은 때가 아니다. 그리고 자신들 또한 결코 소부와 허유에 뒤지지
않겠노라는 한다. 왕은 요순이 아니고, 자신들은 소부와 허유에 뒤지
지 않겠다고 말했으니, 그야말로 단호한 거절인 셈이다. 왕이 무안할
정도로 결연한 말이다.

　이를 두고 왕과 신하의 갈등이나 혹은 훈구와 사림의 갈등으로 해
석하려는 시도가 있었다. 사실 이들의 대화에 긴장과 갈등이 존재하
는 것은 명백하다. 하지만 이를 훈구와 사림, 혹은 왕(중종)과 사림의
갈등을 우의하는 것으로 볼 여지는 별로 없다. 사림은 출사를 전면

거부한 채 은거를 지향하지 않았으며, 중종 또한 사림의 출사를 권유한 바 없다. 위와 같은 상황이 그 실체가 명확하지 않는 우의(寓意)일 수도 있겠지만, 현실 우의라고 보기에는 대응되는 현실과 맞지 않다. 왕은 수양과 동리에게 은근하게 출사를 권하고 있고, 수양과 동리는 본래 자신들이 지향하는 가치인 고고와 소방함을 굳게 지키겠다고 말하는 것이 전부이다. 현실 우의라기보다는 본래 수양과 동리의 특성이 그러하다. 즉 버들은 고고함을, 국화는 소방을 개별 특징으로 삼고 있다. 이들의 물적 특성이 삶의 방식이나 지향으로 표출되었을 따름이다.

더욱이 이들은 정원의 범주를 벗어난 외곽에 심어져 있다. 이들은 모란 왕이 다스리는 왕국의 구성원이 아닌 것이다. 이들은 왕과 군신(君臣)의 관계에 있지 않으며, 주빈(主賓)의 관계일 따름이다.[12] 그렇기에 왕은 빈(賓)인 이들에게 새롭게 모란이 통치하는 봄꽃의 세계에 들어오라고 권유한 것이다. 이렇게 주빈의 관계에 있는 이들을 두고 훈구와 사림이 대립하는 정치 현실을 우의한다고 말할 수는 없다. 훈구와 사림은 모두 한 왕의 신민(臣民)일 따름이다. 그러므로 왕과 수양, 동리의 대화를 두고 현실을 우의하는 것으로 이해하기보다 사물의 본래적 특징과 공간적 배치를 고려한 의인적 표현에 불과하다고 보아야 한다.

이것은 이어지는 대화에서 더욱 분명하게 드러난다. 왕은 수양의

---

12 此輩適來矣 不穀 嘗待之以賓 未宜坐竢 遂下殿立 三人者 旣通名 各以次入 王斂容 而竢 其一人 蒼髥長身 氣槩落落 一人梗直峭峻 節操蕭洒 一人黃冠野服 馨德粹面 三人至則長揖不拜曰 等野性踈懶 未諳禮法 王愈禮下之 遂登殿分壁對坐. 〈안빙몽유록〉, 9~10쪽.

발끈하는 대답에도 출사 권유를 포기하지 않는다. 왕은 다시, 『시경
(詩經)』「정풍(鄭風)」의 〈숙우전(叔于田)〉을 읊으며[13] 출사를 권한다.
〈숙우전〉은 숙(叔)의 아름다움과 용맹함을 찬미한 노래이다. 숙(叔)
의 덕이 아닌 미(美)하고 인(仁)한 것[洵美且仁], 미(美)하고 호(好)한 것
[洵美且好], 미(美)하고 무(武)한 것[洵美且武] 등과 같은 매력을 찬미했
다. 미를 근간으로 한 어질고 좋으며 씩씩하기에 더불어 술을 마시며
사냥하며 즐기자는 것이다. 왕이 노래한 숙(叔)의 자질은 덕(德)이 아
닌 미(美)에 있었다. 흡사 모란(牡丹)이 크고 화려한 아름다움으로 사
람의 눈길을 끄는 것과 같다.

모란 왕이 〈숙우전〉을 노래한 것은 수양과 동리의 출사를 부귀와
아름다움으로 꾀하는 행위에 불과하다. 모란 왕은, "왕도가 넓게 퍼져
초목이 모두 따르기를 바라며, 하나의 미물일지라도 교화를 입지 못
하는 것이 있다면, 스스로 부족하다고 여긴다."고 말한다. 그러나 그
가 말하는 왕도(王道)와 교화(敎化)의 실체는 덕화(德化)가 아니다.
"서로 도와 다스려서 모두 봄날처럼 살게 할 수는 없겠습니까?"라는
것에 있다. 봄날의 따뜻함과 아름다움, 즉 부귀와 아름다움을 함께
하자는 것이 출사를 권유한 진정한 의도이다. 모든 사물이 봄[春]을
만끽하듯 화락(和樂)하기를 바랐던 것이며, 그것이 왕이 말하는 바
교화다. 물론 왕이 이들에게 출사를 권했던 내심에는 단순한 화락만
이 목적이 아니라, 그들이 "세한(歲寒)의 자질"을 지녔기 때문이기도

---

13 叔于田 巷無居人 豈無居人 不如叔也 洵美且仁 叔于狩 巷無飮酒 豈無飮酒 不如叔也
洵美且好 叔適野 巷無服馬 豈無服馬 不如叔也 洵美且武. 〈숙우전(叔于田), 『시경
(詩經)』「정풍(鄭風)」.

하다.[14] 세한의 자질을 지닌 이들이 왕의 덕을 경모(敬慕)하여 출사하
게 되면, 왕의 치세(治世)가 크게 빛나게 되리라는 것까지 염두에 두
고 권한 것이다. 실제 역사에서 숨은 현자의 출사가 왕의 덕화를 드러
내 주는 것임은 주지하는 바다.

모란 왕의 유혹에 가까운 권유에도 수양과 동리는 완강하게 거절
한다. 심지어 수양과 동리는 자못 풍자적 기롱에 가까운 대답을 한다.
이는 수양이 『시경』〈기욱(淇奧)〉으로,[15] 동리가 〈간혜(簡兮)〉로[16] 왕
의 〈숙우전〉 대응하는 것에서 분명하게 드러난다. 〈기욱〉은 위(衛)
무공(武公)의 덕을 찬미한 노래다. 백성들이 무공의 덕(德)을 잊지 못
하여 따르고 기억하는 찬미의 노래다. 푸른 대나무가 처음 나와서
아름답고 무성한 것을 보고, 무공의 학문(學問)과 수양(修養)의 진전
됨을 떠올려 일으켜 노래한 것이다. 백성들은 무공의 학문, 수양과
그 문채(文彩)나는 모습을 잊지 못함을 말했다. 그러므로 수양은 화려
함과 아름다움에 기댄 모란 왕의 호소에, 덕의 중요성을 강조하여 대
답한 것이다. 그는 왕의 출사 요구에 덕으로 이끌어야 한다는 풍자하
는 말로 답하였다.

---

14 王賦叔田之首章曰 豈無蛾眉 眼前取容 所愛於數君者 以有歲寒之姿 吾思夫王道蕩
蕩 草木咸若 一物之微 有不服吾化者 吾自視缺然 不可相助爲理 使萬物皆春耶.〈안
빙몽유록〉, 22쪽.

15 瞻彼淇奧 綠竹猗猗 有匪君子 如切如磋 如琢如磨 瑟兮僩兮 赫兮咺兮 有匪君子 終
不可諼兮 瞻彼淇奧 綠竹靑靑 有匪君子 充耳琇瑩 會弁如星 瑟兮僩兮 赫兮咺兮 有
匪君子 終不可諼兮 瞻彼淇奧 綠竹如簀 有匪君子 如金如錫 如圭如璧 寬兮綽兮 猗
重較兮 善戲謔兮 不爲虐兮.〈기욱(淇奧)〉, 『시경(詩經)』「위풍(衛風)」.

16 簡兮簡兮 方將萬舞 日之方中 在前上處 碩人俁俁 公庭萬舞 有力如虎 執轡如組 左
手執籥 右手秉翟 赫如渥赭 公言錫爵 山有榛 隰有苓 云誰之思 西方美人 彼美人兮
西方之人兮.〈간혜(簡兮)〉, 『시경(詩經)』「패풍(邶風)」.

그런데 동리의 〈간혜〉는 한 걸음 더 나간다. 〈간혜〉의 '간(簡)'은 간이(簡易)하여 불공(不恭)하다는 의미이다. 불공한 의미를 담고 있는 〈간혜〉는, 어진 이가 뜻을 얻지 못하여 악공의 관직에 벼슬하여 세상을 가볍게 여기고 뜻을 거리낌 없이 풀어내는 마음을 담고 있다. 요컨대 자신의 뜻을 알아주지 못한 채, 외적인 아름다움으로 자신을 끌어내려는 왕의 태도에 대한 못마땅함이 자조(自嘲)의 말로 쏟아진 것이다. 동리의 이런 태도는 모란 왕과 자신은, 지향하는 바가 현격하게 달라 상대할 가치가 없다는 뜻을 담고 있다. 동리가, "각자가 지키고자 하는 바가 따로 있으니 서로 빼앗을 수는 없습니다."라고[17] 말한 것도 이런 맥락에서 나왔다. 수양의 고고와 동리의 소방은, 모란 왕의 부려(富麗)함과 결코 화합할 수 없었을 것이다.

그렇지만 모란 왕은 이런 정황이나, 이들이 삶에서 지향하는 바를 전혀 이해하지 못한다. 그리하여 어처구니없게도, 자신의 "쇠락한 모습을 싫어"하기[嫌我衰謝] 때문이 아니냐고 되묻는다. 이는 비바람에 쓸린 자신의 처지를 고려하여 말한 것임과 동시에, 수양과 동리가 실제로는 지조(志操)를 지키고자 고고와 소방을 표방하는 것이 아니라고 생각하는 왕의 태도를 반영한 것이다. 부려(富麗)한 삶을 살아왔고, 그것을 지향하는 모란 왕으로서는 고고와 소방을 추구하는 삶의 태도가 전혀 이해되지 않았을 것이다. 흡사 '왜 저렇게 살아?'라고 말하는 것과 같다.

이처럼 몽유세계에 모인 이들의 행동과 대화는 각각 사물의 특성

---

17 首陽賦淇奧首章 東籬賦簡兮章曰 各有所守 不可相奪 王曰 兩君嫌我衰謝耶. 〈안빙몽유록〉, 22쪽.

과 개별 사물의 표상에 기반하여 형상화되고 있다. 모란은 부귀와 아름다움으로 수양과 동리는 고고와 소방으로 개별화되어 등장한다. 현실 혹은 현실 정치의 우의나 상징을 위해서가 아니라, 각각의 물상(物象)이 가진 속성과 그들이 지향하는 태도를 그대로 드러내고 있다. 모란 왕의 이와 같은 지향은 시종일관 계속된다.

> 남쪽 좌석으로 나아가 앉으려고 할 때에 이부인은 반희에게 미루고 반희는 이부인에게 양보하여 오랫동안 자리가 정해지지 않았다. 왕이 두 사람에게 장난삼아 말했다. "옛날에 이부인은 총애를 받았고 반희는 소원함을 당했었는데, 오늘의 자리는 지위가 아니라 미색으로 하는 것이 어떻겠습니까?" 반희가 옷깃을 여미면서 웃으며 대답하기를, "단지 남편이 변덕스럽고 난폭했기 때문일 뿐입니다. 옛날의 반희가 어찌 이부인만 못했겠습니까? 또 제가 듣기에 조정에는 벼슬만 한 것이 없다고 했습니다."고 하며, 상석에 가 앉았다.[18]

이부인(李夫人; =오얏)과 반희(班姬; =복숭아)의 자리다툼을 기술한 내용이다. 애초 이부인과 반희는 서로 상석을 사양한다. 이로 인하여 오랫동안 자리를 정하지 못하자, 왕은 지위가 아니라 미색으로 자리를 정하는 것이 어떻겠냐고 말한다. 이에 반희는 미색으로나 벼슬의 측면 모두에서 이부인에게 질 까닭이 없다고 말하면서 상석에 가서 앉는다. 비록 서로 자리를 사양함이 지나치므로 왕이 장난삼아 말한 것은 분명하다. 그렇지만 이들의 대화에 왕의 위엄이나 조정의 엄숙

---

18 就南席欲坐 李夫人揖班姬 班姬讓李夫人 久未定 王戲二人者曰 昔李夫人以寵 班姬以疎 今日之坐 勿以爵以色可乎 班姬整衿笑對曰 第以終風且暴之故爾 昔之班未知執與李 且妾聞朝廷莫如爵 遂就上座.〈안빙몽유록〉, 8~9쪽.

함이 보이지 않는 것도 사실이다.

몽유록에서 몽유세계의 위차와 좌정은 그 세계의 위계와 그 질서의
정연함을 나타낸다. 누가 어느 자리에 앉는가는 그 세계에서 지향하는
가치에 따라야 한다. 그런데 모란 왕이 좌정의 기준을 지위가 아닌
미색(美色)으로 정했다는 것은 일반적인 왕국과는 전혀 다른 세계임을
의미한다. 이것은 이부인이 반희보다 총애를 더 받았고, 총애를 더
받았으니 당연히 더 예쁘다는 뜻으로 이어지게 된다. 그러나 반희는,
자신이 총애를 받지 못한 것은 남편의 변덕과 포악함 때문이지 이부인
만 못할 것이 없다고 말한다. 미모와 지위 모두에서 자신이 낮다고
주장하였다. 이처럼 좌정의 위차를 둘러싼 왕과 반희의 짧은 문답에는
꽃의 세계에서 중시하는 가치가 무엇인지가 잘 드러난다.

이런 양상은 왕이 안빙에게 답시를 요구하며 쓴 스스로의 칠언율
시에서도 그대로 나타나 있다.

왕이 두 시아(侍兒)에게 구름무늬 비단 한 폭을 펼치게 하고 근체시
칠언율시를 써 주위 사람들에게 보이고는 안생에게 화답해줄 것을 청했
다. 그 가사는 이러했다.

진중한 동황(東皇)께서 사람을 그릇 아셔
이별이 어제 같은데 봄날을 원망하네.
장루(粧樓)에 내리는 저물녘의 비에 연지는 지워지고
보장에 남은 향기 비단 수가 새롭네.
천상의 좋은 기약 오직 칠석날일 뿐
술동이 앞 좋은 만남 열흘도 못 넘기네.
한밤에 본 견우직녀의 근심스러운 생각 달래주며

남풍곡(南風曲)에서 끝냄은 백성 위한 마음일세.[19]

왕이 안빙에게 화답시를 당부하며 스스로 지은 시(詩)다. 그런데 왕의 시에서는 통치자로서 권위와 위엄이 느껴지지 않는다. 사랑하는 사람과 헤어진 여인의 상실감과 아픔만이 잔뜩 드러나 있다. 마지막 구(句)의 "남풍곡에서 끝낸"[奏罷南風]다는 말이 없다면 이별(離別)의 회한(悔恨)을 담은 만당풍(晚唐風)의 애수시(哀愁詩)라고 해야 할 것이다. 이별(離別), 원망[怨], 저물녘의 비[暮雨], 떨어짐[落], 남은 향기[餘香], 밤[夜], 근심스러운 생각[愁思] 등의 시어는 처연한 이별의 슬픔을 조성해낸다. 저물녘에 내리는 비와 화장기 엷어진 여인, 쓸쓸한 여인의 방에 남아 있는 향기의 슬픔은 술과 미래의 재회에 대한 기대로만 눅지게 할 수 있을 뿐이다.

시에서 드러나는 왕은 만기(萬機)를 친람하는 권위 있는 존재가 아니다. 그저 떠나버린 연인을 기대하며 슬픔에 잠긴 상심(傷心)한 여인일 따름이다. 왕이면서도 왕으로서의 모습을 드러낸 것이 아니라, 일년에 열흘의 짧은 만남을 고대하는 여인의 심사만 말하고 있다. 왕국의 원기를 붙들고 질서를 전담하는 통치자가 아닌 개인의 애절한 심사(心事)만 드러내 보인다. 이렇게 개별화된 물상의 형상화는 옥비(매화)의 경우에도 비슷한 양상으로 그려지고 있다.

옥비는 옥비대로, 왕과 다른 자신만의 사연과 슬픈 심회를 간직한

---

19 王令兩侍兒 展雲錦牋一幅 書近體七言律 以示左右 且屬生求和 其辭云 珍重東皇解誤人 別離如昨怨芳辰 粧樓暮雨臙脂落 步帳餘香錦繡新 天上佳期唯七夕 樽前良會未經旬 夜看牛女寬愁思 奏罷南風只皐民. 〈안빙몽유록〉, 17~18쪽.

채 살아가는 존재일 따름이다.

옥비가 교태를 띤 모습으로 부끄러워하며 사양하였다. 모두 억지로 청
하자 한 구절을 읊었다. 그 가사가 이러했다.

은근한 천 리 길 강남 소식은
고산(孤山) 처사 집에 응당 도착했으리.
옥난간에 한 번 들어간 후로 봄날이 적막하니
가련하구나, 성긴 그림자 누굴 위해 빗겼는고?

읊기를 마치고 구슬같이 맺힌 한(恨)과 근심으로 오열하며 말했다. "첩
의 집은 본래 강남이었는데 나중에 고산(孤山)으로 옮겨 처사 임포(林逋)
와 이웃하며 살면서 설월(雪月)의 만남을 자주 가졌습니다. 옥난간에 한
번 든 뒤로는 매양 서호(西湖)를 그리워합니다. 비록 공교(工巧)히 미소
를 짓고, 패옥을 차고 점잖게 걸어보려 하지만 가능하겠습니까? 옛날 생
각 떠올라 지금 서러워하니 그런 감정이 그 가사에 드러났습니다." 왕이
이 말을 듣고는 갑자기 즐거운 기색이 사라졌다.[20]

옥비가 주변의 강권으로 시를 읊고 심회를 토로하는 부분이다. 옥
비는 시로 삶의 궤적과 현재적 상황에 대한 심경을 노래했다. 그 과정
에서 자신의 마음에 맺힌 한(恨)과 근심의 구체적 내용을 진술하고
있다. 애초 자신은 강남에서 이사하여 임포(林逋)와 이웃이 된 후, 그

---

20 玉妃嬌羞辭謝 左右強請 乃吟一絕 其辭云 慇懃千里江南信 應到孤山處士家 一入玉
欄春寂寂 自憐疎影爲誰斜 吟訖 玉恨珠愁 鳴咽吞聲日 妾家本江南 後移孤山 與處士
林逋爲隣 多作雪月之會 自矛入玉欄 每億西湖 縱欲巧笑之瑳 佩玉之儺 得乎 感古傷
今 情見于辭 王聞此語 忽忽不樂.〈안빙몽유록〉, 15~16쪽.

와 설월(雪月)의 모임을 자주하였다. 설월의 모임은 눈 내린 날 달빛에 핀 매화 감상을 최고의 풍류로 여겼던 것에서 온 말이다. 이랬던 옥비가 이곳으로 이사를 오고 난 후에는 서호(西湖)를 추억하는 처지가 됐다.[21] 그가 『시경』 「위풍(衛風)」 〈죽간(竹竿)〉의 '巧笑之瑳 佩玉之儺'의 구절을 인용하여 과거에 사랑했던 사람을 그리워하는 심경을 드러낸 것도 이런 때문이다. 임포의 매화에 관련 고사를 활용한 의인화 표현 기법이다. 이런 의인적 표현으로의 매화 고사와 유관한 옥비의 처지와 심사는 그 자신만의 것이다. 옥비는, 부귀를 노래하며 거칠 것 없는 모란이나 고고와 소방을 지향하는 수양과 동리 등과는 전혀 다른 경험과 지향을 지녔다. 그는 행복했던 과거를 회상하며 헤어진 임에 대한 그리움에 가득 차 있는 상태다. 매화라는 물상 고유의 특징과 관련된 것으로 개별화된 형상인 셈이다.

이처럼 몽유세계에 등장하는 각각의 물상(物象)은 자신만의 경험과 삶, 지향과 개성을 지닌 존재들이다. 이들은 비록 안빙의 정원에서 살아가고 있지만, 왕의 통치 질서나 안빙에게 오롯이 귀속된 존재가 아니다. 이것은 〈창랑곡(滄浪曲)〉을 노래하여 벌주를 마신 후에 〈애련설(愛蓮說)〉을 지었던 주돈이(周敦頤; 1017~1073)에게 사랑받았던 것에서 오는 심회(心懷)를 은근히 드러낸 연꽃이나, 애매한 구설(口舌)로 당에 오르지 못하고 외롭게 서 있어야만 했던 죽단화, 시간의 덧없음에 속절없이 늙어감에 대한 한탄을 하는 오얏, 반첩여의 처지와 심정

---

21 임포(林逋; 967~1024)는 북송(北宋)의 은일(隱逸) 시인으로, 서호(西湖)의 고산(孤山)에서 평생 결혼도 하지 않은 채, 두 마리의 학과 매화를 키우며 유유자적하며 살았다. 이에 사람들은 임포를 "매화를 아내로 삼고 학을 자식으로 삼았다.(以梅爲妻, 以鶴爲子)"는 뜻의 "매처학자(梅妻鶴子)"라고 불렀다.

에 투사된 복숭아 등에 있어서도 마찬가지다. 연꽃은 연꽃만의 심회를 지녔고 오얏과 복숭아는 그들만의 경험과 원망이 있으며, 죽단화 역시 자신만의 사연과 원망을 가졌다. 이들 각자의 심회와 원망은 누구도 대신할 수 없다. 당연하게 이들이 지닌 심사는 안빙이 꽃에 대해 가졌던 감정과도 무관하다. 꿈 밖 현실에서의 안빙은 꽃들과 더불어 소요음완(逍遙吟玩) 하며 자신의 감정을 풀어냈지만, 각각의 꽃은 각각의 심회와 성향을 지닌 채 살아가는 존재였을 따름이다. 꽃을 대하는 안빙의 마음은 그저 안빙의 마음이었을 뿐, 개별 꽃들의 경험과 지향에 대해서는 전혀 알지 못했다. 안빙은 그저 꽃들의 외형에 취하여 자신의 감정을 쏟아냈고 그것이 전부라고 여겼다.

안빙이 현실에서 꽃의 세계에 외형에 취했던 것은 까닭이 있다. 그것은 모란을 중심으로 한 화려한 아름다움의 세계였기 때문이다. 현실 속 꽃의 정원이 꿈속에서는 별천지처럼 형상화된다. 꿈속의 모란왕이 거처하는 궁실은 현실의 그 어떤 공간보다 장려(壯麗)하게 그려진다. 진사시(進士試)에 들지 못한, 궁궐을 구경할 기회가 없었던 안빙에게 꽃의 세계는 서왕모가 통치하는 신선의 세계와 다를 바 없다. 그는 스스로, "청조가 홀연 금모의 말을 전하"[靑鳥忽傳金母信]여 "신선의 궁궐"[今拜紫皇宸][22]에 들어올 수 있었다고 고백한다. 안빙에게 꽃의 세계는 별천지일 따름이다. 그렇기에 그는 꽃의 세계를 자신의 화원이라고 생각하지 못한다. 또한 그 세계의 모든 구성원이 특별하게 대우해줘도 주인으로서의 우월함을 드러내지 못한다. 그저 송구해 할 따름이다. 꽃의 세계는 현실과 다른 별개의 시공간으로 여겨졌

---

22 〈안빙몽유록〉, 18쪽.

을 뿐이다.

이런 꽃의 세계에는 모란을 정점으로 한 위차(位次)가 존재한다. 위차의 존재는 꽃의 왕국에 나름의 질서와 법도가 있음을 뜻한다. 존비의 지위로서 위차는 곧 절문(節文)과 의칙(儀則)의 예(禮)가 있다는 의미이기도 하다. 또한 개체의 위차에는 그것을 그것 되게 하는 것이란, 개체적 질서 의식이 반영되어 있다. 이것은 수양, 동리, 조래 등처럼 모란이 통치하는 세계에서 벗어나 있는 개체와 연꽃처럼 자신만의 통치 공간을 가진 경우를 모두 포괄한다. 모란을 정점으로 한 꽃의 세계는 이런 모든 개별화된 지향을 부분집합으로 하는, 질서와 법도를 가진 전체집합이다. 그것이 꽃의 세계상(世界像)이다. 다만 질서와 법도는 여타의 세계와는 다른, 색태(色態)와 재예(才藝)에 의한 것이라는 점에서 다르다.

이처럼 꿈속 세계는 안빙의 현실계와 다른 질서율에 의해서 운영되는 별도의 세계이다. 이것은 몽유세계가 실재하는 세계로서, 그 세계의 구성원이 각자의 심회와 개성을 지닌 인물이라는 것과 유관하다. 꽃의 세계는 누군가 혹은 무언가에 종속된 시공간이 아니라 나름의 규칙과 질서에 의해 작동되는 독자적 세계이다. 그런 점에서 개별성과 다양한 지향을 지닌 개체의 공간인 꽃의 세계를 작품 밖, 작가가 마주한 정치 현실과 일대일로 대응하여 이해하려는 것은 온당하지 않다. 현실과의 일대일 대응 자체가 불가능하다. 이것은 우의가 산포되었다거나 명확하지 않다는 지적이 적실(的實)한 까닭이기도 하다. 꽃의 세계는 오직 꽃으로 구성된 세계일 뿐이며, 객관적으로 존재하는 '물상(物象)의 세계' 그 자체이다.

그러므로 꽃의 세계와 인간의 세계는 다른 층위, 다른 질서율을

가진 세계임을 인정해야 한다. 꽃의 세계가 지닌 가치를 존중하고
그 질서를 객관적 관점에서 이해하고 대해야 한다. 꽃은 자신의 감정
을 싣고 전유할 수 있는 유정(有情)한 탐미의 존재가 아니며, 꽃의
세계를 특정 인간의 가치로 인식하려 해서는 안 된다. 꽃의 세계는
주관적 탐미의 공간이 아니라 객관적 실재의 세계이다. 몽유세계의
개별 물상은 나름의 삶과 지향을 지닌 개성적인 존재일 뿐만 아니라,
그 세계는 나름의 질서를 가진 독자적 공간이며 실재의 세계이다.
이는 자신만의 감정에 취해서 꽃과 그것이 구성하고 있는 세계를 대
상으로 소요음완(逍遙吟玩)해서는 안 됨을 뜻한다. 대상의 실정(實情)
을 무시하고 자신의 감정을 투사하여 동일시하면서 대상과 온전히
합체되었다고 여기는 것은 착각일 뿐이다. 꽃의 세계는 유아(有我)의
세계가 아니라 무아(無我)의 객관화된 시공간일 뿐이다.

3. 안빙의 몽유 체험과 태도 변화

안빙은 꿈꾸기 전과 꿈에서 깬 후에 분명한 삶의 태도 변화를 보인
다. 이런 안빙의 삶의 태도 변화가 작품의 주지(主旨)일 수 있다. 여타
몽유록에서 몽유자의 태도 변화가 현실 모순의 특정한 국면을 강조
해서 드러내게 되고, 그것이 작품의 지향 가치를 의미하는 양상과 다
를 바 없다. 그렇다면 안빙의 태도 변화를 이끈 것은 무엇이고, 그것
이 의미하는 바는 무엇인가. 이를 위해 안빙의 태도를 꿈꾸기 전, 몽
유세계, 꿈에서 깨고 난 후로 각각 나누어 고찰하겠다.

성(姓)이 안(安)이고 이름이 빙(憑)인 서생이 있었다. 여러 차례 진사시를 보았으나 급제하지 못하자, 곧 남산의 별업(別業)으로 가서 한가하게 지내며 집 뒤뜰에 이름난 꽃과 기이한 풀을 많이 심어 놓고, 날마다 그곳에서 시나 읊었다. 일찍이 늦봄 끝 무렵 날씨가 맑고 화창하자, 생은 곧 화훼를 음완(吟翫)하며 기분 좋게 오가기를 그치지 않았다. 저근덧 나른한 함을 느껴 오래된 홰나무에 기대어 앉았다. 입을 문지르며 혼잣말로, '세상에 전해지고 있는 괴안국 이야기는 아주 허탄해. 아, 또한 괴상하구나!'라고 했다. (홰나무로) 옮겨가 한가로이 기대어 불현듯 선잠이 들었나 싶었다.[23]

〈안빙몽유록〉의 시작 부분으로, 안빙의 처지와 꿈꾸기 전에 화원의 꽃들을 대하는 태도가 간명하게 기술되어 있다. 안빙은 여러 차례 진사시를 보았으나 입격(入格)하지 못한다. 이에 남산 별장의 후원에 명화이초(名花異草)를 가득 심고 그 꽃을 감상하거나 노래하며 지낸다. 그는 부귀의 세속적 욕망을 접고 현실을 떠난다. 이런 그는 늦은 봄 화창한 날에 꽃을 감상하다 나른한 봄기운에 취해 홰나무에 기대어 앉는다. 그리고 홰나무 밑동의 괴안국 이야기가 매우 허탄하다는 혼잣말을 하다가 설핏 잠이 들었나 싶게 된다.

몽유체험 전 안빙의 삶의 방식은 다음과 같이 정리된다. 그는 누차의 과거 실패로 학문과 출사에 대한 뜻을 접었다. 이에 본래 정주하던 공간을 벗어나 은자의 공간인 남산 별업에 명화이초(名花異草)를 모으고, 이들 사이에서 세월을 보낸다. 안빙은 뜻대로 되지 않는 현실을

---

23 有書生 姓安名憑者 累擧進士不第 就南山別業 居閑 所居之後圃 多植名花異草 日哦 詩其間 嘗於暮春末 天氣淸和 生乃吟翫花卉 怡怡往來者不已 居然氣倦 坐憑老槐樹 摩挲 口自語曰 世傳槐安之說 甚誕 吁 亦怪哉 徒倚開 忽思假睡. 〈안빙몽유록〉, 3쪽.

떠나서 심사를 꽃에 붙여 지냈다. 그에게 꽃은 탐미의 대상으로, 그는
꽃의 아름다움을 감상하고 노래하며 삶을 즐긴다. 늙은 홰나무에서
괴안국 이야기를 떠올리고 그것이 거짓이라 생각하는 것처럼, 그는
꽃에게도 나름의 세계가 존재할 것이라는 사실을 믿지 않았다. 만약
괴안국이 존재하는 것을 인정한다면, 그것은 꽃의 세계도 존재함을
인정하는 것이며, 나아가 꽃이 자신의 온전한 탐미 대상될 수 없음을
뜻하기 때문이다.

안빙의 생활은 부귀의 욕망을 접고 현실 세계를 떠나 은자의 공
간에서 지내는 것이다. 명화이초의 아름다움을 보고 즐기며 자신의
정의(情意)를 소회(消灰)하려는 것이다. 그런데 안빙이 명화이초에
의지하여 자신의 감정을 풀어낼 수 있었던 것은 꽃들이 개별적 경험
과 소회(所懷)를 지닌 존재가 아니라는 인식을 전제로 한다. 꽃이 개
별적 존재로서의 감정과 태도를 지녔다면, 그것은 또 다른 현실일
따름이다. 꽃은 자신들의 정회를 펼치기에도 급급할 것이기에, 안생
의 소회를 일방적으로 받아들이는 존재가 될 수 없다. 안빙이 꽃을
탐미의 대상으로 삼는 것은 일방적 강요에 불과한 것이 되며, 현실
적 욕망의 세계를 벗어나려고 했던 그가 또 다른 현실에 침착(沈着)
하는 것이 된다. 요컨대 꽃이 자기들만의 실정(實情)을 지닌다면, 안
생의 소회에 주목할 겨를이 없을 것이므로 안빙은 꽃은 세계 구성원
이 아닌 그저 단순한 사물일 뿐이라고 여겼다. 정확하게 그는 꽃을
감정과 소회를 지닌 존재라거나 이치와 실정을 지닌 존재로 인식하
지 못했다. 꽃의 세계가 독자적 질서를 지닌 세계라고 여기지 않았
다. 그가 세상에 전하는 "괴안지설(槐安之說)"이 거짓되다고 생각한
것도 이 때문이다.

안빙은, 꽃은 단순한 사물에 불과하기 때문에 그것들이 객관적 존재성을 가질 수 없고 그렇기에 자신의 정의(情意)를 붙일 수 있다고 여겼다. 꽃의 세계는 유아지정(有我之情)의 대상일 뿐이라고 생각했다. 보다 정확하게 말하면, 안빙은 꽃은 꽃일 뿐이며, 꽃과 꽃들이 이루는 세계는 존재하지 않을 것이라 생각했다. 그러므로 안빙의 감정이 명화이초에 스며들면서 강한 주관적 조관(照觀)의 상태를 이룰 수 있다고 여겼다. 그는 꽃과 꽃의 세계를, 그것이 존재하는 이법과 질서를 갖춘 객관물태(客觀物態)로 인식하지 못했다. 안빙에게 꽃은 **탐**미의 대상일 뿐이고, 현실에서 상처받은 자신의 영혼이 위로받을 **수** 있는 대상이었을 뿐으로, 꿈꾸기 전의 안빙은 유아지경(有我之境)의 파토스적 상태로 꽃을 대하였다.[24]

그렇다면 꿈속 세계, 몽유세계에서 안빙의 태도는 어떠했는가. 꿈꾸기 전의 안빙과 꿈속에서 꽃의 세계를 실제 경험할 때의 안빙은 어떤 태도를 보이는가. 결론적으로 말하면, 객관 물상으로서 꽃과 꽃의 세계에 대한 안빙의 이해 결여는 계속되며, 안빙은 자신이 처한 상황에 대한 인식의 부재와 행동 규준의 부재로 인한 아노미(anomie)를 경험한다. 꿈속 세계에서의 안빙은 당혹, 괴이(怪異), 그리고 불안의 감정을 갖게 된다. 꽃의 세계가 존재할 것이라는 사실을 전혀 인식하지 못한 까닭이다.

안빙의 꿈속 세계는 괴이함으로[生怪而逐之][25] 시작된다. 안빙의 이

런 심리 상태는 꿈속에서 새로운 인물을 만날 때도 마찬가지다. 안빙
은 늘 어리둥절하며 당혹해할 따름이다. 꿈속에서 처음 만난 청의동
자(靑衣童子)가 손뼉을 치며 반갑게, "안공이 오셨다."고 환영의 말을
한다. 하지만 안빙은 청의동자가 자신을 잘 아는 듯 "안공"이라 칭하
며 반갑게 맞는 이유를 도통 알지 못한다. 청의동자는 대체 누구인가,
왜 자신과 구면인 듯 이름을 부르고 앞장서서 인도해 가는가. 안빙은
그저 괴이하게 여길 따름이다.[26] 안빙의 심리 상태는 꿈속의 인물들
과 그 세계에 대한 이해가 결여되어 있다. 상대의 정체를 모르니 상대
의 친밀감 표시에 괴이해 하며 당황할 수밖에 없었을 것이다. 이것은
안빙이 자신의 몽중 경험을 정합한 논리 체계로 받아들이지 못함을
의미한다. 안빙은 꽃의 개체성이나 그 세계의 자율성이 존재할 것이
라는 점을 추리하지 못한다. 꽃이 사람이 되어 나타난다는 것을 상상
조차 할 수 없으니, 안빙은 자신을 아는 척하는 상황에 어리둥절해
하며 괴이하게 여길 수밖에 없다.

　안빙의 불안과 괴이는 곧바로 해소될 수 있는 것이 아니다. 안빙이
처한 상황에서 괴이의 해소는 사실상 불가능하다. 그는 당혹과 불안
에 근거한 괴이가 지속되는 상태로 꽃의 세계를 경험한다. 서술자는
안빙의 심리 상태를 더욱 괴이해 한다고[生尤怪之] 했으며, 그 이유를
알지 못한다고[不覺其由][27] 했다. 그렇기 때문에 안빙은 꿈속에서 궁금

25 〈안빙몽유록〉, 3쪽.

26 蹊間遇靑衣童子 年可十三四 拍手前笑曰 安公來矣 仍趨而去 其行若飛 生嘿認其童
初不相識 <u>心頗怪之</u> 遂尋蹊而入. 〈안빙몽유록〉, 4쪽.

27 三人相顧動色曰 安秀才何得到此 邂逅識面 豈非幸歟 生尤怪之 不覺其由 三人者揖
生使左. 〈안빙몽유록〉, 10쪽.

해하면서 묻기를 계속한다. 안빙은 기회만 되면 묻고 또 묻는다. 상대가 누구인지, 이곳은 어떤 곳인지, 자기가 어떻게 대응하는 것이 적절한지와 같은 질문을 반복한다.[28] 그리고 이런 질문의 반복에 따르는 안빙의 태도는 옹송(醞慂)함으로 나타난다. 최대한 자신을 낮추고 겸양하며, 상대에게 예(禮)를 다하는 태도를 취한다. 모르니 괴이하고 불안해하면서 자신을 낮추고 조심조심 행동했다.

안빙의 괴이는 놀라 꿈에서 깬 직후까지 어어진다. 안빙은 생생하게 기억되는 꿈속의 일과 실재하는 자신의 화원의 상관성을 곧바로 이해하지 못한다. 꿈이었다는 사실에 근거하여 허탄한 남가몽(南柯夢)이라 치부할 따름이다. 그리고 몽유세계에 대한 기억을 바탕으로 깊이 생각하고 성찰한 후에야 꿈속 세계의 정체성에 대한 의혹을 해소하기 위한 행동, 화원을 찾게 된다.[29] 그리고 성찰을 토대로 한 사색, 낱낱의 사실을 확인하는 과정 등을 통해 꿈속 세계와 화원의 일체성을 알게 된다.

그렇다고 안빙이 꽃의 세계를 객관적으로 존재하는 세계로 온전하게 인정했다거나 바라볼 수 있었다는 것은 아니다. 그는 몽유 체험을

---

28 心煩怪之. 〈안빙몽유록〉, 4쪽. ; 生仍問 寡君爲誰 不敢問宗緒 〈안빙몽유록〉, 5쪽. ; 又問 子爲誰. 〈안빙몽유록〉, 5쪽. ; 生又問姓名如絳氏. 〈안빙몽유록〉, 6쪽. ; 生欲 詰同姓金谷之說. 〈안빙몽유록〉, 6쪽. ; 生尤怪之 〈안빙몽유록〉, 10쪽 등이다. 몽유 세계 속에의 안빙은 늘 괴이함에 사로잡혀 있었다. 그 결과 안빙은 상황이 허락되면 언제나 자신의 대화 상대에게 이곳 세계의 정체성에 대해 질문한다. 즉 서술자의 시선이 안빙에게 옮겨지게 되면, 안빙의 질문이 이어지는 방식이다.

29 語未訖 迅雷一聲 劃若地裂 瀘然醒悟 乃一夢也. 頗覺酒量在身 芳馨襲衣 怳然起坐 則微雨酒槐 餘雷殷殷 生以爲向之所夢 亦是南柯 繞樹而思. 省然記得 仍詣花圃. 〈안 빙몽유록〉, 25~26쪽.

꽃들이 일으킨 비정상적 사건[物怪]일 뿐이라고 이해한다. 안빙의 인식은 몽유 체험이 괴이한 사건이라는 것 이상으로 발전되지 못한다. 눈으로 보고, 자기의 마음으로 느꼈다고 생각했던 꽃들을 객관적 존재로 인정하며 바라보지 못한다. 그렇다고 몽유 체험을 부정할 수도 없었다. 그렇기 때문에 안빙은 이후로 "장막을 내리고 오직 글만 읽으며 다시는 정원을 엿보지 않"았던[30] 것이다. 비정상적 세계로의 침혹(沈惑)을 거부하고, 그 세계와의 단절을 도모한 것이다.

안빙의 꽃에 대한 태도 변화는 이처럼 분명하다. 안빙은 꽃의 세계가 지닌 개체성과 독자성, 그리고 그 세계가 일정한 질서에 따라 운행되고 있다는 것을 인정하지 못했다. 꽃의 외적 아름다움에 침착(沈着)하여 그 세계에 마음을 붙였던 것에서 본래 자신이 지향해야 했던 독서의 세계로 돌아갔을 뿐이다. 안빙에게 꽃의 세계는 여전히 물괴의 세계일 따름이며, 그 세계의 물정(物情)을 온전한 성찰의 대상이 되지 못한 상황이다. 이는 안빙이 꽃과 꽃의 세계에 내재하는 이치를 관조(觀照)하고 있지는 못함을 뜻한다.[31] 이것이 안빙이 보인 몽유 체험 이전과 이후의 태도 변화이다.

---

30 生乃知此物作怪 又思門外美人 則生嘗得俗所謂艶堂花者 戱謂護花童曰 此花得罪楊妃 故名艶堂 植諸外階可也 僮果植之階下矣 生自此下惟讀書 不復窺園云.〈안빙몽유록〉, 27쪽.

31 안빙의 이런 태도는〈서재야회록〉에 등장하는 고양씨 후손인 사대부와는 사뭇 다른 면모이다. 사대부는 물정(物情)을 자신의 입장에서가 아니라 물의 입장에서 면밀히 살피고, 그들의 원정(怨情)을 이루어준다. 사대부의 이런 행동은 물의 세계와 단절을 꾀했던 안빙과는 판이하다. 이들 두 작품은 의인화 및 몽유 구조 혹은 이와 유사한 서사 방식을 취하고 있지만, 물에 대한 태도에서의 차이는 현격하다. 이것이〈안빙몽유록〉과〈서재야회록〉의 변별적 거리라고 하겠다.

4. 탐미(眈美)와 관물(觀物)의 거리

안빙의 태도 변화가 지닌 의미는 무엇인가. 안빙의 태도 변화가 지닌 의미에 대한 해명은 다음 두 가지 측면에서 유의미하다. 먼저, 안빙의 태도 변화에 내재하는 서사 지향을 이해할 수 있고, 나아가 안빙과 몽유세계를 설정한 작가 신광한을 이해할 수 있기 때문이다. 이를 위해『기재기이』창작과 관련한 전체적 설명인 신호(申濩)의 〈발(跋)〉을 살펴보겠다. 신호는『기재기이』의 가치를 다음과 같이 적시하였다.

『기재기이』한 질은 곧 지금의 찬성사(贊成事) 기재(企齋) 상공(相公)께서 지으신 바다. 일찍이 먹과 붓을 놀리니, 기이(奇異)함에 뜻을 두지는 않았지만 저절로 기이하게 되었다. 그 지극함에 이르러서는 사람들을 기쁘게 하고 놀라게도 하여 세상의 모범됨이 있고 세상에 경계함이 있다. 그런 까닭에 그 책이 민이(民彝)를 붙들어 세워 명교(名敎)에 공로가 있음이 한두 가지가 아니다. 저 대수롭지 않은 소설들과는 같은 급이라 말할 수 없으니 세상에 성행(盛行)하는 것이 진실된 바다.[32]

『기재기이』각편(各篇)은, 사람들을 기쁘게 하기도 하고 놀라게 하기도 함으로써 세상의 모범이 되기도 하고 세상의 경계(警戒)가 되며 민이(民彝)를 붙들어 세워 명교(名敎)에 공로가 있음이 한두 가지가

---

[32] 記異一帙 卽今贊成事 企齋相公所著也 嘗游戲翰墨 無意於奇 而自不能不奇 及其至也 使人喜 使人愕 有可以範世 有可以警世 其所以扶樹民彝 有功於名敎者 不一再 彼尋常小說 不可同年以語 則盛行於世固也. 신호(申濩), 〈기재기이발(企齋記異跋)〉, 소재영, 앞의 책, 99~100쪽.

아니라고 하였다. 신호의 이같은 지적이 다소 과장적일 수는 있다. 하지만 전적으로 상투적인 찬사만은 아닐 것이다. 『기재기이』에 내재하지 않는 가치를 견강부회하여 제시했을 리도 없다. 신호가 "不一再"라고 적시한 그 무엇인가가 분명하게 존재했을 것이다.

그렇다면 『기재기이』가 세상의 모범이 될 만한 요소, 세계의 경계가 될 만한 요소는 무엇인가. 그리고 성리학에 공로가 있다는 것은 도대체 어떤 점을 의미하는가. 특히 〈안빙몽유록〉과 관련해서는 무엇이 있겠는가. 이를 위해 먼저, 조광조(趙光祖; 1482~1519)의 꽃과 관련된 진강(進講)을 주목해보자.

바깥세상에는 말을 사랑하는 사람도 있고, 화초를 사랑하는 자도 있으며 거위와 오리를 사랑하여 기르는 사람도 있습니다. 만약 마음이 외물에 쏠리게 된다면 반드시 진흙탕에 빠진 듯한 지경에 이르러 끝내 도(道)에 들 수 없을 것입니다. 이것이 이른바 완물상지(玩物喪志)라 할 것입니다.[33]

조광조가 중종에게 진강한 바는 명백하다. 그는 물건의 수집과 완상에 마음이 뺏겨서는 안 됨을 말하였다. 세상에는 말을 좋아하고 화초를 좋아하며 거위를 좋아하는 이가 많다. 그런데 만약 이와 같은 것들의 외물(外物)에만 마음이 쏠린다면 반드시 집착에 이르게 되고, 종내는 도(道)에 들어갈 수 없다. 이런 상태를 완물상지(玩物喪志)라 한다. 조광조는 물건의 외적 아름다움을 탐닉(耽溺)하여 본래의 지향

---

[33] 外間有愛馬者 有愛花草者 有愛養鵝鴨者 若馳心於外物 則必至着泥 而終無以入道 是所謂玩物喪志也. 조광조(趙光祖), 〈시독관시계구(侍讀官時啓九)〉, 『정암집(靜菴集)』 권지삼(卷之三).

을 잃게 됨을 경계하였다. 조광조 진강의 핵심은 물(物)에 대한 탐닉이며, 꽃과 관련된 경우 음완탐미(吟玩眈美)를 경계했다.

조광조의 진강은 안빙의 꽃을 대하는 태도에 대한 경계와 다를 바 없다. 꿈꾸기 전의 안빙은 꽃의 아름다움에 취해서 그 속에서 시를 읊조리고 기뻐하며 세월을 보냈다. 눈으로 꽃의 아름다움을 보고, 마음으로 그 대상을 느낀다고 여겼다. 안빙이 꽃을 대하는 태도는 탐미이자 명화(名花)와 이초(異草)에 정(情)을 둔 심리 상태이며, 마음이 온통 꽃에 쏠려 있는 완물상지의 전형적인 예에 해당된다. 안빙의 꽃에 대한 태도는 아래쪽 그림인 〈사녀의류원사도(仕女倚柳

〈사녀의류원사도(仕女倚柳遠思圖)〉[34]

---

34 〈사녀의류원사도(仕女倚柳遠思圖)〉는 명(明) 우구(尤求)의 작이다. 상해박물관 소장. 사진출처. https://www.nipic.com/show/516050.html

遠思圖)〉에서 여인의 태도와 다를 바 없다. 사녀(仕女)가 외경에 빠져 대상을 대하고 있는 것처럼 안빙은 꽃을 대함에 있어 자신의 감정에 만 빠져 있었다. 자신의 감정을 잔뜩 실은 채 대상을 바라보았다. 이 른바 유아지경(有我之境)의 미적 상태, 주정적(主情的) 미감에 빠져 있 다고 하겠다. 주정적 심리 상태가 물(物)에 이입되어 있는 상태다.

그렇다면 사물을 어떻게 대하고 바라봐야 하는가. 조광조가 말한 바, 도(道)에 들기 위해서는 어떻게 사물을 대해야 하는가.

> 물(物)로써 물(物)을 보는 것은 성(性)이고, 나로써 물(物)을 보는 것은 정(情)이다. 성(性)은 공변된 것이니 밝고 정(情)은 치우친 것이라 어둡다.[35]

성리학적 관점에서 관물(觀物)에 대한 본격적인 논의는 북송 육현 (六賢) 중 한 명인 소옹(邵雍; 1011~1077)에 의해 제기된다. 소옹은『황 극경세서』를 통해 관물(觀物)의 필요성과 요체를 밝혔다. 그는 관물 의 방법을 통해 세계 질서를 이해하고, 도(道)에 들 수 있다고 했다. 관물은 일상에서의 사물, 주변에 존재하는 모든 것들을 통해 철리(哲 理)와 접할 수 있다는 것이다. 달, 바람, 꽃, 물, 나무 등과 같은 일상의 사물에는 도가 내재해 있으며, 그것을 공변되게 볼 수 있어야 한다고 했다. 그 방법으로 이아관물(以我觀物)이 아닌 이물관물(以物觀物)을 말했다. 그리고 이같은 그의 견해는 주희(朱熹; 1130~1200)를 비롯해 서, 조선의 초기 성리학자들인 서경덕(徐敬德; 1489~1546)과 이황(李滉;

---

35 以物觀物 性也 以我觀物 情也 性公而明 情偏而暗. 소옹(邵雍), 「관물외편(觀物外 篇)」,『황극경세서(皇極經世書)』.

1501~1570) 등과 같은 인물들에 의해 계승된다.

『황극경세서』에서 밝히고 있는 바, 관물에는 두 형태가 있다. 이 아관물(以我觀物)과 이물관물(以物觀物)이 그것이다. 이아관물은 정 (情)에 치우치는 것을, 이물관물은 성(性)으로써 살피는 것을 뜻한다. 이아관물은 주관적 감정에 의해 물상과 가까워지는 것이고, 이물관 물은 물상을 객관화 시켜 물의 관점에서 그것의 존재 원리를 살피는 것이다. 그렇기에 정(情)은 편벽되어 어둡고 성(性)은 공변되어 밝다. 감성 주관으로 사물을 바라보는 것이 이아관물이라면 이성 객관으로 사물의 실정을 파악하는 것이 이물관물이다. 요컨대 이아관물은 사 물의 외적 측면에 빠져들어 그것을 주관적으로 탐닉하는 것이 된다. 반면에 이물관물은 비록 작은 사물(事物)이지만 이에 구현된 리(理) 를 읽어내고 그 이치를 본받아 인간의 삶과 연결 짓는 사유 태도를 가리킨다.

소옹은 『황극경세서』의 관물(觀物)을 통해 자연계의 뭇 사물에 이 치가 존재하며 그것을 이성으로 관조(觀照)할 것을 역설하였다. 이것 은 사물을 봄에 있어, 목관(目觀; 눈으로 보는 것), 심관(心觀; 마음으로 보는 것), 이관(理觀; 이치로 보는 것)의 차별적 단계성과도 연관된다. 눈으로만 보거나 마음으로만 느끼지 말고, 이치로써 대상을 살펴야 한다. 사물의 외피만을 보고 그에 집착하는 것은 나의 감정으로 대상 을 보는 이른바 이아관물(以我觀物)이고, 객관과 이치로 대상의 본질 을 꿰뚫는 것이 바로 이물관물(以物觀物)이다. 이른바 물을 보되, 외 면만 보고 느끼는 것이 아니라 이치를 살피는 관물찰리(觀物察理)인 이관(理觀)인 것이다. 안빙이나 〈사녀의류원사도〉의 여인처럼 유아 (有我)의 정(情)으로 물(物)의 외면에 빠져 대상에 집착해서는 안 되며 무아(無我)의 태도로 물(物)에 내재하는 이치를 관(觀)해야 한다.

관물은 성리학적 사유의 근간을 이룬다. 그것은 우주의 이법(理法)은 개개의 사물에 내재해 있다는 인식의 실천과 관련된다. 신광한보다 조금 후대의 인물인 권호문(權好文; 1532~1587)의 〈관물당기(觀物堂記)〉에 관물의 중요성이 적실하게 나타난다.

> 관물(觀物)의 뜻은 크구나. 천지의 사이를 가득 채운 것은 사물이다. 사물은 스스로 사물이 된 것이 아니라, 천지가 낳은 바며, 천지는 스스로 사물을 낳는 게 아니라, 사물의 이치(理致)에 의해 낳은 것이다. 이는 이치가 천지의 근본이고, 천지가 만물의 근본이라는 것을 알게 한다. 천지로 만물을 보면 만물은 각기 하나씩의 사물이지만, 이치로 천지를 본다면 천지 또한 하나의 사물이다. 사람이 천지만물을 살펴 그 이치를 궁구해낼 수 있다면, 만물 중 가장 영험한 존재로서 부끄럽지 않을 것이다. 천지와 만물을 살피지 못해 그 소종래에 어둡다면 박아군자(博雅君子)라 할 수 있겠는가? 그러한즉 당(堂)에서 바라보는 것이 어찌 한낱 외물에 눈이 팔릴 뿐 궁구하는 실질이 없어서야 되겠는가.
> 한가로이 거처하며 두루 살피면 흐르는 물, 치솟은 산, 나는 솔개, 뛰어오르는 물고기, 하늘빛과 구름 그림자, 시원한 바람과 맑은 달, 날고 헤엄치며 움직이고 멈춰선 것, 초목화훼 등과 같은 물상이 형형색색 각기 다르며 각각 그 천성을 얻었음을 보라. 한 사물을 살펴보면 한 사물의 이치가 있고, 만물을 살펴보면 만물의 이치가 있다. 하나의 근본에서 나와 만 가지로 갈라졌으니, 만 가지로 갈라진 것을 미루어 하나의 근본에 이른다. 그 유행의 오묘함은 얼마나 지극한가. 이런 까닭으로 사물을 살피는 자가 눈으로 사물을 보는 것은 마음으로 사물을 보는 것만 못하고, 마음으로 사물을 보는 것은 이치로 사물을 살피는 것만 못하다. 만일 이치로 사물을 살필 수 있다면, 만물에 통연(洞然)하여 모두 나에게 갖추어질 것이다.
> 소자(邵子)가 이르기를, "사람이 천지만물의 도를 알아내는 것이 사람

의 도리를 다하는 것이다."라 하였다. 증자(曾子)가 말하기를, "치지(致知)는 격물(格物)에 있다."고 하였다. 진실로 이 당에 거처하며 격물치지에 힘을 다하고, 이로써 사람의 도리를 다하는 바를 얻는다면, 곧 관물이라는 이름을 등지지는 않을 것이다.[36]

관물당(觀物堂)은 안동에 있는 건물이다. 애초 건물은 '관아재(觀我齋)'라 이름했고 마루는 '집경당(執競堂)'이라 했다. 이것을 이황이 '관물(觀物)'이라는 이름으로 바꿔줬고, 그대로 이름을 붙이게 되었다.[37] 이황이 건물의 이름을 관물당으로 이름을 바꿔준 것은 성리학적 삶의 태도와 사유에서 관물의 중요성을 반영한 것이다. 그래서 그런지 〈관물당기〉는 당호(堂號)인 '관물'의 의미가 매우 크고 중함을 지적하는 말, "관물의 뜻은 크구나."로 시작한다.

이런 〈관물당기〉에는 관물의 필요성과 원리가 상세히 설명되어 있다. 뭇 사물은 "스스로 사물이 된 것이 아니"라 그 "사물의 이치에 따라 낳은 것"이라고 했다. 그것은 "이치가 천지의 근본이고 천지가

---

36 觀物之義 大矣 盈天地之間者 物類而已 物不能自物 天地之所生者也 天地不能自生 物理之所以生者也 是知理爲天地之本 天地爲萬物之本 以天地觀萬物 則萬物各一物 以理觀天地 則天地亦爲一物 人能觀天地萬物 而窮格其理 則無愧乎最靈也 不能觀天地萬物 而昧其所從來 則可謂博雅君子乎 然則堂之所觀 豈但縱目於外物 而無研究之實哉 閒居流覽 則水流也 山峙也 鳶飛也 魚躍也 天光雲影也 光風霽月也 飛潛動植 草木花卉之類 形形色色 各得其天 觀一物 則有一物之理 觀萬物 則有萬物之理 自一本而散萬殊 推萬殊而至一本 其流行之妙 何其至矣 是以觀物者 觀之以目 不若觀之以心 觀之以心 不若觀之以理 若能觀之以理 則洞然萬物 皆備於我矣 邵子曰 人能知天地萬物之道 所以盡乎人 曾子曰 致知在格物 苟能處斯堂 而着力於格物致知之功 而以得夫所以盡乎人之道 則庶不負觀物之名矣. 권호문(權好文), 〈관물당기(觀物堂記)〉, 『송암집(松巖集)』 권지오(卷之五).

37 余乃名其齋曰觀我 堂曰執競 而退陶先生 以觀物改之 仍名焉. 권호문(權好文), 〈관물당기(觀物堂記)〉.

만물의 근본"임을 알라는 것, 이는 곧 "천지의 관점에서 만물을 보면 만물은 각기 하나씩의 사물이지만, 이치의 관점에서 천지 또한 하나의 사물"이라는 것이다. 그러므로 "사람이 천지만물을 살펴 그 이치를 궁구해낼 수 있"어야 "만물 중 가장 영험한 존재로서 부끄럽지 않을 것"이라고 했다. 개별 사물에 이치가 내재해 있으니 천지만물을 살펴 그 이치를 궁구해내야 인간으로서의 책무를 다 할 수 있음을 지적한 것이다. 관물의 필요성과 의의에 대한 지적이다.

이와 같은 당위론적 지적은, 〈안빙몽유록〉의 안빙이 사물을 대하는 태도와도 관련된다. 권호문의 지적처럼, "천지만물을 살피지 못해 그 근원을 알아내지 못한다면 그는 박아군자(博雅君子)"일 수 없다. 즉 "한낱 외물에 눈이 팔릴 뿐 이치를 궁구하는 실질이 없"는 경우에 불과하게 된다. 주변을 "두루 살펴"보면 온갖 짐승들과 초목화훼의 물상들로 가득하다. 이 모든 물상들은 "형형색색 각기 다르지만 각각 본래의 천성을 얻었"으므로, "한 사물을 살펴보면 한 사물의 이치가 있고 만물을 살펴보면 만물의 이치가 있"다. 이른바 "하나의 근본에서 나와 만 가지로 갈라졌으니, 만 가지로 갈라진 것을 미루어 하나의 근본에 이를" 수 있는 것이다.

그는 이어, "사물을 살피는 자가 눈으로 사물을 보는 것은 마음으로 사물을 보는 것만 못하고, 마음으로 사물을 보는 것은 이치로 사물을 살피는 것만 못하다."고 했다. 이른바 목관(目觀), 심관(心觀), 이관(理觀)의 차이를 지적하였다. 그리고 더불어, 이와 같이 "이치로 사물을 보는 것"이 소옹(邵雍)에게서 유래되었음을 밝히고 있다. 즉 소옹이, "사람이 천지만물의 도를 알아내는 것이 사람의 도리를 다하는 것"이라고 했음을 말한 후에, "당에 거처하며 격물치지에 힘을 다"하고, "사람의 도리를 다하는 바를 얻는다면, 곧 관물이라는 이름을 등지지는 않을 것"이라고 마무리하였다.

권호문은 〈관물당기(觀物堂記)〉를 통해 이치를 통하여 사물을 관찰하는 '이리관물(以理觀物)'의 중요성을 설파하였다. 그는 자신이 처한 공간을 관물의 기반으로 삼아 이법(理法)의 세계에 이르기 위한 성찰적 자아의 상태를 유지하고자 했다. 이황이 권호문에게 관물당(觀物堂)이란 당호를 준 까닭도 여기에 있다.

이것은 성리학적 사유의 선배인 신광한의 지향과 태도와도 다르지 않다. 신광한은 삶의 주변에서 흔히 보이는 사물의 관찰을 통해 끊임없는 성찰을 시도했다. 다음의 경우를 보자.

해는 계미(癸未; 1523) 여름에 기재(企齋) 선생이 상(喪)을 당해 여막살이를 하고 있었다. 일찍이 낮인데도 어둑하여 앉아 있는데 일물(一物)이 마당에 모여들었다. 생긴 것은 가는 허리에 작았고 소리는 모깃소리처럼 윙윙거렸다. 이상하여 살펴보았는데 처음에는 그것이 무엇인지 알 수 없었다. 두 다리로 진흙을 잡고 안아 날아갔다가 다시 와 그렇게 하기를 종일토록 했다.

선생이 동자에게 말하기를, "너 가서 저것이 무엇이고 진흙을 가져다 무엇에 쓰는지 보아라." 하였다. 동자가 가서 보고, "곧 벽의 빈틈으로 들어가 진흙으로 둥지를 짓는 데 사용합니다." 했다. 수일 후 선생이 또 동자에게 말하기를, "너는 가서 보아라. 그것이 죽었는지, 다른 것으로 변했는지, 왜 갑자기 오고 가는 것이 그쳤는지?" 하였다. 동자가 말하기를, "아, 그것이 진흙 일을 다시 하지 않는 것은 날아올라 벌레와 짝을 짓고는 둥지로 들어가서입니다. 둥지에서 날개 두드리는데 그 소리가 윙윙합니다. 저는 이것이 무엇인지 괴이할 뿐입니다." 하였다. 선생이 말하기를, "아, 이는 과라(蜾蠃; 나나니벌)다. 짝지은 벌레는 명령(螟蛉; 이화명나방)이다. 나나니벌은 다른 무리를 동류(同類)로 삼을 수 있다."

동자가 말하기를, "그렇다면 물(物)은 정말로 변할 수 있는 것입니까?" 하였다. 선생이 말하기를, "그럼! 장자가 말한 바가 있다. 너는 아이니 네가 쉽게 알 수 있는 것으로 증명하여 명백히 하마. 대저 때에 따라 변화하는 것이 물(物)에 있다. 『시경』에 말하기를 팔월의 여치(斯螽), 구월의 베짱이(莎鷄) 시월의 귀뚜라미(蟋蟀)가 그것이다. 태어나 낳고 변화하며 바뀌는 것이 물(物)에는 있다. 너는 어찌 누에 치는 것을 알지 못하느냐. 누에는 고치가 되고 고치는 애벌레와 나방을 낳고 나방은 교접하여 알을 낳으며 알은 또다시 누에를 낳는다. 물의 지극함과 변화에 능한 것은 오직 나나니벌이니라."

동자가 말하기를, "사람도 또한 있습니까?" 하였다. 선생이 말하기를, "좋도다, 묻는 것이여! 옛날 중니(仲尼)는 추나라 사람의 아들로서 성인이었고 안회는 안로(安路)의 아들로 현인이었다. 중니가 안회로 하여금 보고 듣는 것이 자기와 같은 부류가 되게 하였고, 말하고 행동하는 것이 자기와 같은 부류가 되게 하였으니 이 역시 화(化)이다. 사람이 능히 사람을 변화시킨 것은 오직 중니가 능하다. 이후로는 사람이 다른 사람을 변화시키지 못 하였고, 사람이 또한 다른 사람으로 인해 변화하지도 못 하였으니 슬프구나."[38]

---

38 歲在昭陽協洽夏 企齋先生宅憂于廬 嘗晝暝而坐 有一物集于庭 狀若細腰而小 聲似蚊雷而股怪 而察之 則初不識其爲何物也 以兩股摶泥 抱而飛去 復來亦如之者終日 先生謂童子曰 汝往視之 此何物也 摶泥而往者何用 童子往視之 則入于壁空中 用以泥作窠云 旣數日 先生又謂童子曰 汝往視之 物死歟 其化歟 何故闃然不往來者歟 童子曰 噫 物不復事於泥者 飛接蟲而來 入其窠故其翅 其聲股殷然 吾怪之是何物也 先生曰 吁 是蟷螂 所接者蟲 是螟蛉也 是能以他物類己者也 童子曰 然則物固有變化者乎 先生曰然 莊周固言之矣 汝童子也 試以汝易知而明之 夫能隨時變化者物有之 詩云 八月斯螽 九月莎鷄 十月蟋蟀是也。能生生化化者物有之。汝獨不見養蠶者乎 蠶作繭 繭生蟲及蛾 蛾交而生卵 卵又生蠶 至於物而能化物者 唯蟷螂能之 童子曰 物固能之 人亦有之乎 先生曰 善哉問也 昔仲尼 鄒人之子而聖者也 顏回 路之子而賢者也 仲尼能使顏路之子視聽類我 言動類我 是亦化也 人能化人者 唯仲尼能之 自是

신광한은 1522년 모친상을 당해 다음 해인 계미년에는 고양(高陽)
에서 여막살이를 하고 있었다. 시작 부분에 시간과 장소를 분명하게
밝힌 것을 보면, 실제 경험한 바를 기록한 것처럼 보인다. 그러나 그
기록은 단순한 경험의 기록에만 머물지 않는다.

신광한은 어둑어둑한 어느 날 마당에 나나니벌[蜾蠃]이 진흙을 가
져가는 것을 보고 동자를 시켜 무엇을 하는지 살피라고 한다. 그리고
며칠에 후에 다시 동자에게, 나나니벌이 "왜 갑자기 진흙을 나르는
것이 그쳤는지?" 살펴보라고 한다. 동자는 날아올라 짝짓기를 마친
후 둥지로 들어가 윙윙거리며 날개 두드리고 있다고 고한 후, 괴이할
뿐이라고 답한다. 이에 신광한은 나나니벌이 이화명나방과 짝을 지
은 것이라고 말해준다. 나나니벌이 벽틈에 집을 짓고 이화명나방[螟
蛉]을 잡아다 유충에게 먹이는 것을, 벌과 나방이 "동류(同類)"가 되었
다고 이해한 것이다.[39] 나나니벌이 이화명나방을 사냥한 것을 짝짓기
로 잘못 알고, 동류가 되었다고 말한 것이다.

그리고 이같은 신광한의 말은, "물(物)은 정말로 변할 수 있는 것"
이냐는 동자의 작위적 질문으로 이어진다. 이에 신광한은 물(物)로써
때에 따라 변화하는 것으로는 팔월의 여치[斯螽], 구월의 베짱이[莎鷄]
시월의 귀뚜라미[蟋蟀]와 함께 누에의 탈태를 든다. "누에가 고치가

以後 人能能化人者 人亦無能化於人者 悲夫. 〈과라화명령설(蜾蠃化螟蛉說)〉, 『기
재문집(企齋文集)』 권지일(卷之一).

39 이런 인식은 『시경(詩經)』 「소아(小雅)」 〈소완(小宛)〉의 "螟蛉有子 蜾蠃負之"란
구절에서 비롯된 것이다. 나나니벌이 이화명나방을 잡아 유충에게 먹이는 것을,
나나니벌이 자식을 낳지 못하므로 이화명나방으로 수양아들을 삼았다고 이해했
다. 즉 나나니벌(蜾蠃)이 집을 짓고 류(類)가 다른 이화명나방[螟蛉]을 양자로 들
였음을 동류로 삼았다[他物類己]고 여긴 것이다.

되고 고치는 애벌레와 나방을 낳고 나방은 교접하여 알을 낳으며 알
은 또다시 누에를 낳는다."고 예증한다. 이에 동자가 다시, "사람도
또한 있습니까?"라고 질문하자, 신광한은 기다렸다는 듯이, 좋은 질
문이라며 공자와 안연을 예로 든다. 공자는 "추나라 사람의 아들로서
성인이었고 안연은 안로(安路)의 아들로 현인이 되"었음을 말한다. 이
들의 대화는 나나니벌과 이화명나방이 동류가 되는 것에서 물이 변
하는 이치로, 그리고 다시 사람의 변화에까지 대화가 확장 심화된다.

나나니벌이 이화명나방을 잡아서 유충을 먹이는 것은 물(物)에 대
한 관찰이다. 그러나 물의 관찰에서 사물의 이치, 나아가 사람의 이치
를 밝히는 것은 단순히 사물을 보는 것이 아니다. 그 속에 내재하는
이치를 찾아내는 것이다. 동자가 "사람도 또한 있습니까?"라고 묻자,
"좋도다, 묻는 것이여!"라고 찬탄한 것도 이런 이유 때문이다. 동자의
질문은 사물의 이치에서 사람에 대한 이치로 확장 심화되는 질문이
기 때문이다. 이들의 대화는 일물(一物)에도 이(理)가 내재함을 이치
로써 밝힌 것이다.

이와 같은 신광한의 태도는 〈안빙몽유록〉의 안빙이 일상적 삶의
공간에서 관물하지 못하고 탐미완음(眈美玩吟)의 상태에 놓여 있었던
것과는 사뭇 대조적이다. 여기에서 〈안빙몽유록〉의 서사 지향과 신
광한의 창작 의도에 대한 이해는 분명해진다. 신광한은 〈안빙몽유
록〉을 통해 관물의 중요성을 역설하고자 했던 것이다. 사실 신광한은
서경덕이나 조식(曹植; 1501~1572), 이황, 기대승(奇大升; 1527~1572) 등
에[40] 앞서 목릉성세(穆陵盛世)의 철학적 담론을 이끈 성리학의 선배

---

40 초기 성리학자의 관물과 관련된 논의는 적지 않다. 서경덕(徐敬德), 조식(曹植),

그룹에 속하는 인물이었다. 그는 성리학적 사유의 선두주자였다. 실제로 신광한은 성리학적 사유가 정착하던 시기의 선도적 '유자(儒者)'로 칭해졌다.[41] 조광조와의 친분 관계나 당대 사림의 기림을 받았던 것과 그런 기림에도 불구하고 사림의 원망을 충족하지 못했던 것을 함께 고려해도, 신광한은 여전히 당대 젊은 성리학자들의 기림 속에 존재하는 유자였다.

이는 신광한의 사유 방식이나 가치태도는 초기 성리학적 사유 체계 내에 존재했음을 의미한다. 조사수가 신광한의 행장에서 기록하고 있는 것처럼, 그의 학문 세계는 육경(六經)에 근본을 두고 있다. 『논어』, 『맹자』, 『중용』, 『대학』에 대해 심득(心得)한 바가 있어 높은 경지의 이해를 보였다. 그는 그 자신은 말할 것도 없고, 누구나 그를 성리학적 사유의 소유자로 간주하였다. 특히 그는 소옹의 상수학(象數學)에 경도된 인물이었다.[42] 그리고 이런 소옹 상수학의 요체(要諦)는 관물(觀物)이었다. 그가 소옹의 학문 세계, 특히 『황극경세서』를

이황(李滉), 기대승(奇大升) 등도 성리학적 사유와 관련하여 관물에 깊은 관심을 기울였음을 알 수 있다. (황광욱, 「소옹 관물을 통해 본 서경덕 철학의 일면」, 『동양고전연구』 13, 동양고전학회, 2000, 265~287쪽. ; 강봉수, 「서경덕의 '머무름'의 윤리학과 자득적 공부론」, 『윤리연구』 55, 한국윤리학회, 2004, 61~100쪽. ; 이종묵, 「관물(觀物)과 성찰(省察)의 공부(工夫) ─ 남명학파를 중심으로」, 『남명학』 22, 남명학연구원, 2017, 129~138쪽. ; 김태환, 「퇴계 관물당시 '관아생'의 이론 배경」, 『유교사상문화연구』 66, 한국유교학회, 2016, 33~61쪽. ; 조기영, 「고봉시의 '관물' 정신」, 『동양고전연구』 8, 동양고전학회, 1997, 33~62쪽.)

41 사신(史臣)이 신광한을 평한 첫 마디가 "광한은 유자"였다는 사실을 상기할 필요가 있다. 光漢儒者也. 『명종실록』 권11, 명종 6년(1551) 5월 15일.

42 전성운, 「신광한의 삶의 태도와 소옹 지향」, 『한국언어문학』 90, 한국언어문학회, 2014, 203~231쪽.

근간으로 한 상수학에 얼마나 매료되었는지는 다음의 기술에서도 드
러난다.

　　일찍이 『황극경세서(皇極經世書)』를 읽다가 이해되지 않는 곳이 있어
　　허공을 보며 사색에 잠긴 것이 칠일 밤낮이었다. 설핏 잠이 들었을 때,
　　용모가 심히 웅위한 노인이 자칭 소옹(邵雍)이라 일컬으며 그가 해득하지
　　못한 곳을 말해주니 놀라 깼는데, 확연하게 얻은 바가 있었다.[43]

　『황극경세서』는 「관물내편(觀物內篇)」과 「관물외편(觀物外篇)」으로
구성되어 있다. 이는 세계 질서의 변화와 법칙을 상(象)과 수(數)의
측면에서 기술한 것이며, 세부 장목(章目)인 관물(觀物)의 중요성을
고려하여 편찬한 것이다. 그런데 신광한이 이와 같은 『황극경세서』
를 이해하기 위해 칠일 밤낮으로 허공을 응시하며 사색에 잠겼고, 그
생각의 깊이와 절실함으로 인하여 꿈에서 소옹을 만났다. 이것은 신
광한이 관물을 토대로 한 세계 질서의 상수학적 이해를 사유의 근간
으로 하였음을 뜻한다. 물론 신광한이 꿈에 소옹을 만나지 않았을
수도 있다. 그러나 신광한이 소옹의 『황극경세서』를 정밀하게 이해
하고자 했고, 실제로 당시에 가장 치밀하게 이해했던 인물이었다는
사실만은 분명하다. 소옹이 관물을 토대로 상수학을 개척한 것처럼,
신광한은 소옹의 상수학을 관물에 대한 이해를 바탕으로 수용하려
했던 것이다.

─────────
43　嘗讀經世書 有所未達 仰而思者七日七夜 假寐有老人容儀甚偉 自稱邵子 告其所未
　　解 惕然而覺 豁然有得. 조사수(趙士秀), 〈문간공행장(文簡公行狀)〉, 『기재집(企齋
　　集)』 권지십사(卷之十四).

이런 점에서 신광한이 〈안빙몽유록〉을 통해 관물의 중요성을 역설했음은 짐작할 수 있다. 그는 초기 성리학자들이 깊은 관심을 보였던 관물의 성찰적 태도를 〈안빙몽유록〉을 통해 말하고자 했다. 〈안빙몽유록〉을 통해 물(物)의 세계에 이끌려 목관(目觀)과 심관(心觀)만으로 사물을 대하는 것에 대하여 우의한 것이다. 안빙과 같은 삶의 태도를 지닌 인물들에게 교훈을 주고자 했다. 신광한의 이같은 노력때문에, 신호는 명교(名敎)에 도움된 바가 "不一再"하다고 했다. 결국 이것은 신광한이 고립된 개인으로의 한계가[44] 아닌 유자로서의 가치지향을 적극 표방했음을 뜻한다. 성리학적 사유를 구체적 사례로 서사화하여 제시한 것이다.

그러나 이를 두고, 〈안빙몽유록〉을 관물적 태도의 제시라는 교훈목적의 서사로만 이해해서는 안 된다. 오히려 일상적 삶의 성찰적태도라는 철학적 담론과 의인체 몽유의 서사를 결합시키고 있다는사실에 주목해야 한다. 신호의 지적처럼, "일찍이 문자로 유희했던것"으로 "기이(奇異)함에 뜻을 두지는 않았지만 저절로 기이"되었던것이다. 그런 결과로 "사람들을 기쁘게 하기도 하고 놀라게 하기도했"던 것이며, 명교에 공로가 있었다. 그리고 이런 『기재기이』가 "세상에 성행(盛行)할" 수 있었다.

신광한은 〈안빙몽유록〉을 통해 성리학에서 요구하는 일상적이고도 성찰적 삶의 태도를 의인적 몽유 서사의 자장(磁場) 안에 실현했다. 이는 어떤 점에서 보면, 『기재기이』가 서사 지평의 확장과 극적

---

44 엄기영, 「『企齋記異』와 작자 신광한의 자기인식 : 〈안빙몽유록〉과 〈서재야회록〉을 대상으로」, 『고소설연구』 32, 한국고소설학회, 2011, 117~118쪽.

긴장을 유지하는 내적 형식의 창출에 실패한 것일 수 있다.[45] 그리고
이것은 〈안빙몽유록〉에도 그대로 적용된다. 신광한은 의인체 몽유록
이라는 평범하지 않은 서사를 기반으로, 관물에 근거한 일상적 삶과
성찰적 태도를 말함으로써 명교(名敎)의 가치를 제시하고자 했다. 서
사와 성리학적 지향 가치를 결합하고 있다는 점에서 〈안빙몽유록〉은
새로운 소설사적 지평을 확보했다.[46] 단순한 교훈 서사에 머물지 않
는 소설사적 의의를 지닌다.

5. 맺음말

여기서는 의인체 몽유서사로서의 〈안빙몽유록〉을 살폈다. 특히
〈안빙몽유록〉의 몽유세계의 특징과, 그런 몽유세계를 경험한 안빙의
인식과 태도의 변화 과정을 주로 고찰하였다. 그리고 이를 바탕으로
〈안빙몽유록〉의 의미 지향이 무엇인지를 구명(究明)하고자 했다.

이상의 논의를 요약하면 다음과 같다. 〈안빙몽유록〉의 몽유세계

---

45 김종철, 「서사문학사에서 본 초기소설의 성립 문제」, 『고소설연구논총』, 경인문화
사, 1988, 204쪽.

46 성리학적 사유와 의인 서사의 결합은 소설사에서 다양한 양상으로 존재한다. 예를
들면, 〈수성지(愁城志)〉나 〈화사(花史)〉, 그리고 여타 천군서사(天君敍事) 등이
그렇다. 이들 작품은 성리학적 사유의 반영 정도나 방식, 지향이 다르고 그 소설적
성취 또한 천차만별이다. 하지만 〈수성지〉나 〈화사〉, 그리고 여타 천군서사와
같이 성리학적 사유와 의인 서사가 결합된 일련의 작품들이 고소설사의 한 국면을
장악하고 있는 것만은 분명하다. 『기재기이』와 이들 작품을 소설사적 측면에서
심도 있게 논의할 필요가 있다.

는 작품 내에 실재하는 세계로 형상화되어 있다. 안빙은 꿈에서 깨어, 화원에 자리한 꽃과 그 특징을 꿈속에서 본 것과 대응시킴으로써 그 실재성을 알게 된다. 그리고 죽단화의 발언과 존재를 통해 꿈속 세계가 바로 작품 속 현실임을 최종적으로 확인한다. 몽유세계의 경험과 각몽 후 현실에서의 성찰을 통해 꽃이 그 자체의 원망과 지향을 지녔으며, 나름의 질서 속에 존재함을 알게 된다.

안빙은 애초 꽃의 아름다움에만 빠져든 상태였다. 꽃의 아름다움에 쏠려 본래의 뜻을 잃어버린 완물상지(玩物喪志)의 지경에 있었다. 신광한은 꽃의 세계를 이법관조(理法觀照)하지 못하는 안빙의 태도와 그 변화를 의인적 몽유서사로 형상화함으로써 권계하였다. 즉 안빙으로 하여금 몽유세계를 경험하게 함으로써 물상들에도 각각의 질서와 독자성이 존재함을 인식케 하고, 또 이를 계기로 외물에 휩쓸리지 않고 자신 본래의 지향을 회복할 수 있도록 하였다. 물상에 대한 주관적 탐미에서 벗어나 이리관물(以理觀物)의 태도로 나가야 함을 역설한 것이다.

신광한은 〈안빙몽유록〉을 통해 이아관물(以我觀物)적 태도의 오류를 알게 함으로써 궁극적으로는 이물관물의 경지로 나가게 하고자 했다. 그것은 초기 성리학자인 신광한이 소옹의 상수학에 빠져 들었던 사실과도 유관하다. 소옹 상수학의 요체는 관물이며, 신광한 역시 관물의 중요성을 인지하였다. 이것은 동시대 성리학자들의 관물에 대한 사유에서도 드러난다. 다만 안빙의 경우 이물관물의 경지에는 이르지 못하고 있다. 안빙은 오히려 물상의 세계와 단절을 도모함으로써 완물상지에서 벗어나 본래의 뜻을 회복하려 했다.

기존 연구에서 〈안빙몽유록〉이 유자(儒者)의 마음 자세로 돌아가

공부하기를 권면한 작품임을 지적한 연구 성과가 있었던 것도 이와
유관하다. 요컨대 파토스적 탐미와 완물상지에 대한 경계를 〈안빙몽
유록〉이란 의인체 몽유록으로 드러낸 것이다. 여기에 평생을 유자로
살았던 신광한의 지향이 그대로 드러난다.

〈서재야회록(書齋夜會錄)〉의 서사구성과 궁리(窮理)

1. 머리말

〈서재야회록〉은 『기재기이』 수록 작품 가운데서도 특이한 성향의 작품이다. 몽환적 액자 구성이라는 점에서[1] 몽유록과 근사(近似)한 특징을 보이지만 몽유록은 아니고, 문방사우를 의인화했으면서도[2] 문방사우의 일대기를 서사화한 것은 아니라는 점에서 가전(假傳)도 아니다. 게다가 전기적(傳奇的) 요소를 지니기는 했지만, 애정을 소재로 한 전기소설의 전통을 잇고 있지도 않다. 〈서재야회록〉은 몽유전기소설에 가전체적 수법을 도입한[3] 몽유적 의인체 산문으로[4] 몽유록이나 의인체(擬人體) 소설, 전기소설 등과 어중간한 관계를 맺고 있지만 정작 어느 갈래 유형에도 속하지 않는 작품에 해당된다. 〈서재야회

1 소재영, 『기재기이연구』, 고려대학교 민족문화연구소, 1990, 52쪽.

2 소재영, 위의 책, 41쪽.

3 신재홍, 『한국몽유소설연구』, 계명문화사, 1994, 80~96쪽.

4 송병렬, 「기재기이의 의인체적 성격」, 『한국한문학연구』 20, 한국한문학회, 1997, 208~209쪽.

록〉은 일종의 갈래 부정형 서사물이다.[5]

〈서재야회록〉은 서사 지향에 있어서도 독특한 면모를 지녔다. 서사임에도 불구하고 특기할 만한 갈등이 명확하게 제시되지 않는다. 심회(心懷)의 진술과 관찰, 대화와 소통이 서사의 중심을 이룬다. 서재(書齋) 구성원에 대한 기술이라는 점에서 현실의 충실한 재현에 가까우면서도 풍자의 실체가 뚜렷하지 않다.[6] 〈서재야회록〉의 이런 서사적 특징은, 소박하고 진실한 사귐을 통해 우정과 지인의 의미에 대한 성찰하거나[7] 상대를 알아가고 공감하며 기억하는 과정,[8] 정령과 선비의 대화의 극적 심화를 통한 회포풀기,[9] 그리고 선비의 깨달음을 통한 작가의 자기발견 과정[10] 등의 서사로 이해되곤 했다.

이와 같은 서사 지향의 〈서재야회록〉은 "야회(夜會)"와 "록(錄)"라는 제명(題名)을 가졌음에도 불구하고 놀음에 대한 사실적 기록도 아니다. 야회는 음주(飮酒)와 함께 문예, 서화, 골동, 화훼, 음악, 재담 등이 어우러진 화락(和樂)한 모임인 아회(雅會)이다. 그러나 〈서재야

5 김근태는 〈서재야회록〉에서의 양식적 "변화는 양식의 모색 과정을 통해 찾아낸 발견"이라고 했으며, 소인호는 "정령적 계열에 해당하는 여말 가전체의 구성 방식을 이어받아 소재의 다변화와 허구적 변용을 통해 서사적 편폭을 확장시켜 나간 사례"라고 했다. 김근태, 「초기서사유형의 모색과정과 기재기이」, 『열상고전연구』 6, 열상고전연구회, 1993, 293쪽. ; 소인호, 「기재기이 창작 배경과 서사문학적 전통의 변용 양상」, 『숭실어문』 22, 숭실어문학회, 2006, 119쪽.
6 윤채근, 『소설적 주체, 그 탄생과 전변』, 월인, 1999, 294~337쪽 참조.
7 윤채근, 위의 책, 337쪽.
8 엄기영, 『16세기 한문소설연구』, 월인, 2009, 146쪽.
9 송미경, 「〈서재야회록〉에 나타난 대화의 서사 전략과 의미」, *Journal of Korean Culture* 22, 한국어문학국제학술포럼, 2013, 155~182쪽.
10 이태화, 「〈서재야회록〉, 정신적 재무장을 위한 의인화 수법」, 『한국고전연구』 13, 한국고전연구학회, 2006, 217쪽.

회록〉에는 특별한 유희는 물론이고 작시(作詩)에 동반되는 음주(飲酒)조차도 없다. 그저 슬픔을 달래기 위해 시를 짓고 말재롱(pun)을 벌인다거나, 각자의 처지를 말하는 것이 전부다. 그것도 무수한 전고 (典故)를 활용하는 방식으로 진행된다.[11]

이상에서 언급한 바와 같은 〈서재야회록〉의 갈래, 서사, 문체 등에서 드러나는 제반 특징을 제대로 이해하기 위해서는 작품 세계에 대한 전면적 재검토가 전제되어야 한다. 작품 이해를 기반으로 그것들이 의미하는 바를 살피고, 작가와의 연관성을 밝혀야 한다. 이것이 본고에서 〈서재야회록〉의 서사구성과 서술 방식의 특징 및 그 지향이 갖는 의미를 고찰하려는 까닭이다.

2. 〈서재야회록〉의 서사구성과 전개

1) 상호 위로의 별회(別會)

〈서재야회록〉은 크게, 주인공인 사대부가[12] 물괴들만의 모임을 목격하는 부분과 사대부의 요청으로 물괴와 함께 하는 야회 부분으로 구성된다. 사대부가 물괴의 모임을 목격하는 부분까지는 물괴의 출현

---

11 〈서재야회록〉 독해의 기반은 소재영, 박헌순, 최재우, 엄기영 등의 번역과 연구에서 다져졌다. 소재영, 앞의 책 참조. ; 박헌순 옮김, 『기재기이』, 범우문고, 1990. ; 최재우, 『기재기이의 특성과 의미』, 박이정, 2008, 329~353쪽. ; 엄기영, 앞의 책, 28~117쪽 참조.

12 이하에서의 사대부(士大夫)는 〈서재야회록〉의 주인공인 '사부(士夫)'를 가리키며, 사(士)와 대부(大夫)의 결합인 일반칭으로서 사대부가 아님을 밝힌다.

을 예비하고 그들이 자신들만의 모임을 갖는 것이 중심 내용이다.
작품의 서사 진행을 이해하기 위해 이를 순차적으로 살펴보자.

　해는 대황락(大荒落) 중추(仲秋) 열사흘, 산속 서재는 비가 막 개어
밤기운이 맑고 서늘하였다. 맑은 하늘에는 은하가 흐르고 밝은 달빛 아래
에 이슬이 내렸다. 오싹하니 송옥(宋玉)이 가을을 슬피 노래했던 뜻이
생겨나고 아련히 이백(李白)이 달을 감상했던 흥이 일었다. 서재를 나와
뜰을 거닐며 혼자서 시를 읊었다.[13]

　물괴가 출현하기 직전 산재(山齋)의 정경을 묘사하고 있다. 시간
배경은 대황락(大荒落) 중추(仲秋) 열사흘 밤이다. 대황락은 고갑자의
사(巳)에 해당하지만 황량하게 떨어져 쓸쓸함이 크다는 뜻도 지닌다.
그런데 이런 대황락이란 표기는 정확한 시간 표지가 되지는 못 한다.
뱀[巳]의 해라는 다소 모호한 시간 구간을 가질 따름이다. 그럼에도
굳이 고갑자인 대황락으로 시간을 표시한 것은 소삭한 가을밤을 표
상하기 때문이다. 중추, 열사흘 밤이야말로 황량하게 죽어가는 시간,
'大荒落'한 때이다. 대황락은 전쟁과 죽음의 계절인 가을을 가리키며,
동시에 물괴의 죽음을 암시하는 중의적 시간 지표이다. 그리고 사대
부에게는 싸늘한 슬픔을 주는 때이기도 하다.[14]

13　世在大荒落 仲秋望前二日 山雨新霽 夜氣淸怕 長空淡而銀河流 朗月飛而玉露凋 慄
　　然有宋玉悲秋之意 悠然有李白翫月之興 步出書堂 巡庭獨吟日. 〈서재야회록〉, 소
　　재영, 앞의 책, 28쪽. 여기서는 소재영이 영인한 고려대학교 만송문고본의 〈서재
　　야회록〉과 〈안빙몽유록〉을 인용하였다. 이하는 인용 쪽만 밝힌다.
14　대황락을 작품이 창작된 실제 시간 지표로 이해하려는 경우도 있었다. 신광한의
　　생애와 대황락의 간기인 사(巳)를 연결지어 원형리 은거 시기인 중종 28년인 계사
　　(癸巳; 1533)년 혹은 인종 1년인 1545년 을사(乙巳)이라는 것이다. 그러나 대황락

이같은 시간 배경은 산속의 서재[山齋], 비갠 후[雨後], 밝은 달[朗月], 맑은 은하[淡銀河], 옥같은 이슬[玉露] 등으로 구성된 맑고 청량(淸凉)한 공간과 어우러진다. 시간적 소삭(消索)함과 공간적 청량함이 조화를 이룬다. 굳이 송옥(宋玉)과 이백(李白)을 언급한 것도 이런 시공간의 특징 때문이다. 송옥은 〈구변(九辯)〉을 "悲哉 秋之爲氣也 蕭瑟兮 草木搖落而變衰"로[15] 시작했다. 〈서재야회록〉의 시간적 배경이 자아내는 분위기와 일치하는 정서이다. 그리고 공간 구성의 주요 경물인 달과 관련해서는, 이백의 "白兎搗藥成 問言與誰餐"라는 구절이 있는 〈고랑월행(古朗月行)〉이나 "白兎搗藥秋復春 嫦娥孤栖與誰鄰"이 있는 〈파주문월(把酒問月)〉의[16] 시적 감흥을 떠올리게 했다.

요컨대 사대부는 산재의 가을밤이란 시간과 공간의 배경에서 송옥의 비추지의(悲秋之意)와 이백의 완월지흥(翫月之興)을 품게 되었다. 이에 사대부는 밖으로 나가 산보음영(散步吟詠)하며 감상적(感傷的) 정취를 시로 표출한다.

시냇가 나무 찍는 소리 쩡쩡 울리는데
적막한 서재에는 이웃도 드무네.

은 『기재기이』 창작의 실제 시간 지표가 아니고 서사 전개에 부합하는 중의적 표현에 불과한 것이다. 작품 창작 시기를 암시하는 불명확한 시간 지표가 아니라 쇠락한 계절을 가리키는 단어로 이해해야 한다. 대황락은 오행의 금(金)에 해당하여 전쟁의 계절이며, 모든 것이 쇠락하여 떨어지는 죽음의 계절인 가을을 가리킬 따름이다. 가을바람 소리가 쇳소리와 같다는 표현이나 사형수의 처형을 가을의 시작인 음력 7월에 했던 것도 가을이 쇠락과 전쟁, 죽음의 계절이었기 때문이다.

15 송옥(宋玉), 〈구변(九辯)〉, 권용호 옮김, 『초사(楚辭)』, 글항아리, 2015, 246쪽.
16 이백(李白), 〈고랑월행(古朗月行)〉, 〈파주문월(把酒問月)〉, 『당시감상사전(唐詩鑒賞辭典)』, 중국상해사서출판사(中國上海辭書出版社), 1983, 241쪽, 323쪽.

약을 찧어 응답할 뿐인 가련한 옥토끼
술잔 멈추고 누구와 함께 달을 이야기할까?
단풍나무 숲에는 때때로 이슬이 내리고
집 앞 골목은 청심(淸深)하여 먼지조차 뵈지 않네.
한 번 봉루 이별한 뒤 이제 벌써 몇 해인가.
미인을 어찌하면 볼까, 더욱 시름 겨워하네.[17]

사대부가 음영한 시가 집구시(集句詩)는 아니다. 하지만 매구 용사
(用事)가 있다. 첫째와 둘째 구는, 『시경(詩經)』, 「소아(小雅)」〈벌목(伐
木)〉을[18] 활용했다. 〈벌목〉의 시의(詩意)를 통해 친척과 붕우를 초청
하지만 아무도 찾아오지 않는 자신의 고단한 처지를 말하고 있다.
그리고 셋째와 넷째 구는 이백의 〈고랑월행(古朗月行)〉[19] 혹은 〈파주
문월(把酒問月)〉[20] 등과 같은 시구를 원용하여 홀로 즐기는 완월의 흥
취를 드러냈다. 다섯째와 여섯째 구는 소삭한 가을의 정취를 기반으

---

17 丁丁伐木澗之濱 岑寂書齋少有隣 搗藥只應憐玉兔 停盃誰與問氷輪 楓林滴歷時聞露
　　門巷淸深不見塵 一別鳳樓今幾載 美人何處更愁人. 〈서재야회록〉, 28쪽.

18 伐木丁丁 鳥鳴嚶嚶 出自幽谷 遷于喬木 嚶其鳴矣 求其友聲 相彼鳥矣 猶求友聲 矧
　　伊人矣 不求友生 神之聽之 終和且平 伐木許許 釃酒有藇 既有肥羜 以速諸父 寧適
　　不來 微我弗顧 於粲灑掃 陳饋八簋 既有肥牡 以速諸舅 寧適不來 微我有咎 伐木于
　　阪 釃酒有衍 籩豆有踐 兄弟無遠 民之失德 乾餱以愆 有酒湑我 無酒酤我 坎坎鼓我
　　蹲蹲舞我 迨我暇矣 飮此湑矣.〈벌목(伐木)〉,『시경(詩經)』.

19 少時不識月 呼作白玉盤 又疑瑤臺鏡 飛在靑雲端 仙人垂兩足 桂樹何團團 "白兔搗藥
　　成 問言與誰餐" 蟾蜍蝕圓影 大明夜已殘 羿昔落九烏 天人淸且安 陰精此淪惑 去去
　　不足觀 憂來其如何 凄愴摧心肝. 이백(李白), 〈고랑월행(古朗月行)〉.

20 靑天有月來幾時 我今停杯一問之 人攀明月不可得 月行却與人相隨 皎如飛鏡臨丹闕
　　綠煙滅盡淸輝發 但見宵從海上來 寧知曉向雲間沒 白兔搗藥秋復春 姮娥細栖與誰鄰
　　今人不見古時月 今月曾經照古人 古人今人若流水 共看明月皆如此 惟願當歌對酒時
　　月光長照金樽裏. 이백(李白), 〈파주문월(把酒問月)〉.

로 도연명(陶淵明) 〈음주(飮酒)〉의[21] 시의(詩意)를 차용하여, 거마(車馬) 소리가 끊기고 먼지조차 일지 않는 청심(淸深)한 문항(門巷)의 상황을 그렸다. 그리고 마지막 일곱째와 여덟째 구는 이백의 〈봉대곡(鳳臺曲)〉을[22] 차용하여 세속을 떠나 아무도 찾지 않는 산재의 쓸쓸함과 시름을 드러냈다. 사대부는 여러 시를 차용함으로써, '아무도 찾지 않는 고단한 처지에 달을 완상하며 말을 나눌 사람 없는 청은(淸隱)한 이의 외로움과 시름'을 표현하였다.

그런 사대부가 시에 담아낸 정취는 그 자신의 본래적인 성향 그대이기도 하다. 그는 애초부터 "세상 사람들로부터 버림받아"서 "집안에 틀어박혀 이웃과 왕래를 끊"고 살았다.[23] 이런 정황이 대황락의 청량하고 밝은 달밤에 심화된 것일 따름이다. 이는 결국, 물괴의 외에는 어떤 존재도 산재에 찾아올 이가 없음을 시로써 예시한 것이다.

그렇다면 사대부가 서재를 비운 사이에 이루어지는 물괴들만의 모임은 어떠한 서사인가. 한마디로 물괴의 모임은 '회한(悔恨)에 찬 상호 위로의 별회(別會)'였다.

백의자가 말하였다. 오늘 밤 주인이 안 계시는 틈을 타 우리들이 방을 독차지하고 즐기니 너무 심한 것이 아닐까? 탈모자가 머리를 저으며 말하기를, "주인께서 많은 이들과 떨어져 쓸쓸히 지내며, 함께 지내는 것이라

<hr/>

21 結廬在人境 而無車馬喧 問君何能爾 心遠地自偏 …(하략)…. 도연명(陶淵明), 〈음주(飮酒)〉

22 嘗聞秦帝女 傳得鳳凰聲 是日逢仙子 當時別有情 人吹綵簫去 天借綠雲迎 曲在身不返 空餘弄玉名. 이백(李白), 〈봉대곡(鳳臺曲)〉.

23 好古落拓 爲世所擯 家雖窘罄 意豁如也 嘗構別墅于達山村 杜門斷往還. 〈서재야회록〉, 27쪽.

고는 우리들뿐이지. 살갗을 갈고 뼈를 부딪치며 머리와 등을 적신 공역을
치른 지가 이미 오래되었는데, 나는 노둔하다는 기롱을 당했고 그대는
경박하다는 꾸지람이 있었으며, 저이는 갈림이 다 했고 이이 역시 터져
흠이 났어. <u>주인과 함께 지낼 날이 또 얼마나 되겠나? 이런 때에 한 마디
도 하지 않는다면, 저 맑은 달을 어찌할 거야?</u>" 하였다. 그러고는 조정(趙
鼎)의 <u>"백수(白首)는 어디로 갈거나, 단심(丹心)은 여전히 남았는데."라는
구절을 외우며 몇 차례 오열하였다.</u> 함께 있던 이들도 모두 얼굴을 가리고
울며 때로 눈물을 뿌리기도 하고 훔치기도 하였다.[24]

백의자는 자신들이 주인 없는 서재에 나타나 멋대로 즐겨도 되는
지를 염려한다. 그러자 탈모자는 자신들이 나타날 수밖에 없는 절박
한 이유를 말한다. 탈모자는 사람들과 떨어져 외롭게 살아가는 주인
을 위해 자신들이 얼마나 공역(功役)했는지와 함께, 이제 얼마 남지
않은 생에서 한마디 말도 없다면 밝은 달을 어찌할 것인가라고 말하
며, 마침 주인은 없고 밝은 달이 떴으니 가슴 속에 담긴 말이나 하고
죽자고 한다. 그리고는 송(宋)의 충신 조정(趙鼎; 1085~1147)이 표(表)
에서 말한, "<u>白首何歸</u> 悵餘生之無幾 <u>丹心未泯</u> 誓九死以不移"란[25] 구
절을 외운다. 조정의 글귀는 백수(白首)와 단심(丹心)으로 집약된다.
몸은 늙었으나 충성스러운 마음은 여전하다는 뜻으로, 탈모자는 늙은
몸과 여전한 마음의 부조화 상황, 마음은 변치 않았지만 죽음의 길로

---

24 遂促膝而坐 白衣者曰 今夜乘主人不在 吾輩專房而樂 不已泰乎 脫帽者掉頭曰 主人
　　離群素居 所與處子吾輩 磨肌憂骨 濡首需背 執役已久 吾被老鈍之譏 子有輕薄之誚
　　彼則運盡 此亦玷缺 其與主人處者 能復幾時 於此若無一言 奈如明月何 因誦元稹
　　白首何歸 丹心未泯之句 嗚咽數聲 座中皆掩泣 或揮或拭. 〈서재야회록〉, 30~31쪽.
25 조정(趙鼎), 〈사도길양군안치표(謝到吉陽軍安置表)〉, 『충정덕문집(忠正德文集)』
　　권사(卷四).

갈 수밖에 없는 상황에 대한 회한(悔恨)을 드러낸 것이다.

늙어 죽는 것은 모든 존재의 필연적 결말이다. 죽음이 어쩔 수 없는 것은 분명하지만, 그 상황에 대한 정당한 가늠의 부재는 회한을 더 크게 느껴지도록 한다. 탈모자의 말처럼, "살갗을 갈고 뼈를 부딪고 머리와 등을 적신 공역"을 감당하며 주인을 섬겼는데도, 노둔(老鈍), 경박(輕薄)의 조롱과 운진(運盡), 점결(玷缺)의 상태로 버려질 운명을 맞았다. 그러니 그들의 회한은 커질 수밖에 없다. 무용(無用)의 상태가 되어 버림받게 된 물괴들은 서로 모여 자신들이 인정하고 싶지 않은 현실의 회한을 폭로하고 웃음으로 서로를 달래려고 했던 것이다. 다만 물괴의 회한은 각자의 특성에 따라 다른 양상을 보인다.

> 탈모자가, "시를 읊고 싶은 마음이 한번 일어나니 스스로 노쇠한 줄도 모르겠네. 단편 한 수를 지어내서 세 사람을 위해 불러보지."라고 말하며 시를 읊었다.

> 성긴 주렴 투명한 휘장 낮같이 환한 밤
> 옥로(玉露)는 빛나게 맺혔고 가을 달은 높구나.
> 머리는 희었어도 작은 글씨 충분하고
> 눈은 밝아 도리어 흰 터럭마저 헤아리네.[26]

탈모자의 시에는 현실을 인정하고 싶지 않은 마음이 강하게 드러난다. 그는 머리가 희었지만 작은 글씨를 감당할 수 있고 눈은 밝아

---

26 脫帽者曰 吟情一發 自不知衰老 請賦短篇 爲三君倡 乃詩曰 疎簾虛幌夜如晝 玉露光凝秋月高 頭白尙堪書細字 眼明還欲數霜毫. 〈서재야회록〉, 32쪽.

터럭도 셀 수 있다고 말한다. 늙은 것처럼 보이지만 기력은 여전하다는 말로 자신이 노쇠했다는 사실을 부정한다. 그리고 그에게 닥쳐올 운명에 저항한다.

그러나 다른 물괴가 모두 탈모자처럼 현실을 부정하는 마음을 품지는 않는다. 치의자는 시의 마무리를, "눈물 자국 아직도 눈썹 가에 엉겨 있네."라고[27] 한다. 시를 짓고 난 후의 마음이 괴로움과 슬픔에 차 있는 상태임을 드러낸다. 반면 백의자는 현재 이들의 모임을 "진중한 네 사람이 벌인 글 잔치"라고 한 후에 이것이 "백년토록 남을 자취"인데, 그것이 과연 "누구에게 의지"할[28] 것인가 하고 묻는다. 현재 처지에 대한 슬픔보다는 불확실한 미래의 의지처를 찾는 내용이다. 그리고 흑의자는 자신들의 단단한 사귐을 말하면서도 "속된 세상 싫도록 겪고 나니 흰 머리 새롭네."라고[29] 함으로써 현실을 초탈하고자 하는 마음을 드러낸다.

물괴들은 부정, 슬픔, 기대, 초탈 등과 같은 다양한 심회를 각각 표현한다. 이런 심회의 표출은 물괴의 개별 특징을 형상화한 것이면서[30] 그들에게 닥쳐올 죽음을 수용하는 각기 다른 방식이다. 그리고

---

27 金蟾滴露淸如洗 玉兎秋毫冷不眠 寫盡小詩心事苦 淚痕猶在鎖眉邊. 〈서재야회록〉, 32쪽.
28 分明霜月能添白 擬試丹靑寫好詩 珍重四人文字會 百年遺跡竟依誰. 〈서재야회록〉, 32쪽.
29 琢磨薰染能存道 功用當年孰似陳 三友更投膠漆分 厭看塵世白頭新. 〈서재야회록〉, 33쪽.
30 엄기영은 물괴의 시 가운데 벼루인 치의자의 시에는 물과 관련된 시어들이 많음을, 그리고 탈모자인 붓의 시에는 머리터럭에 대한 언급이 많음을 들어 개별 물건의 특징을 고려하여 형상화했음을 지적했다. (엄기영, 앞의 책, 113~115쪽 참조.)

이런 물괴의 심회 표출은 가벼운 힐난과 웃음을 통한 화해로 나아간
다. 그들은 받아들이고 싶지 않은 현실을, 웃음을 통한 상호 위로로
소진해 버리려 한 것이다.

> 백의자가 말하였다. "진(陳)의 시는 좀 깎아내려도 되겠어. 단지 자기
> 이야기만 하고 있을 뿐, 광경에 대해서는 한 마디도 하지 않았으니 고루하
> 지 않아?" 탈모자가 말하였다. "고(羔)는 견(甄)을 가볍게 여기고 진을
> 깎아내리니 자기는 (도량이) 넓어서 그러한가?" 치의자가 탄식하며 말하
> 기를, "이제 벗의 도리가 사라진 지 오래야, 이미 막역하다고 말하고 절차
> 탁마(切磋琢磨)를 꺼리다니!"라고 하자 탈모자가 즉시 머리를 조아려 사
> 죄했다. (그러자) 좌우에서 한바탕 웃었다.[31]

종이인 백의자(=고; 羔)가 먹(=진옥; 陳玉)의 시를 두고 고루하다고
폄하한다. 그러자 탈모자인 붓은, 종이인 네가 벼루인 치의자(=견지;
甄池)를 가볍다고 하고 먹을 짧다고 하는데 종이인 너는 과연 "넓어
서" 그렇게 남을 폄하하는 것이냐고 힐난한다. 무거운 벼루와 닳아
짧아진 먹, 넓은 종이의 특징을 들어서 비난한 것이다. 그러나 이것은
비난 그 자체를 목적으로 한 것이 아니다. 오히려 서로를 힐난함으로
써 웃음을 유발하고, 이를 통해 화합하려는 것이다. 웃음은 누군가를
깎아내리거나 단점을 지적할 때 발생한다. 그러나 웃음거리의 대상
이 그 말에 화를 내면 진정한 웃음은 없다. 힐난을 거스르지 않고

---

31 白衣者曰 陳詩可貶 但能自叙 曾無一語及光景 不乃固陋乎 脫帽者曰 羔也輕甄短陳
  羔也多乎哉 緇衣者喟然嘆曰 於今朋友道喪久矣 旣謂莫逆 又憚切磋 脫帽者 卽頓首
  謝 左右謹笑. 〈서재야회록〉, 33~34쪽.

받아들일 때 웃음을 통한 화합의 장이 형성된다. 벼루가 막역(莫逆)하다면서 절차탁마의 말을 꺼리는 것이냐고 한 것도, 화합의 장임을 상기시킨 것이다. 다 같이 웃고 즐기는 자리를 위한 힐난이니 따지지 말고 그저 웃음으로 받아들이라는 말이다.

물괴들의 미래는 내팽개쳐져 있었다. 이들은 그 사실을 누구보다 잘 알고 있었다. 그렇기에 미래의 불안을 동료와 함께 한다는 생각, 동료 의식의 확인으로 누그러뜨리고자 했다. 이들은 삶과 죽음의 경계를 넘어서까지 '일체(一體)를 이루는 막역한 벗'임을 확인하려 들었다. 이것이 가벼운 힐난을 통해 막역함을 확인하는 웃음의 역할이다. 힐난을 넘어서는 일체됨, 그것이 진정한 동료일 수 있기 때문이다. 그렇지만 웃음으로 서로를 위무하는 별회가 영원히 지속될 수는 없었다. 바짝 다가온 죽음의 운명은 물괴들이 피할 수 있는 것이 아니었다. 그들은 날이 새면 각자 흩어져 죽어갈 운명일 따름이다. 이런 상황을 일깨우는 것은 중후한 치의자(緇衣者)의 몫이다.

> 치의자가 말하기를, "『시경(詩經)』에 이르지 않았는가, '너무 편안하지 않은가. 직분에 거(居)함을 생각하라. 즐거움을 좋아하되 너무 지나치지 않으니, 훌륭한 선비들은 조심조심 하는도다.'라고. 만일 틈이 생겨 누설될까 걱정일세." 세 사람은 서로 돌아보며 아무 말도 하지 않았다. 사대부는 그들이 이제 흩어지는 것이 아닌가 의심했다.[32]

치의자가 인용한, "직분에 거(居)함"을 생각하라는 것은 처지와 분

---

32 緇衣者曰 詩不云乎 無已太康 職思其居 好樂無荒 良士瞿瞿 若有罅隙 恐見漏洩 三人相顧不答 士疑其將散. 〈서재야회록〉, 34쪽.

수에 맞게 행동하여 예(禮)를 잃지 않아야 한다는 말이다. 이들의 모임은 누구에게도 알려져서는 안 된다. 사물이 인계(人界)에 나타나는 것 자체가 참람한 행위이니, 직분(職分)을 넘어서는 행동을 오래해서는 안 된다. 즐기되 지나치지 말라는 호락무황(好樂無荒)은, 마지막 별회이므로 다 함께 심회를 드러내 즐길(樂) 수는 있겠으나 그것이 지나쳐 황음(荒淫)한 지경에 이르지 말아야 함을 경계한 말이다. 치의자는 자신들이 물(物)로서 질서의 분(分)에 어긋남이 없이 처신해야 한다는 것을 지적해서 말했다.

치의자의 이같은 지적은 〈서재야회록〉 물괴의 모임이 현실 세계에서 벌어진 일이기 때문이기도 하다. 〈안빙몽유록〉과 같은 작품은 몽유세계, 꿈에서 그들 세계의 실상을 보여주는 것이니 꺼릴 바가 없다. 그러나 〈서재야회록〉의 물괴들은 현실 세계의 주인 서재에 출현했다. 그야말로 괴변(怪變)이다. 그러나 이런 괴변이 인간에게 목도되지 않으면 크게 문제 될 것은 없으니 그나마 다행인 바다. 누구도 모르는 일이니 세계의 질서를 어지럽혔다는 혐의는 피할 수 있다. 그러나 그런 행동이 오랫동안 지속되면, 누군가에게 목도될 것이 분명하다. "틈이 생겨 누설"되는 것은 시간 문제일 뿐이다. 그러니 참람한 괴변을 빨리 멈춰야 한다. 현실의 질서에 어긋나지 않도록 행동하고 조심해야 한다.

2) 자기 고백의 야회(夜會)

모임이 누설될지 모른다는 치의자의 우려는 실제가 된다. 서재의 주인인 사대부가 물괴들의 모임을 엿보고 있었다. 자신들의 참람한 행동이 알려졌다는 신호인 사대부의 기침소리에 물괴들은 홀연히 흩어져 사라진다. 이에 사대부는 축문으로 이들을 다시 부른다. 사대부가 물괴의 세계로 나아가는 것이 아니라, 물괴를 현실 세계로 소환함으로써, 인간과 물괴의 야회(夜會)가 이루어진다.

사대부는 즉시 물러나와 축문을 지었다. "그대들은 셋도 아니고 여섯도 아니요 이수(二豎)라고 하자니 둘이 더 있고 오귀(五鬼)라고 하자니 하나가 적네. 그대들은 나를 곤란하게 하는 이들이 아니요 나를 궁지에 빠트리는 이들도 아니네. i)이미 그대들의 정상(情狀)을 알았는데, 감히 그대들의 모습을 감추려는가. 지금 아랫사람으로 부리려는 것이 아니라 상객으로 맞으려는 것이라네. 비록 ii)유현(幽顯)의 다름이 있다고 해도 진실로 느끼는 바가 있다면 반드시 통할 것이라. 네 사람은 끝내 나를 버리겠는가?" iii)축문이 끝나자 옷깃을 여미고 서서 마치 기다리는 것이 있는 듯 오랫동안 하여 태만하지 않았다. 문득 서재 북창 밖에서 확실하지 않은 소리가 나더니 점점 가까이 들려왔다. 사대부는 변화가 있음을 알고 마음을 단단히 하고 움직이지 않았다.[33]

축문(祝文)은 신명(神明)에 고유(告諭)하는 글이다. 사대부는 인간이고 물괴는 인간계의 존재가 아니다. 그러니 축문을 통해 물괴의 재림을 요청한 것이다. 사실 물괴가 사대부 앞에 멋대로 나타나는 것은 유현(幽顯)의 계(界)와 주종(主從)의 분(分)을 넘어서는 참람한 행위이다. 그러나 사대부의 축문에 빙자하여 나타나면 그런 비난을 면할 수 있다. 주인인 사대부가 축문으로 간곡하게 불렀으므로 계와

---

33 士卽退而祝曰 子之朋儔不三不六 謂二豎則多二 謂五鬼則少一 子非困我者 又非窮我者 旣得子情 敢隱子形 今也無奴星縛草之送 有上客虛左之迎 雖幽顯有間 誠感必通 四君終能棄我乎 祝訖 整襟而立 若有所竢 良久不怠 忽聞書齋北窓外 窣窣然有聲 漸近 士知其有變 堅意不動.〈서재야회록〉, 35쪽.

분을 넘는 것에 일정한 명분을 가진다. 물론 사대부는 이들이 자신과 주종의 분을 맺고 있다는 사실을 충분히 인식하지 못했다. 하지만 인간과 사물의 경계는 주지했으며, 그 경계를 넘는 것이 범상한 일이 아님도 알고 있었다. 그래서 ii)처럼 경계를 넘는 통(通)을 말하였던 것이고, iii)처럼 경건한 자세로 조금도 태만하지 않았던 것이다.

사대부는 물괴의 분명한 정체를 모른다. 그러니 부르고자 하는 대상을 적시(摘示)하여 호명할 수 없었다. 다만 조금 전에 본 '네 물괴'라는 사실만이 분명했다. 사대부가 소환의 대상을 명확하게 규정할 수 없기에, 넷이라는 숫자와 물괴의 특징으로 그들을 규정하려 했다. 이런 점에서 숫자놀음처럼 보이는 것은 단순한 말장난이 아닌 물괴에 대한 한정이다. '넷'을 강조하기 위해, 셋도 아니고 여섯도 아니며 질병의 귀신인 이수(二豎)의 둘도 아니고 인간에게 재난을 초래하는 오귀(五鬼)의 다섯도 아니라고 말한 것이다. 소환하려는 대상의 큰 범주를 정한 후, 그 범주 안에 드는 다른 것들을 소거함으로써 대상을 적시하는 방식이다.

사대부는 대상을 숫자로 제한한 후, i)에서처럼 자신이 이미 물괴들의 모임을 목격했음을 말한다. 그들이 회한에 차서, 하고 싶었던 말을 품고 있었으며, 그것을 뱉어내지 못했다는 것도 알았으니, 새삼 모습을 감출 필요가 없다고 말한다. 더욱이 자신은 물괴를 부려먹기 위함이 아니고 손님으로 맞아 대화를 나누려는 것이니 응해 달라고 했다. 그러나 이미 지적한 것처럼, 인간과 물괴가 계와 분을 넘어서 만나는 것은 괴변이다. 사대부나 물괴 모두에게 낯설고 어려운 일이다. 사대부는 정체를 알 수 없는 물괴와의 만남이라 낯설고 두려우며, 물괴는 인간 그리고 주인과의 모임이기 때문에 어렵다. 게다가 이들이 모임을 갖는 것은 '유현(幽顯)의 질서'를 어지럽히는 일이기도 하다.

> 그 때 산위에 떠 있던 달이 막 지려고 하며 빗긴 그림자를 대청에 드리
> 웠다. 세 사람이 연달아 나오는데 차림새와 생김새가 방안에 있을 때 본
> 것과 똑 같았다. 와서는 앞에 늘어서 절하니 사대부도 답배하였다.
> 한 사람은 어디 있는가? 답하여 말하기를, "관을 쓰지 않아서 감히 뵙지
> 를 못합니다." 하자 사대부가 말했다. "산속 서재에서의 야회(夜會)니 예
> 법을 탓할 것이 아니라네. 빨리 만나보기를 바라네." 탈모자가 이 말을
> 듣고 서재 뒤에서 머뭇거리며 나와 머리를 조아려 무례에 대해 사죄하였
> 다. 사대부가 위로의 말을 건네고 서로 마주 앉았다. 성명과 가문의 내력
> 을 따져 물어 산의 정령인지 나무도깨비인지 판단해보고자 했지만, 그
> 뜻을 거스를까 염려하여 갑작스레 말을 꺼내지 못하고 마침내 자기가 먼
> 저 이야기를 했다.[34]

물괴는 시종일관 사대부에 대한 예(禮)를 잃지 않으려 한다. 평소
그들을 부리던 주인에게 본신을 드러내 맞대면하는 것이 송구한 일
이기 때문이다. 물괴들은 사대부 앞에 늘어서 절을 한다. 또 관을 쓰
지 않아 뵐 수 없다던 탈모자는 사대부의, 산속 야회니 예법을 탓할
것 없다는 말에 비로소 나타나 무례함을 사죄한다. 주인에 대한 예를
잃지 않으려 최대한 애쓰는 모습이다. 이에 반해 사대부는 답배로
응하거나 탈모자의 사죄에 위로하면서도, 이들을 시종일관 '군(君)'으
로 칭한다. 사대부는 탈모자의 부재를 보고 "一君安在"라고 했을 뿐,

---

34 時山月欲低 斜影在廳 三人纍纍而來 衣冠形貌 一如室中所覩 至則羅拜于前 士亦答
拜. 遽問 一君安在 答曰 不冠不敢見 士曰 山齋夜會 不責禮法 幸速相邀 脫帽者聞言
從齋後趑趄而進 頓首謝無禮 士慰答 相與對坐 生欲詰姓名譜系 以辨山精木魅 而恐
忤其意 不敢遽發 遂先自叙曰. 〈서재야회록〉, 36쪽.

'일위(一位)' 혹은 '공(公)'이라고 경칭(敬稱)하지 않는다. 다만 사대부는 그저 물괴의 마음에 합당하지 않은 바가 있을까 두려워하며 조심할 따름이다. 그리고 "성명과 가문 내력"을 캐물어 "산의 정령인지 나무도깨비인지 판단해보려"고 했다. 이를 위해 사대부는 물괴의 처지를 고려하여 자신에 대해 먼저 고백을 하였고, 물괴는 사대부의 간곡한 요청에 감응하여 응하게 된다. 이런 정황은 인(人)과 물(物), 주(主)와 종(從)의 처지가 잘 반영된 묘사이다.

> "(사대부가) 이제는 몸도 늙고 지혜도 부족해져 세상을 피하고 사람들과도 떨어져 산다네. 쓸쓸한 산속에 외로이 초당만 덩그렇게 있는데 정신은 안씨(顔氏)와 교감하고자 하나 꿈에 주공(周公)을 뵐 수 없다네. 때로 인의(仁義)에 침잠하고 때로 장난삼아 사장(辭章)을 일삼기도 하지만 네 사람이 없다면 누가 나를 좇아 놀아주겠나? 원컨대 노소(老少) 간에 교분을 맺어 (시작은 했으면서도) 미처 못 다한 말을 듣고 싶네. 자네들이 말을 베풀어 주기 바라네."하였다.
> 네 사람이 일제히 배사하고 나서 말하였다. "저희들은 모두 변변찮은 자질로 군자에게 의탁하여 외람되게 조화의 용광로에 들어가 감히 펄펄 끓는 쇠가 되었습니다. 그런데 명공께서는 상서롭지 못하다고 죄를 주지 않으시고 또한 좇아 놀 수 있도록 허락까지 해주시며 평소의 뜻을 풀어 말씀해주시고 속마음도 드러내주셨습니다. 생각해보건대, 어찌 이런 후한 대접을 받았는지 뵐 낯이 없습니다. 저희들의 보잘 것 없는 생각을 우러러 말씀 드리고자 하는데 듣기 괜찮겠습니까?" 사대부가 기뻐하며 말했다. "진실로 바라는 바네."[35]

35 今者枯形墜智 遯世離群 山阿寂廖 草堂孤絶 神交顔氏 夢斷周公 或沈潛仁義 或謔浪辭章 不有四君 孰從我遊 願托末契 冀聞緖言 諸君幸敎之 四人齊拜而謝且曰 吾輩俱以陋質 托于君子 叨入造化之爐 敢爲踴躍之金 明公旣不以不祥罪之 又從以從遊許

사대부는 자기의 가계와 삶의 태도에 대한 진실된 고백을 마무리하면서 물괴들에게, "교분을 맺어" 미처 다 하지 못한 말[緒言]을 해달라고 청한다. 그는, 고절(孤節)하여 세상에 용납되지 못한 채 홀로 지내는 처지, 안회(顔回)와 교감하며 꿈에 주공(周公)을 뵙고자 하나 그렇지 못한 형편, 인의(仁義)를 생각하고 사장(辭章)을 일삼는 고적(孤寂)한 삶을 꾸려가는 사람으로 자신을 소개한다. 네 사람이 놀아주지 않으면 함께 할 이가 없다는 사대부의 말이 적실하다. 사대부는 이렇게 자신의 처지를 솔직하게 고백한 후, 그들의 정체를 밝히고 서언(緒言)을 해달라고 요청하였다.

사대부의 청에 물괴들은 배사(拜謝)하며 회포를 말씀 드리겠다고 한다. 여기서 물괴들이 사대부에게 감사드린 것[拜謝]은 자신들이 부림을 당하는 처지에 있기 때문이다. 그들은 자신을 조화의 용광로 속에서 끓고 있는 쇳물에 비유한다. 용광로의 쇳물은 주재자에 의해 물건으로 만들어진다. 이때 쇳물이 자신을 어떤 물건으로 만들어달라고 요구할 수는 없다. 쇳물로 무엇을 만들 것인가는 전적으로 만드는 자, 주재자의 뜻이다. 용광로 속 쇳물이 물건을 만드는 이에게 스스로 자신의 미래를 정해서 그대로 해달라고 요구하는 것은 참람한 행동이다. 신하가 임금에게 원하는 벼슬을 달라는 것이나, 하인이 주인에게 자기는 어떤 일만을 하겠다고 고집하는 것과 다를 바 없다. 물괴들의 입장에서 보면, 사대부가 깊은 속마음을 드러내 보이며 무엇이든 말하라고 한 것은 그 자체가 두터운 대접이다. 그저 사대부의

之 敷陳平素 呈露肝膽 自惟無狀 何以得此 欲布鄙懷 仰塵淸聽可乎 士喜曰 固所願也. 〈서재야회록〉, 37~38쪽.

요청에 따라 치의자, 흑의자, 백의자, 탈모자 순으로 자신의 정체와
소회를 말할 뿐이다.

　　치의자가 일어서서 절하고 앉아서 말하였다. i)"저는 감배(堪坏)씨의
후손입니다. 바야흐로 순임금께서 미천하셨을 때 기(器)라고 하는 분이
계셨는데 순임금과 더불어 하수(河水) 가에서 질그릇을 구웠습니다. 그
러다가 순임금께서 왕위에 오르시자 드디어 도(陶)씨로 성을 삼았는데
이는 『우전(虞典)』에는 실려 있지 않습니다. 그 후대에 저칠(沮漆) 땅으로
부터 고공(古公)을 좇아 도혈(陶穴)로 집을 삼고 서쪽 땅에 정착했습니다.
무왕이 주(紂)를 칠 때에 이르러서는 함께 태서(泰誓)에 들었습니다. 자
손들 중에 서쪽 땅을 떠나 위(魏) 땅에 옮겨 산 사람들이 성을 와씨(瓦氏)
로 고쳤는데, 위가 망하고 나서야 비로소 드러났습니다.
　　당(唐) 정원(貞元) 연간에 와씨 중에 이관(李觀)과 더불어 교제하던 이
가 있었습니다. 장안을 유람하다가 객사하게 되자 이관이 예를 갖추어
장례를 지내주었는데 사람들이 아직까지도 영예롭게 생각하고 있습니다.
그러나 와씨는 지손(支孫)이고 견씨(甄氏)가 종손(宗孫)입니다. ii)저의
실제 조상은 견입니다. 처음 태어나던 날 찢어지지도 않고 터지지도 않았
고, 손바닥에 지(池)라는 글자가 있어서 지로 이름을 지었습니다. 저의
가문과 성명 내력은 이렇습니다. 어찌 감히 숨겨서 저를 알아주는 분을
속이겠습니까. 다만 이제는 나이가 들어 다시 무엇인가를 할 수 있는 상태
가 아니고 모든 일이 기와가 깨지듯 산산조각이 났으니 설령 사문(斯文)
에 약간 공이 있다고 하나 누가 다시 기억해주겠습니까? iii)와씨와 이관의
사귐을 부탁드리고자 하는데 명공께서는 기꺼이 그렇게 해주시겠습니
까?" 사대부가 그 뜻을 알지 못한 채, 다만 말하기를 "알겠네, 알겠어!"라고
했다.[36]

36　緇衣者起而拜 坐而復曰 我堪坏氏之後 方舜之側微 有名器者 與舜陶河濱 及舜卽帝

〈도연(陶硯)〉[37]　　　　　　　〈와연(瓦硯)〉[38]

　치의자는, i)처럼 감배씨에서 시작된 가계와 내력, ii)의 견지(甄池)라는 이름과 특성, 그리고 iii)의 와씨와 이관의 사귐이 자기에게도 이루어지길 바란다고 말한다. 치의자는 감배씨라는 신화적 존재에서 순임금 때, 은(殷), 주(周), 후한(後漢) 말의 위(魏), 당(唐)으로 이어지는 도씨, 와씨, 견씨의 가계와 내력을 말했다. 치의자의 소개는 벼루와 유관한 고사(故事)와 전고(典故)로 이루어졌다. 견지라는 이름은

位 遂姓陶氏 事不載虞典 其後世自沮漆 從古公于陶穴 因家西土 至武王伐紂 與聞泰誓 子孫之去西土 移居魏地者 改姓瓦氏 魏亡而始顯 唐貞元間 瓦氏有與李觀交者 遊長安客死 觀禮葬之 人至今以爲榮 然瓦氏支而甄氏宗也 我實祖甄 始生之日 不折不副 有文在掌曰池 以池爲名 鄙人譜系 姓名則如是 安敢相諱以誣知己 但今年老一敗 萬事瓦裂 縱有微勞於斯文 誰復記取 願托瓦李之交 明公肯許之乎 士未解其意 但曰唯唯. 〈서재야회록〉, 38~39쪽.

37　도연(陶硯)은 백제 시대의 부여의 금성산(金城山) 출토 유물로 국립중앙박물관에 소장되어 있다. 사진출처. https://m.blog.daum.net/inksarang/11423300

38　와연(瓦硯)은 중국 동작대와연(銅雀臺瓦硯)으로 알려졌지만 제작자와 시기는 알려져 있지 않다. 사진출처. https://kampokan.com/kp_database/

벼루를 도기처럼 구워서 만들었던 것에서 왔다. 와씨와 위(魏)의 이
야기는, 동작대(銅雀臺) 지붕에 사용되었던 기와로 벼루를 만들던 당
나라 때의 유행을 가리킨다. 그리고 와씨와 이관의 사귐은 이관이
한유(韓愈; 768~824)에게 부탁해 깨진 벼루에 대한 글[=〈예연명(瘞硯
銘)〉]을 짓게 하고 묻어준 것을 가리킨다.

　이같은 유형의 고백은 흑의자, 백의자, 탈모자로 이어진다. 흑의자
는 수인씨(燧人氏) 상(霜)의 후예며, 묵씨(墨氏)와 진씨(陳氏)로 이어진
내력과 함께 진옥(陳玉)이라는 자신의 이름을 말한다. 그리고 "늙어서
버려졌다는 탄식[老棄之歎]"을[39] 짓지 않도록 해달라고 당부한다. 백의
자는 구망씨(句芒氏)의 후손으로 이름은 고(藁)이며, 등(藤)과 견(繭)
의 조상 내력을 말하고, "복장부(覆醬瓿)" 고사를[40] 들어 쓸모없이 버
려지지 않기 바란다고 말한다. 끝으로 탈모자는 포희씨(包犧氏)의 후
예라며 가문의 내력을 말하고, 성은 모(毛) 이름은 예(銳), 자(字)는
퇴지(退之)라고 소개한 후, "상탑지시(床榻之詩)" 고사를[41] 활용하여 무

39　이백(李白)의 악부(樂府) 〈천마가(天馬歌)〉의 "少盡其力老棄之"라는 구절을 빌렸
　다. 天馬來出月支窟 背爲虎文龍翼骨 嘶靑雲 振綠髮 蘭筋權奇走滅沒 …(中略)… 天
　馬奔 戀君軒 駃躍驚矯浮雲翻 萬里足踶踏 遙瞻閶闔門 不逢寒風子 誰采逸景孫 白雲
　在靑天 丘陵遠崔嵬 鹽車上峻坂 倒行逆施畏日晚 伯樂翦拂中道遺 少盡其力老棄之
　願逢田子方 惻然爲我悲 雖有玉山禾 不能療苦飢 嚴霜五月凋桂枝 伏櫪銜冤摧兩眉
　請君贖獻穆天子 猶堪弄影舞瑤池. 이백(李白), 〈천마가(天馬歌)〉, 『전당시상(全唐
　詩上)』 권백육십이(卷百六十二), 상해고적출판사(上海古籍出版社), 1991.

40　복장부(覆醬瓿) 고사는 양웅(揚雄)의 『태현경(太玄經)』 관련된 이야기에서 빌려온
　것이다. 반고(班固), 〈양웅전(揚雄傳)〉, 『한서(漢書)』 권팔십칠(卷八十七).

41　상탑의 시 고사는 붓이 아이로 변해서 나타나 시를 상탑에 던지고 담장의 구덩이
　로 들어갔다는 『태평광기』 〈최각(崔珏)〉 이야기를 활용한 것이다. '상탑의 시'라는
　전고 활용 양상 및 〈서재야회록〉의 〈최각〉 서사의 수용 양상에 대한 이해를 돕기
　위해 여기에 〈최각〉 이야기의 전문을 제시한다. 元和中 博陵崔珏者 自汝鄭來 僑居

례하지 않겠다고 말한다.[42]

  네 물괴의 고백을 차례로 들은 사대부는 행여 남은 회포를 다 펴지
못할까 걱정이 된다며 시를 지어 뜻을 마저 다 드러내기를 당부한
다.[43] 네 물괴는 시로써, 자신들의 처지를 인정하고 운명을 받아들이
게 되었음을 표현한다.

  탈모자의 시는 이러했다.

  시서(詩書)를 전하던 세월이 오래되니
  호걸스러운 얼굴 사라지고 귀밑머리 하얘졌네.
  풍류스러운 옛 일은 아무도 관계하지 않으니
  술동이 앞 글 재주 겨루기 다시는 못하겠지.

長安延福里 常一日 讀書隔下 忽見一童 長不盡尺 露髮衣黃 自北垣下 趨至榻前 且
謂珏曰 幸寄君硯席 可乎 珏不應 又曰 我尚壯 願備指使 何見拒之深耶 珏又不顧
已而上榻 躍然拱立 良久 于袖中出一小幅文書 致珏前 乃詩也 細字如粟 歷然可辨
詩曰 昔荷蒙恬惠 尋遭仲叔投 夫君不指使 何處覓銀鉤 覽訖 笑而謂曰 旣願相從 無
乃后悔耶 其偉又出一詩 投於几上 詩曰 學問從君有 詩書自我傳 須知王逸少 名價動
千年 又曰 吾無逸少之藝 雖得汝 安所用 俄而又投一篇曰 能令音信通千里 解致龍蛇
運八行 惆悵江生不相賞 應緣自負好文章 珏戲曰 恨汝非五色者 其偉笑而下榻 遂趨
北垣 入一穴中 珏即命僕發其下 得一管文筆 珏因取書 鋒銳如新 用之月餘 亦無他
怪. 〈최각(崔珏)〉, 이방(李昉) 등편(等編), 한빙(韓冰) 등(等) 교점(校點), 『태평광
기(太平廣記)』 3,「정괴(精怪)」, 중국맹문출판사(中國盲文出版社), 2463쪽.

42 기존 연구에서는 상탑(床榻)을 임금의 탑전으로 해석하여 신광한의 정계 복귀에
   대한 염원과 연결하기도 했다. 그러나 이는 『태평광기』〈최각〉에 물괴로 등장하
   는 붓처럼 자신의 요구를 시로 써서 탁자에 두고 가는 것과 같은 행위를 하지
   않겠다는 뜻이다. 주인에게 부림을 당하는 존재로서의 붓이 주인에게 이래라 저래
   라 요구하는 하는 것은 분(分)을 넘어서는 무례한 행동이기 때문이다.

43 謂四人者曰 今夜邂逅 天實佑之 但星回斗轉 曉月將落 恐未從容以展餘蘊 向也室中
   諸君 各有篇章 不識可得繼此乎 士人曰 敢不唯命. 〈서재야회록〉, 44쪽.

백의자의 시는 이러했다.

많고 많던 죽백(竹帛)은 연기가 되었고
만신창이 것이나마 나로부터 전해졌네.
크나큰 석거각(石渠閣)에 거둬들이는 공로를 이루었으나
밝은 달빛 아래 섬계(剡溪)의 배처럼 끝나버리겠지.[44]

탈모자는 북송(北宋) 황숙달(黃叔達)의 〈장차시주선기장십구사군
(將次施州先寄張十九使君)〉의 두 번째 시의 "囊中尙有毛錐子 花底樽前
作戰場"를[45] 활용하여 자신의 현실적 처지를 인정하고 죽음을 수용하
는 내용을 담아냈다. 이것은 탈모자가, 앞서 물괴들만의 모임에서는
늙음을 부정하던 태도와는 판이하다. 탈모자로서는 할 말을 다 했고
또 주인이 자신들의 요청을 받아들이겠다고 했으니 현실을 부정할
까닭이 없게 되었다.

이것은 백의자도 마찬가지다. 백의자는 왕휘지(王徽之)의 "섬계의
배"[剡溪舡] 고사를[46] 활용하여 흥이 다하자 대규(戴逵)를 찾지 않고 돌
아간 왕휘지처럼, 끝나버린 자신의 운명을 수용하는 태도를 보인다.

---

44 脫帽者詩曰, 傳得詩書歲月長 豪顧不駐鬢毛蒼 風流舊事無人管 難得樽前作戰場 白
   衣者詩曰, 悠悠竹帛儘成煙 百孔千瘡自我傳 磊落石渠收汗馬 月明辜負剡溪舡 〈서
   재야회록〉, 45~46쪽.

45 收拾從來古錦囊 今知老將敵難當 囊中尙有毛錐子 花底樽前作戰場. 황숙달(黃叔達),
   〈장차시주선기장십구사군(將次施州先寄張十九使君)〉 삼수기이(三首其二), 『전송
   시(全宋詩)』, 북경대학출판사(北京大學出版社), 1991.

46 왕휘지(王徽之)는 취흥에 젖어 배를 타고 대규(戴逵)를 찾아 간다. 그러나 가는
   도중에 술에서 깨자 흥이 다 해 대규를 보지 않고 그냥 돌아왔다. 이는 "乘興而行
   興盡而返"과 관련된 고사를 활용한 것이다. 유의경(劉義慶), 김장환 역, 〈승흥이행
   흥진이반(乘興而行興盡而返)〉, 『세설신어(世說新語)』「임탄(任誕)」, 살림, 2000.

앞서 백의자가, "백년의 자취 끝내 누구에게 의지하리[百年遺跡竟依誰]"
라고 하면서 불확실한 미래에 대한 의지처를 찾았던 것과는 분명히
다른 심경의 표출이다.

이처럼 사대부와 물괴의 야회는 미진한 심회의 표출을 위한 것이
었다. 물괴의 염원은 그들이 누구인지를 주인인 사대부가 알아야 들
어줄 수 있다. 그래서 이들은 자신들의 정체가 무엇이고 바라는 바가
무엇인지를 곡진하게 말했다. 물괴는 이렇게 남은 말을 다 했고, 또
사대부가 들어주겠다고 허락했으니 여한이 없게 된다. 물괴들이 "알
아주는 은혜를 입었으니 멀리 내치지 않게 되기를 바랍니다."라고 말
하며 사라질 수 있던 까닭이다. 이에 사대부는 날이 샌 후, 그들의
염원대로 종이에 세 물건을 싸서 담장 아래 묻어주고 제문을 지어
제사를 지낸다. 이런 점에서 사대부와 물괴의 '야회는 미진한 말[緖言]
을 풀어내고 사대부가 그들의 염원을 들어주는 서사'라 하겠다.

3. 〈서재야회록〉의 서술 방식

1) 전고(典故)와 박학(博學)의 지향

〈서재야회록〉의 서술은 다양하고도 난삽한 전고의 점철로 이루어
져 독해 자체가 쉽지 않다. 그러므로 전고의 활용 양상을 확인하고,
그것이 갖는 의미를 고찰할 필요가 있다. 이를 통해 〈서재야회록〉의
서사구성과 전개가 어떻게 이루어지는가를 이해할 수 있을 것이다.

탈모자가 절하고 머리를 조아려 아뢰기를, "저는 포희씨(包羲氏)의 후

손입니다. 선대에 희생을 죽여 천지에 제사지내기 시작했을 때 털을 뽑아 썼으니 그 공으로 모씨(毛氏) 성을 얻었습니다. 세상에서 포희씨 때에 털을 태워서 먹었다고 하지만 잘못된 말입니다. 모씨는 대대로 사관(史官)이 되어 잠필기사(簪筆記事; 붓을 머리에 꽂고 다니며 일을 기록함.)한 것이 많으나 드러난 것은 없습니다. 공자가 춘추를 지을 때 자유(子游)와 자하(子夏)는 도울 것이 없었으나, 모공(毛公)께서는 마침내 연차를 정했습니다. 당(唐)의 한유(韓愈)가 공자에게 절교를 당했다고 말했던 것은, 우리 선조를 심하게 모함한 것입니다.

전국시대에 모수(毛遂)라는 분이 계셨는데 주머니에 거처하기를 청하셨고 한나라 때 모장(毛萇)이라는 분은 『시전(詩傳)』을 지었습니다. 이 분들이 우리 정파인데 한유는 자신의 문화(文華; 문장이 멋있고 화려함.)만을 믿고 없는 이야기를 지어내고, 억지로 이유를 끌어 붙여 모씨 종계(宗系)를 어지럽혔습니다. 이른바 모영이란 자는 어떤 사람입니까? 순임금이 남쪽을 순수(巡狩)하시다 창오(蒼梧)에서 돌아가셨는데, 대개 두 왕비도 따라 갔습니다만, 피눈물에도 미치지 못해 상강(湘江)에 뛰어들었습니다. 이비의 후손들이 초나라 땅에 흩어져 살다가 마침내 관씨(管氏)가 되었는데 십오 대 선조께서 장가들어 배우자로 삼고 이로부터 관씨가 아니면 아내로 맞지 않았으니, 반드시 '제나라 강씨로다.'한 것과 같습니다. (그러니) 한유가 관성(管城)에 봉해졌다라고 한 것이 또한 망령된 말입니다.

우리 조부께서 중서성(中書省)에 들어가시던 해에 아버지는 지제고(知制誥)가 되었습니다. 제가 나이가 젊은데다 기품이 날카롭다고 하여, 할아버지께서 예(銳)라 이름을 지으시고 아버지께서는 퇴지(退之)라 자(字)를 지어주셨습니다. 저로 하여금 이름을 돌아보고 뜻을 생각하도록 하신 것입니다. 이제는 늙고 둔해져서 일찍부터 품었던 뜻은 전부 꺾여버렸습니다. 머리는 짧아지고 모자는 벗겨져 버려 옆 사람 보기도 부끄럽습니다. 원컨대 무덤을 만들어주시는 영광을 입기를 바랄 뿐, 상탑(床榻)에 시를 올려놓는 짓을 본받지는 않겠습니다." 명공(明公)께서는 무정하실

런지요?[47]

탈모자의 자기 고백은 거의 모든 부분이 전고와 고사로 이루어졌다. 포희씨가 탈모자의 시조라는 것은 제례에 희생으로 잡은 짐승[包犧]의 털을 제물로 올렸던[48] 사실에서 왔다. 머리에 붓을 꽂고 일을 기록했다는 "잠필기사[簪筆記事]"는 사관(史官)의 직무와 관련한 관용적 표현이고, "술이부작(述而不作)"은 『논어』「술이」에서 따온 표현이다. 그리고 『춘추(春秋)』를 통해 공자가 대의(大義)를 온전히 밝혔음을 드러낸 "子夏之徒 不能贊一辭"라는 『사기(史記)』의 기술과, 『춘추』가 편년체로 기술되었음 근거로 모공(毛公)을 찬양하여 "終定年次"했다는 표현도 사용했다. 나아가 『사기』〈평원군전〉의 모수(毛遂)와 관련된 낭중지추(囊中之錐) 고사와, 현전하는 『시경』이 모장본(毛萇本)의 『모시(毛詩)』인 것을 가계에 대한 설명으로 활용하였다.

그리고 순(舜)의 순수(巡狩)와 이비(二妃)의 순절(殉節) 및 소상반죽(瀟湘斑竹) 이야기, 『시경』「진풍(陳風)」〈형문(衡門)〉의 "반드시 제

---

47 脫帽者拜手稽首曰 我庖義氏之後 先世殺牲 始祭天地 拔毛以爲用 以功得姓毛氏 世謂庖義氏之時 燎毛而食者 非也 毛氏世爲史官 簪筆記事 多不自著 至孔子作春秋 游夏不能有所贊 而毛公終定年次 唐韓愈云見絶於孔子者 是厚誣吾祖 戰國時有毛遂 請處囊中 漢世有毛萇著詩傳 此吾正派而韓愈恃其文華 鑿空駕虛 牽合附會 以亂毛氏之宗 所謂毛穎者 何人也 有虞氏南巡狩 崩于蒼梧 盖二妃從焉 泣血不及 沈于湘江 二妃之後 散處楚地 遂謂管氏 十五代祖 娶以爲配 自是非管氏不娶 猶曰必齋之姜也 韓愈云封于管城者 亦傳之妄也 吾祖入中書省之年 父爲知製誥 以我年少氣銳 祖名之 父字之 名曰銳 字曰退之 使我顧名思義 如今老鈍夙志摧 盡短髮脫帽 羞見傍人 願受作家之榮 不效上楊之詩 明公可無情乎. 〈서재야회록〉, 42~44쪽.

48 『예기(禮記)』「예운(禮運)」에 "그 피와 털을 올리고 제기에 희생의 날고기를 담아 올린다."[薦其血毛 腥其俎]라고 했다. 이학근(李學勤) 주편, 『예기정의(禮記正義)』, 대만고적출판유한공사(臺灣古籍出版有限公司), 2001, 286~289쪽 참조.

나라 강씨로다.[必齊之姜]"이란 시구, 한유의 〈모영전(毛穎傳)〉 인용과 비판, 중서성과 지제고의 직무에 대한 활용 표현, 『태평광기』〈최각〉의 "상탑지시(床榻之詩)" 활용 등도 모두 전고라 하겠다. 여기에 예(銳)란 이름과 퇴지(退之)란 자(字)의 작명은 뾰족한[銳] 붓끝이 붓을 사용하면 할수록 점점 무뎌지고 짧아지는[退之] 현상과 〈모영전〉을 쓴 한유(韓愈)를 고려한 것이며[49] 반죽(斑竹)을 붓대롱으로 사용하였던 것 등도 실제 붓의 제작과 관련된 고사를 활용한 것이다. 이 모든 것을 보면, 탈모자가 자신을 소개하는 서술 표현이 모두 전고나 고사와 관련되었다고 할 수 있다. 사실상 붓 관련 전고를 망라하였다.

그런데 이런 전고의 활용에 있어서 신뢰할만한 문헌이나 사실이 아니면 배척되었다. 제사에서 털을 태워서 먹었다는 것은 잘못이라는 기술이나 한유가 문예적 허구화를 통해 "모씨 종계를 어지럽혔다." 는 것 등이 그렇다. 예컨대 〈모영전〉에서 모씨의 시조로 명시(明眎)를 거론한 것이나, 명시가 정동(正東) 방향인 묘지(卯地)에 봉해졌기에 죽어서 십이신(十二神)의 하나인 토끼신이 되었으며, 그 팔세손이 새끼 토끼[娩]라는 것과 같은 내용은 모두 한유가 근거없이 꾸며낸 말이다. 신광한은 이런 근거없이 꾸며낸 말을 여지없이 비판한다. 이

---

49 붓의 이름을 그 끝이 날카로워 '예(銳)'라고 지었지만, 그 날카로움으로 세사(世事)의 제 국면을 냉철히 기록하라는 의미도 담고 있다. 또한 붓끝이 무뎌지는 것이 '퇴지(退之)'지만 날카로움이 사라지면 그 책무를 다 할 수 없게 되는 것이니 '물러내[退之]'라는 뜻을 고려하여 자(字)를 삼았다. 붓의 형상적 특징과 상징적 의미를 모두 담았다. 그리고 이것은 명(名)인 예(銳)와 자(字)인 퇴지(退之)가 호응하는 일반적인 작명 방식을 취한 것이기도 하다. 이와 같은 점에서 모예의 조부가 "이름을 생각하고 뜻을 돌아보라."란 했던 의미가 드러난다. 물론 이것은 〈모영전〉의 작자인 한유의 자를 염두에 둔 것일 수도 있다.

른바 〈서재야회록〉의 전고 활용은 객관적 사실이 중심을 이루고 있음을 알 수 있다.

> 좋은 밤 밝은 달빛에 시를 읊고 맑은 이야기를 나누니 말에 속기가 없었네. 고양씨로 시작하여 감배씨와 수인씨, 포희씨와 구망씨에 이르렀고,『본초강목』과 신농씨, 글자 만든 창힐, 순임금의 하수 가, 고공단보의 저칠,『춘추』지은 후의 절필, 전국 때 모수의 주머니, 석거와 천록, 한제(漢帝)와 당황(唐皇)에 이르기까지 전도착종(顚倒錯綜)하여 빠짐없이 거론하니 아득하고 넓디넓어 어느 것인들 증험과 근거가 되지 않았을까![50]

사대부는 네 물괴를 떠나보내면서 제문을 짓는다. 그 제문에서 고양씨를 비롯하여 감배씨와 수인씨, 포희씨와 구망씨에 이르기까지의 고백이 있었음을 말하였다. 그런데 그들의 고백은 전적으로 전고에 의한 것이었다. 감배씨, 수인씨, 포희씨, 구망씨와 관련된 것은 말할 것도 없고,『본초강목』의 백초상(百草霜) 관련 내용이나 신농씨가 온갖 풀을 맛본 것, 창힐이 새의 발자국을 본 따 글자를 만든 것, 순(舜)이 하수가에 살면서 질그릇을 굽던 것, 주(周)의 시조인 고공단보가 저칠(沮漆) 땅에 혈거하였던 것, 공자가『춘추』를 지은 후 다른 저서를 짓지 않은 것, 평원군 때의 모수와 관련된 낭중지추(囊中之錐) 고사, 한(漢)의 석거각(石渠閣)과 천록각(天祿閣)에 도서(圖書)를 비장한 것, 한 무제(武帝)의 경서 수집과 당 태종(太宗)이 왕휘지의 글씨를

---

[50] 良宵皓月 朗吟淸談 語不近俗 始自高陽 堪坏燧人 庖羲句芒 本草神農 作字蒼黯 虞帝河濱 古公沮漆 春秋絶筆 戰國處囊 石渠天祿 漢帝唐皇 顚倒錯綜 靡不畢擧 蒼蒼浩浩 孰徵孰據.〈서재야회록〉, 48~49쪽.

좋아하여 부장품으로 무덤에 묻었던 것 등이 모두 고사를 활용한 사례에 해당된다. 그러나 이처럼 제문에서 언급된 바는 활용된 전고나 고사가 〈서재야회록〉에 등장하는 고사의 전부가 아니다. 제문의 특성상 대표적인 것만을 들었을 뿐이다. 그런 점에서 본다면 〈서재야회록〉은 등장하는 사물 관련 지식의 집합체라 할 수 있다.

그런데 이처럼 다양한 전고의 활용에서 단순한 문헌 기록과 지식의 제시에 머물지 않는 경우도 있다. 원 텍스트의 직접적 인용과 변형된 활용이 동시적으로 나타나기도 한다. 이른바 비판적 인식으로까지의 확장이 보인다.

> 네 사람이 서로에게 말하기를, "누가 무(無)로 몸을 삼고 생(生)을 가탁(假托)한 것으로 여기고 죽음을 참이라 여길 수 있을까? 누가 동(動)과 정(靜), 흑(黑)과 백(白)이 같은 이치라는 것을 알까? 그렇다면 내가 그와 더불어 벗하리라." 하고는 네 사람이 서로 쳐다보면서 웃으며 말하기를, "자사(子祀), 자여(子輿), 자리(子犂), 자래(子來)라면 족히 막역한 친구라 할 만하겠지."[51]

물괴들만의 별회가 시작되었을 때, 이들이 나눈 대화의 일부다. 이들의 대화는 『장자(莊子)』 「내편(內篇)」〈대종사(大宗師)〉와[52] 관련

---

51 四人相與語曰 孰能以無爲身 以生爲假 以死爲眞 孰知動靜黑白之一理者 吾與之友矣 四人相視而笑曰 祀與犂來 足爲之莫逆乎.〈서재야회록〉, 30쪽.

52 자사(子祀), 자여(子輿), 자리(子犂), 자래(子來), 네 사람이 모여 얘기했다. "누가 무(無)를 머리로 여기고 삶을 등뼈로 여기며 죽음을 엉덩이로 여길 수 있을까? 누가 삶과 죽음, 있고 없음이 한 몸인 것을 알까? 나는 그런 사람과 벗이 되고 싶다." 네 사람은 서로 돌아보며 웃었다. 마음에 아무 거리낌이 없어서 그들은 서로 벗이 되었다.(子祀子輿子犂子來 四人相與於曰 孰能以無爲首 以生爲脊 以死

된다. 이들은 서로에게 유(有)와 무(無), 생(生)과 사(死)의 참된 관계를 알고, 동(動)과 정(靜), 흑(黑)과 백(白)의 상반된 것이 결국 같은 이치에서 비롯한 현상임을 아는 자가 누구냐고 묻는다. 그리고 그런 이치를 아는 자와 벗하겠노라는 말과 함께, 자사(子祀), 자여(子輿), 자리(子犂), 자래(子來)라면 막역한 친구가 될 것이라고 한다. 여기서 유무생사(有無生死)의 관계와 막역지우(莫逆之友)에 대한 것이 『장자』「대종사」에서 왔음은 분명하다. 그런데 그 사이에 끼어 있는 "動靜黑白之一理"라는 표현은 '이(理)의 분수(分殊)[=理一分殊說]'에 근거한 동정(動靜)과 흑백(黑白)이 일리(一理)라는 성리학적 사유의 표현에 해당된다. 요컨대 인용한 대화의 핵심은 '죽음의 경계를 넘어서는 막역한 벗이 되자는 서로에 대한 다짐'이다. 그런데 그 대화 사이에는 「대종사」의 표현과 성리학의 '이일분수설(理一分殊說)'을 활용한 말이 함께 적용되어 있다.

〈서재야회록〉은 이와 같이 전고의 활용과 비판적 인식을 통한 박학을 지향한다. 그러나 박학은 문예(文藝)에 바탕한 지식을 의미하지 않는다. 박학은 문헌 고증이 가능하거나 역사적 사실이어야 한다. 서술자는 도처에서, "『우전』에는 실려 있지 않습니다.[事不載虞典]" 혹은 "『본초강목』에 실려 있습니다.[事在本草]", "『사기』에 실려 있습니다.[事在史記]", "사서(史書)에 그 일이 실려 있지 않습니다.[事不載其名]"라고 객관적 판단의 근거와 그 여부를 제시한다. 만약 객관적 판단의 근거가 없으면, "그렇지 않습니다.[非也]", "모함하는 것입니다.[厚誣吾

爲尻 孰知死生存亡之一體者 吾與之友矣 四人相視而笑 莫逆於心 雖相與爲友.) 〈대종사(大宗師)〉, 『장자(莊子)』 「내편(內篇)」.

祖]", "허망한 말입니다.[傳之妄也]"라며 그 사실 여부를 따져 밝힌다. 심지어 한유(韓愈)의 〈모영전〉을 대상으로 "한유는 자신의 문화(文華) 만 믿고 없는 이야기를 지어내고 억지로 끌어다 붙여 모씨의 종계를 어지럽혔다."고[53] 했으며, "공자에게 절교를 당했다."거나, "관성(管城) 에 봉해졌다."는 말도 근거가 없다고 지적했다.

요컨대 〈서재야회록〉의 전고 활용은 시비(是非)와 정오(正誤)를 따 져가며 이루어졌다. 이렇게 '사실에 근거'한다는 점에서 〈서재야회 록〉의 박학 추구와 그 방향이 분명하게 드러난다. 단순한 문예미의 추구 혹은 허구적 사실의 제시가 작품에서는 일체 배제되고 있다. 나아가 지식의 비판적 수용으로까지 이어지고 있다.

2) 관찰(觀察)과 반관(反觀)의 태도

〈서재야회록〉 서술 방식의 주요한 특징 가운데 하나는 사대부의 태도와 관련된다. 〈서재야회록〉은 몽유록과 유사한 액자 구성을 취하 면서도 그 행동 방식은 몽유자와는 현격하게 다르다. 몽유록에서 몽 유자는 소극적인 관찰자의 위치에 있는 것이 일반적이다. 반면 〈서재 야회록〉의 사대부는 적극적이고도 세심한 주도자의 모습을 보인다. 이는 〈안빙몽유록〉의 경우와 비교해보면 더욱 분명하게 드러난다.

(가) 안생은 곧 이것들이 변괴를 일으켰다는 것을 알았다. 또 문밖의 미인을 생각해보니, 안생이 일찍이 이른바 출당화(黜黨花)라고 불리는 꽃을 얻어 화동에게 잘 간수하라 하면서 장난삼아 말하기를, "이 꽃은

---

53 韓愈恃其文華 鑿空駕虛 牽合附會 以亂毛氏之宗.〈서재야회록〉, 43쪽.

양귀비에게 죄를 지은 까닭에 출당이라고 하니 섬돌밖에 심는 것이 좋겠
다."고 하였다. 화동이 과연 섬돌 아래에 심었다. 안생은 이로부터 장막을
내리고 오직 글만 읽으며, 다시는 정원을 엿보지 않았다.[54]

  (나) 사대부가 처음에는 도둑인 듯 여겼다가 물괴라는 것을 알고 나서
는 마음에 두려움이 없어 그들의 행동을 자세히 보고 싶어졌다. …… 사대
부는 그들이 이제 흩어지는 것이 아닌가 의심하고는 기침 소리를 내었다.
방안이 조용해지며 갑자기 사라져 보이지 않았다. 사대부는 즉시 물러나
와 축문을 지었다.[55]

  (가)는 〈안빙몽유록〉의 결말 부분이고, (나)는 〈서재야회록〉의 중
간 부분으로 야회 직전의 상황을 묘사한 것이다. 이 둘은 유사한 상황
이면서도 등장인물의 대처 방식은 다르다. (가)의 안생은 물(物)이 일
으킨 변괴[物作怪]임을 알고 장막을 내리고 화원을 다시는 엿보지 않
은 채 독서에 몰입한다. 반면 (나)의 사대부는 물괴(物恠)임을 알고
나서 두려움이 없어 그들이 하는 바를 자세히 살펴보려고 한다. 그리
고 물괴들이 흩어져 사라지자, 축문을 지어 물괴를 다시 부른다. 사대
부는 물괴들과 적극적으로 대화하려고 한다. "물괴라는 것을 알"고
나서 "마음에 두려움이 없어"지는 것도 일반적인 사람과 다른데다,
물괴라는 것을 안 상황에서 물괴들이 왜 그러한 행동을 하는지 "자세

54 生乃知此物作怪 又思門外美人 則生嘗得俗所謂黜堂花者 戲謂護花童日 此花得罪楊
妃 故名黜堂 植諸外階 可也 僮果植之階下矣 生自此 下帷讀書 不復窺園云. 〈안빙
몽유록〉, 27쪽.

55 士初擬盜窺 旣知物恠 心亦無恐 慾熟觀其所爲 …… 生疑其將散 遂作謦欬聲 室中聞
然 焂無所見 士即退而祝日. 〈서재야회록〉, 34쪽.

히 보고 싶어 하는" 사대부의 태도는 더욱 독특하다.

> 홀연 서실 가운데서 울부짖는 듯한 소리가 나더니 웃는 소리인 듯도 하고 말소리인 듯도 했다. 사대부는 마음이 두근거려 서성거리다가 숨을 죽이고 가만히 들어본 즉, 과연 서실에 사람이 있는 것 같았다. 사대부는 혹시 도둑이 아닌가 의심하며 가만히 신발을 벗고 몇 걸음 걸어 가까이 가서 살펴보았다. 그때 달빛이 창문에 비쳐 서재는 낮과 같았다. 창틈으로 몰래 엿보니 네 사람이 둘러앉아 있는데 생김새도 같지 않고 차림새도 각기 달랐다. 한 사람은 치의(緇衣)를 입고 현관(玄冠)을 썼는데 중후하고 꾸밈이 없었으며 나이가 가장 많아 보였다. 한 사람은 반의(斑衣)를 입고 탈모한 상태였는데 맨 상투가 위를 향해 있었고 기품이 아주 날카로워 보였다. 한 사람은 백의(白衣)를 입고 윤건을 썼는데 용모가 옥설처럼 깨끗했다. 한 사람은 흑의(黑衣)에 흑모를 썼는데 얼굴이 칠을 입힌 듯 검푸르고 아주 못 생겼으며 키가 작았다.[56]

사대부는 시종일관 주변을 면밀히 관찰한다. 물괴들의 모임에 섣부르게 끼어들지도 않고 상황을 쉽게 판단하지도 않는다. 당황하거나 두렵기도 하지만 그렇다고 주저하거나 뒤로 물러서지도 않는다. 자신의 의심스러운 바를 해소하기 위해 숨을 죽이고 가만히 들어보거나[凝聽], 가까이 가서 살펴보고[迫而察之], 창틈으로 몰래 엿본다.[窓罅密伺見] 이런 사대부의 태도는 괴이하게 여기며 주저하거나 무엇인

---

56 忽聞書室中 嗷嗷然有聲 若笑若語者 士心動回徨 屏氣凝聽 則果若有人在書室者矣 士疑其盜 竊跣足累步迫而察之 時月入虛窓 室中如晝 從窓罅密伺見 有四人環坐 形貌不同 衣冠各異 其一人緇衣玄冠 厚重少文 年最長 一人斑衣脫帽 露髻而仰 器宇甚銳 一人白衣綸巾 容儀玉雪 一人黑衣黑帽 面若藍漆 極醜而短. 〈서재야회록〉, 29~30쪽.

지 몰라 의혹에 차서 이끌려가는 〈안빙몽유록〉 안생의 태도와는 확연히 다르다.[57] 사대부는 적극적으로 대상을 살피고, 그 살핌을 통해 대상을 명백히 알려고 한다. 그 결과 물괴의 특징을 낱낱이 적시하고 성품까지 추정할 수 있게 된다. 중후하고 꾸밈이 없는 치의자, 기품이 날카로워 보이는 탈모자, 용모가 희고 깨끗한 백의자, 못 생기고 키가 작은 흑의자 등과 같은 서술이 그렇다.

이런 세심한 관찰은 물괴들만의 모임이 이루어지는 동안 계속된다. 세심한 관찰에도 물괴의 정체를 분명히 알지 못한 사대부는 물괴들이 하는 말의 맥락을 이해할 수 없었다. 그저 어렴풋하게 그들이 사람이 아니며, 무엇인가 하고자 하는 말이 있음을 짐작할 뿐이었다. 이에 사대부는 흩어지려는 물괴를 축문으로 불러내고, 그들이 하고자 했던 '남은 말[緖言]'을 마저 해달라고 청했다. 물괴를 부르고 미진한 말 해주기를 요청할 때의 사대부는 인(人)과 물(物)의 계(界)에 구애되지 않으며, 온갖 정성스러운 태도를 취한다. 그러자 물괴가 다시 나타나 본연의 정체와 남은 말을 한다.

그렇지만 물괴의 진실한 고백으로도 물괴가 왜 그런 말을 했는지를 여전히 완전하게 이해할 수는 없었다. 물괴들의 정체와 그들이 한 말의 뜻을 이해하지 못해서가 아니라, 그들이 그런 말을 할 수밖에 없었던 정황, 전후 맥락을 온전히 알지 못했기 때문이다.

---

57 〈안빙몽유록〉의 안생은 몽유세계의 정황에 대한 이해가 없어 불안해하면서도 상황에 이끌려가는 모습을 보인다. 안생은 시종일관 "마음속으로 자못 괴이하게 여기[心頗怪之]"면서도 "뒤를 따라 좁은 길을 찾아 들어 가[遂尋蹊而入]"는 것과 같은 행동 방식을 취한다. 이와 관련해서는 앞 장을 참고할 수 있다.

사대부는 혼자 방안에 누워 근심스레 잠을 이루지 못하였다. i)만났던 일을 돌이켜 생각해보니 거의 깨달아지는 바가 있는 것 같았다. 해는 벌써 창을 비추고 있었다. 시아가 이상히 여기며 와서 문안하였다. "오늘은 어찌 늦게 일어나시는지요?" 사대부가 답하여 말하였다. "어젯밤에 달이 너무 밝아 시를 읊으며 감정을 풀어내다가 아침잠이 깊이 든 것뿐이다. 너는 어찌 알지도 못하고 와서 묻는 게냐?" ii)일어나서 방안의 붓과 벼루, 종이, 먹을 하나하나 찾아 살폈다.

옛날에 넣어두었던 벼루는 벽의 흙덩이가 떨어져 깨어져 있었고, 붓한 자루는 반죽으로 붓대를 만들었는데, 붓두껍이 없고 너무 닳아 글씨를 쓰기에 적합하지 않았다. 먹 하나는 다 닳고 남은 것이 한 치도 안 되었다. 종이는 며칠 전에 시아가, '이곳에 질이 좋지 않은 종이가 있는데 장단지를 덮겠습니다.'해서 사대부가 '그래라.' 했었다. 시아를 불러 종이를 가져오게 하여 살펴보니, 곧 종이가 정결(精潔)한 것이 두툼하였다. iii)이에 환하여 완전히 깨닫고 즉시 종이로 세 물건을 싸서 담장 아래 묻으면서 글을 지어 제사지내 주었다.[58]

물괴들이 흩어지고 날이 샌 후의 상황이다. 사대부는 i)처럼 물괴와의 만남을 되돌이켜 생각하고 비로소 거의 깨닫게 된다. 경험한 바를 되짚어 생각해봄으로써 물괴의 정체와 그들이 왜 그런 말을 하였는가를 알게 된 것이다. 그렇다고 모든 것이 확실한 것은 아니다. 그에게는 실증이 필요했다. 그 결과 ii)처럼 실물을 낱낱이 확인한 후

---

58 士獨臥室中 耿不能寢 追思所遇 庶幾解悟 日已照窓矣 侍兒怪而來問曰 今日何晏起耶 士答曰 夜月明甚 遣情吟魔 朝寢甚酣 爾豈不知者 而來問耶 起閱室中筆硯紙墨 舊藏陶硯爲壁土墮破 有筆一枝 以班竹爲管 而無頭匣 老不中書 有墨一枚 磨不盡者未寸 紙則前數日 侍兒云 是處有薄楮 請覆醬瓿 士曰 諾 逐召侍兒 取楮觀之 乃藁精之潔且厚者 於是 脫然盡解 即以楮裹三物 瘞于屛地 爲文而祭之. 〈서재야회록〉, 46~47쪽.

에 비로소 모든 것이 분명해질 수 있었다. 사대부는 깨진 벼루, 붓두껍 없이 닳아 글씨를 쓸 수 없는 붓, 한 치도 남지 않은 먹과 장단지 덮개가 된 종이를 두루 확인한다. 이에 이르러서야 iii)처럼 모든 것을 밝히 알게 된다. 사대부는 물괴들만의 모임을 세심하게 살피고[觀察] 의혹된 바를 야회에서 정성스럽게 물었으며[審問], 경험한 모든 것을 날이 밝은 후에 돌이켜 신중하게 생각해보고[愼思] 구체적 사물 낱낱을 확인함으로써 비로소 "환하여 완전히 깨닫게"[脫然盡解] 된다. 물괴가 출현한 원인 그리고 그들의 심회, 물괴의 실정(實情)에 대한 완전한 앎이 이루어진 것이다.

그런데 사대부의 이런 태도는 물정(物情)에 대한 성리학적 공부법이며 궁리(窮理)의 방법이기도 하다.

"무릇 관물(觀物)이라 하는 것은 눈으로 보는 것이 아니다. 눈으로 보는 것이 아니고 마음으로 보는 것이며, 마음으로 보는 것이 아니고, 이(理)로써 보는 것이다. 천하의 사물은 이(理)가 없는 것이 없고 성(性)이 없는 것이 없고 명(命)이 없는 것이 없다. 이른 바 이(理)라고 하는 것은 궁구한 뒤에야 알 수 있고, 이른 바 성(性)이라고 하는 것은 다 한 뒤에야 알 수 있으며, 명(命)이라고 하는 것은 이른 뒤에야 알 수 있다. 이 세 앎이 천하의 참된 앎이니, 비록 성인이라도 지나칠 수 없다. 지나친 사람은 성인이라고 이를 수 없다.[59]

59 夫所以謂之觀物者 非以目觀之也 非觀之以目 而觀之以心也 非觀之以心 而觀之以理也 天下之物 莫不有理焉 莫不有性焉 莫不有命焉 所以謂之理者 窮之而後可知也 所以謂之性者 盡之而後可知也 所以謂之命者 至之而後可知也 此三知者 天下之眞知也 雖聖人無以過之也 而過之者 非所以謂之聖人也. 소옹(邵雍), 『황극경세서(皇極經世書)』, 「관물편(觀物篇)」 권육십이(卷六十二).

　　천하 만물에는 이(理)가 없는 것이 없다. 그러므로 성인은 만물의 실정에 능해야 한다. 만물의 실정에 능하기 위해서는 반관(反觀)을 할 수 있어야 한다.[60] 그렇다면 반관의 공부법은 무엇인가. 그것은 사물을 눈으로 보는 것이 아니고 마음으로 보이는 것이며, 마음으로 보는 것이 아니고 이(理)로써 사물을 보는 것을 이른다. 이것이 이른바 반관(反觀)이다. 반관은 "나를 중심으로 하여 사물을 보지 않는 것[不以我觀物]"이며 "사물로써 사물을 보는 것[以物觀物]"을 뜻한다. 사물의 외면만을 살피고 그것에 주목한 주관적 판단은 실정(失情)하기 일쑤다. 외물에 미혹(迷惑)하여 완물상지(玩物喪志)하게 된다. 그러므로 물정을 올바르게 이해하기 위해서는 관물(觀物)하되, 이물관물(以物觀物)해야 한다. 물로써 물을 보는 것은 물의 입장에서 바라보는 것이며, 주관을 배제한 관점에서 사물을 바라보는 것이다. 경계와 차별을 배제한 사물의 관점에서 사물과 소통해야 한다. 그러니 "그 사이에 어찌 내가 있을 수 있겠는가?[安有我於其間哉]"라고 말할 수 있게 되는 것이다. 실정(實情)을 알기 위해서는 객관적 지식과 비판적 인식으로 물(物)의 입장에서 물(物)을 살펴야 한다.

　　이런 점에서 〈서재야회록〉 사대부의 태도는 물(物)이 일으킨 변괴임을 알고 장막을 내리고 화원을 다시는 엿보지 않은 채 독서에 몰입

60　성인(聖人)이 만물의 실정(實情)에 능할 수 있는 것은, 성인이 반관(反觀)할 수 있는 것을 이른다. 이른바 반관이라고 말하는 것은 나로써 물(物)을 보는 것이 아니다. 나로써 물을 보는 것이 아니라는 것은 물로써 물을 보는 것을 이른다. 이미 물로써 물을 볼 수 있으니 또한 어찌 그 사이에 내가 있겠는가? (聖人之所以能一萬物之情者 謂其聖人之能反觀也 所以謂之反觀者 不以我觀物也 不以我觀物者 以物觀物之謂也 旣能以物觀物 又安有我於其間哉.) 소옹(邵雍), 『황극경세서(皇極經世書)』, 「관물편(觀物篇)」 권육십이(卷六十二).

하는 〈안빙몽유록〉 안생의 태도와는 판이하다. 안생은 꽃의 외형에 이끌려 그 사이에서 소요음완(逍遙吟玩)하다가, 물의 변괴를 경험하고 꽃의 세계와 단절한 채 살아간다. 그러나 〈서재야회록〉의 사대부는 세심한 관찰(觀察)과 심문(審問), 추사(追思)의 반관(反觀)을 통해 물정(物情)에 대해 완전히 알게 된다. 물괴의 작변 체험도 궁리(窮理)로 나가는 계기가 될 따름이다.

4. 〈서재야회록〉의 서사 지향과 의미

〈서재야회록〉은 몽유록의 구성과 유사하지만 서사 지향은 몽유록의 그것과 확연히 다르다. 또한 창작 배경으로 한유의 〈모영전〉, 〈송궁문(送窮門)〉, 〈예연명(瘞硯銘)〉과 『태평광기』 소재 〈원무유(元無有)〉 등이 지적되기도 했지만,[61] 그것들로는 온전히 설명되지 않는 면모를 지녔다. 나아가 신광한의 "생애를 작품에 투영시킴"으로써 "작가와 작품을 과대포장"했다는[62] 지적은 일정부분 타당하지만, 그렇다고 "낡아버린 사우(四友)의 제문을 지어주는 희작(戲作)의 성향이 다분하다"거나 "일상적 소재를 문학적 교양에 바탕한 전고로 치밀하게 구성함으로써 재미를 추구"했다는[63] 지적도 온당하지만은 않다.

〈서재야회록〉의 서사 지향을 재검토할 필요가 있다.

---

61 엄기영, 앞의 책, 28~44쪽 참조.

62 신상필, 「기재이기의 성격과 위상」, 『민족문학사연구』 24, 민족문학사연구소, 2004, 190쪽.

63 신상필, 위의 논문, 198쪽.

아아, i)하늘이 성명(性命)을 품부(稟賦)하시매 물칙(物則; 사물의 理法)도 주셨네. 윤리에는 오륜(五倫)이 있고 덕에는 오덕(五德)이 있네. 그윽이 벗으로 맺는 것은 이오(二五) 가운데 하나라 저녁에 죽어도 좋으나 신(信)이 없으면 설 수가 없다네. 아득하여 쇠퇴하게 되니 대도(大道)가 막히었고, 사생(死生)과 귀천(貴賤)은 비가 구름이 되는 것처럼 가볍기만 하다네. ii)까닭 없이 모이는 건 장주(莊周)가 기롱했고 이익이 다하자 소원해지는 것은 달인(達人)이 슬퍼했지. 누가 마음이 같고 누구와 더불어 같은 소리를 내리오. 산에 나무가 푸르고 골짜기에는 새들이 지저귀네. 아, 내가 방 한 곳에서 의지할 곳 없이 영락하여 지내는데, 네 벗이 잇달아 부르지 않았는데도 모였네. iii)좋은 밤 밝은 달빛에 시를 읊고 이야기를 나누니 말에 속된 기운이 없었네.[64]

사대부가 물괴를 위로하기 위해 지은 제문의 본사(本詞)가 시작되는 부분이다. 사대부는 견지(甄池), 진옥(陳玉), 혼돈(渾沌)의 고(藁), 모예(毛銳)의 신위에 술과 제수를 갖춰 제를 올린다. 그리고 제문에서 야회의 의의를, 『주역』, 『장자』, 『중용』, 『논어』 등의 어구(語句) 뿐만 아니라 왕유(王維)와 두보(杜甫)의 시구를 활용하여 장중하고 품위 있게 기술한다. 그런데 해당 부분은 전고 활용을 기반으로 한 단순한 문예문 이상의 의미가 담겨 있다. 제문에서는 물괴를 "다 낡고 초라한 모습으로 희화"된 문방사우로만 바라보지[65] 않는다. 물(物)은 결코, 그 무엇 하나 가치없는 존재로 인식되지 않는다.

---

64 嗟嗟乎 天賦性命 與之物則 倫有五倫 德有五德 奧維朋友 二五之一 夕死尙可 無信不立 茫茫墜緒 大道斯塞 死生貴賤 雲雨輕薄 無故而合 莊周所譏 利盡則疏 達人之悲 孰是同心 誰歟同聲 山木蒼蒼 谷鳥嚶嚶 嗟我一室 吊影伶俜 聯翩四友 不速盍簪 良宵晧月 朗吟淸淡 語不近俗. 〈서재야회록〉, 48~49쪽.
65 신상필, 앞의 논문, 198쪽.

i)에서는 만물에는 이(理)가 내재한다고 했다. 그러니 인간과 사물이 모여 벗이 되는 것은 범상한 일이 아니다. 이것은 오륜의 덕목 가운데 하나인 신(信)을 기반으로 한 모임이 된다. 이렇게 신(信)을 기반으로 하였으므로 "사생(死生)과 귀천(貴賤)은 비가 구름이 되는 것처럼 가벼"울 수 있으며, ii)에서처럼 "까닭 없이 모이"거나 "이익이 다하자 소원해지"지 않다고 말할 수 있다. 게다가 이들이 모여 나눈 대화는 "말에 속된 기운이 없"다. 물론 모임에 대한 이같은 자평을 작가의 과장적 희필, 혹은 문예적 익살에 불과한 것으로 치부할 수도 있다. 그러나 사실적 전고의 활용을 통한 박학의 지향, 관찰과 반관의 태도를 기반으로 한 서사 전개, 그리고 물칙의 의미 부여 등을 함께 고려한다면, 이를 단순한 희필로만 치부하기에는 뭔가 설득력이 떨어진다.

풍류롭고 기이한 모임은 i)진실로 밝음과 정성으로써 말미암은 것이네. ii)형(形)이 없는 것에서 형(形)이 생기고 형(形)이 없는 것으로 돌아가네. iii)경계를 두지 않는 것의 경계는, 경계를 두지만 경계는 없는 것이네. 백년 교분을 중히 여기며 세사(世事)를 논했네. 살아서는 막역한 벗이 되고 죽어서는 같은 무덤에 묻힌다네. 하물며 사람인데 사물만 못 할런가. 낭랑한 이별의 말 감히 뒷일 부탁을 잊으리오. 대저 내가 무엇을 가련히 여기랴. 그대들 어둡지 않음이 남았다면 이 글에 감응하시길![66]

---

66 風流奇會 實由明誠 不形之形 形於不形 不際之際 際於不際 百年交契 重以論世 生爲
   莫逆 死則同穴 矧伊人矣 不如物乎 琅琅別言 敢忘顧托 夫我何傷 子所藏兮 不昧者
   存 庶感些章. 〈서재야회록〉, 49쪽.

제문의 끝부분이다. 제문의 형식에 맞게 4자를 기본으로 간결하면
서도 함축적으로 물괴와의 만남을 장중하게 기술했다. 그런데 서술
한 내용의 이해가 쉽지만은 않다. 풍류스러운 기이한 모임이라는 상
투적 표현은 차치하고, "진실로 밝음과 정성[實由明誠]"이란 표현에는
자구 해석에만 그치지 않는 의미가 담겨 있다. 그것은 『중용』 21장의
"自誠明 謂之性 自明誠 謂之敎 誠則明矣 明則誠矣"란 어구(語句)에서
따온 말이기 때문이다. 『중용』에서 "自"는 곧 "由"라고[67] 했으니, 제문
의 "實由明誠"은 "밝음과 정성스러움으로 말미암는 것"이 "교(敎)"의
효과로 나타난다는 의미를 갖게 된다. 인간이라면 모름지기, "정성스
러움 그 자체"에 가까워지려는 노력을 "밝고"도 꾸준하게 해야만 한
다. 그런 노력의 과정은 "정성스러워지려고 하는 것(誠之者)"으로 표
현되며, 정성은 "박학, 심문, 신사, 명변, 독행"으로[68] 구체화된다. 결
국 이것은, 〈서재야회록〉에서 물괴와의 만남을 범상한 어떤 것 혹은
문예 유희의 일종으로 이해할 것이 아니라 밝고 성실함을 근간으로
한 행동으로 이해해야 함을 뜻한다.

이미 말한 것처럼, 물괴와의 야회는 우연한 것이 아닌 "밝고 정성
스러운" 인식과 행동에서 말미암았다. 그렇다면 밝은 인식과 독실한
행동의 요체는 무엇인가. 그것은 이어지는 i)의 "형(形)이 없는 것에서
형(形)이 생기고 형이 없는 것으로 돌아가는[不形之形 形於不形]" 것과

---

67 自由也 德無不實 而明無不照者 聖人之德 所性而有者也 天道也. 『중용(中庸)』 이십
일장(二十一章).

68 誠者 天之道也 誠之者 人之道也 誠者 不勉而中 不思而得 從容中道 聖人也 誠之者
擇善而固執之者也 博學之 審問之 愼思之 明辨之 篤行之. 『중용(中庸)』 이십장(二
十章).

ii)의 "경계를 두지 않는 것의 경계는 경계를 두지만 경계는 없다"[不際
之際 際於不際]"는 표현을 통해 이해할 수 있다. 애초 이들은 『장자』
「지북유(知北遊)」에서 취한 말이다. 「지북유」는 "지(知)가 북쪽 원수
(元水)의 가에서 노닐다."는 뜻으로 앎에 대한 가르침을 담은 장(章)이
다. 「지북유」에서는 삶과 죽음에 대해, 기(氣)가 모여 있는 물건이라
비록 수요(壽夭)는 있지만 그 차이가 얼마 되지 않는다고[69] 하면서 모
든 것이 왕성하게 생겨나서 소리없이 사라질 뿐이라고[70] 했다. 형체
가 없는 상태에서 형체가 이룩되고 형체를 지닌 물건은 형체가 없는
상태로 되돌아가는 것이니, 지극한 도에 이르려는 사람은 그 형(形)의
차이를 구별짓는 것에 힘쓰지 말아야 한다는[71] 것이다. 물괴와 만남
을 이루고 그들과 야회를 통해 진심이 통하는 대화를 할 수 있던 것은
형(形)을 구별짓지 않았던 때문이다.

이어지는 "不際之際 際之不際"는 이를 더 분명하게 한다. 물(物)을
그 존재대로 인정하고 받아들이면 물(物)과의 경계가 없겠지만, 물
(物)에 대해 경계를 짓는 것은 물(物)과 경계를 두는 것이 된다. 물(物)
을 그 자체로 인정한다는 점에서 경계를 두는 것이지만, 그것은 궁극
적으로 경계가 없는 것이 된다.[72] 물상(物象)의 형태와 외물에 얽매이

---

69 生者 暗醋物也 雖有壽夭 相去幾何 須臾之說也. 「지북유(知北遊)」, 『장자(莊子)』
「외편(外篇)」.

70 注然勃然 莫不出焉 油然漻然 莫不入焉 已化而生 又化而死. 「지북유(知北遊)」, 『장
자(莊子)』 「외편(外篇)」.

71 不形之形 形之不形 是人之所同知也 非將至之所務也. 「지북유(知北遊)」, 『장자(莊
子)』 「외편(外篇)」.

72 物物者與物無際 而物有際者 所謂物際者也 不際之際 際之不際也. 「지북유(知北
遊)」, 『장자(莊子)』 「외편(外篇)」.

지 않고 물상 고유의 가치와 지향을 인정하고 이해함으로써 경계를
넘어선 확연한 앎의 세계에 이를 수 있다는 의미다.

〈서재야회록〉의 사대부는 밝고 정성스럽게[由明誠] 인식하고 형
(形)과 계(界)를 구별짓거나 구애받지 않게 행동했다. 그리고 그 결과
물괴와의 진실한 소통을 통해 감응(感應)하였고[73] 물정에 온전한 앎을
성취할 수 있었다. 사실 이런 궁리(窮理)의 태도는 사대부 스스로가
작품 내에서 적시한 바이기도 하다. 사대부는 자신을 소개하면서 격
물치지(格物致知)와 신사명변(愼思明辯)을 기반으로 한 삶의 가치 지
향을 말한 바 있다. 이것은 곧 사대부가 지향하는 궁리(窮理)의 태도
이기도 하다.

"아무개는 고양씨(高陽氏)의 후손이라오. 집안이 착한 일을 많이 했던
복으로 대대로 높은 관직을 이어왔지. 그러나 형설(螢雪)에 뜻을 두어
벼슬에 대한 생각을 접었네. 박학심문(博學審問), 신사명변(愼思明辯)의
가르침을 스승삼고 격물치지(格物致知), 성의정심(誠意正心)의 학문을 실
천하여 우러러 하늘에 부끄럽지 않고 굽어 사람에 부끄럽지 않으며 거처
할 때는 아랫목에 부끄럽지 않고 잠을 잘 때에는 이부자리에 부끄럽지
않도록 스스로 기약한 지가 여러 해 되었다네. 네 사람도 어찌 그렇다고

---

73 물괴의 감응은 그들이 사대부의 꿈에 나타나 감사를 표하는 것으로 구체화된다.
  이날 밤 꿈에 네 사람이 나타나 사례하고 말하였다. "공의 수명은 지금부터 사십
  년 정도가 남았습니다. 이것으로 보답합니다." 이후로 이런 괴이한 일이 다시는
  없었다고 한다. (是夜夢 四人來謝曰 公之壽 自今以往 四十年有餘矣 以是相報 後絕
  無是怪云.) 〈서재야회록〉, 49~50쪽.
  여기서의 사십 년은 자신이 지향하는 삶의 가치를 충분히 누릴 수 있는 기간을
  의미한다. 작가의 실제 수명과는 무관한 발언이다. 당거(唐擧)의 채택(蔡澤) 관련
  고사를 참고할 수 있다.

여기지 않겠는가?" 네 사람이 말하기를, "예!"라고 했다.[74]

사대부는 집안 내력에 대한 간략한 소개를 마치고 자신이 어떤 사람인지는 말한다. 그는 명문가 출신이지만 형설에 뜻을 두어 벼슬에 대한 생각을 접었고 오직 박학(博學), 심문(審問), 신사(愼思), 명변(明辯)의 가르침을 명심하여 스승으로 삼았으며, 격물치지(格物致知), 성의정심(誠意正心)으로 학문을 실천하여 세상에 부끄럽지 않은 삶을 살겠다고 맹세한 사람이라고 소개한다. 그리고 물괴에게 동의를 구하는 질문을 함으로써 그 말이 진실됨을 다시 한번 확인한다. 이것은 〈서재야회록〉이 서사 전개와 서술 방식을 통해 박학(博學)의 지향, 사물에 대한 세심한 관찰(觀察), 곡진한 질문[審問]과 꼼꼼한 추사(追思)의 반관(反觀), 정성스러운 행동[篤行]의 방식을 사례적으로 보여주고 있음을 뜻한다. 한마디로 관물(觀物)과 궁리(窮理)의 요체를 제시한 것이다.

〈서재야회록〉에서 보여준 이런 궁리의 요체는 이황(李滉)이 『성학십도』에 수재한 〈백록동규도(白鹿洞規圖)〉에서 그대로 볼 수 있다. 〈백록동규〉는 주희(朱熹)가 지은 백록동서원(白鹿洞書院)의 학규(學規)로, 주희는 학규와 관련하여 〈학규후서(學規後序)〉를 짓고 『주문공문집(朱文公文集)』 권74에 수록했다. 그리고 이황은 이를 토대로 학규의 목차를 도표화하여 제시했다. 〈백록동규도〉에는 "학문을 하는 차

---

74 某乃高陽氏之後也 家積善慶 世襲貂蟬 然而志存螢雪 念絕綺紈 師博審思辨之訓 躬格致誠正之學 自期仰不愧天 俯不愧人 居不愧奧 寢不愧衾者 有年矣 四君豈不謂然乎 四人曰 唯.〈서재야회록〉, 36~37쪽.

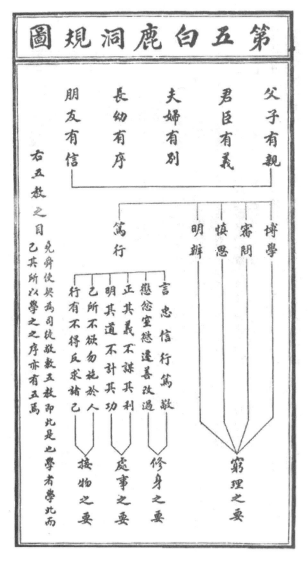

〈백록동규도(白鹿洞規圖)〉[75]

례[爲學之序]'로써 "궁리(窮理)의 요체"가 있다. 그것은 치우치지 않고 널리 배우는 박학(博學), 의심나는 것을 묻는 심문(審問), 신중하게 생각하는 신사(愼思), 밝히 분별하는 명변(明辯), 그리고 배운 것을 정성을 다해 행하는 독행(篤行)이다. 이것은 결국 〈서재야회록〉의 서사는, 성리학적 관점에서의 궁리의 요체를 관찰과 반관이라는 관물의 공부법과 함께 제시했음을 의미한다.

그렇다면 작가 신광한이 〈서재야회록〉의 서사지향에 이와 같은 의미를 담은 까닭은 무엇인가. 이와 관련하여 다음 두 가지 사실을 기억할 필요가 있다. 첫째, 신광한은 누가 뭐래도 유자(儒者), 즉 성리학자(性理學者)였다. 신광한 생존시 그에 대해 비판적인 태도를 취한 인물조차 그가 유자였음을 부정하지는 않았다. 특히 신광한은 북송 오자(五子)의 일인이었던 소옹의 상수학(象數學)에 기반한 성리학적 사유 태도를 보였던 인물이다. 그런 점에서 신광한이 〈서재야회록〉에 성리학적 공부법인 궁리(窮理)의 요체와 상수학의 관물(觀物)을 우의(寓意)한 것은 당연하다. 그는 성리학의 학문 체계를 실현하고자 했으며 유자로서의 삶의 태도를 후학에 가르치고 세계에 퍼뜨리려고 했다. 궁리를 통한 수기(修己)의 태도를 예시한 것이다.

둘째, 신호가 쓴 〈기재기이발(跋)〉에는 "세상의 모범", "세상의 경계"라는 말과 함께 "민이(民彛)를 붙들어 세워 명교(名教)에 공로가 있음이 한두 가지가 아니라"는[76] 기술이 있다. 이를 『기재기이』의 "통속

---

75 이황, 이광호 옮김, 『성학십도』, 홍익출판사, 2001, 180쪽.

76 企齋相公所著也. 嘗游戲翰墨 無意於奇 而自不能不奇 及其至也 使人喜 使人愕 有可以範世 有可以警世 其所以扶樹民彛 有功於名教者 不一再 彼尋常小說 不可同年以語 則盛行於世固也. 신호(申濩), 〈기재기이발(企齋奇異跋)〉, 소재영, 앞의 책, 99~

화 경향의 숨길 수 없는 징표"로[77] 이해하는 것도 일면 타당할 수는 있다. 신광한이 〈서재야회록〉에 어떤 의미를 담았던 간에, 많은 사람이 읽고 감화받기를 희망했을 것이기 때문이다. 즉 다수의 독자를 기대했다는 점에서는 통속화의 경향으로 설명될 수도 있다. 그러나 채수(蔡壽; 1449~1515)의 〈설공찬전〉에 대한 살벌한 논쟁을 주도했던 사림(士林)이 『기재기이』의 관찬(官撰)을 주도했다는 사실을 기억한다면, 『기재기이』가 대중의 통속적 감흥에 영합하는 희필이나 오락거리라고 말할 수는 없다. 오히려 〈서재야회록〉은 환상적 측면, 의인화의 문예미를 일정 부분 수용함으로써 다수의 독자를 확보하고자 했으면서도 성리학적 공부법을 담았다고 보는 것이 타당할 것이다. 신호가 〈발〉에서 말한 것처럼, "기이(奇異)함에 뜻을 두지는 않았지만 저절로 기이(奇異)"해진 것으로 봐야 한다.

이런 점에서 신광한은 〈서재야회록〉을 통해 자신이 말하고자 하는 바를 온전하고도 명확히 말하고 있다고 하겠다. 〈서재야회록〉의 발화가 격렬한 정치적 입장과 현실 개혁의 직접적 목소리는 아닐 것이다. 그렇지만 이것이 도(道)를 향한 유자(儒者)의 수양 자세를 절실하게 말하고 있는 것만은 분명하다. 신광한은 정치적 관점에서 보면 "가해 세력과 피해 세력 사이의 모호한 경계를 상징한다는 의미에서 언어적 정치적 소수자였"을 수 있지만, 성리학적 가치 태도의 소유자란 점에서 보면, "언어적 소수자"나[78] "고립된 개인"이[79] 아닌, 굳건한

100쪽.

77 정출헌, 「16세기 서사문학사의 지평과 그 미학적 층위」, 『한국민족문화』 26, 부산대학교 한민족문화연구소, 2005, 20쪽.

78 윤채근, 앞의 논문, 350쪽.

의지로 배움과 수양의 태도를 역설(力說)하여 세상에 펴고자 하는 성리학적 실천인이자 문학인이었다.

5. 맺음말

〈서재야회록〉은 갈래 부정형의 특징과 풍자성의 미약이란 주제적 모호성을 지닌 것으로 평가됐다. 또한 몽유록과 유사한 액자 구성을 가졌으면서도 몽유록이 아니고, 서사적 지향도 분명치 않다고 했었다. 이에 여기에서는 〈서재야회록〉의 작품 세계에 대한 정밀한 이해를 시도했다. 그리고 이를 위해 위해 서사구성과 전개, 서술 방식의 특징 및 그것이 갖는 의미를 꼼꼼하게 고찰하였다.

〈서재야회록〉은 물괴가 출현하여 그들만의 모임을 갖는 부분과 사대부의 요청으로 물괴와 사대부의 야회가 이루어지는 부분으로 구성된다. 물괴들만의 모임은 '물괴들이 출현하여 상호 위로의 별회'를 가지는 내용이 중심이다. 이런 물괴의 별회는 유명(幽明)의 계(界)를 넘는 것이다. 그래서 물괴들은 누군가에게 누설될 것을 두려워하지만, 가슴에 담긴 회한을 말하지 않을 수 없어서 모임을 갖게 되었다. 물괴들만의 모임은 사대부의 정성스러운 요청으로 주종(主從)의 분(分)을 넘어서는 야회로 이어진다. 사대부는 야회에서 각자의 정체와 심회를 말해달라고 간곡하게 청한다. 이에 물괴는 자신의 정체와 심회를

---

79 엄기영, 「『企齋記異』와 작자 신광한의 자기인식 : 〈안빙몽유록〉과 〈서재야회록〉을 대상으로」, 『고소설연구』 32, 한국고소설학회, 2011, 117~118쪽.

고백하고 염원을 말한다. 이렇게 야회 전과 야회로 된 서사구성을 취하고 있는 〈서재야회록〉은 물괴의 참담한 처지와 정회(物情)를 이해하고 해소해주는 내용의 서사이다.

〈서재야회록〉서술 방식의 특징은 전고의 활용, 관찰과 반관(反觀)의 태도로 요약된다. 다양한 전고를 활용하여 박학을 지향하고, 주변의 사물을 세심하게 살피고 의심되는 바를 곡진히 묻고 되돌이켜 생각하여 물정(物情)을 환하게 깨닫는 사대부의 태도가 그려진다. 작품을 읽는 과정에서 다양한 지식의 습득, 관찰과 반관에 의한 관물의 공부, 그리고 박학, 심문, 신사, 명변, 독행에 대한 이해가 가능토록 한 것은 궁리(窮理)의 요체를 사례적으로 보여준 것이다. 신광한은 〈서재야회록〉을 통해 성리학적 공부법을 제시한 것이다.

이것이 〈서재야회록〉의 서사지향과 그 의미이며, 유자 신광한이 작품에 담아내고자 했던 바다. 사실 〈서재야회록〉을 포함한 『기재기이』는 채수(蔡壽; 1449~1515)의 〈설공찬전〉에 대한 살벌한 논쟁을 주도했던 사림(士林)이 발간했다. 더욱이 누구에게나 유자로 인정받았던 고루(固陋)한 신광한이 쓴 소설이다. 이점에서 〈서재야회록〉에 상수학(象數學)의 관물(觀物)과 궁리(窮理)의 요체가 우의되어 있는 까닭을 미루어 짐작할 수 있다.

〈최생우진기(崔生遇眞記)〉의
서사기법과 선계(仙界)

1. 머리말

신광한(申光漢; 1484~1555)의 『기재기이(企齋記異)』에 대한 연구가
상당히 축적되었음에도 불구하고,[1] 〈최생우진기〉만을 대상으로 한
연구는 그리 많지 않다. 그것은 〈최생우진기〉가 문제 의식 결여로
인하여 되다가만 작품이라거나,[2] 우의하는 바의 산포(散布)에[3] 기인한
현실 비판 의식의 결여 때문일 수도 있다. 이처럼 〈최생우진기〉가
문제 의식이 결여된 작품이라는 선입견과도 같은 인식으로 인해 다
양한 관점에서 주목받지 못했던 것이 아닌가 싶다.

이것은 실제로 〈최생우진기〉에 대한 연구의 측면에서도 그러하
다. 연구의 대부분은 최생의 '용궁 체험'과 그 의미에 대한 천착이었

---

1 〈최생우진기〉에 대한 연구사적 성과는 유기옥에 의해 정리된 바 있다. 그가 『기재
기이』와 신광한에 대해 진행한 연구사를 참고할 수 있다. 유기옥, 「기재기이 연구
동향과 쟁점」, 『고소설연구사』, 월인 2002, 75~100쪽.

2 조동일, 제4판 『한국문학통사 2』, 지식산업사, 2005, 498쪽.

3 윤채근, 『소설적 주체, 그 탄생과 전변』, 도서출판 월인, 1999, 283~292쪽.

다. 〈최생우진기〉에 수용된 용궁 체험 화소가 전대 문학 혹은 비교문학적 측면에서의 수용과 변이가 어떤 방식으로 이루어졌는가,[4] 용궁 체험의 의미가 도선 세계 지향을 보이는가,[5] 아니면 도선 세계의 지향은 일시적 일탈 혹은 표면적인 것일 뿐이며 유가적(儒家的) 혹은 현실 세계에 대한 지향과 부조리한 현실에 대한 비판이 중점이 되는가[6] 등에 연구의 초점이 맞춰졌다. 물론 유교적 이념의 발현과 함께 자국의 문화적 전통에 대한 자부심에 의해 형상화되었다거나,[7] 유자(儒者)로서 앞이 보이지 않을 때 불교와 도교를 통해 삶의 돌파구를 모색해보는 것으로 그 저면에는 현실에 대한 비판으로서의 태평성대에 대한 희구가 등장한다는[8] 것과 같은 절충적 이해가 있기도 하다.

---

4 소재영, 『기재기이』 연구, 고려대학교 민족문화연구소, 1990. ; 신재홍, 『한국몽유소설연구』, 도서출판 계명문화사, 1994, 86~91쪽. ; 이지영, 「『금오신화』와『기재기이』의 비교 연구－공간 구조를 중심으로」, 서울대학교 석사학위논문, 1996. ; 최재우, 「〈최생우진기〉의 특성 연구－〈용궁부연록〉·〈수궁경회록〉과의 비교를 중심으로」, 『연세학술논집』 32, 연세대학교 대학원, 2000. ; 엄기영, 『16세기 한문소설연구』, 도서출판 월인, 2009, 45~54쪽.

5 소재영, 위의 책, 66쪽. ; 유기옥, 「최생우진기」의 구조와 의미, 『한국언어문학』 27, 한국언어문학회, 1989, 126쪽. ; 유정일, 「기재기이의 전기소설적 특성에 관한 연구」, 동국대학교 박사학위논문, 2002, 128쪽. ; 최재우, 『기재기이의 특성과 의미』, 박이정, 2008, 214~215쪽.

6 소인호, 「나말－여초의 전기문학연구」, 고려대학교 박사학위논문, 1996. ; 이경규, 「신광한의 기재기이 연구」, 한남대학교 석사학위논문, 1999, 57~67쪽. ; 문범두, 「최생우진기의 구조와 의미」, 『어문학』 72, 한국어문학회, 2001, 134쪽. ; 신상필, 「기재기이의 성격과 위상」, 『민족문학사연구』 24, 민족문학사학회, 2004. ; 엄기영, 위의 책, 157~165쪽. ; 소인호, 「『기재기이』의 창작 배경과 서사문학적 전통의 변용 양상」, 『숭실어문』 22, 숭실어문학회, 2006, 119~122쪽. ; 엄태식, 「최생우진기의 서사적 의미와 신광한의 현실 인식」, 『민족문화』 42, 한국고전번역원, 2013, 34~36쪽.

7 신재홍, 앞의 책, 90쪽.

이와 같은 연구 경향은 〈최생우진기〉 관련 연구자들의 관심이 용
궁 체험과 그 의미로 수렴됨을 보여준다. 사실 〈최생우진기〉의 연구
초점은 기(奇)의 형상화라는 점에서 용궁 체험일 수 있다. 여기에서도
이런 특징에 주목하려 한다. 〈최생우진기〉에 나타난 용궁 체험의 형
상화 방식과 의미, 서사기법 등에 대한 분석이 정치하게 이루어져야
할 필요가 있다. 이를 기반으로 〈최생우진기〉의 창작 의도와 그것이
지닌 의미를 살피고자 한다.

2. 〈최생우진기〉의 중의적 서사기법

1) 미지(未知)의 진경(眞境) 용추동

최생이 겪는 용궁 체험은 〈최생우진기〉의 가치 존립 여부를 결정
짓는 우의의 세계이다. 그렇기 때문에 "용궁에 빗댄 현실 체험의 실
상을 표면 문맥만으론 밝히기 힘들"다는[9] 현실적 어려움에도 불구하
고, 그 의미를 읽어내야 하는 촘촘한 작업이 요구된다. 즉 용궁 체험
에 포치(布置)된 기법과 의미를 정확하게 읽어내야 한다. 이에 〈최생
우진기〉에서 "최생(崔生)이 경험한 진짜 세계[=崔生遇眞]"는 어떻게 그
려지고 있는가를 먼저 살펴 보겠다.

　진주부(眞珠府; 현 삼척) 서쪽에 두타라는 산이 있는데, 그 형세(形勢)

8　최재우, 앞의 책, 209~215쪽.
9　윤채근, 위의 책, 290쪽.

가 북으로는 금강산에 조아리는 듯하고 남으로는 태백산을 잡아끄는 듯하며, 그 널다랗게 치솟아 하늘 길을 꿴 것은 영동(嶺東)과 영서(嶺西)의 경계가 된다. 산이 높아 그것이 몇 길이나 되는지 <u>알 수 없고</u>, 그 사이에 골짜기가 있고 골짜기에는 못이 있는데 깊이가 몇 길이나 되는지는 <u>알 수가 없으며</u>, 못 위에는 현학(玄學)의 둥지가 있는데 언제 와서 둥지를 틀었는지 햇수를 <u>알 수 없다.</u> 그래서 어떤 이는 학소동이라 부르고 <u>어떤 이는 용추동이라 부르기도 한다.</u> 세상에서는 이곳을 <u>진경(眞境)</u>이라 여겼으나 아무도 그 근원을 찾은 이는 <u>없었다.</u>[10]

〈최생우진기〉는 공간적 배경인 두타산(頭陀山) 용추동에 대한 묘사로 시작된다. 최생이나 증공과 같은 주요 인물을 등장시키고 이들에 대한 정보를 제공하기보다 두타산이라는 공간에 대한 묘사가 우선적으로 제시된다. 그런데 이런 뒤바뀜을 차치하고, 용추동이란 공간 배경을 찾아가는 작가의 시선 이동이 놀라울 정도로 정교하다.

작가는 하늘에서 혹은 먼 곳에서 두타산과 용추동을 부감(俯瞰)한다. 두타산의 "형세(形勢)가 북으로는 금강산(金剛山)에 조아리는 듯하고 남으로는 태백산을 잡아끄는 듯"하며 "치솟아 하늘 길을 꿴 것은 영동(嶺東)과 영서(嶺西)의 경계가 된다."고 했다. 『대동여지도』를 보면 실제로 두타산은 위로는 금강, 아래로는 태백을 이으며, 영동과 영서의 경계를 이루는 지점에 위치한다. 그런데 이런 작가의 시선은

---

10 眞珠府之西 有山曰頭陀 山之勢 北控金剛 南挹太白 其磅礴穹窿 中豁天衢者 界爲嶺東西 山之高 <u>不知其幾仞也</u> 其間有洞 洞有湫焉 <u>不知其深幾丈也</u> 湫之上 有玄鶴巢焉 <u>不知其來幾年也</u> <u>或名鶴巢洞 或名龍湫洞</u> 世指以爲<u>眞境</u> <u>莫有尋其源者.</u> 〈최생우진기〉, 50~51쪽. 〈최생우진기〉 원문은 소재영의 『기재기이연구』에 영인된 만송문고본에서 인용했다. 소재영, 『기재기이연구』, 고려대학교 민족문화연구소, 1990. 이하에서는 인용 쪽만 밝힌다.

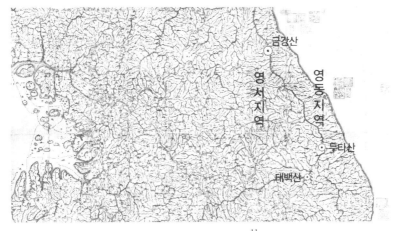

〈두타산의 지리적 위상〉[11]

두타산에 지정학적 위상에만 머물지 않는다. 두타산의 형세와 지정
학적 위상에서 두타산의 골짜기와 용추동, 그리고 그 주변의 학소(鶴
巢)로 구체화되는 양상을 보인다. 흡사 용추동과 학소라는 특정 좌표
를 중심으로 초점을 잡고 그 지점을 확대해 살피는 카메라의 눈과
같다. 사건 발생의 중심 장소인 용추동 혹은 학소동이란 공간을 줌인
(zoom in)하고 있다. 게다가 이와 같은 시선의 이동을 보여주는 서술
기법은 유자(類字)와 같은 자구(字句)의 단련,[12] 혹은 대우(對偶)의 수
법 등이 결합되어 문예적 미감을 제공한다. 작가의 글쓰기 역량뿐만
아니라, 작가가 용추동과 학소동 묘사에 얼마나 공을 들였는지와 함

---

11 규장각 대동여지도, www.kyu.snu.ac.kr/ 참조.
   최선웅 도편, 민병준 해설, 『해설 대동여지도』, 진선출판사, 2017, 182쪽.
12 엄기영, 앞의 책, 60~61쪽.

께, 작품의 시작 부분 즉 선계에 대한 작가의 주목 정도를 알게 한다.

그런데 이런 서술 기법은 용추동이란 공간성에 대한 신비로움을 더하는 역할도 한다. 예컨대 밑줄친 것과 같이 서술자의 시선이 머무는 모든 지점에 "알 수 없다[=不知]"라는 말을 한다. 산의 높이, 용추의 깊이, 현학(玄鶴)과 그 둥지의 유래 등의 서사 공간은 온통 알 수 없는 미지의 공간으로 그려진다. 그리고 그 알 수 없음은 뭇 사람들의 입에 오르내리지만[=或] 정작 아무도 알지 못하는[=莫有] 것이기도 하다. 이런 점에서 서술자가 포착한, 서술자가 형상화하고자 하는 바 용추동의 공간적 특징은 "알 수 없다(不知)"와 "어떤 이(或)"도 "있지 않다(莫有)"로 규정된다. 용추동과 학소는 '누구나' 보고 들어서 알고는 있지만, 실제로는 아무도 명확히 '알지 못하는' 미지(未知)의 공간인 것이다. 두타산 용추동은 일상적 공간임에도 불구하고 결코 일상적이지 않은 미지(未知)의 신비한 공간으로 형상화되었다. 여기에 일상 속에서 비일상성을 포착, 생성해내는 서술 기법이 드러난다.

이와 같이 공간 배경을 미지성(未知性)에 의한 신비로움으로 조성하는 것은 독자의 흥미 유발은 물론이고, 그 공간의 실체성을 부지불식간에 확신케 한다. 어느 누구도 분명히 알지 못할 뿐만 아니라 범접하지 못하는 공간적 특성을 독자에게 각인시킨다. 나아가 독자에게, 그 속에는 무엇인가가 존재할 것이라는 경이로운 호기심과 믿음을 갖게 한다. 용추동은 누구나 아는 장려(壯麗)한 공간, 그러나 그 실체를 확인할 수 없는 미지(未知)의 공간으로 자리잡게 되는 것이다. 최생이 체험한 용궁 세계는 바로 그와 같은 용추동의 공간성을 토대로 이루어진다. 작가가 장려하게 분식(粉飾)한 신비주의의 공간인 용추동을 통해 들어가는 용궁 세계를 "진짜 세계(眞境)"라고 칭한 것에 십분 동의하게 된다.

용추동이 미지의 신비한 세계임은 공간의 묘사란 측면에서만 그러한 것은 아니다. 그것은 그 세계를 대한 증공이나 최생의 태도에서도 드러난다. 먼저 증공의 태도를 보자.

> 증공이 웃으며 말하였다. "과연 그렇군, 그대의 우활함이! 그대가 어찌 이 골짜기에 들어갈 수 있겠나? 빈도가 이 산에 들어온 지 벌써 21년인데, 일찍이 그 골짜기의 신비스러움을 듣고 진인(眞人)이 그곳에 있으리라 여겨, 가서 그를 따르고 싶은 생각을 가졌다네. 바위 구멍과 벼랑 틈, 천맥(泉脈)이나 물이 흘러나오는 곳은 탐색해보지 않은 곳이 없었지. 그러나 사면(四面)이 험하고 가팔라 따라 올라갈 실낱같은 길도 없었네. 다만 골짜기의 북동쪽 양 벼랑에 움푹 파인 곳이 있기에 기어 올라가 보니, 벼랑 끝머리에 반석(盤石)이 하나 있는데 몇 사람이 앉을 만한 것이었네. 걸음을 떼려고 하면 기우뚱거리니 비록 위태한 바위에 잘 올라서는 백혼(伯昏)같은 이라도 또한 여기에 올라서기는 어렵겠더군. 이 바위에 디뎌서면 골짜기를 다 볼 수 있어, 빈도가 일찍이 불력(佛力)에 의지하여 선뜻 나서 한 발 디뎌 골짜기 입구를 굽어보니 아득히 아무 것도 보이지 않고, 용추(龍湫)는 파랗고 학은 아득히 날았으며, 머리가 어질하고 가슴이 두근거려 기어서 물러났다네. 그대가 만약 이 바위를 밟을 수 있는 것만으로도 충분할 것인데, 어찌 이 골짜기에 들어가 노닐 수 있겠나?"[13]

13 空哂曰 果哉 子之迂也 子焉能遊此洞乎 貧道入此山 已二十一年 嘗聞洞之靈秘 意有眞人存焉 頗懷往從之志 石竇崖磚 泉脈滲漏處 靡不探索 而四面嶬嶔 無線路可遵 但洞之艮方 兩崖微凹 攀緣而上則崖盡 前頭有盤石 可坐數人 步輒傾搖 雖能履危石 如伯昏者 亦難履此 能履此石者 可窺此洞 貧道嘗恃佛力 亟出一履 府瞰洞口 茫不見物 龍湫着然 鶴飛杳然 頭眩膽悸 匍匐而退 子若能履此石者足矣 子焉能遊此洞乎. 〈최생우진기〉, 51~52쪽.

용추동에 대한 증공의 인식은 경외(敬畏)로 가득 차 있다. 용추동
을 가보고 싶다는 최생의 말에 증공은 우활(迂闊)한 생각이라고 단언
한다. 증공의 망설임 없는 태도에는 용추동이 누구나 쉽게 접근하여
그 정체성을 밝힐 수 있은 공간이 아니라는 굳은 믿음이 존재한다.
그리고 그 믿음의 일정부분은 자신의 경험에서 비롯되었다. 증공은
누구나 알고 있지만 실체는 아무도 모르는 신비한 골짜기의 정체성
을 밝히기 위해 용추동 주변의 온갖 곳을 탐색했다. 그리고 겨우 발견
한 반석(盤石)에 오르지만 제대로 보지도 못하고 기겁한 채 물러나야
했다. 이와 같은 증공의 경험에 비춰보면 골짜기는 누구나 알고는
있지만, 온전히 실체를 드러내고 있는 일반적인 공간이 아니다. 용추
동은 증공과 같은 인물에게는 허여(許與)되지 않는 신비의 공간이며,
경외의 공간이다.

증공의 경외는 골짜기를 엿보고자 반석에 올랐던 때를 묘사한 것
에서도 잘 드러난다. 반석 위에 오른 증공은 잽싸게 한 발을 딛고
골짜기를 엿본다. 그렇지만 그는 용추와 학 외에는 아무 것도 보지
못 한다. 그 순간의 증공은 두려움에 가득 차 황급해 하는 것으로
그려진다. 더욱이 작가는 이런 정황을 모두 4자로 처리하였다. 증공
이 바위에 발을 딛는 순간부터 기어서 내려오는 데까지를 짧고 역동
적이면서 장엄한 표현으로 그려냄으로써 상황의 긴박함과 무게를 더
하게 했다. 더욱이 이런 식의 묘사는 용추와 학의 자연스러움과 증공
의 촉급한 심사가 대비(對比)를 이루어 극적 상황이 강조되었다.

이와 관련된 묘사를 구체적으로 보자. 작가는 용추와 학의 형상을
묘사하면서 '연(然)'이라는 상성(上聲)의 글자를 배치하였다. 용추의
푸르름[龍湫蒼然]과 학의 아득함[鶴飛杳然])함이 연(然)이란 글자의 어

조처럼 표연히 널리 퍼져 올라가는 느낌이 들도록 한 것이다. 반면 두근대며 아찔하여 물러나는 증공을 그린 부분은 '계(悸)'와 '퇴(退)'의 입성(入聲)의 글자를 배치하여 허둥대며 조급해서 급히 내닫는 심정을 반영하였다. 골짜기 주변을 샅샅이 뒤져 겨우 반석에 디뎌 섰지만 겁에 질려 내려오고만 증공의 형상. 작가는 그것을 실감나게 형상화함으로써 증공의 경외심이 얼마나 굳건한 것인가를 나타낸 것이다.

이처럼 용추동은 누구나 알고 있지만, 아무도 그 정체를 해명할 수 없는 신비한 곳이라는 믿음의 공간성을 지닌다. 그렇기에 증공은, 용추동을 둘러보겠다는 최생의 생각을 우활한 짓일 따름이라고 단언한 것이다. 그런데 역설적으로, 일반적 인식과 증공의 경험담은 독자의 흥미를 증폭시킬 뿐만 아니라 용추동에 무엇인가 있을 것이라는 믿음을 갖게 하는 효과를 지닌다. 단순히 묘사의 아름다움이 드러난 문예문에 한정되지 않는 서술 기법이 발휘되어 있다.

증공이 최생에게 물었다. "골짜기에서 돌아오는 것인가?" "골짜기에서 왔지요." "다치지 않았는가?" "다치지 않았지요." 그러면 굶주렸는가?" "굶주리지도 않았지요." 증공이 말하였다. "허! 이상하군. 그대는 천길 벼랑에서 떨어졌는데 다치지 않았다 하고 70일을 먹지 못하였는데 굶주리지 않았다 하니 그대에게 필시 이상한 일이 있었군. 청컨대 빈도를 위해 까닭을 말씀해 주기 바라네." 최생이 웃으며 말하였다. "처음에 낙엽 쌓인 곳에 떨어져 다치지 않았고 이후 영험한 풀을 먹어서 배고프지 않았지요. 그 안의 산수의 즐거움을 어찌 말로 표현하겠습니까? 몰래 보니 검은 학 한 쌍이 내려와서 용추의 물을 마시기에 틈을 엿보다가 목을 안고 등에 올라 타 학이 가는대로 두니 절의 뜰에 이르렀지요. 학이 또 땅 가까이 내려서기에 내가 뛰어내렸지요. 그 어찌 이상 하지 않음이 있겠는지요?"

증공이 말하였다. "그대의 말이 정말인가? 그대의 말은 빈도를 속이는 것 같네. 노승이 그대와 노닌 것이 몇 년이나 되었는가. 이제 그대가 노승과 함께 하지 않는 것이 있으니 다시 보지 않으려 하네."[14]

최생이 살아 돌아온 후에 증공은 최생에게 용추동의 경험을 캐묻는다. 증공은 최생이, 특별했을 신비 공간 용추동에서의 경험을 말해주기를 기대하며 질문을 퍼붓는다. 그러나 증공의 질문에 대한 최생의 대답은 지시적 의미만 담은 무성의한 것이다. 기실 증공이, "골짜기에서 돌아오는 것"인지를 물었던 이면에는, 용추동에서의 별난 경험을 구체적이고 사실대로 대답해주리란 은근한 기대가 존재했다. 그러나 최생은 증공의 질문의 본질적 맥락은 눙쳐버리고, 그저 "골짜기에서 왔지요."라고만 답한다. 이에 증공은 계속 질문을 해댄다. 하지만 최생은 질문의 본질은 회피한 채, 물음에 대한 표피적이고 지시적인 의미의 대답으로 일관한다. 증공의 합리적이면서도 구체적인 설명이 필요한 질문, "(70일 동안) 굶주리지 않았는가?"에도 최생은 "굶주리지 않았다."고만 답하며 끝내 용궁 체험의 진실을 말하지 않는 듯한 태도를 보인다. 이에 증공은 참지 못하고, "이상한 일이 있었을 것[有異]"이니 그것을 사실대로 말해달라고 노골적으로 말한다.

그럼에도 최생은 여전히 구체적인 대답을 회피한다. 급기야 증공

---

14 空問生曰 返自洞乎 曰自洞 傷乎 曰不傷 然則飢乎 曰不飢 空曰 噫 異哉 子墜千仞之崗 而曰不傷 七旬不火食 而曰不飢 子必有異也 請爲貧道言其故 生笑曰 初墜積葉 得不傷 後啗靈草 得不飢 其中山水之樂 何可形言 竊看玄鶴一雙 下飮湫水 抱其吭而登其背 聽鶴所之 至于寺之庭 鶴亦近地 吾亦墜下 豈非異歟 空曰 子言信情乎 子之言若爲貧道諱者 老僧從子遊 幾年矣 今子有不與老僧者 請勿復敢見. 〈최생우진기〉, 55~56쪽.

은 둘 사이 관계의 파탄을 들먹이며 최생을 채근하고, 최생은 그제서
야 몹시 곤란해 하며 누설하지 않을 것을 전제로 말을 시작한다. 증공
은 참으로 어렵게 용추동의 세계를 간접 경험할 수 있었다. 이런 최생
과 증공의 대화에는 용궁 세계는 누구나 알아서는 안 되는, 누구나
알 수 있는 것도 아니라는 생각이 담겨져 있다. 최생은 자신의 경험을
누구와도 공유하지 않으려는 태도를 보인다. 어쩌면 누구나 쉽게 경
험할 수 있는 세계, 알 수 있는 세계는 진짜[眞境]일 수 없다는 의도가
내재한 까닭일 것이다.

　이것은 최생이 용궁 세계에 들어가는 과정에 대한 묘사나 용궁 세
계의 묘사에서도 그대로 드러난다.

　　잠시 후에 절벽 아래 초목이 우거진 곳을 보니 구름 기운이 뭉게뭉게
피어나고 있었다. 혹시 구멍이라도 있을까 하여 덩굴을 잡고 살펴보니
과연 굴이 하나 보였다. 캄캄한 것이 아주 깊은 듯했고 오랜 세월에 낙엽
이 쌓여 막혀 있었다. i)최생이 왼발로 낙엽을 디디려고 하면 벌써 오른발
이 푹 빠졌는데 넘어져도 다치지는 않았다. 찬찬히 살펴보니 굴 안은 말이
나 사람이라도 족히 드나들만하였다. 최생은 이 굴을 좇아가면 혹시 통하
는 길이 있을 수도 있겠다고 여기고 드디어 굴속을 찾아 들어갔다. ii)온통
깜깜해서 사물을 분간할 수 없었지만 iii)걸을 때마다 차르륵 하는 것이
마치 금모래나 옥자갈이 깔려 있는 듯했다. 최생은 아주 피곤했지만 길을
찾아 무턱대고 나갔다. 나갔다가 다시 돌아오곤 하면서 대략 몇 십리 쯤
가니 점차 앞이 터져 환해지면서 굴도 끝났다. iv)갑자기 맑은 계곡물 한
줄기가 나타났는데 깊지도 않고 얕지도 않은 것이 깊이가 딱 좋았다. 계곡
물을 거슬러 오르며 바라보니 위태로울 정도로 가파른 산이 거의 하늘에
닿을 정도로 솟아 있었다. 하늘빛은 맑고 어슴푸레 한 것이 낮인 듯했지만
낮은 아니었다. 산 아래쪽에는 안개 낀 사이로 나무들이 삐쭉삐쭉한데

어렴풋이 성문 비슷한 것이 있는 듯했다. 최생은 인간 세상이 아니라는
생각이 들면서 마음속으로 자못 이상하게 여겼다.[15]

최생이 용추동을 굽어보다 바위에서 떨어진 후 깨어나, 자신이 나
뭇가지에 걸려 있다는 것을 알고 벼랑에 난 구멍을 찾아 들어감으로
써 용궁으로 가게 되는 것을 그렸다. 그런데 그 과정이 마냥 허구적
환상으로 그려지지 않았다. 오히려 사실적이면서도 구체적으로 묘사
되어 있다. i)와 같이 행동에 근거한 움직임의 구체적이고도 사실적
묘사, ii)의 시각적 표현, iii)의 청각을 동원한 금모래나 옥자갈의 구르
는 소리와 함께 옥빛과 금빛이라는 시각적 표현까지 동원함으로써
실제 경험한 것처럼 보이게 서술하였다. 환상 체험이 아닌 현실에서
있을 법한 경험으로 실감나게 묘사한 것이다. 더욱이 iv)처럼 굴이
끝나고 환해진 후의 주변에 대한 근경에서 원경으로의 확장적 묘사
는 독자로 하여금 실제 그런 상황에 놓여 있는 것과 같은 착각에 빠져
들게 한다. 이국적인 환상 세계에 대한 묘사라기보다, 실제로 경험한
것을 전달해주고 있는 것처럼 보인다. 그럼에도 불구하고 막상 무엇
하나 명확히 알 수 있는 것은 아닌 듯한 방식의 서술 태도는 계속
유지된다.

이는 최생이 찾은 용궁 세계가 막연하고 추상적인 관념적 공간이

---

15 俄見壁底叢薄間 雲氣翁鬱而出 疑有孔穴 攬蔓而窺 果見一竇 窈而深 歲久爲積葉所
壅 i)生左足踏葉 右跗已跌 墜亦無傷 徐察之 則竇中足還人馬 生以爲由此竇 或可通
等死 雖死竇中可也 遂尋竇而入 ii)但黑闇不辨物色 iii)而步步鏘然 若金砂玉礫 生疲
頓亦極 索途冥行 如往而復 約行數十里 漸覺開朗 竇且盡 iv)忽有淸溪一派 淺深可愛
泝溪而望 則有山发篆 去天咫尺 天色蒼涼 若畫而非畫 山下煙樹參差 如有城闕依稀
生意非人世 心頗自奇.〈최생우진기〉, 58~59쪽.

아닌 실제적 공간일 수 있다는 생각을 가지게 한다. 실제로는 허구적
이고 환상적인 공간에 들어가는 과정일 수 있지만, 그것을 사실적으
로 그려냄으로써 '가짜를 진짜처럼' 받아들여지게 했다. 이것은 최생
이 경험한 용궁 세계에 대한 형상에서도 그러하다.

용궁은 현실 공간과 같을 수 없는 환상적인 공간임에 분명하다.
그런데 용궁이 환상적인 공간임에도 불구하고 허구적이라는 생각은
들지 않는다. 오히려 그 장려(壯麗)함을 구체적이고도 사실적으로 묘
사함으로써 실제가 아니라는 생각을 가질 수 없게 한다.

> 최생은 낯빛을 바르게 하고 소매를 떨치며 당당하게 나갔다. 다섯 개의
> 문을 지나 들어가니 조종전(朝宗殿)이라는 전이 나왔는데, 그 모습이 대
> 단히 크고 화려했다. 기둥은 황금으로 되어 있었고 주춧돌은 푸른 옥이었
> 다. 가운데에 백옥으로 만든 탑상(榻床)이 놓여 있었다. 좌우에는 둥근
> 옥과 네모난 옥으로 만든 주렴이 차르륵 차르륵 바람에 부딪혀 소리를
> 냈고, 예쁜 수가 놓인 비단 휘장이 바람에 가볍게 나부끼고 있었다. 아득
> 히 마치 황제가 거처하는 곳 같았다. 전 동쪽에 작은 문이 있었다. 문으로
> 들어가니 별각(別閣)이 있었는데, 이른바 청령각(淸泠閣)이었다. 아홉 종
> 류의 유리로 장식되어 있었는데 영롱하면서도 상쾌한 느낌을 주었다. 그
> 안에 사람들의 모습은 맑고 깨끗한 것이 마치 거울 속에 있는 것 같았다.
> 알자가 최생을 이끌고 가서 섬돌 아래 서니 여전자(艫傳者)가 말하였
> 다. "섬돌 아래로 올라와 알현하도록 하십시오." 알자가 생을 이끌어 섬돌
> 위로 오르게 했다. 바야흐로 동쪽 평상에 앉아 있는 왕이 보였다. 능허관
> (凌虛冠)을 쓰고 통천대(通天帶)를 두르고 청색포(靑色袍)를 입고 있었는
> 데, 모두 운기(雲氣)로 수놓은 것이었다. 용의 수염에 콧마루가 우뚝하고
> 몸집이 아주 컸으며 눈빛이 번쩍번쩍 하였다. 최생은 자기도 모르게 뒷걸
> 음질 하였다.[16]

알자(謁者)의 안내를 받아 용궁에 들어가는 최생의 모습과 그의 눈
에 비친 용궁이 그려졌다. 최생의 당당한 모습과 함께 용궁의 장려(壯
麗)한 형상이 자세히 묘사되어 있다. 다섯 개의 문을 지나서 비로소
도달한 조종전(朝宗殿)과 그 동쪽에 문으로 통하는 청령각(淸泠閣)의
건물 배치, 금, 옥, 비단으로 장식된 조종전과 유리로 장식된 청령각,
그리고 그런 건물이 조성해내는 황제의 거처일 것 같다는 생각이나
상쾌한 기분 등을 세세하게 기술하고 있다.

구체적 묘사와 그로 인하여 얻게 되는 느낌은 용궁으로서의 환상
적 공간이라기보다는 실제하는 공간이란 생각이 들게 하기에 충분하
다. 공간 묘사를 통해 그 공간의 실재성에 대한 믿음을 형성케 한
것이다. 더욱이 용왕의 모습은 그가 실재하지 않는 허구적 존재라거
나 환상적인 존재라는 느낌을 주지 않고 있다. 능허관, 통천대, 청색
포의 복색과 용의 수염에 우뚝한 콧마루 그리고 장대한 몸집에 빛나
는 눈빛 등에 대해 묘사는 물론이고, 그에 따른 최생의 반응을 세세하
게 기술함으로써 장려한 실재감을 획득했다. 이처럼 묘사를 따라 대
상을 그리다 보면, 용왕은 결코 허구적이고 환상적인 존재가 아닌 실
재하는 존재로 여겨진다.

요컨대 〈최생우진기〉에 형상화된 용궁 세계와 그 세계로의 진입
은 신비한 불가지의 세계로의 진입이면서도 실재하는 세계 그런 세

---

16 生軒眉聳袂 闊步而進 入五重門 有殿曰朝宗殿 制極宏麗 柱以黃金 礎以蒼碧 中設白
玉榻 左右珠璣瑟瑟 錦繡繽飄邈 若帝所焉 殿之東 有便門 入門則有別閣 所謂淸泠者
也 飾以九種琉璃玲瓏颯爽其中人狀 晶瑩洒落 如在鏡裏 謁者引生立于階下 臚傳者
曰 可上階謁 謁者又引而上階 方見王坐東床 冠凌虛之冠 帶通天之帶 御靑色袍 皆繡
以雲氣 虬鬚隆準 狀貌環偉 眼光燁燁 生不覺反走. 〈최생우진기〉, 60~61쪽.

계로의 진입처럼 형상화되어 있다. 허구일 수 있지만 진실된 세계로 받아들일 수 있도록 서술한 것이다.

2) 진가(眞假)가 뒤섞인 액자

〈최생우진기〉는 액자식 구성 방식을 취하고 있다. 액자는 최생의 용궁 체험을 중심에 두고, 두타산 용추동의 지정학적 위치와 최생과 증공에 대한 소개가 이루어지는 서두 부분과 부지소종(不知所從)한 최생과 무주암에 살면서 최생의 경험을 사람들에게 들려주는 증공의 삶에 대한 기술이 나타나는 종결 부분으로 이루어졌다.[17] 이런 점에서 보면 〈최생우진기〉 서사의 핵심은 최생의 용궁 체험이며, 액자는 아무런 의미가 없는 장치에 불과한 것처럼 보인다. 용궁 세계에서 벌어지는 최생과 용왕, 세 신선과의 대화나 시연(詩宴)이 형성해내는 도선 세계의 특징과 그것이 우의하는 현실에 대한 성찰이 중요한 의미를 가질 수 있다.

그렇지만 액자에만 등장하는 증공이란 인물의 정체성과 그의 작품 내적 기능 등은 "이야기와 독자의 거리 문제"에서[18] 중요한 의미를 지닌다. 〈최생우진기〉에서의 최생이 경험한 것은 그 자신에게는 "진실한 것이지만 세계 일반 원리로 용인되는 것은 아닌"[19] 상황을 만들어낸다. 실제로 '최생의 진실한 세계 경험의 기록[崔生遇眞記]'은 그 진실성이 끊임없이 의심받도록 설계되어 있다. 노련한 작가의 의도대로

---

17 김근태, 「초기 서사유형의 모색 과정과 기재기이」, 『열상고전연구』 6, 열상고전연구회, 1993, 294~295쪽.
18 김근태, 위의 논문, 294쪽.
19 김근태, 위의 논문, 297쪽.

라면 용추동이라는 미지(未知)의 신비한 세계는 그 실체를 가지지 못
한 허구의 세계일 수밖에 없도록 설계되어 있다. 그것은 서로 연쇄된
다음과 같은 제반 사실에서 그러하다.

먼저, 증공에 대한 신뢰의 부재, 허구적으로 설정된 인물의 가능
성이다. 최근 일련의 연구자들은 증공(證空)이 믿을 수 없는 인물, 도
무지 신뢰할 수 없는 거짓말쟁이라는 점을 누차 지적하고 있다. 이것
은 이야기 전승 과정에서 역할을 감안한 의도적 작명,[20] 이야기의 허
구성을 드러내는 수법,[21] 선계 체험의 진가(眞假)를 구분할 수 없게
만듦으로써 다양한 의미 해석의 여지를 제공하고 현실 비판의 혐의
를 차단하려는 의도의 반영일 수도[22] 있다. 그러나 분명한 사실은 증
공이란 명명은 "없는 것, 그 실체 없는 것[空]을 증언한다는[證]" 뜻의
이름이며, 실제로 그는 대다수의 동료들에게 그 언행(言行)의 진실성
을 의심 받는 인물이다.[23] 심지어 증공은 동료들에게 최생 살해자로
의심받기도 했다. 나아가 증공은 용궁 체험을 절대로 누설하지 말라

---

20 김근태, 위의 논문, 295쪽.
21 이경규, 앞의 논문, 57~67쪽.
22 엄기영, 앞의 책, 165~166쪽.
23 증공이 거짓으로 대답하기를, "세속의 선비가 풍정을 다스리지 못해 산 아래를
왕래하다가 창가에 이끌려 들어가 못 오는 것 같습니다." 하고 인하여 재사에 들어
가 두려운 마음으로 밤새워 염불만 올렸다. 그렇게 시간이 흘러 절의 스님들은
모두 증공이 최생을 떠밀어 죽였다고 의심하였다. 그리하여 최생의 집에서 와서
찾지 않은 지도 이미 여러 달이 되었다. …(중략)… "그대는 너무 오랜만에 돌아오
셨는데, 묻건대 어느 곳에서 지내다 오셨는지요? 우리들은 증공 선사를 의심했었
습니다. 사람이 어찌 이렇듯 깜깜 무소식일 수 있습니까." 空詭答曰 俗生不裁風情
往來山下 定被倡家牽挽也 因投齋舍 將空將懼 徹夜念佛而已 久之 寺之僧 皆疑空擠
殺生 而生之家 亦不來尋者 已數月矣 …(중략)… 子之還 差然乖久 敢問何方之遊 吾
輩皆疑空師 人固有是黜黜乎. 〈최생우진기〉, 54~55쪽.

고 당부했던 최생의 다짐도 저버리고 기회가 있을 때마다 그 일에
대해 떠벌이는(多說此事云)[24] 인물이다. 더구나 그가 사는 곳은 '무주
암(無住菴)'이다. 무주암이란 암자명은 무주(無住)가 진주처(眞住處)라
는 불교의 가르침, 주(住)가 없는 것이 진(眞)임을 고려한 명명처럼
보인다. 그러나 암자의 이름만으로 보면, "아무도 살지 않는 암자"이
다. 증공은 사람이 살지 않는 암자에 사는 사람이며, 거짓을 증언하
는 사람인 것이다.

이처럼 증공(證空)이나 무주암이란 뜻이 자성(自性)의 부재(不在),
상(常)의 실재가 없음을 의미한다는 점에서 불교적 의미를 따른 법명
(法名), 건물의 이름으로 이해할 수 있다. 하지만 증공이나 무주암이
단순히 일반적인 설정이 아닌 것만은 분명하다. 증공과 무주암이란
이름은 불교적 관점에서는 선적(禪的) 의미를 담은 명명처럼 보이나,
지시적이고 일차적인 의미로는 '거짓말하는 사람'이나 '아무도 살지
않는 암자'란 뜻을 지니기 때문이다. 요컨대 증공이란 법명이나 무주
암이란 암자명은 그 존재 자체가 표리부동(表裏不同)의 이중적 의미
를 지닌 명명인 셈이다. 증공, 무주암이란 이름은 작가의 숨은 의도가
내재하는 작명일 가능성이 충분하다.

그런데 증공에 대한 신뢰의 부재는 최생의 용궁 체험을 서술하는
시점과도 관계를 맺고 있다. 최생의 용궁 체험의 내용은 증공에 의해
서 전달되기 때문에 증공을 믿을 수 없게 될 경우, 그가 전달하는
최생의 용궁 체험도 믿을 수 없게 된다. 이를 인칭에 대한 서술자의
시점과 연계해서 보면 더욱 분명하다.

---

24 〈최생우진기〉, 77쪽.

최생이 잔뜩 찡그리며 말하였다. "이것은 참 곤란하오. 내 마땅히 그대를 위해 숨기지 않을 테니 그대는 나를 위해 누설하지 않겠는지요?" 증공이 머리를 조아리며 말하였다. "그러지 않겠네." 최생은 그제서야 이야기를 시작하였다. 최생이 처음 아래로 떨어질 때 어지러워 취한 듯 꿈을 꾸는 듯하며 두 귀에 바람소리만 들릴 뿐이었다. 계속 아래로 떨어지다가 바닥에 닿았는데 멍하니 정신이 없었다.[25]

〈최생우진기〉는 3인칭 시점에 의해 서술된다. 그리고 증공과 최생이 발화자로 직접 나타나게 되면, '我', '吾'와 같은 1인칭 화자가 등장한다. 당연한 인칭 방식이다. 그리고 이것은 작품의 시작 부분에서부터 지켜진 바다. 그런데, 막상 용궁 체험이 시작되는 부분에 이르면 이와 같은 원칙이 지켜지지 않는다. 최생이 경험한 바가 1인칭 화자인 최생에 의해 전달되는 것이 아니라, 증공에 의해서 간접 전달된다. "최생은 그제야 기꺼이 이야기를 하였다.[生方且肯言]"라고 함으로써 최생 자신에 의해 용궁 체험이 고백될 것처럼 서술된다. 하지만 정작 최생의 용궁 체험이 본격적으로 진술되는 부분에서는 여전히, "최생이 처음 아래로 떨어질 때[生之始墜下也]"라고 하여, 1인칭 화자로서 최생은 등장하지 않는다. 최생은 사라지고 이야기를 듣는 증공만 남아 최생의 용궁 체험을 전달하는 방식을 취하고 있다. 이는 최생의 용궁 체험이 오롯하게 증공에 의해서만 구술되었음을 의미한다.

이와 같은 3인칭 서술자에 의한 경험 진술을 결말 부분의 "증공은

---

25 生深矉蹙頻曰 此極難矣 我當爲若無隱 若能爲我無洩乎 空扣頭曰 不敢 生方且肯言 生之始墜下也 怳然若醉若夢 但覺兩耳風鳴 冉冉而下到底 茫然無省. 〈최생우진기〉, 56~57쪽.

무주암에 늙도록 거처하며 이 일을 자주 이야기하였다"라는[26] 서술과
관련지어 보면, 용궁 체험의 이야기가 증공에 의해 이루어진 것임이
분명하다. 경험의 주체인 최생은 사라지고 그 대리인, 전달자만 남아
있는 셈이다. 그런데 더욱 이상한 것은 용궁 체험에 대한 진술이 끝나
는 부분에서 최생이 불쑥 다시 등장한다는 사실이다.

> 옆에 있던 이가 최생에게 말하였다. "여기를 잡고 눈을 잠깐 감고 있으
> 면 도착할 것입니다." 최생이 그 말대로 하였다. 시간이 지나 학이 땅에
> 닿은 것 같아서 눈을 떠 보니 암자 뜰이었다. "나는 이 일이 하루 걸렸다고
> 생각하는데 벌써 몇 개월이 지났다니? 안타까운 것은 선사와 같이 무지개
> 말과 구름수레를 타고 십주삼도(十洲三島)를 노닐지 못한다는 것이오."[27]

최생은 학을 타고 용궁 세계를 벗어나 무주암에 이른다. 그런데
용궁 세계에서 벗어나 무주암 뜰에 내리자마자 최생은 증공 앞에 그
본래의 모습을 다시 드러낸다. 증공을 통해서만 자신의 경험을 고백
했던 제3자 "최생"이 1인칭 주체인 "나"가 되어 스스로의 경험에 대한
소회를 고백한다. 이것을 두고 "逆時間의 기법"에 의한 서술 시점의
변화나[28] "소설적 흥미의 고조"를[29] 유발하는 것으로 치부할 수는 없
다. 엄밀히 말하면, 이것은 서술 시점의 파탄이기 때문이다. 그러나

---

26 證空老居無住菴 多說此事云. 〈최생우진기〉, 77쪽.
27 傍有人謂生曰 "可控此閉目 須臾則歸矣 生如其言 來逾時 鶴若集于地 開視 則乃寺
    之庭也 吾謂此只一日之內也 今已數月乎 所可恨者 不得與師同乘霓馬雲車 遊戲十
    洲三島間爾. 〈최생우진기〉, 76~77쪽.
28 소재영, 앞의 책, 60쪽.
29 신재홍, 앞의 책, 88쪽.

작가가 글자 하나의 선택이나 운(韻), 자구의 배치 등과 같은 점까지 세심하게 고려했던 것을 생각해보면 이것이 단순한 작가의 실수라고 보기에도 이상하다. 오히려 "서술의 시점에 있어 최생이 아닌 증공의 시점을 택"함으로써 "최생의 환상적 경험이 현실의 관점에서 의혹이 일어나고 해석이 구구하게 되는 효과"가[30] 발생하는 것으로 이해해야 할 것이다.

〈최생우진기〉의 시점을 믿을 수 없는 화자 증공과 연관시키면, "최생의 용궁 체험담이 증공이 만들어낸 거짓말일 가능성조차 없지 않다."는[31] 지적도 충분히 타당하다. 요컨대 3인칭 시점의 유지, 최생의 용궁 체험이 증공에 의해 전달되는 것 등은 예리한 독자의 눈을 기대하는 작가의 의도에 따른 것일 수도 있다. 무엇이 진실인지가 직접적으로 제시되지 않은 채, 그 의미를 잘 새길 때 비로소 드러나도록 설계되어 있다.

3) 보여주기와 말하기의 불일치

표리가 부동한 서사 전략, 진가(眞假)의 혼란을 부추기는 서사기법은 〈최생우진기〉에 또다른 형태로도 존재한다. 이른바 보여주기와 말하기의 불일치이다. 이를 용왕과 동선(洞仙)의 발화를 통해 구체적으로 확인해보자. 먼저 최생 시에 대한 용왕의 발화와 관련된 부분을 보자.

---

30 신재홍, 위의 책, 87쪽.
31 엄태식, 앞의 논문, 37~39쪽.

태극(太極)이 동(動)과 정(靜)을 머금어 음양(陰陽)으로 나뉘어 펼쳐지니
양(陽)에 근본하여 정(靜)이 생겨 정(靜) 속에는 마땅히 양(陽)이 있네.
물은 천수(天數)의 하나이고 용은 물 가운데 왕이라
우뚝하게 솟아 있는 조종전(朝宗殿) 오랜 세월 깊은 곳에 자리했네.
… (중략) …
괘를 그린 복희를 우러르고 관명(官名)을 지은 황제를 배알하라.
구년 홍수를 당한 요(堯)와 칠년 가뭄을 겪은 탕(湯)은
모든 것 상제의 명(命)을 공경하여 하나하나 백성을 위했던 것이네.
만억년 지난 지금까지도 양덕(陽德)이 오래도록 창성하네.
아, 나는 어리석은 자질에 진흙탕을 벗어나려는 바람으로
늘 생각하기를, 풍운에 맡겨 자유로이 멀리 날아가려 했더니
우연히 진원(眞源)을 한번 엿보다가 천길 벼랑 날아 떨어졌네.
…(중략)…
원하나니 이 모임 좇아 대방(大方)에 나가 깨끗이 지내고 싶어라.
봉래(蓬萊)와 단구(丹丘)는 수선(水仙)과 천선(天仙)의 고향
왕이 앞서고 내가 뒤따라 세 신선과 함께 나란히 하기를
온 세상을 떠돌며 바다가 뽕밭이 되는 것을 보고 싶어라.
돌아가 하루살이 같은 삶 위로하려니 겪어온 세상 어찌 이리 아득한가.
피리 들고 학을 부려 대낮에 옥황을 찾아뵈리라.[32]

용왕은 오늘의 모임에는 유(儒)·석(釋)·도(道)·선(仙)이 함께 했으
니, 마땅히 유가(儒家)가 문사(文士)의 풍(風)을 드러내 보여야 한다며

---

32 太極含動靜 陰陽互分張 根陽旣生靜 靜裏宜有陽 水是天之一 龍爲物中王 峇嶬朝宗
殿 萬古深處藏 …(중략)… 畫卦仰聖羲 名官稽帝黃 九年水唐堯 七載旱商湯 無非恭
帝命 一一爲黔蒼 於萬億斯年 陽德久彌昌 嗟余蠢蠕資 迥隔泥塗望 常懷致風雲 脫身
參翱翔 眞源偶一窺 飛下千仞岡 …(중략)… 願言從此會 高蹈出大方 蓬萊與丹丘 水
僊天僊鄕 王前我後後 三僊同在傍 浮遊十千界 眼見波成桑 歸來吊蜉蝣 閱世何茫茫
笙蕭擁鶴馭 白日朝玉皇.〈최생우진기〉, 65~67쪽.

최생에게 시(詩)를 요청을 한다. 이에 최생은 〈용궁회진시(龍宮會眞詩)〉 30운(韻)을 지어 올린다. 최생은 태극의 동정(動靜), 음양(陰陽)에서 비롯된 우주의 시작을 언급한다. 그리고 물속에 자리하고 있는 용왕이 '정(靜) 속에 있는 양(陽)'[☶]을 의미하며, 물속 깊은 조종전에 자리하고 있다고 말한다. 우주적 시원과 용왕의 존재적 의미에 대한 언급을 『주역』을 통해 밝히는 것으로 시를 시작했다. 이어 용왕의 권능과 용궁의 굉걸(宏傑)함을 말하고, 용왕의 덕이 길이 창성할 것임을 찬송한다. 용왕에 대한 칭송은 구년 홍수와 칠년 가뭄으로 표현된다. 이것은 비를 주관하는 용왕의 권능을 예시하는데 가장 적합하기 때문이다. 이후 최생은 자신이 신령스러운 모임에 참여하게 된 영광과 선계에 머물게 되기를 희구하는 마음을 드러내는 것으로 시를 마무리한다. 용궁 세계의 찬양과 신선되기를 희망한다는 것이 최생 시의 핵심이라 하겠다. 유가의 선비로서 선계를 동경하던 최생의 마음이 시에서 그대로 드러났다.

그런데 최생의 〈용궁회진시〉에서 용왕이 주목한 것은 이와 다르다. 용왕은 최생을 이치에 통달한 자로 칭송하면서 그 근거로, "구년 홍수를 당한 요(堯)와 칠년 가뭄을 겪은 탕(湯)"에 대한 최생의 언급을 꼭 집어 말한다. 용왕은 이 구절을 거듭 음미[王再吟九年水七載旱之句]하며, "홍수나 가뭄을 하늘의 운수로만 여기고 사람이 해야 할 일을 잘 처리하지 않는다면, 요나 탕이 어찌 훌륭하다고 하겠"느냐고 한다. "홍수나 가뭄을 천수(天數)"로 돌리는 태도를 부정하고, 임금의 "가르침이 훌륭하고 밝을 때는 양기가 커지고 음기가 어그러지"며 "어리석고 사리를 분간하지 못 할 때는 물이 마르고 산이 무너지는 것임"을 "권면"하고 "경계"한 것이라고 말한다.[33] 그런데 이와 같은 용왕의 지적은 온통 유가의 삶의 태도와 세계 인식과 관련된다. 용왕의 말은 운명을 탓하거나 현실을 버리고 선계와 같은 이상 세계로 나가는 삶의 태도나 지향을 부정하고, 사람이 해야 할 일을 잘 처리해야 함을 강조한 것이다. 유생(儒生)인 최생은 선계(仙界)를 찬미하고 그 세계로의 지향하는 것을 말했는데, 신선 세계의 존재인 용왕은 그 시에서 유독 유가의 가치 지향을 거론해 가며 말한다. 최생 시의 요지와 최생 시에서 유가의 가치 태도를 찾아 말하는 용왕의 발언이 서로 어긋나 있다.

이런 점에서 〈최생우진기〉에는 겉으로 보여지는 것과 선계의 인물이 말하는 것 사이의 거리가 확연하게 드러난다. 이것은 동선(洞仙)이 최생에게 당부하는 말에서도 명확하게 나타난다.

동선(洞仙)이 말하였다. "자네는 신선을 구할 수 있다고 여기는가? 사람은 모두 요순(堯舜)이 될 수는 있으나, 모두가 신선이 얻어 될 수는 없다네. 진시황(秦始皇)은 서복(徐福)을, 한무제(漢武帝)는 안기생(安期生)과 동복(童僕)들을 보내 (선약을) 찾았지. 진시황과 한무제의 웅걸(雄傑)함으로 될 수 있는 요순(堯舜)은 배우지 않고, 얻기 어려운 신선을 구하려 했으니 그저 천하만 어지럽게 하고 만세의 웃음거리가 되었다네. 비록 (그들의) 시호(諡號)가 포정(暴政)이나 우철(愚徹)이라고 해도 가할 것이지. 세상에 신선의 인연이 없으면서 선약을 먹는 사람은 다만 자신의

33 王再吟九年水七載旱之句 謂洞仙曰 崔生可謂達理者 非耶 世儒有謵其君者 多以水旱委諸天數 如以水旱爲天數 而不修人事 則何貴乎堯湯 堯湯能禦水旱 則何患乎天數 故治敎休明 而有元陽愆陰者 是以堯湯勉之 作爲暗昧 而有水渴山崩者 是以幽厲戒之 皆出於帝心之仁愛 而寡德之所寅亮也 時君不察 乃絶于天 可不謂大哀歟 自世敎衰 道德微 圖書之秘久矣 二五之應 惡得若乎 則民之生憫矣. 〈최생우진기〉, 67~69쪽.

목숨을 재촉할 뿐이라네."[34]

동선(洞仙)은 "최생이 자손 항렬이고 신선이 될 성싶은 자질이 있"
음을[35] 말하며, 연년(延年)의 선약(仙藥)을 준다. 최생이 선계에 오를
수 있도록 도움을 준 것이다. 그러자 최생은 증공과 자신의 관계를
밝히며, 함께 선계에 오르기로 했던 이전의 약속을 말한다. 그리고
증공을 위한 선약을 청한다. 이에 대해 동선은, 증공은 선연(仙緣)이
없으며 선연이 없는 증공이 약을 복용하면 그저 목숨을 재촉할 뿐이
라고 말한다.

그런데 최생에게 이와 같은 말을 하는 동선의 논리가 이채(異彩)롭
다. 동선은 "사람은 모두가 요순이 될 수 있"[人皆可以爲堯舜]지만 "모
두가 신선이 얻어 될 수는 없다.[不可皆得爲神仙]"고 말한다. 동선의 이
런 주장에서 요순이 되는 것과 신선이 되는 것의 차이가 분명하게
드러난다. 그것은 '누구나 될 수 있는 요순과 누구도 쉽게 될 수 없는
신선'이라는 것, 즉 '자신이 노력하면 될[以爲] 수 있는 요순'과 '노력해
도 다른 신선에 의지하지 않고는 될 수 없는[不可皆得爲] 신선'이라는
점이다. 요순은 사람이라면 누구나 될 수 있지만, 신선은 인연이 없으
면 그 인물됨이나 사회적 지위가 아무리 높아도 될 수 없다는 말이다.

동선(洞仙)의 말이 신선의 존재를 높이기 위한 전략적 발언에 불과
할 수도 있다. 그러나 누구나 신선이 될 수 있는 것은 아니며, 누구나

---

34 洞仙曰 爾謂神仙可求歟 人皆可以爲堯舜 不可皆得爲神仙 秦皇徐福 漢武安期之僕
   僮 以秦皇漢武之雄傑 不學可爲之堯舜 欲求難得之神仙 徒煩天下 取笑萬世 雖謚爲
   暴政愚徹可也 世之無仙分 而服仙藥者 適足以促其壽也. 〈최생우진기〉, 75~76쪽.
35 崔生是我子孫行 而又有可做之資. 〈최생우진기〉, 72쪽.

선계의 연분이 있는 것도 아니라는 사실을 적시함으로써 선계에 들어가기가 얼마나 어려운지를 말한 것은 분명하다. 그런데 동선이 말한 바, 요순이 될 수 있다는 것의 의미는 적지 않다. 동선은, 성인(聖人)인 요순이 되도록 노력할 것이지 무엇 때문에 인연이 없는 신선을 지향하느냐는 뜻으로 말하였다. 가능한 요순과 불가능한 신선에서 지향할 바가 무엇인지를 분명히 하였다. 이것은 진시황과 한무제의 웅걸(雄傑)함까지 거론한 것에서 분명히 드러난다. 진시황이나 한무제조차 불가능했던 신선이 되고자 희망하는 것은, 결국은 자신을 망칠 것이라는 뜻이다. 진시황과 한무제의 시호를 포정(暴政)이나 우철(愚徹)이라고 할 수 있다는 것도 이런 의미 차원에서다. 사실 동선의 말은 신선의 세계가 존재하지 않는다는 것은 아니다. 신선의 세계는 분명 존재한다. 그리고 선연(仙緣)이 있다면 그 세계에 들어갈 수도 있다. 하지만 실질적으로는 아무리 노력해도 보통 사람은 신선이 되는 것이 사실상 불가능하다. 진시황이나 무제의 경우를 보면 분명하다. 반대로 선연(仙緣)이 있으면 굳이 애써 구하며 노력하지 않아도 신선이 될 수 있다. 신선이 신선의 길을 구하지 말고 요순을 구하라고 말하였다.

이처럼 〈최생우진기〉의 서사 진행에는 보여주기와 말하기의 불일치가 드러난다. 동선은 선계의 연분과 자질을 갖춘 자신의 후손 최생을 통해 신선의 세계가 존재함을 보여준다. 하지만 또다른 편에서 신선이 되는 것은 요순과 같은 성인이 되는 것보다 어려운 일이니 허황된 생각에 빠져 자신을 망치지 말라고도 한다. 이는 애써 구해야 할 요순은 버리고 구하지 않아도 인연이 있으면 저절로 얻어 이룰 수 있는 신선만 찾는 사람들을 질타한 것이다. 용왕과 네 신선, 최생을 통해 선계와 신선을 진짜인 것처럼 보여주면서, 용왕과 동선의 말을 통해 선계 지향이 실제로는 허황된 것임을 말하고 있다.

이렇게 이중적 글쓰기란 측면에서 보면, 〈최생우진기〉 시작 부분도 달리 해석될 여지가 충분하다. 〈최생우진기〉의 시작은 두타산의 높이, 용추의 깊이, 학소의 유래 등과 같은 용추동 주변 경관에 대해 "알 수 없다[未知]"라고 말한 후, "어떤 사람[或]"이라 불확정(不確定)하고, 그렇기에 그것이 "진[眞]"이지만 실제로는 "아무도 없다.[莫有]"라는 식으로 진행된다. "알 수 없어" 설왕설래하며 진짜라고 여겼지만 실제로는 직접 경험한 이는 아무도 없다는 논리이다. 용왕과 동선이 보여준 바의 이중적 양상과 흡사하다. 선계는 진짜 있으나 알 수 없고 오를 수 없는 공간이다. 반면 유가의 삶은 믿고 노력하면 누구나 완전한 인격체가 될 수 있다. 진가의 혼란이라는 이중적 의미 지향이 가리키는 바가 분명해 보인다.

요컨대 〈최생우진기〉의 서사 독해 과정에는 의미의 혼란이 발생하게 된다. 작가의 공교로운 서사기법으로 인하여 진가(眞假)가 뒤섞여 버린다. 기껏 문예적 미감에 의한 "진실한 세계"에 대한 기대를 부풀려 놓고 넌지시 그 세계가 거짓일 수 있음을 말한다. 신뢰할 수 없는 화자 무주암의 증공에 의한 전언, 용궁 세계 내부에서 보여주는 바와 말하는 바의 어긋남 등이 모두 그러하다. 〈최생우진기〉의 서사는 끊임없이 그 진실한 세계를 의심하게 하거나 의미 없는 공간으로 회의하게 한다. 진가(眞假)가 뒤섞이면서 '진경(眞境)'은 실체 없는 것이고, '우진(遇眞)'은 불가능한 것으로 환원한다.

3. 기(奇)의 창출과 의미 지향

1) 한유(韓愈) 지향과 기변(奇變)

〈최생우진기〉의 서사 진행에는 작가의 의도된 장치가 교묘하게 산재한다. 작가는 '진(眞)'이 '가(假)'일 수 있거나 의미 없는 것일 수 있음을 다양한 방법으로 환기(喚起)시키고 있다. 그렇다면 이런 환기가 가진 의미, 이런 서사기법의 소종래는 무엇인가. 제목이나 실제 기술함에 있어서 '진(眞)'과 진경(眞境)을 말하면서도, 다른 한편으로는 그것이 거짓이거나 의미 없는 것일 수 있음을 드러낸 까닭은 무엇인가. 이와 관련해서 『기재기이』를 간행할 때, 신호(申濩)가 쓴 〈발(跋)〉을 보자.

경·사·자·집(經史子集) 이하로 말한다면 제해(齊諧)와 패관(稗官)이 그러한 것이다. 그러나 이러한 사람이나 이러한 책들은 단지 언어나 문자의 말단에만 힘을 쏟아 의리(義理)의 측면에서 살핀다면 공허하니 상론(尙論)하는 사대부들이 어찌 취할 만하겠는가.

『기재기이』 한 질은 곧 지금의 찬성사(贊成事) 기재(企齋) 상공(相公)께서 지으신 바다. 일찍이 먹과 붓을 놀리니, 기이(奇異)함에 뜻을 두지는 않았지만 저절로 기이하게 되었다. 그 지극함에 이르러서는 사람들을 기쁘게 하고 놀라게도 하여 세상의 모범됨이 있고 세상에 경계됨이 있다. 그런 까닭에 그 책이 민이(民彛)를 붙들어 세워 명교(名敎)에 공로가 있음이 한두 가지가 아니다. 저 대수롭지 않은 소설들과는 같은 급이라 말할 수 없으니 세상에 성행(盛行)하는 것이 진실된 바다.[36]

---

36 自古昔以來 不朽有三 立言其一也 下經史子集而言 若齊諧稗官是已 然而之人也之書也 徒能騁力於言語文字之末 顧於義理 空空焉. 尙論之士 烏足取哉 記異一帙 卽今贊

신호가 〈기재기이발〉에서 말한 내용은 〈최생우진기〉에만 해당되는 것이 아니다. 『기재기이』 전체에 해당된다. 또한 신광한의 문인으로서 『기재기이』 간행의 발문에 부정적인 평가를 담을 수도 없었을 것이다. 이런 점에서 신호의 평을 액면 그대로 받아들일 수는 없다. 일반적인 발문에서 충분히 말할 수 있는 격식적 표현일 수 있기 때문이다. 그렇지만 신호의 글이 〈최생우진기〉 이해에 일정한 방향을 제시하는 것은 분명하다.

〈기재기이발〉에서 주목되는 바는, 『기재기이』가 "문자로 유희한 것"이고 "저절로 기이하게 되었"다는 점이다. 문자 유희는 자칫 오해를 사기에 충분한 표현이고, 저절로 기이(奇異)하게 되었다는 것 역시 범용하게 보아 넘길 수 있는 말은 아니다. 이는 『기재기이』에 문예적인 측면에서의 희필성과 기변(奇變)이 존재함을 지적한 것이기 때문이다. 사실 〈최생우진기〉는 다양한 형식적 기교를 활용하여 문예미를 드러낸 작품이다.

먼저 전고(典故)의 활용이란 측면에서 보면, 〈최생우진기〉에는 『진서(晉書)』 〈곽박열전(郭璞列傳)〉에 나타난 곽공(郭公)의 〈청낭중서(靑囊中書)〉, 『사기(史記)』의 「악서(樂書)」나 「골계전(滑稽傳)」 그리고 〈공자세가(孔子世家)〉, 『시경』의 「왕풍(王風)」, 『서경(書經)』의 「대우모(大禹謨)」와 「주서(周書)」, 「목서(牧書)」, 『주역』의 「계사(繫辭)」, 『예기(禮記)』의 「유행(儒行)」, 『중용(中庸)』, 『성리대전(性理大全)』의 〈태극도설

成事 企齋相公所著也. 嘗游戱翰墨 無意於奇 而自不能不奇 及其至也 使人喜 使人愕 有可以範世 有可以警世 其所以扶樹民彝 有功於名敎者 不一再 彼尋常小說 不可同年以語 則盛行於世固也. 신호(申濩), 〈기재기이발(企齋奇異跋)〉, 소재영, 앞의 책, 99~100쪽.

(太極圖說)〉, 『장자(莊子)』의 〈전자방(田子方)〉과 〈양왕(讓王)〉, 『수신후기(搜神後記)』 등이 언급되거나 인용되고 있음을 볼 수 있다. 실로 다양한 전고(典故)가 다양한 종류의 서적에서 활용되었다.

또한 대우(對偶) 및 구(句)의 활용이란 측면에서 보면, 3언, 4언, 6언의 대구(對句)로 이어지는 안정된 호흡의 정련 구조, 급변하는 상황에 맞춰 글자의 수를 조절하는 돈구(頓句)의 수법도 적절하게 활용하였다. 특히 상황을 잘 드러내기 위해서 글자의 수를 변화시켜 가며 안배하고, 대우(對偶)의 기법을 활용하여 대칭적이고 안정된 문장을 지향했으며 율격성을 지닌 서사 기술이 가능토록 하였다. 그리고 이와 같은 구의 적절한 활용에서 운(韻)의 조화나 글자의 선택을 효과적으로 함으로써 문장 구사 능력의 원숙성을 보였다. 여기에 〈문명가(文命歌)〉, 〈용궁회진시(龍宮會眞詩)〉 30운(韻), 율시(律詩) 삼십 운(韻), 칠언율시(七言律詩) 등도 적절하게 제시하여 문예미를 각별히 즐길 수 있도록 하였다.

그런데 이같은 〈최생우진기〉의 문예적 성격만으로 〈기재기이발〉에서 말한 '유희한묵(游戱翰墨)'을 온전히 설명할 수 없다. 더욱이 문예적 희필은 기변(奇變)과도 관련된다. 문예적 희필의 성향이 없으면, 제대로 된 기변도 없으며 기변이 없으면 문예적 희필이라 할 수도 없다. 사실 〈최생우진기〉의 희필적 면모는 기변에서 드러나며, 그것은 기왕의 연구에서 "중의적 지향"과 패러디로[37] 요약되는 서사구성

---

37 〈최생우진기〉의 패러디 양상에 대해서는 엄기영의 논의를 일정부분 참조할 수 있다. 특히 인물 형상의 측면에서 『논어』의 공야장(公冶長)과 자로(子路), 『장자』의 도척(盜跖)의 이미지를 차용하여 독자의 흥미를 제고했음을 밝혔다. 엄기영, 앞의 책, 118~128쪽.

방식이기도 하다.

〈최생우진기〉의 서사 핵심은 용궁 세계에 있다. 그리고 그 세계는 늘상 '진(眞)'으로 수식된다. 최생이 경험한 바는 '우진(遇眞)', '용추동'은 '진경(眞境)', 용추동에 사는 존재는 진인(眞人), 용궁 세계의 모임은 '회진(會眞)', 용궁 세계는 '진원(眞源)'으로 표현된다. 그러나 실제로는 그것은 '미지(未知)'와 '혹(或)', '막유(莫有)'로 지칭되는 불가지의 공간이며, 공(空)한 것임을 증언하는 이의 발화에 의존하는 회의와 의심의 공간이다. 표면과 이면, 제목과 내용의 불일치가 보이는 부조리(不條理)를 보인다. 〈최생우진기〉의 이런 특징이 바로 문예적 희필에 해당되며, 이것이 기변(奇變)이다. 표면과 이면의 불일치와 부조화, 제목과 내용의 불일치를 통해 작가 자신의 의도를 효과적으로 전달하였다. 일상적 서사 진행, 누구나 예측하는 안온한 서사 방식에 예측하기 어려운 변화를 통해 특정한 의도를 내재시킨 것이다.

이렇게 문예에 주목하도록 하면서 다른 한편으로 불현듯 내재한 의도에 직면하도록 글을 쓰는 것이 기변이다. 다만 이런 기변의 활용이 신광한만의 독자적 글쓰기 방식은 아니다.

> 무릇 온갖 사물 중에서 아침저녁으로 늘 보는 것은 사람들이 모두들 주의 깊게 살피지 않습니다만, 그 중에서 기이한 것을 보게 되면 함께 살펴보고 말들을 합니다. 문장인들 어찌 이와 다르겠습니까? … (중략)… 그대 집안의 온갖 기물(器物)은 모두 필요로 하여 쓰이는 데가 있지만 그중에서 보배로 아끼는 것은 반드시 평범한 물건이 아닙니다. 일반적으로 말해서 군자가 문장을 대하는 것도 어찌 이와 다르겠습니까?[38]

한유(韓愈; 768~824)는 문장의 창작에 있어, 그것이 후세에 남겨지기 위해서는 기이(奇異)해야 한다고 했다. 일상적인 것은 남들의 주목을 이끌지 못하며, 남들이 깊이 살펴보고 함께 말을 할 수 있도록 하기 위해서는 비일상적이어야 한다. 시속(時俗)의 평범함을 뒤쫓지 말고 기이함을 창출할 수 있어야 한다는 것이다. 이런 기이함은 자구(字句)의 천편일률적임을 지양하고 예측 불허의 변화를 의미하는 것일 뿐만 아니라, 내용과 구상에 이르기까지 일반적 예측의 범주에 머물지 않아야 함을 의미한다.

〈최생우진기〉에는 한유의 산문에서 나타나는 기이(奇異)의 추구가 그대로 나타난다. 제목과 내용의 불일치, 외부 액자에 의한 내부 내용의 신뢰성 소거, 용왕과 동선의 존재와 발화의 불일치 등은 모두 한유가 말한 기변에 해당된다. 이른바 〈최생우진기〉는 기변을 통해 독자 스스로 용궁 세계의 실체에 대해 회의하고 성찰하게 한 것이다. 일상적이고 습관적인 독서의 틀에서 벗어나 스스로의 시각과 방법으로 진(眞)으로 묘사된 세계를 회의하고 반성하게 한다. 일상적 인식과 다른 접근 방식인 부조화와 불일치, 부조리를 통해서 일상적 인식의 한계를 넘어설 수 있도록 했다.

그렇다면 신광한은 한유의 글쓰기를 어떻게 여겼던 것일까. 신광한의 한유 글쓰기 지향과 관련하여 조사수(趙士秀)의 〈문간공행장(文間公行狀)〉을 보자.

---

38 夫百物朝夕所見者 人皆不注視也 及睍其異者 則共觀而言之 夫文豈異於是乎 夫文豈異於是乎 …(中略)… 足下家中百物 皆賴而用也 然其所珍愛者 必非常物 夫君子之於文 豈異於是乎. 한유(韓愈), 〈답유정부서(答劉正夫書)〉, 이종한 옮김, 『한유산문역주 2』, 소명출판, 2012, 235~236쪽.

글을 지을 때는 반드시 한유(韓愈)와 맹자(孟子)를 모범(模範)으로 삼
아 만경의 큰 물결이 일렁이듯 작은 물결이 쓸어내리 듯 하였으니 기이(奇
異)를 구하지 않았으나 저절로 기변(奇變)을 이루었다. 일찍이 삼소(三蘇)
의 글을 읽고 그 학술이 바르지 않음을 안 후로는 그것이 그 잊혀 지지
않는 것을 후회하였다.[39]

조사수가 이해한 신광한의 산문적 특징을 간명하게 평한 것이다.
조사수는 신광한이 문장의 전범을 맹자에서 비롯하여 한유에서 찾았
으며, 삼소(三蘇; 蘇洵, 蘇軾, 蘇轍)의 문장은 그 학문적 그릇됨으로 인
하여 깊이 배척하였다고 적고 있다. 맹자 글의 도도하면서도 논리적
이고 치밀함을 지닌 것과, 한유의 풍부한 전고와 매끄러우면서도 변
화무쌍한 기변을 염두에 둔 것이다. 더욱이 한유는 맹자를 추숭하고
재도론적(載道論的) 문장관을 지향했으며 불교를 배척했다. 이런 점에
서 신광한이, 자유분방하면서 친불적 면모도 다분한 삼소(三蘇)의 문
장를 배척하고 한유를 존숭한 것은 새삼스러울 바가 없다. 삼소를
두고 학술이 바르지 않아 버리고자 했음을 말한 것도 이때문이다.
이처럼 신광한이 글을 지을 때 맹자와 한유를 모범으로 했기에,
맹자의 문장이 큰 물결처럼 웅걸하면서도 잔물결처럼 세심하다고 했
을 것이다. 더욱이 조사수는 신광한을 능문자(能文者)에 대한 일반적
칭송에 그치지 않았다. 그는 "기이(奇異)"와 관련된 내용을 특별히 주
목하여 지적했다. "기이를 구하지 않았으나 저절로 기변을 이룬" 것

---

39 爲文 必以韓孟爲範 汪汪如萬頃洪濤 淪漣蕩瀁 不求爲奇 而自能奇變 嘗讀三蘇文 知
學術不正 悔其不能忘. 조사수(趙士秀), 〈문간공행장(文簡公行狀)〉, 『기재집(企齋
集)』 권지십사(卷之十四)[부록(附錄)].

을 말하였다. 이는 신호가 〈기재기이발〉에서 『기재기이』의 특징으로
지적한 바와 방불하다. 이들은 『기재기이』의 특징과 일반적 산문의
특징을 각각 "無意於奇 而自不能不奇"와 "不求爲奇 而自能奇變"이라
고 했다. 신광한의 글, 기재기에는 한유가 지향한 바와 같은 기변(奇
變)이 존재했다고 추론할 수 있는 바다.

2) 기변(奇變)의 의미 지향

그렇다면 〈최생우진기〉에 기변을 통해서 작가가 전달하고자 했던
의도는 무엇인가. 여기서 가장 분명한 몇 가지 사실을 떠올릴 필요가
있다. 그것은 실록에 기록된 바, 신광한에 대한 사신(史臣)의 평이다.
신광한에 대한 사신의 평가는 "신광한은 유자(儒者)다."라는[40] 문장으
로 시작된다. 그러면서 사신은 신광한의 긍정적인 면만이 아니라 부
정적인 면도 신랄하게 지적한다.[41] 그럼에도 불구하고 사신이 신광한
에 대해 '유자'라는 말로 평가를 시작한 것은 그가 근본적으로 유자로
서의 삶의 태도와 가치를 지켰던 인물이었다고 판단했기 때문이다.
실제로 그는 육경(六經)에 근본을 두고, 성리학적 도맥(道脈)의 한 축
을 구성하는 북송(北宋) 육현(六賢) 중 소옹(邵雍)의 학문과 삶의 태도
를 치열하게 지향했다.

---

40 光漢 儒者也. 『명종실록』, 명종 6년(1551) 5월 15일.
41 다만 성질이 자못 오활하고 편벽되어 일을 처리하는 것이 중용(中庸)의 도(道)에
    맞지 않은 폐단이 있음을 면치 못하였고 관리로서 치적이 졸렬하였으며 일에 임해
    서는 망연(茫然)히 어찌할 바를 몰랐으니 이것이 그의 단점이었다.(但性頗迂僻
    處事未免有不中之弊 拙於吏治 臨事茫然 此其短也.) 『명종실록』, 명종 6년(1551)
    5월 15일.

신광한, 세상에서 그를 중시한 것이 이와 같았으니 <u>학문 연원은 육경(六經)</u>에 있었고, 『논어』, 『맹자』, 『중용』, 『대학』에 특히 정심(精深)하였다. 이치를 깨닫고 마음으로 얻어 높고 오묘한 경지에 홀로 나갔으니 원근 학자들이 모여들어 스승으로 존경하였다. 『역(易)』에 밝아 수를 헤아리는 것에 민첩하였는데, 일찍이 『<u>황극경세서(皇極經世書)</u>』를 읽다가 이해되지 않는 곳이 있으면 칠일 밤낮을 허공을 보며 사색에 잠기다가 설풋 잠이 들었을 때, <u>용모가 심히 웅위한 노인이 자칭 소옹이라 일컬으며 그가 해득하지 못한 곳을 말해주면 놀라 깼는데</u>, 확연하게 얻은 바가 있었다.[42]

신광한은 성리학의 전반적인 학문 세계에 관심을 기울였다. 문장의 모범이 맹자와 한유였던 것처럼, 그의 학문적 연원은 육경(六經)에 두었다. 특히 그는 사서(四書)에 정심하여 원근 학자들이 스승으로 존경했다. 이것은 그의 사유와 행동 방식이 유자로서의 성리학적 학문 체계의 범위 내에 존재했음을 뜻한다. 특히 그는 『역(易)』에 뛰어났고, 추수(推數)에 민첩했다고 한다. 성리학적 사유의 시발을 이루는 『역』에 대한 이해가 매우 깊었음을 볼 수 있다. 더욱이 신광한은 소옹 (邵雍; 1011~1077)의 학문에 매진했다. 그가 밤낮없이 공부했던 '經世書'(=『황극경세서』) 학습 태도는 성리학의 한 분야로서 소옹의 학문에 대한 열정을 보여준다. 그의 성리학적 열정은 꿈에 소자(邵子; =邵雍)가 나와 난해처(難解處)를 강해(講解)하는 정도였다.

신광한의 유자로서의 일관된 면모는 〈최생우진기〉의 지향을 이해

---

42 申光漢其見重於世 如此 學問淵源 本諸六經 尤精於語孟庸學 理會心得 獨詣高妙 遠近學者 日萃師尊之 長於易學 捷於推數 嘗讀經世書 有所未達 仰而思者七日七夜 假寐有老人容儀甚偉 自稱邵子 告其所未解 惕然而覺 豁然有得. 조사수(趙士秀), 〈문간공행장(文簡公行狀)〉, 『기재집(企齋集)』 권지십사(卷之十四).

하는 가늠자가 된다. 그는 〈최생우진기〉를 통해 신선 세계의 허구성
을 말하려 했다. 용왕의 입을 빌려, 재난을 하늘의 운수로만 돌리며
노력하지 않는 군왕의 자세를 경계하고 권면했으며, 동선의 입을 빌
려 "사람은 누구나 요순이 될 수 있다.[人皆可以爲堯舜]"고 했다. 이는
허황된 신선만을 찾는 세태를 경계한 것이다.

이런 점에서 〈최생우진기〉의 함의(含意)는 분명하다. 요순은 유자
가 희원(希願)하는 가장 이상적인 군왕이요 인격체다. 이른바 성인(聖
人)이다. 유자는 인간이라면 누구나 성인이 될 수 있다는 확고한 믿음
을 가진다. 선(善)한 본성을 타고 났으므로, 주체의 노력과 실천이 따
른다면 누구나 성인이 될 수 있다고 믿는다. 그런데 굳이 타력(他力)
에 의지하면서 또한 그 실체조차 불확실한 신선과 신선의 세계를 희
구하는 것은 무엇 때문인가. 그리고 재난에 부딪치면 천수(天數)로
돌리고 방기하는 태도는 또 무엇인가.

신광한은 〈최생우진기〉에서 이에 대해 직접적이고 명시적인 답을
제시하고 있지는 않다. 그러나 요행만 바라거나 천수만을 탓하면서
인간적 삶의 실천을 저버리는 태도에 대해 에두르는 듯, 신랄하게 지
적하고 있음은 분명하다.

조강(朝講)에 나아갔다. 시독관 신광한이 노(魯)나라가 예(禮)를 참람
하게 하였다는 일에 인하여 아뢰기를, "그 예(禮)를 참람하게 하면 명분
또한 바르지 못한 것인데 국가의 일을 보아도 또한 잘못된 일이 있으니,
모름지기 대신과 더불어 의논하여 정하는 것이 가합니다."하고, 영사 김
응기는 아뢰기를, "국가에 크게 관계되는 일은 없는 것 같으나 소격서(昭
格署)의 마니산(摩尼山) 제사 같은 것은 다 하늘에 제사지내는 것이니,
이는 심한 참례(僭禮)입니다."하고, 헌납(獻納) 조한필(曹漢弼)은 아뢰기

를, "소격서의 일은 참례일 뿐이 아니라 이것은 좌도(左道)이므로 해서는 안 되며, 국가의 묘호(廟號)를 태종(太宗)·세종(世宗)이라 일컫는 것도 다 참례입니다. 참례에 관계되는 것이 있으면 다 고쳐야 합니다."⁴³

신광한은 국가의 일에 있어서 예(禮)의 참람(僭濫)이 없도록 하라고 아뢴다. 이런 신광한의 아룀은 꼬리를 이어 소격서(昭格署)의 마니산 제사와 묘호(廟號)을 일컫는 것이 참례에 해당한다는 것으로 이어진다. 소격서 철폐 논의의 시발이라 하겠다. 물론 이 기사의 내용은 신광한이 직접 도교적 대제의 부당함을 지적한 것은 아니다. 하지만 도교적 행사에 대한 신광한의 인식과 태도는 마니산 제사의 시정을 주장하는 이들과 크게 다를 바 없음이 분명하다. 결국, 〈최생우진기〉에 내장된 작가의 의도가 도선 세계의 실체를 적시하며 성리학적 삶의 태도를 지향할 것을 권면하는 것임을 알 수 있다.

이런 점에서 신호가 〈기재기이발〉에서 적시한 "민이(民彝)를 붙들어 세워 명교(名敎)에 공로가 있다는 것[以扶樹民彝 有功於名敎者]"이야말로 『기재기이』나아가, 〈최생우진기〉의 가치 지향을 염두에 둔 발언이다. 민이는 유자 신광한의 가치 태도에서 본 바, 사람이 지켜야할 떳떳한 도리이다. 요순과 같은 성인을 지향하는 도덕적인 삶을 실천하는 것과 비록 현재 어려움이 있더라도 주어진 상황에서 최선을 다 하라고 권면한 것이 민이(民彝)를 붙든 것이다. 작품에 이런

---

43 侍讀官申光漢因魯僭禮之事曰 僭其禮 則名分亦不正 以國家事見之 亦有過擧事 須與大臣議定 可也 領事金應箕曰 國家大關事 則似無矣 然如昭格署摩尼山之祭 皆是祭天 此甚僭禮 獻納曹漢弼曰 昭格署非徒僭禮 乃是左道 所不可爲 國家廟號 稱太宗世宗云者 皆是僭禮也 如其涉於僭禮者 皆可改也. 『중종실록』 권27, 중종 11년 (1516) 2월 26일.

가르침을 담는 것이야말로 도불(道佛)의 이교(異敎)가 성행하는 현실
에서 명교(名敎)를 붙들어 세우는 공로에 해당한다.

4. 맺음말

『기재기이』 수재된 네 작품 가운데 〈최생우진기〉에 대한 연구는
그리 많지 않다. 그것은 〈최생우진기〉가 문제 의식의 제기가 결여된
작품이라는 연구자들의 판단과도 유관한 것이다. 이런 상황을 타개
하기 위해서는 〈최생우진기〉에 대한 촘촘한 독해가 선행되어야 한
다. 그러므로 여기에서는 〈최생우진기〉에 나타난 용궁 체험의 형상
화 방식과 의미, 서사기법과 그에 내장된 의미를 살폈다.

〈최생우진기〉의 서사기법에 주목하여 살핀 결과, 용궁 세계의 공
간적 배경인 용추동은 미지(未知)의 진경(眞境), 진실된 세계로 형상
화, 신비화하였다. 용궁 세계와 연결되는 통로인 용추동은 누구도 그
실체를 알 수 없는, 그래서 더욱 신비하고 무엇인가 존재하리란 믿음
의 공간으로 형상화되었다. 그것은 작품의 서두에 그려지는 용추동
의 공간적 배경의 형상, 증공과 최생의 용궁 세계에 대한 태도 등에서
분명하게 나타난다.

그런데 다른 한편에서 그 공간성에 대한 불신을 끊임없이 환기시
키고 있었다. 특히 액자 부분에서의 무주암과 증공이란 명명의 이중
적 의미, 3인칭 시점의 모순성, 미지(未知)와 막유(莫有)로 표상되는
진경 세계는 신선 세계가 실체 없는 것이 아닌가하는 회의를 하게
한다. 더욱이 용왕의 발언은 유가적 삶의 태도를 긍정하고 있으며,

동선은 인연이 없으면 불가능한 신선의 세계를 동경할 것이 아니라 노력하면 도달할 가능한 요순과 같은 성인을 지향할 것을 권면하고 있다. 이들은 보여주기와 말하기가 다른 이중적인 양상을 보인다. 이로 인하여 〈최생우진기〉는 진가(眞假)를 판단하기 어렵게 되며, 종국에는 진경이 실체없는 허구의 공간일 수 있다는 인식으로 나가게 된다.

〈최생우진기〉의 이런 서사구성 방식은 신광한이 한유를 전범으로 한 기변(奇變)의 창출이라는 서사적 지향과 관련된다. 신광한의 산문에는 문예미는 물론이거니와 기변(奇變)이 존재한다. 이는 신광한의 문인이었던 신호나 조사수에 의해 공통적으로 지적되었다. 신광한의 기변 지향이라는 글쓰기 방식이 〈최생우진기〉에 구현된 것이다. 신광한은 이같은 글쓰기 방식을 동원하여 도불의 이교(異敎)가 성행하는 현실에서 도선 세계의 비실체성과 허구성을 적시하고, 유자로서의 도덕적 태도를 실천하기를 권계하려 했다. 이것이 『기재기이』가 민이를 붙들어 세워 명교에 공로가 있는 것으로 평가받는 근거라 하겠다.

〈하생기우전(何生奇遇傳)〉의
점복(占卜)과 기우(奇遇)

1. 머리말

『기재기이』는 『금오신화』의 소설사적 전통을 잇고 있는 작품집이다. 그리고 여기에는 전기소설의 특징을 고스란히 지닌 〈하생기우전〉도 실려 있다. 연구자들은 전기소설의 사적(史的) 전개 양상을 이해하기 위해서, 그리고 〈하생기우전〉 자체에 대한 이해의 심화를 위해 연구를 지속해왔다.

이런 덕분에 〈하생기우전〉에 대한 연구의 축적은 물론이고 특기할만한 성과도 다수 제출되었다. 〈하생기우전〉과 관련된 기왕의 연구 성과를 일별하면, 〈하생기우전〉의 작품 구조와 주제 의식을 중심으로 한 연구,[1] 중심 화소(話素)와 문학적 전통에 대한 연구,[2] 작가와

---

1 유기옥, 「〈하생기우전〉의 구조적 특성과 의미」, 『국어국문학』 101, 국어국문학회, 1989, 111~140쪽. ; 채연식, 「〈하생기우전〉의 구조와 전기소설로서의 미적 가치」, 『동국어문학』 10·11, 동국어문학회, 1999, 85~106쪽 ; 최재우, 「〈하생기우전〉의 결핍과 충족 구조와 그 의미」, 『민족문학사연구』 15, 민족문학사연구소, 1999, 197~226쪽.

작품의 상관성을 중심으로 한 연구,[3] 문학 치료나 콘텐츠화 가능성에
대한 연구[4] 등이 있다.

그런데 이와 같은 〈하생기우전〉의 연구 성과들은 일정한 경향성
을 띤다. 그것은 〈하생기우전〉의 비현실적 측면인 '기(奇)'에 대한 주
목이다. '기(奇)'가 〈하생기우전〉에는 어떤 양상으로 드러나고, 그것

---

2 박일용, 「만복사저포기 유형 명혼담의 이야기 형식과 장르 분화 현상」, 『조선시대
의 애정소설』, 집문당, 1993. ; 박태상, 「〈하생기우전〉의 미적 가치와 성격」, 『동방학
지』 89·90, 연세대학교 1995, 253쪽. ; 라인정, 「인귀교구설화의 서사문학적 전개」,
『한국서사문학사의 연구』 III, 사재동 편, 중앙문화사, 1995. ; 이월영, 「〈만복사저포
기〉와 〈하생기우전〉의 비교 연구」, 『국어국문학』 120, 국어국문학회, 1997,
179~202쪽. ; 정운채, 「〈하생기우전〉의 구조적 특성과 서동요의 흔적들」, 『한국시
가연구』 2, 한국시가학회, 1997, 174~197쪽. ; 유정일, 「〈하생기우전〉에 대한 반성
적 고찰-주요 모티프의 서사적 기능과 사상적 배경을 중심으로」, 『한국어문학연
구』 39, 한국어문학연구학회, 2002, 265~289쪽. ; 장경남, 「고소설의 이물교구담
수용 양상과 의미」, 『우리문학연구』 23, 우리문학회, 2008, 157쪽. ; 김현화, 「〈하생
기우전〉 여귀 인물의 성격 전환 양상과 의미」, 『한민족어문학』 65, 한민족어문학
회, 2013, 205~228쪽. ; 윤정안, 「고전소설의 여성 冤鬼 연구」, 서울시립대학교
대학원 박사학위논문, 2017.
3 소재영, 『기재기이연구』, 고려대학교 민족문화연구소, 1990. ; 소인호, 「기재기이
의 창작 배경과 서사문학적 전통의 변용 양상」, 『숭실어문』 22, 숭실어문학회,
1999. ; 신상필, 「기재기이의 성격과 위상」, 『민족문학사연구』 24, 민족문학사연구
소, 2004, 212쪽. ; 정출헌, 「16세기 서사문학사의 지평과 그 미학적 층위」, 『한국민
족문화』 26, 부산대학교 한국민족문화연구소, 2006, 19~20쪽. ; 안창수, 「〈하생기우
전〉의 문제 해결 방식과 작가의식」, 『한민족어문학』 49, 한민족어문학회, 2006,
151~190쪽. ; 윤채근, 「기재기이의 창작 배경과 그 소설적 의미」, 『고전문학연구』
29, 한국고전문학회, 2006. ; 최재우, 『企齋記異의 특징과 의미』, 박이정, 2008.
; 엄기영, 『16세기 한문소설연구』, 월인, 2009.
4 서원순, 「〈하생기우전〉 재창작을 통한 문학치료 연구」, 건국대학교 교육대학원
석사학위논문, 2005. ; 정규식, 「〈하생기우전〉과 육체의 서사적 재현」, 『한국문학
논총』 53, 한국문학회, 2009, 231~261쪽. ; 나지영, 「〈하생기우전〉과 영화 〈페넬로
피〉의 구조적 동질성 및 그 문학치료적 의미」, 『문학치료』 9, 한국문학치료학회,
2008.

이 지닌 의미는 무엇이며, 전대 전기소설과의 차이점은 무엇인가 등
에 대한 연구이다. 사실 〈하생기우전〉의 '기(奇)'에 대한 연구는 여러
관점에서 유의미하다. 기(奇)는 〈하생기우전〉 서사구성의 주요한 인
자(因子)일 뿐만 아니라, 〈만복사저포기〉 등의 전기소설과의 상관성
해명, 나아가 콘텐츠로의 활용에 있어서도 중심적인 고려 요소가 될
수 있다.

그렇다면 〈하생기우전〉에서 비현실적 요소로서의 기(奇)는 무엇
을 가리키는가. 점복(占卜)과 기우(奇遇)가 그것이다. 이는 구체적으
로 주인공 하생이 점복을 행하는 것과 점복의 지시에 따라 행동하여
여인을 만나 결혼하는 것이다. 사실 〈하생기우전〉에서의 점복은 본
격적인 서사의 시작이고, 기우는 서사의 본령이자 갈무리에 해당된
다. 그런데 이런 점복 행위는 인간의 합리적 능력이나 판단 범위를
벗어난 주술적 행위이고, 기우는 죽었다 살아난 여인과의 만남이란
점에서 비현실적인 것으로만 이해되었다. 이것이 기(奇)로서 점복과
기우의 서사에 대한 여러 연구의 중심 내용이다.

여기에서의 고찰 역시 이같은 기존의 연구와 그 방향이 크게 어긋
나지 않는다. 먼저 〈하생기우전〉의 비현실적 요소로서 점복(占卜)과
기우(奇遇)의 서사적 의미를 살피고, 이를 토대로 〈하생기우전〉에 나
타난 신광한의 서사 지향과 사유 태도를 고찰하겠다. 다만 여기서는
점복과 기우를 비현실적 요소의 관점에서만 이해하려 들지 않을 것
이다. 오히려 그것이 지닌 현실적 의미를 따져보겠다. 이를 통해 기
왕의 연구사적 흐름을 성찰적으로 계승하면서 〈하생기우전〉의 이해
를 심화하고자 한다.

2. 점복(占卜)의 서사적 의미

1) 점복; 호의(狐疑)의 단결(斷決)

하생은 태학(太學)에 선발되어 과업(科業)에 전념하던 학생(學生)
이다. 그런 그가 비현실적 행위인 점(占)을 친 까닭은 무엇인가. 기존
연구에서는 하생 점복의 주술적 측면을 염두에 두고, "해결책을 현실
속에서가 아니라 비일상적 요소를 통해 모색하고 있다."라거나[5] "점
쟁이를 매개로 여인을 만나고 여인을 매개로 결연을 이루는 계기적
상황" 혹은 "결말을 점쟁이의 말 한마디로 정리"한 것이라고[6] 평가했
다. 비일상적 방식 즉, 점쟁이를 통해 미래를 예측하고 현실의 문제를
해결하거나 결말을 정리하였다고 여겼다.

하생의 점복에 대한 이같은 설명은 일정 부분 타당하다. 하지만
보다 근본적인 관점에서 다르게 이해될 여지도 충분하다.

하생은 장원을 거머쥐고 높은 벼슬을 할 수 있으리라 여겼다. 거만하게
굴며 세상에 (이름을) 드날리려는 뜻을 가졌다. 이 때 조정이 어지러워
과거 시험의 선발 역시 공정하지 못했다. 어느덧 4~5년이 지났다. (하생
은) 머리를 움켜쥔 채 학사(學舍)에서 지내며, 늘 우울하고 마음 편치
않아 했다. 어느 날 같은 학사의 서생에게 말하였다. "채택(蔡澤)이 알지
못한 것은 수명이라, 당거(唐擧)에게 가서 해결했다지. 내가 들으니, 낙타
교(駱駝橋) 옆에 복사(卜師)가 사람들 수명의 길고 짧음과 화를 당하거나

5　최재우, 앞의 책, 114쪽.

6　이는 대다수의 〈하생기우전〉 연구자가 대동소이하게 지적했던 바다. 엄기영, 앞
　　의 책, 177~179쪽. ; 안창수, 앞의 논문, 151~190쪽. ; 이월영, 앞의 논문, 185쪽
　　참조.

복을 받는 것에 대해 날짜까지 짚어 준다고 하더군. 내 장차 점을 치러 가서, 이로써 호의(狐疑)를 결(決)해야겠네." 드디어 방으로 돌아가 궤짝 속을 뒤져 고이 간직해두었던 금전(金錢) 몇 장을 꺼내 품고서 복사에게 갔다.[7]

하생은 애초 자신의 능력을 믿었기에 거칠 것 없이 당당하였다. 스스로 용두(龍頭)를 거머잡고 청운을 밟으며, 세상에 자신의 명성을 드날릴 수 있다고 여겼다. 그러나 현실은 그렇지 못했다. 현실은 부조리(不條理)하며 공정하지 못 했다. 하생의 미래는 그가 생각하는 것처럼 진행되지 않았다. 그러니 하생의 앙앙불락(怏怏不樂)하는 마음은 커만 갔다. 하생이 점을 치는 것은 바로 이런 시점에서다. 이를 보면, 하생이 현실 모순이나 부귀공명에 대한 결핍을 해소하기 위해 점을 쳤다고 할 수도 있다. 그렇지만 그것이 점복 행위를 하게 된 근본적 원인은 아니다. 왜냐하면 하생은 부조리한 현실을 달가워할 수도, 최소한 앙앙불락해 하지 않을 수도 있었기 때문이다. 만약 그가 공정치 못한 현실과 타협했더라면 그는 용두를 거머쥘 수도 있었을 것이다. 그러나 하생은 부조리한 현실에 타협하지 않았다. 더 정확하게 말하면 그는 현실과 타협할 수 있는 방법도, 그리고 부조리한 현실에 어떻게 대처해야 할지도 몰랐다. 도무지 처신의 방법을 찾을

---

7 生以爲龍頭可捷 靑雲可步 驚然有高世之志 時朝廷旣亂 選擧亦不以公 荏苒四五載 抱屈黌舍 常悒怏不樂 一日語同舍生日 蔡澤所不知者壽 從唐生決之 吾聞駱駝橋傍 有卜師 言人壽夭禍福 期以日月 吾將就卜以決狐疑 遂歸私第 探篋中 得寶藏金錢數 枚 懷之而往. 〈하생기우전〉, 78~79쪽. 소재영, 『기재기이연구』, 고려대학교 민족 문화연구소, 1990. 이하의 인용은 모두 이 책에 영인된 『기재기이』 만송문고본을 따른다.

수가 없었다.

그 어떤 현실도 온전히 합리적인 경우는 없다. 그렇기에 현실의 부조리와 불합리에 대해 자신이 어떤 처신을 택하느냐가 중요한 문제일 따름이다. 사실 하생은 현실의 불공정함을 점복으로 단번에 해소할 수 없다는 것도 알았다. 점복은 미래의 방향을 가늠하기 위한 것이지 문제를 해결해 주는 것은 아니다.

하생의 점복은 다만, "포굴(抱屈)"한 채 "읍앙불락(悒怏不樂)"할 수밖에 없는 상태, 무엇을 어떻게 해야 할지 모르는 '망연자실(茫然自失)의 상태'에서 무엇을 어떻게 해야 할 지를 묻고 거기에 대한 답을 얻고자 하는 행동이었다. 무엇인가를 하기 전에 필요한 '선택과 결정'을 위해 점복이 필요했던 것이다. 이것은 점복을 통해, 삶의 최종 도착점이나 결과를 확인하고 미래를 낙관함으로써 문제적 상황에서 순탄하게 벗어나는 것과는 다르다. 하생은 자신이 말했던 것처럼, 꽉 막힌 현재의 상황 즉 "호의(狐疑)를 결(決)"하기 위해 점복을 했을 뿐이다.

현실 모순은 세계 질서의 비정합성과 불확실성을 의미하는 동시에 예측 가능한 미래의 부재를 뜻한다. 그러므로 현실 모순의 증대는 세계의 불가해성 증대를 동반한다. 그리고 불가측한 미래는 현재 상황에서의 행동 규준의 부재로 인한 불안과 절망, 공포를 유발한다. 하생이 당면한 문제적 현실은 바로 이것이다. 하생은 무엇을 해도 정합한 결과를 예측할 수 없는 상황, 즉 "포굴"한 채로 호의(狐疑)에 사로잡혀 있는 상태에서 벗어나 삶의 동력을 회복하려고 점복을 했다. 하생에게는 현재의 행동 방향이 불확실하다는 것이 가장 문제가 되었다. 삶의 최종 도착점이나 먼 미래의 결과가 아닌, 나갈 방향으로의 미래가 불확실했다.

이는 하생이 언급한 『사기(史記)』〈범수채택열전(范雎蔡澤列傳)〉채택의 관상(觀相) 관련 고사에서도 드러난다. 애초 채택(蔡澤)이 당거(唐擧)에게 관상을 봐 달라고 했던 것은 부귀한 운명에 대한 믿음, 삶의 도착점이자 결과를 얻고자 했던 것이 아니다. 채택은 당거에게, "부귀는 내가 원래 가지고 태어나는 것이지. 내가 알지 못하는 것은 수명(壽命)이오. 이에 관해서 듣고 싶소."라고[8] 말했다. 채택은 부귀를 누릴 수 있는 운명인지를 알고 싶었던 것이 아니라, 그것을 얼마나 길게 누릴 수 있는지를 알고자 했다. 채택은 운명의 결과로서 부귀가 아니라 그것을 누리는 삶의 여정을 알고자 했다. 그리고 당거가 앞으로 43년을 더 살 것이라고 말하자, 채택은 부귀공명을 누리는 삶으로 43년은 충분할 것이라고 말하며 만족해했다.

이것은 당거 고사를 인용하는 대부분의 동시대인 역시 마찬가지였다. 그들은 점복을 통해 정해진 운명을 알려고 한 것이 아니다. 오히려 삶의 태도와 방향을 재설정하려고 점복을 했었다. 다음은 시(詩)에는 당거의 점복에 대한 성현(成俔: 1439~1504)의 생각이 드러나 있다.

> …(전략)…
> 공명은 예측할 수 없이 와서 붙는 것이고
> 청운(靑雲)의 길은 막연하여 기약할 수 없으니
> 물러나 여생을 보낼 곳에 의지해 편안히 지내며

---

8 蔡擇知唐擧戱之 乃曰 富貴吾所自有 吾所不知者 壽也 願聞之 唐擧曰 先生之壽 從今以往者四十三歲 蔡澤笑謝而去 謂其御者曰 吾持梁刺齒肥 躍馬疾驅 懷黃金之印 結紫綬於要 揖讓人主之前 食肉富貴 四十三年 足矣. 사마천, 신동준 역, 『사기열전』 1, 위즈덤하우스, 2015, 493~494쪽.

논밭을 오가며 밭 갈고 김을 매리라.
농사일을 늙은 농부에게서 배우고
〈보전(甫田)〉의 고아한 시(詩)를 외우리.
비둔(肥遯)을 이롭게 하여 생을 마칠 뿐
하필 당생(唐生)에게 가서 의혹을 결(決)하리오?[9]

　성현(成俔)은 〈차귀거래사(次歸去來辭)〉에서 은거의 결심을 드러냈
다. 그는 〈차귀거래사(次歸去來辭)〉에서 농사를 짓고 〈보전(甫田)〉의
시를 읊조리며 비둔(肥遯)의 삶을 누릴 따름이지 굳이 당거를 찾아가
서 물어 볼 필요가 있는지를 노래한다. 그러면서 부귀공명은 운명에
서 정해지는 것이니 따로 물어 볼 필요가 없다고 했다. 자신의 경우
삶의 태도와 방향이 결정되었으니, 굳이 "의혹을 결(決)"하기 위해 굳
이 당거를 찾을 필요가 없다고 말한 것이다. 성현의 경우는 정반대의
행동이라 하겠지만, 하생이 의혹을 결하려고 점복한 것이나 그 의미
는 다를 바 없다.
　당거에게 물어 불확실한 상황에 대한 의혹을 해명하려 한다는 것
은 일종의 상투적 표현이었다. 이승소(李承召)가 정극인(丁克仁)의 치
사(致仕)를 노래한 〈치사음(致仕吟)〉에서도 당거에게 물을 필요가 없
다는 표현이 나온다. 여기서 이승소는, 돌아가고자 하는 마음이 확실
하니 삶의 태도와 방향을 결정할 때 당거에게 묻는 것을 기다릴 필요
가 없다고[10] 하였다.

---

9 (前略) 勳名儻來寄 雲路邈難期 依苑裘而偃仰 循隴畝而耕耔 學農圃之老術 誦甫田
　之雅詩 利肥遯而永終 何必從唐生而決疑. 성현(成俔), 〈차귀거래사(次歸去來辭)〉,
　『허백당문집(虛白堂文集)』 권지이(卷之二).

이상의 사실들은 선택 불가능한 상황에 직면한 이들이 점복을 통해 현재적 상황에 대한 인지적 지도(cognitive mapping)를 그려봄으로써 행동 지침을 마련하고 삶의 동력을 확보하고자 했음을 의미한다. 하생의 점복 역시 이들과 같다. 그의 점복은 "신비주의적" 운명론에 의존하려 한 것이 아니다. 오히려 불확실한 현실에 대한 합리적 가치판단의 한 방법으로 선택한 것이라고 이해해야 한다.

2) 『주역』 점복(占卜)과 성리학적 합리주의

그렇다면 하생의 점복이 비현실적인 행위가 아닌 합리적 가치판단의 방법이 될 수 있는 근거는 무엇인가. 그것은 점복이 『주역』 점이라는 데 있다. 성리학적 관점에서 『주역』은 세계의 합리적 운행 질서인 도(道)의 요체를 담고 있어, 이를 근거로 합리적 세계 이해와 가치판단이 가능하다고 여겼다. 예컨대 인간의 경험치를 넘어서는 존재인 귀신(鬼神)과 같은 비현실적 요소도 『주역』을 통해 합리적으로 이해할 수 있다고 여겼다. 현재 우리가 일반적으로 생각하는 『주역』이나 『주역』 점복과는 이해의 관점이 다르다.

성화(成化) 초에 경주(慶州)에 박생(朴生)이 있었다. 유업(儒業)에 스스로 힘써 일찍이 태학관(太學館)에 들고자 했으나, 시험에 한 번도 합격하지 못하여 늘상 앙앙(怏怏)하는 마음이 있었다. 그러나 의기(義氣)가 고매(高邁)하여 세력가를 찾아보고 굽히지 않으니, 사람들이 교만하지만 협기(俠氣)가 있다고 여겼다. 하지만 사람들을 대함에 말하는 것이 순하

---

10 草堂留在故山隈 翠竹蒼松手自栽 不待唐生疑已決 歸心火迫正難裁. 이승소(李承召), 〈치사음(致仕吟)〉, 『삼탄집(三灘集)』 권지일(卷之一).

고 두터워 한 고을 사람들이 모두 칭송하였다. 생이 일찍부터 불교와 무격(巫覡)의 귀신설을 의심하면서도 오히려 유예미결(猶豫未決)하더니, 『중용(中庸)』에 질정(質定)하고 『주역』 괘사(卦辭)를 참고하여 스스로 의심 없이 되었다고 자부하였다.[11]

『기재기이』가 『금오신화』의 소설사적 전통을 잇고 있음은 인용한 〈남염부주지〉에서도 드러난다. 〈하생기우전〉과 〈남염부주지〉의 서두 부분은 꽤 닮았다. 박생이 태학에 들었던 것, 과거시험에 합격하지 못해 앙앙불락한 것, 세력가에게 굴하지 않는 태도를 지녔던 것 등이 모두 그렇다. 그런데 여기서 주목하고자 하는 바는 두 작품이 닮았다는 것에 있지 않다. 불확실한 현실의 의혹을 해소하는 방식에 있다. 박생은 불교와 무격의 귀신을 믿지 않았으면서도 확신에 찬 결론을 못 내리고 있었는데[猶豫未決] 『중용』과 『주역』의 「계사」편을 읽고 비로소 의심을 해소하게 되었다.

〈남염부주지〉 박생은 불교나 무격의 귀신설, 이른바 비현실적인 것을 믿지는 않았다. 그렇다고 그것을 부정할 확고한 가치관이나 신념도 없었다. 비현실적인 것들을 믿고 따르는 무불(巫佛)의 관점을 의심하면서도, 그것을 확실하게 부정하고 판단할 사유의 근거, 합리적 사유의 토대가 없었다. 박생이 이들에 대해 유예미결하며 의심스러워했던 까닭이다. 그랬던 박생이 『중용』 제16장 귀신에 대한 것,[12]

---

11 成化初 慶州有朴生者 以儒業自勉 常補大學館 不得登一試 常怏怏有感 而意氣高邁 見勢不屈 人以爲驕俠 然對人接話 淳愿慤厚 一鄕稱之 生嘗疑浮屠巫覡鬼神之說 猶豫未決 旣而質之中庸 參之易辭 自負不疑. 장효현 외, 〈남염부주지〉, 『교감본 한국 한문소설 전기소설』, 고려대학교 민족문화연구원, 2007, 102쪽.

12 공자께서 말씀하셨다. "귀신의 덕성은 그것은 성대하도다! 보려 해도 보이지 않고

『주역』「계사상」의 생사(生死)의 변(變)과 정기(精氣)의 취합(聚合)을
근거로 한 귀신에 대한 변석(辯析) 등을 통해 자신의 생각을 확실히
할 수 있었다. 요컨대 박생에게 합리적 사유 체계의 근거가 바로 복서
(卜筮)로서의『주역』이었던 셈이다.[13] 불확실한 현실의 문제를 합리적
으로 사유하는 근거였다. 실제로 성리학자들에게『주역』은 세계 질
서를 합리적으로 조감하는 방안을 제시하는 명백한 준거(準據)였다.
다음을 보자.

> 모두(64괘와 364효; 필자 주)가 성명(性命)의 이치를 따른 때문이고,
> 변화의 도(道)를 다 한 때문이다. 흩어진 채 이치를 담고 있은 즉 만물의
> 다름이 있고, 통합하여 도를 지닌 즉 둘이 아니다. 이른바 역(易)에 태극
> 이 있나니, 이것이 양의(兩儀)를 낳는다. 태극은 도(道)이고, 양의는 음양
> 이다. 음양은 하나의 도이며 태극은 무극이다. 만물이 생겨남에 음을 업
> 고 양을 안으니, 태극이 있지 않음이 없고 양의가 있지 않음이 없다. 인온
> (絪縕)하고 교감(交感)하니 변화가 무궁하다.[14]

『주역』의 64괘와 364효는 성명(性命)의 이치에 따른 변화의 원리로
서 도(道)를 포괄한다.『주역』은 세계 질서의 모든 원리와 변화의 가

들으려 해도 들리지 않지만, 친히 모든 만물을 보살피며 하나도 빠뜨리지 않는다."
(子曰 鬼神之爲德 其盛矣乎 視之而弗見 聽之而弗聞 體物而不可遺). 『중용(中庸)』
「제십육장(第十六章)」.

13 진성수, 「주역의 인간학적 고찰」, 『한문고전연구』 12, 한국한문고전학회, 2006,
220쪽.

14 皆所以順性命之理 盡變化之道也 散之在理則有萬殊 統之在道則無二致 所以易者
有太極 是生兩儀 太極者道也 兩儀者陰陽也 陰陽一道也 太極無極也 萬物之生負陰
而抱陽 莫不有太極 莫不有兩儀 絪縕交感 變化不窮. 「주역서(周易序)」, 『정본주역
(正本周易)』, 명문당, 1쪽.

치를 담아냈다. 무궁한 생명 원리의 변화를 포괄하여 제시함으로써 "사람들로 하여금 변화의 원리를 깨닫도록 가르치고, 길흉의 유래를 밝혀서 인류의 생활에 적절하게 대처"케 하였다.[15] "성인(聖人)은 그 사리를 이해하기 위해 그 괘상(卦象)을 만들어 사물을 상징"함으로써 그 변화의 법칙에 따라 길흉을 판단하여 사물의 이(理)를 본받고 헤아리는 것이며, 그 변화의 도를 상징적으로 표현한 것이다. 그리고 이것은, "인간을 모든 문제의 중심으로 삼고 자연의 법칙을 인간사와 인간의 주체적 실천과 관련지어 사유하고자 하는 데 그 목적이 있음을 알"게[16] 하려는 데 있다.

이런 점에서 『주역』은 인간살이의 총체적 길라잡이가 된다. 또한 불가해하고 부조리한 현실에 대한 합리적 이해를 가능케 하는 지침이 된다.

『역(易)』은 천지의 준칙(準則)인 까닭에 천지의 도를 모두 포괄할 수 있다. 우러러 천문(天文)을 관찰하고 굽어 지리를 살폈다. 이런 까닭에 유명(幽明)의 원인을 알고 시작에서 근원하여 끝으로 돌이켰기에 생사의 문제를 알 수 있다. 정기(精氣)가 물(物)이 되고, 유혼(遊魂)이 변(變)하니 이런 까닭으로 귀신의 정상(情狀)을 알 수 있다.[17]

하늘과 땅의 질서를 준칙(準則)으로 한 천지의 도(道)는 인간사를

---

15 진성수, 위의 논문, 221쪽.

16 진성수, 위의 논문, 221쪽.

17 易與天地準 故能彌綸天地之道 仰以觀於天文 俯以察於地理 是故知幽明之故 原始反終 故知死生之說 精氣為物 遊魂為變 是故知鬼神之情狀. 「계사상(繫辭上)」 제사장(第四章), 『정본주역(正本周易)』, 명문당, 1978.

비롯하여 모든 것을 포괄한다. 그러므로 천지의 도를 담은『주역』은 천문과 지리, 존재의 시작과 끝, 생(生)과 사(死), 귀신의 정상(情狀)에 이르기까지 모를 것이 없다. 모든 것을 괘상(卦象)으로 배치하고 언설을 더하여 담아냈다. 그러므로『주역』을 통해 인간사의 길흉을 합리적으로 판단할 근거를 얻을 수 있다.

이런 점에서『주역』"관상(觀象)을 통해 인간사의 길흉을 분별한 것은 점을 치거나 복을 기원하는 단순한 점술 행위와 구분"된다.[18]『주역』은 "특수한 상황에 처하여 어떻게 행위하는 것이 현명한가를 담고 있는 삶의 지침서이며, 세상이 존재하는 이치를 상징적으로 표현한 진리를 내함(內含)하고 있다는 평가를 받는 저술"이다.[19]『주역』이 성리학자들에게 합리적 세계 사유의 근거가 될 수 있던 바는,『주역』「계사」에 제시된 공자의 발언에서도 드러난다.

공자가 말씀하기를,『역(易)』은 어떠한 것인가?『역(易)』은 만물(萬物)을 열어서 그 책무(責務)를 이루게 하고 천하의 도(道)를 무릅쓰나니, 다만 이와 같을 따름이다. 이런 까닭으로 성인이 이로써 천하의 뜻을 통하게 하고 이로써 천하의 업(業)을 정하였으며 이로써 천하의 의심을 결단(決斷)하였느니라.[20]

---

18 신창호·이유정,「『주역』「계사전」에 나타난 괘상(卦象)의 형성 및 해석 원리와 교화의 가능성」,『교육철학연구』35(3), 한국교육철학회, 2013, 72~73쪽.

19 최정묵,「주역의 기본 원리에 대한 고찰」,『유학연구』27, 충남대학교 유학연구소, 2012, 254쪽.

20 子曰 夫易何爲者也 夫易開物成務 冒天下之道 如斯而已者也 是故 聖人以通天下之志 以定天下之業 以斷天下之疑.「계사상(繫辭上)」제십장(第十章),『정본주역(正本周易)』, 379쪽.

『주역』에 대한 공자의 설명이다. 공자는『주역(周易)』이 대체 어떤 것인가라는 자문(自問)을 통해, 『주역』의 본질적 공능(功能)을 말하고 있다. "『주역』은 만물을 열어서 사업을 완성하는 것"으로 "천하의 도(道)를 무릅썼다."고 하였다. 여기서 "개물성무(開物成務)"는 곧 복서(卜筮)를 행하여 길흉을 알게 하고 사업을 이루게 함을 의미한다. 그리고 "모천하지도(冒天下之道)"는 괘효(卦爻)가 두루 갖추어져 천하의 도(道)가 그 가운데 들어 있음을[21] 뜻한다. 『주역』에 천하의 도(道)가 모두 들어 있으므로, 복서(卜筮)를 행하여 세계 질서의 합리적 전개를 알고 사업을 이룰 수 있다는 것이다.

공자의『주역』에 대한 변석과 함께, 『주역』 점복과 관련된 주희(朱熹; 1130~1200)의 견해는 성리학자들의 사유를 대변한다.

옛날 사람들은 순질(淳質)하여 일을 당하여 깊게 헤아림이 없다. 이미 이렇게 하려고 하면서 또 저렇게 하려고 하니 따를 바가 없다. 그런 까닭에『역(易)』을 만들어 사람들에 보이고 복서(卜筮)의 일로써 통지(通志), 정업(定業), 단의(斷疑)를 가능케 하였다. 이것이 이른바 개물성무(開物成務)이다.[22]

주희는 공자의 말을 세세하게 풀어냈다. 주희는 일을 당하여 사유체계가 명확하지 않은 경우, 이렇게 하지도 저렇게 하지도 못하는 갈

---

21 開物成務 謂使人卜筮 而知吉凶 而成事業 冒天下之道 謂卦爻旣設 而天下之道 皆在其中. 「계사상(繫辭上)」 제십장(第十章), 위의 책, 같은 곳.

22 古人淳質 遇事無許多商量 旣欲如此 雨欲如彼 無所適從 故作易示以卜筮之事 故能通志定業斷疑 所謂開物成務者也. 〈복서(卜筮)〉, 『주자어류(朱子語類)』 권제육십육(卷第六十六), 「역이(易二)」, 〈강령상지하(綱領上之下)〉.

팡질팡하는 상태에 놓이게 된다고 했다. 이른바 호의준순(狐疑浚巡)하게 된다는 것이다. 이런 이유로 성인은 『주역』을 만들어 사람들에게 보이고 점복을 하게 하여, "이치를 알아 의사를 트이게 하고[通志], 자신이 해야 할 바를 결정하며[定業] 일에 대한 의심을 끊게[斷疑] 했다."고 했다. 이것이 이른바 개물성무(開物成務)라는 것이다. 곧 개물(開物)은 알지 못하고 의심하는 것을 열어 밝게 드러내는 것이고, 성무(成務)는 사람이 지향하는 바를 온전히 이루게 하는 것이다.[23] 그리고 그 전제는 이른바 호의준순에 대한 단의(斷疑)이다. 호의미결(狐疑未決) 하는 태도를 끊어버리는 것이다. 요약하자면, 인간의 삶은 항상 회의와 의심 속에 존재한다. 그러므로 천하의 지(志)를 통(通)하게 하고 천하의 업(業)을 정해야 의혹됨이 끊겨 방향성을 가지고 나갈 수 있다. 실제의 삶은 늘 방향성의 문제이다.

하생의 점복도 이와 다를 바 없다. 하생의 『주역』 점복은 궁극적으로, 현실 모순 상황에서 발생하는 심리적 공황 상태를 극복하기 위한 방책이자 행동의 지침을 확보하기 위한 것이다. 이른바, "현재의 인간과 미래의 일 사이에 존재하는 차원의 어긋남, 즉 미래의 우주와 현재의 개인 사이에 존재하는 시공간의 간극을 천문역수의 원리에 맞게 보정해주는 작업"이다.[24] 이것이 하생의 점복이 갖는 의미이다.

요컨대 그는 자신의 운명(運命)을 믿고 실천하기 위한 지침을 얻고

---

23 臨川吳氏曰 開物謂 人所未知者 開發之 成務謂 人所欲爲者 成全之 冒猶韜尸之冒 謂天下之道 悉包裏於其中也 通志開物也 定業成務也 斷疑謂 易於天下之道 包裏無遺 故於天下之疑事 皆能決之也. 『주역전의대전(周易傳義大全)』 제11장.
24 조희영, 「주역에 내재된 리수(理數)의 함의 ― 송대 선천역학자의 관점에서」, 『한국사상과 문화』 77, 한국사상문화학회, 2015, 321쪽.

호의와 준순을 타파하기 위해 점복을 했던 것이지, 정해진 운명은 쉽게 실현될 것이라는 낙관론적 사유에 의지하고자 했던 것이 아니다. 비일상적 방식으로 현실의 문제를 해결하려고 했던 것이 아니다.

3. 기우(奇遇)의 서사적 의미

1) 기우(奇遇); 괘상(卦象)의 우의(寓意)

그렇다면 기우의 서사적 의미는 무엇인가. 그 전제로서 하생이 『주역』점을 쳐서 얻은 괘(卦)의 상징적 의미 무엇인가를 먼저 살피기로 한다.

> 복사(卜師)가 말하였다. "i)부귀는 공(公)께서 본디 지닌 것입니다. 다만 ii)오늘은 아주 불길합니다. 명이(明夷)가 가인(家人)으로 나가는 점괘를 얻었습니다. 명이는 밝음이 땅속으로 들어가는 상(象)이고 가인은 유인(幽人)의 정정(貞貞)함을 보아야 이로운 괘입니다. 성의 남문으로 달려 나가 해가 질 때까지 집에 돌아와서는 안 됩니다. 액운을 건널 수 있을 뿐 아니라 또한 좋은 배필을 얻을 것입니다."[25]

복사의 점괘는 크게 두 가지 내용으로 이루어졌다. 하나는 하생이 본디부터 부귀를 지녔다는 것이고, 다른 하나는 오늘은 불길하다는

---

25 卜師曰 富貴公所固有 但今日甚不吉 占得明夷之家人 明夷者明入地中之象 家人者 利見幽人之貞 可出國南門疾走 不至日暮 不宜還家 非但度厄 且得佳偶. 〈하생기우전〉, 79쪽.

것이다. 그런데 하생이 본디 부귀를 지녔다는 것은 인간이라면 누구에게나 적용되는 당연한 말이다. 성리학(性理學)의 관점에서 본다면, 인간은 선(善)한 본성을 부여받았기에 수기(修己)의 부단한 노력을 하면 요순(堯舜)과 같이 될 수 있다. 그러므로 복사가 하생에게 "부귀는 공(公)께서 본디 지닌 것"이라고 말한 것은 허언이 아니다. 채택이 자신은 부귀를 타고났다고 믿었던 것이나, 복사가 말한 바, 그리고 성리학의 인간에 대한 믿음도 같은 차원에서 이해된다. 다만 문제는 현재 상황에서 무엇을 어떻게 해야 하는가와 관계된다. 특히 현재 무엇을 어떻게 해야 할지 몰라 읍앙불락(悒怏不樂) 하는 것이 문제가 된다. 이것이 바로 하생이 직면한 불길함의 실체다. 좀 더 구체적으로 말하자면, 어찌할 바를 몰라 하다가 그릇된 길로 들어서면 그것이 문제가 된다.

복사는 하생에게 불길함의 대응 방법으로 명이(明夷)와 가인(家人)의 괘를 말한다. 명이(明夷)는 흙이 불을 덮고 있는 괘상(卦象)이다. 밝음을 흙으로 가리는, 밝음을 숨기는 괘이다. 이 괘에 따르자면 하생은 자신을 세상에 드러내지 않아야 한다. 특히 밝음으로 표상되는 그의 영오(穎悟)함과 자부심을 드러내지 말아야 한다. 그렇지 않으면 위태롭다. 사실 하생의 재주는 현실에서 받아들여지지 못하고 있는 상태다. 그런데 하생이 자신의 재주만을 믿고 세상에 그것을 드러내려고 발버둥친다면, 그럴수록 곤경과 어려움은 심해질 것이다. 현실의 불공정함에 저항하면 자칫, 불공정한 행위를 일삼는 무리에게 해를 입을 수 있다. 목숨을 보전하는 방법의 하나는 현실이 자신의 재주를 받아들이지 못함을 인정하고, 그런 상황을 받아들이는 것이다. 현실에 소극적인 태도, 자신을 드러내지 않는 자세로 임해야 위태로움

에서 벗어날 수 있다. 복사의 괘는 이런 하생의 처지를 반영한 것일
수 있다.

　그런데 이 괘는 불합리한 시대를 살아가는 모든 사람에게 하나의
행동지침이 되기도 한다. 한마디로 특별할 것이 없는 보편적 가르침
이다. 위태로워지지 않기 위해서는 불공정이 지배하는 세상에서 그
것과 무모하게 저항하거나 싸우지 말아야 한다. 자신의 재주를 숨기
고 바보처럼 혹은 미치광이처럼 살아가야 한다.『주역』의 단(彖)에서
는 명이(明夷)의 괘를 문왕(文王)과 기자(箕子)의 처신으로 예증한다.
문왕은 주(紂)의 잔혹과 혼암함을 만나 안으로 문명(文明)한 덕을 지
녔음에도 밖으로 유순하여, 주(紂)를 섬김으로써 유리옥(羑里獄)에 갇
히지만 환난(患難)을 멀리할 수 있었다. 또한 기자는 몸이 국내(國內)
에 처하여 밝음을 감춤으로써 스스로 바른 뜻을 지킬 수 있었다.[26]

　복사는 하생에게 명이(明夷)의 실천, 문왕과 기자의 전례를 따르라
고 주문한다. 그에게 밝음에서 어둠, 문명에서 비문명의 세계로 나가
라고 하였다. 성내(城內)가 문명이라면 성 밖의 들[野]은 비문명이며,
낮이 밝음이라면 밤은 어둠이다. 그러므로 복사는 하생에게 성 밖으
로 나가 어두울 때까지 돌아오지 말라고 했다. 더 이상 밝은 문명의
세상에 머물지 말고 어두운 비문명의 세계, 자신을 숨기라고 한 것이
다. 그러나 복사는 명이를 출사의 꿈을 접고 낙향 은거하라는 의미로
해석하여 말하지는 않았다. 그저 지금 당장 자신을 숨기고 기다리라
고만 했다. 어두워질 때까지 성안으로 돌아오지 말라고 함으로써 흙

26　彖曰 明入地中 明夷 內文明而外柔順 以蒙大難 文王以之 利艱貞 晦其明也 內難而能
　　正其志 箕子以之.〈명이괘(明夷卦)〉,『정본주역(正本周易)』.

으로 불을 덮는 명이의 상(象)을 실천하도록 했다. 괘를 말한 이후의
구체적 실천과 개별 상황에서 방법의 선택은 하생에게 달려 있을 따
름이다.

> 하생은 의혹스러운 생각이 없지 않았으나 두려운 마음으로 일어나 작
> 별하고 그 말에 따라 성의 남문을 나섰다. 가을 산이 아주 보기 좋아 마음
> 내키는 대로 가다가 이미 날이 어두워지고 있는 줄도 몰랐다. 사방을 돌아
> 보니 인가에서 멀리 떨어져 나와 묵을 만한 곳이 없었다. 너무 허기가
> 져서 고달픈 상태로 아무 생각 없이 길가를 이리저리 거닐었다.[27]

하생은 복사의 요구에 충실하게 따른다. 사실 복사의 요구에 따르
지 않을 거라면 애초 점복을 행하지도 않았을 것이다. 하생이 점복을
할 때의 심리적 상태는 선택과 결정이 불가능한 혼돈 그 자체였다.
자신의 재주와 능력에 대한 확신의 상실은 물론이고 무엇을 어떻게
해야 할지 모르는 호의(狐疑)의 상황이었으니, 다소의 의혹이 있었지
만 두려운 마음에 복사의 주문을 따를 수밖에 없었다. 이것은, 『주역』
점은 반드시 절박할 때 행해야 하며 점복을 하고서 따르지 않았을
것이라면 애초 점복을 하지 말아야 한다는 말과 같다. 절박하지 않다
거나 다른 선택의 여지가 있을 경우에는 점복을 행하지도 복사의 점
괘를 따르지도 않았을 것이다.

하생에게 주어진 명이(明夷) 괘는 가인(家人) 괘로 이어진다. 『주역』
의 명이는 36번째 괘이며 가인은 37번째 괘다. 『주역』에서는 가인에

---

27 生不能無惑志 瞿然起別 因出國南門 秋山可愛 隨意所適 不覺日已昏黑 四顧復絶 無
　　所托宿 飢困且至 傍路徘徊. 〈하생기우전〉 79쪽.

대해, "명이의 이(夷)는 상(傷)함이니 상(傷)한 자는 반드시 집으로 돌아오기에 가인(家人)으로 받았다."고 했다. 밝음을 숨기고 돌아가 쉴 곳인 집을 찾는다는 의미다. 역시 당연하면서도 보편적인 그리고 합리적인 이치이다. 이런 점에서 성가(成家)하지 못한 하생이 아름다운 배필을 만나는 것으로 해석될 수 있다. 밖에서 상(傷)한 하생이 그 짝을 만나야 온전히 편암함을 얻을 수 있고, 또 그 가인이 정정(貞貞)함을 보여야 부귀를 실현할 수 있다.[28]

그러나 가인(家人)은 하생이 얻은 괘면서도 그 실천은 하생에게 요구되는 것이 아니다. 가인의 괘는 하생이 여인의 행동을 통해서 얻어야 하는 바다. 여인이 정정함을 실천할 때 비로소 이롭다. 하생에게 주어진 실천의 몫은 명이일 따름이며, 그 외는 전적으로 가인의 실천 주체인 여인의 행동에 의해 달라진다.

〈하생기우전〉의 실제 서사 전개도 그렇다. 하생은 굳건한 믿음으로 그저 명이를 실천하고, 이것이 여인의 정정함으로 이어지는 양상이다. 그리고 당연히 여인의 정정함은 하생의 모든 곤액을 해결해준다.

> 여인이 비녀와 귀걸이를 풀고 일어나 절한 후 대죄(待罪)하며 말하였다.
> "아버님 날 낳으시고 어머님 날 기르시니 깊이 사랑하셔 막내딸 여린 듯 예뻐하셨지요. 집안 깊은 곳에서 입에 맞는 맛난 음식 먹으며 조석 문안과 부모 봉양에 회한이 없을까 했었지요. (그런데) 상제(上帝)께서 벌을 내리니 적악한 집에 재앙을 쌓이고 망극하신 은혜에 도리어 근심을 끼치게 되었네요. 아들 다섯을 두었는데 완연히 죽어 없어지고, 슬퍼라

---

28 利女貞者 旣修家內之道 不能知家外他人之事 統而論之 非君子丈夫之正 故但言利女貞其正在家內而已. 〈가인괘(家人卦)〉, 『정본주역(正本周易)』.

죄 없는 제 무덤문도 가시덩굴이 되었지요. 큰 하늘은 밝아 덕 닦음에 이르려는 한 가지 착한 일로 이 몸에 복을 내리었어요. 환혼의 길이 생겨 저승에서 되살아나 한밤중 깨어 가슴을 치며 긴 밤에 원한만 응어리졌어요. 달 뜬 환한 밤에 헌걸찬 임을 만나 한번 맹세 굳게 맺어 동혈(同穴)을 기약하였지요. 담을 뚫고 지붕 뚫어 죽은 뼈와 살을 되살렸으니 황천에는 틈 없으나 큰 굴속엔 공간 있어서였지요. 만남에 화락함이 흘러넘쳐 그 즐거움이 또한 컸으니 그이가 나무를 꺾지 않았다면 여자가 어찌 이슬에 젖었겠어요. 어떻게 은덕을 갚아야 할지 (생각하면) 감히 이제라도 붙들어야 좋겠지요. 아버지 어머니, 지금부터라도 많은 복을 구하시어 후세 편케 해주세요. 어찌 목숨을 빼앗으려 하며 사람 마음 몰라주시나요? 끼르륵 끼르륵 우는 기러기 아침 해에 예를 다하고 곱디고운 복숭아꽃 때 놓치지 않게 해주세요. 임과 다시 만나는 것은 저의 소원이고 저의 길이라 〈백주(柏舟)〉시로 굳게 맹세했어요. 일찍이 이리될 줄 알았다면 살아나지 않고 공강(共姜)의 귀신과 손잡고 함께 갈 것을!"[29]

인용은 〈하생기우전〉에서 가장 장중하고 다감(多感)면서 비장한 문체로 서술되는 부분이다. 여인은 부모님께 자신의 심회를 곡진하면서도 강경하게 아뢴다. 여인이 부모에게 아뢰는 말은, 낳아주심과 훈육의 은혜에서 시작하여 자신이 죽었다 되살아나게 된 경위, 하생

---

[29] 女脫簪珥 起拜待罪曰 父兮生我 母兮鞠我 慈深季女 婉孌姝姹 室家之壺 酒食是宜 問寢戶饔 庶無貽罹 上帝疾威 殄此積惡 岡極之恩 反貽伊戚 有子五人 宛其死滅 哀我無辜 墓門成棘 昊天明月 及爾修德 一善陰騭 庸錫女士 還魂有路 九原可起 中宵寤擗 怨結永夜 月出皎兮 逢此粲者 綢繆一誓 已成同穴 穿墉啄屋 生死肉 黃泉無間 大隧有空 融融洩洩 其樂亦孔 仲非折檀 女豈需露 宜何報德 乃敢寔好 父兮 自今伊始 將求多福 貽燕後嗣 云胡奪命 不諒人只 嗈嗈鳴鴈 禮宜旭日 灼灼夭桃 戒在迨吉 重成邂逅 願我則 柏舟之詩 矢以靡慝 早知如此 莫若無生 共姜有鬼 携手同行. 〈하생기우전〉, 93~95쪽.

과의 만남, 그와의 약속을 지키지 못하면 죽을 뿐이라는 것 등이다. 여인은, "임(필자 주; 하생)을 만나 한번 맹세 굳게 맺어 동혈을 기약하였"는데, 부모님께서 "목숨을 빼앗으려고 하며 사람 마음 몰라주"니 "〈백주〉의 시로 맹세"하건대 "공강(共姜)의 귀신"과 함께 걸을 것이라고 아뢴다. 죽음을 불사하고 하생에 대한 신의와 절개를 지키겠다는 말이다.

여인의 정정(貞貞)함이 제대로 드러난다. 인용한 부분과 같은 여인의 행동은 쉽거나 간단한 것이 아니다. 여인은 그 부모처럼 하생과의 만남을 꿈으로 치부한 후[30] 부귀가의 딸로 편히 살았을 수도 있다. 그러나 여인은 하생에 대한 신의를 결연한 의지로 지키려고 한다. 그렇다고 여인이 부모에게 포악을 떨거나 무례하지도 않았다. 여인은 자식된 도리를 갖춘 채 하생과의 신의를 지키겠노라고 부모를 설득한다. 여인의 방식은 자식된 도리로서 부모를 설득하는 태도면서 동시에 천명에 따르는 인간의 바른 태도기도 했다. 이런 여인의 정정함에 의해 비로소 가인(家人)의 괘가 실현됨을 볼 수 있다.

이런 점에서 점복의 두 내용은 보편적이면서 현실적인 가치 판단의 사례가 된다. 점복은 재주와 능력이 용납되지 않고 선택과 결정이 불가능한 혼돈의 현실 상황에서 무엇을 어떻게 해야 하는가를 말해준다. 나아가 상처받은 남성이 가정으로 돌아와 때를 기다릴 때, 여성이 보여야 할 태도가 어떠해야 하는지를 제시한다. 문제적 상황의 해결이 비현실적 점복으로 치장되어 있지만, 그 내용은 현실적이면서도 보편적인 이치인 셈이다. 이것이 『주역』 점복의 실체이며 명이와

---

30 但家世不敵 事又夢誕 因而與之 恐駭物論 吾欲厚遺之. 〈하생기우전〉 92쪽.

가인의 괘에 담긴 우의(寓意)이다.

2) 기우(奇遇)에 나타난 실천 의지

그렇다면 〈하생기우전〉 기우(奇遇)의 서사에 내장된 의미는 무엇인가. 사실 〈하생기우전〉에 형상화된 하생의 삶은, 결정된 운명으로 존재하며 우연의 연속에 의한 그것의 실현처럼 보인다. 이런 점에서 하생의 삶은 비현실적이고 예측 불가능한 것처럼 보이지만, 실제로는 결정된 삶에 불과한 것으로 이해할 수도 있다. 그러나 〈하생기우전〉에서 더 중요하게 그려진 것은 예정된 길을 걷는 인간의 태도이다. 복사의 말처럼, 하생의 부귀는 운명처럼 본디부터 있던 것이다. 다만 부여된 부귀를 온전하게 성취하여 누릴 수 있는가는 하생의 선택과 의지, 노력에 따라 완전히 달라질 수 있다. 길을 아는 것과 그 길을 걷는 것은 다르다.

이는 모든 인간은 부귀를 타고났지만, 그런 부귀를 성취하는가 여부는 개개인의 선택과 노력에 달려 있음을 뜻한다. 다음의 인용을 통해 하생의 태도와 선택을 보자.

> 바라보니 작지만 화려한 집 한 채가 있었다. 그림을 새겨 장식한 방이 높게 담 밖으로 보이는데, 비단 창 안쪽에 등불 빛이 푸르게 비치고 있었다. 바깥문이 반쯤 열려 있고 인적은 전혀 없었다. i)하생이 이상히 여기며 몰래 들어가 엿보았더니 나이 열여섯쯤 되어 보이는 미인이 각침에 기대어 비단 이불을 반쯤 덮고 있었는데, 수심에 젖은 아름다운 모습이 똑바로 쳐다보기 어려울 정도였다. 미인은 턱을 괸 채 크게 한숨을 내쉬고 작은 소리로 두 구절을 나직하게 읊었다.

향로 연기 사라지고 닫혀 있는 동방에서
공연한 근심 속에 무심히 원앙을 수놓는데
소식이 한번 끊어진 가을 하늘 차기만 하고
지는 달은 더욱 곱게 지붕을 비치네.

분갑에는 먼지 끼고 구리거울에는 녹이 앉았는데
꿈속에서 만난 님은 깨고 보면 거짓이라.
비단 휘장 깊은 밤 흰 기러기 빨리 오니
늙은 홰나무 성긴 버들 달빛 속에 쓸쓸하기만 하네.

ii)시의 뜻을 살펴보니 수자리에 동원된 사람의 아내 같았으나 용모와
행동거지는 귀한 집 딸인 것도 같았다. 지키는 사람이 있을까 염려하여
두려운 마음으로 물러나오다가 자기도 모르는 사이에 발소리를 내고 말
았다. 미인이 시중드는 아이를 불러 말하였다. "금환아, 옥환아! 창밖에
난 발소리는 누구 것이냐?" 시중드는 아이 둘이 함께 응답하고 와서 말하
였다. 저희 둘은 뒷마루에서 깜빡 잠이 들었습니다. 창밖에 달이 밝은데,
또다시 누가 있겠습니까? iii)여자가 자그마한 소리로 말하였다. "지난밤
에 꾸었던 좋은 꿈 이야기를 내 너희에게 해주지 않았니? 좋은 분께서
오신 것은 아닐까?"라고 하면서 서로 농담을 주고받으며 웃었다. 하생은
멍하니 그 말을 듣고 있다가 iv)새삼 복사의 말을 생각하고는 내심 기뻐하
였다. 드디어 문을 두드리며 헛기침 소리를 내자, 곧 시중드는 아이 둘이
문을 열고 응대하여 말하였다.[31]

---

31 見一小屋而麗畫堂 高出墻外 紗窓裏 獨影靑熒 外戶半開 稍無人跡 生異之 潛入而窺
有美人 年可二八 欹倚角枕 半俺錦被 愁容麗態 目難定視 乃支頤太息 微吟二絕句
寶篆煙消閉洞房 閑愁無意繡鴛鴦 鴈書一斷秋空冷 落月亭亭照屋樑 塵留粉匣綠生銅
夢裏逢郞覺是空 羅幌夜深霜信早 古槐踈柳月明中 觀詩意 則若戍夫之婦 而容儀居
止 又似貴家處子 懼有人守之者 慄然而退 不覺足音登然 美人呼侍兒曰 金環玉環 窓
外跫音者 誰也 侍兒齊應而至曰 吾兩人方假睡後聽 窓外月明 復何人乎 女細語曰 昨

교외를 떠돌던 하생이 여인을 만나는 부분이다. 하생은 복사의 말에 따라 성의 남문 밖으로 나와 어두워질 때까지 방황하다가 겨우 집을 하나 발견한다. 하생의 눈에는 작지만 화려하게 꾸며진 집이 들어온다. 높은 담장과 그림을 새겨 장식한 방과 사창(紗窓), 사창에 비쳐진 등불, 그리고 반쯤 열린 바깥문 등의 세세한 모습이다. 이런 자세한 묘사는 하생이 얼마나 세심하게 살폈는지를 알 수 있다. 그런데 하생의 세심한 관찰은 신중한 생각을 동반한 것이기도 하다. 그는 밤인데도 사립문이 반쯤 열려 있는 것을 보고 범상하게 여기지 않는다. 밤에 문을 열어둔 것은 누군가를 기다리는 상황이거나 집안사람이 사립문 주변에서 일을 하고 있을 때나 가능하다. 주변에 인적이라곤 없는데 사립문을 열러두는 것은 분명 이상한 일이다. 그러니 하생이 i)에서처럼 이상하다고 생각하는 것은 당연하다. 관찰, 숙고, 판단의 결과 조심스레 집안으로 들어가 상황을 엿본다. 주변에 인적이 없는데도 문이 열려 있으니 들어가 좀 더 살핀 것이다. 그리고 수심에 젖은 젊은 미인이 읊는 시를 듣게 된다.

하생의 세심한 관찰과 신중한 판단은 이후에도 계속된다. 하생은 여인이 읊는 시를 범상하게 여기지 않는다. ii)에서처럼, 하생은 시의 뜻을 생각하며 깊이 살핀다. 언뜻 시의 뜻만을 보면 남편이 수자리 살러 간 여인인 듯하고, 여인의 모습과 행동거지로 보면 귀한 집안의 처자임에 분명하다. 여인이 읊은 시의 "공연한 근심", "무심히 놓는 원앙 자수", "소식이 끊어진", "분갑에는 먼지 끼고", "구리거울에는

夜有佳夢 吾固告汝矣 莫是吉上來歟 因相與謔笑 生悅聞其語 又思卜師之說 心內自喜 遂門作警欬聲 卽有二侍兒撥門應曰. 〈하생기우전〉, 80~82쪽.

녹이 앉고", "꿈속에서 만난 임" 등과 같은 표현은 분명 사랑하는 사람
과 함께 있지 못한 여인이 읊을 법한 내용들이다. 처녀가 외간 남자를
그리워하는 시를 읊을 까닭이 없었을 것이므로, 수자리 간 남편을 그
리는 여인일 것이라고 판단한 것이다. 반면 시를 읊을 수 있는데다
얼굴과 자태, 행동거지는 귀한 집 처자처럼 보였다. 귀한 집 처자라면
주변에는 필시 지키고 있는 사람이 적지 않을 것이고, 이것은 괜한
오해와 봉변으로 이어질 수 있다. 그러니 하생이 "염려하여 두려운
마음"으로 물러나려 했던 것이다. 물러남은 세심한 관찰과 숙고에 따
른 합당한 행동이라 하겠다.

그런데 하생은 하필, 물러나면서 자신도 모르게 낸 발소리를 낸다.
그리고 그것이 새로운 상황을 만든다. 잠 못 들던 여인은 시비들에게
누구의 발자국 소리인지를 묻고, 시비들은 깜박 잠이 들어 아무 소리
도 못 들었다고 하면서, 달도 밝은데 도둑이 들었을 리는 없다고 말한
다. 이에 여인은 ⅲ)처럼, 작은 소리로 자신의 꿈 얘기를 꺼내며 "좋은
사람[吉士]이 왔을지 모른다."는 말을 한다. 여기서도 하생은 여인의
혼잣말처럼 하는 작은 말소리를 무심히 듣지 않는다. 비록 작은 소리
였지만, 좋은 사람을 기다리는 여인의 심정을 알아채고, ⅳ)처럼 복사
의 말을 떠올린다. 그리고 이 여인과의 만남을 기대하면서, "기뻐하
며" 문을 두드리며 헛기침 소리를 낸다. 그간 염려와 불안에 휩싸여
조심조심하던 태도와는 사뭇 다르게 행동한다.

이처럼 하생은 매 순간 기미(機微)를 잘 살핀 후, 깊이 생각하여
옳게 판단하고 조심스레 행동한다. 하생의 이런 태도는 세심한 관찰
(觀察)을 근거로 신사(愼思), 명변(明辯)한 후 행동을 하는 것이다. 그
리고 이런 하생의 태도가 여인과의 만남 즉, 기우를 만들어냈다. 하생

과 여인의 만남이 관찰, 신사, 명변을 통한 것이라는 점에서 기우는 돌연하거나 손쉬운 것이라고 할 수 없다. 기우는 예정된 운명의 순조로운 실현이 아니라, 운명을 실현하는 주체의 간단(間斷)없는 노력의 결과다. 관찰과 신중한 사고 및 명확한 판단, 그리고 실천의 태도에 의해서 이루어진 것이다.

이런 점에서 기우의 괘사는 예정된 운명을 말한 것이라기보다는, 그것을 달성하기 위해 주체가 무엇을 어떻게 실천하고 있는가에 달려 있음을 말한 것이다. 하생과 여인의 만남이라는 결과만을 주목하면 기이한 운명의 실현으로서의 기우가 된다. 하지만 주어진 운명인 기우를 완성하기 위한 과정에서 하생이 보인 태도와 노력에 주목하면 우연한 결과나 낙관적 성취라고 말할 수 없다. 하생이 사립문이 반쯤 열린 것을 범상하게 여겼다면, 여인의 시의(詩意)를 되새기며 여인을 살피지 않았다면, 여인의 작은 말소리에서 복사의 점복을 떠올리지 못했다면 여인과의 만남은 이루어질 수 없었을 것이다.

이상의 가정 가운데, 그 어떤 것 하나만이라도 소루하게 지나쳤거나 제대로 판단하고 행동하지 않았다고 해도 기우는 없었을 것이다. 이것은 이후 과정에서도 마찬가지다.

시아(侍兒)가 낭자의 명을 받들고 와서 찾아와 물어 말했다. i)"홀로 외지고 누추한 곳에 사는데 손님은 어떤 연유로 이곳까지 이르게 되셨는지요?" ii)하생은 집안에 다른 사람이 없다는 것을 헤아리고 여인의 마음을 알아보고자 하여 답하기를, "저는 어려서부터 재명을 얻어 국학(國學)에 뽑혔습니다. 늘 곡앵(谷鶯)의 시를 노래하고 진량(陳良)의 학문을 비루하게 여기며 망령되게도 청자(靑紫)를 거머쥐고 공업도 뜻대로 이룰 수 있다고 생각하면서 부귀는 하늘에 달렸고 길흉은 사람에게 비롯된다는 것은 몰랐는데, 오늘 지나다 복사의 말을 듣고 이곳에 이르렀습니다."고 하면서 iii)복사의 말을 함께 말해주었다. 시아가 말을 듣고 갔다가 웃으며 다시 와서 말하기를, iv)"저 또한 복사의 말을 믿고 액운을 벗어나기 위해 왔으니 이것은 우연이 아닙니다. 집이 비록 누추하나 하룻밤 편안히 주무십시오." 하였다. 하생은 그 말을 더욱 이상히 여겨 궁금함을 이길 수 없었다. 즉시 책상 위의 꽃무늬 종이를 펼쳐 단편 두 수를 써서 시아에게 주며 말하였다. "방을 빌려주신 것만도 은혜가 큰데 은근함이 이와 같으니 감사의 말씀을 드릴 바를 모르겠습니다." 그 시는 이러했다.

　맑은 은하수 그림자 반쯤 기울었는데
　수놓은 발 겹으로 드리우고 구름 병풍으로 가리었네.
　직녀의 베틀 곁을 지나는 것을 꺼려하지 마오.
　도리어 군평(君平)이 객성을 알아본 게 괴이한 게지.

　향 연기 피어오르고 구름 막 흩어지는데
　옥 같은 절개 높고 높아 봉새도 중매 못하니
　애끊는 하룻밤의 베갯머리 꿈 외로워라.
　v)도리어 가련하네, 양대(陽臺)에 이르는 길 없음이.

시아가 가지고 간 뒤 얼마 지나지 않아 다시 꽃무늬 종이를 가지고 와서 하생 앞에 내놓았다. 바로 주인 낭자가 보낸 답장이었다. 그 시는 이러했다.

　어젯밤 나른하게 원앙침에 기대 누워
　꿈속에 많은 꽃 꺾어 머리 가득 꽂았네.
　vi)시아와 마음 속 얘기하고
　화장 거울 보려하니 왠지 부끄럽네.

vii)달 기다려 연 격자창 밤에도 닫지 않았고
옥 새장 속 앵무새는 막 잠이 들었네.
마음 속 낙엽이 옥처럼 울리기를
무정한 듯하지만 도리어 유정하다네.

하생이 시를 보고 여인의 뜻을 깨닫기는 했으나, 반신반의하면서 여인
의 방을 보았다. 가까이 있고 가로막고 있는 것도 없었으며 시중드는 아이
는 모두 잠자리에 들었다. 처음에는 어쩔 줄 몰라하며 서성대다가 실행하
기로 마음먹고 다가갔다. 가볍게 손을 놀려 창을 여니 여인은 바야흐로
쓸쓸히 수심 띤 얼굴로 앉아 있었다. 누군가를 기다리고 있는 듯하였다.[32]

여인이 하생을 집안에 들인 후, 서로의 본뜻을 탐색하는 과정이다.
이런 그들의 대화는 범상하게 여기면 그만이지만, 내밀한 의사를 고
려하여 읽으면 치밀하게 의도된 밀당임을 알 수 있다. 여인은 시아를
통해 하생에게 인사말을 전하며 i)에서처럼, "홀로 외지고 누추한 곳
에 산[寡居辟陋]"다고 말한다. 자신의 처지를 "과거(寡居)"라고 함으로
써 집안에 다른 남자가 없음을 은근히 드러내 알게 한다. 세심한 하생

---

32 侍兒尋以主娘之命 來問曰 寡居辟陋 客緣何至此 生度室中無他人 欲嘗女意 乃答曰
鯫生早負才名 來充國賓 常歌谷騭之詩 每陋陳良之學 妄意靑紫可收拾 功業可指取
不識富貴在天 吉凶由人 今日過聽卜師之言 乃至於是 幷以卜師之言 告之 侍兒聞言
而去 笑而來復曰 弱質亦信卜師之說 度厄而來 斯非偶然 室雖陋 請好一宿 生尤異於
其言 不勝技癢 卽取案上華牋 書短篇二章 付侍兒曰 借舘已多 慇懃如是 口難陳謝
其詩曰 淸淺銀河影半橫 繡簾重下俺雲屛 不嫌織女機邊過 還惋君平識客星 香塵脉
脉雲初散 玉節迢迢鳳不媒 腸斷一宵孤枕夢 却憐無路到陽臺 侍兒將去 未須臾復持
花牋 致之生前 乃主娘之所酬也 其詩曰 昨宵懶倚鴛鴦枕 夢折繁花揷滿頭 說與侍兒
心內事 欲看粧鏡却生羞 待月疎欞夜不扃 玉籠鸚鵡睡初成 經心落葉琅玕響 却似無
情更有情 生得詩 雖知女意 將信將疑 見女之室 近且無閣 侍兒皆就睡 初身便旋然
履行遂追 輕手開窓 則女方悄然愁坐 若有所俟 〈하생기우전〉, 83~84쪽.

은 ii)처럼, "집에 다른 사람이 없음을 헤아[生度室中無他人]"린다. 하생
은 집에는 다른 사람이 없다는 뜻을 전하는 "여인의 마음을 알아보고
자 하[欲嘗女意]"였다.

이에 자신이 태학생임과 함께 자신의 재주와 평소 태도 등을 말하
며 복사의 점복에 따라 여기에 이르렀다고 말한다. 신뢰할만한 자신
의 태학생 신분과 산중에 들게 된 연유를 차근차근 밝힌 것이다. 그러
자 여인 또한 복사(卜師)의 말을 믿고 재액을 피하려고 왔다고 하며,
"이것은 우연이 아니"라고 전한다. 하생이 "액운을 벗어나고 아름다
운 배필을 만날 것"이라는[33] 복사의 말을 함께 전하자, 여인은 iv)에서
처럼 자기 또한 그렇다고 말하며 "우연이 아니"라고 하였다. 이것은
자신이 하생과 같은 남성을 고대하였음을 은근히 드러낸 셈이다. 사
려 깊은 하생의 궁금증이 더 커졌을 것은 자명하다. 여인이 액운을
벗어나기 위해 왔다고 말한 바, 그 진의는 무엇이고, 진정 자신을 고
대했던 것일까에 대한 궁금증이었을 것이다.

이에 하생은 더욱 이상하게 여기며 여자의 마음을 확인하고자 한
다. v)처럼 양대(陽臺)에 오르고자 하는 마음 즉, 운우지정(雲雨之情)을
바라는 뜻을 담은 시를 보낸다. 시아가 알아채지 못하도록 시로 포장
했지만 노골적인 마음이다. 그러자 여인 역시 하생을 기다리고 있었
다는 뜻이 담긴 답시를 보낸다. 여인의 시는 길사(吉士)를 고대하는
마음으로 차 있음을 알리는 것이다. 시의 내용은 사뭇 노골적이다.
그녀는 첫째 수의 vi)에서 시아와 좋은 꿈 얘기를 하곤 거울을 마주하
며 화장할 때 새삼 부끄러움이 솟았음을 말한다. 시집을 가지 않은

---

33 非但度厄 且得佳偶. 〈하생기우전〉, 79쪽.

여인으로서 남자를 생각하며 화장을 하는 심경을 솔직하게 그린 것
이라 하겠다. 그리고 둘째 수의 vii)에서는 달이 뜨기를 기다려 격자
창은 열어두었다는 것과 누군가 찾아오면 시끄럽게 떠들어낼 앵무새
가 막 잠이 들었다는 것을 말한 후, 자신은 유정(有情)한 마음으로 낙
엽 밟는 소리가 나기만을 기다리고 있노라 하였다. 양대(陽臺)에 오를
길이 없다는 하생의 시에 창문 열어두었고 시아는 잠들었으며 자신
은 낙엽소리만을 기다리노라고 했다. 여인은 장애될 것이 없으니 주
저하지 말고 오라고 답해준 것이다.

　이런 답시를 받고, 하생은 비로소 상대도 자신을 고대하고 있었음
을 분명히 알게 된다. 시로 여인의 마음을 알게 되었지만, 그것을 전
적으로 믿고 안 믿고는 다른 문제다. 하생은 다시 여인의 방과 그
주변을 살피며 지키는 사람이 없는지 확인한다. 그는 잠긴 문도 없고
시아들이 모두 잠들었음을 확인한 후에도 처음에는 어쩔 줄 몰라하
며 서성댄다. 그리고 마침내 나간다. 마음으로 결정한 것이다. 하생
은 한번 결정하자, 더 이상 망설이지 않는다. 마침내 나가 가볍게 손
을 놀려 문을 열고 여인을 본다. 그리고 근심스레 앉아 초조한 듯
누군가를 기다리는 여인의 모습을 확인한다. 하생은 비로소 웃으며
말을 건넨다. 그것은 큰 소리를 내지 말고 조용히 해달라는 뜻의 세간
의 노랫말이었다.

　이들은 계속되는 일상적 대화에 자신들의 내밀한 의도를 담았다.
동시에 그것을 통해 상대의 처지와 마음을 탐색했다. 하생과 여인이
서로의 마음을 확인하는 일련의 과정은 살펴보면, 이들의 만남은 돌
연하지도 저절로 얻어진 것도 아님을 알 수 있다. 믿기도 하고 의심도
하는[將信將疑][34] 과정에서 신중한 탐색과 행동을 한 결과로 얻어진 것

이다. 물론 그들의 만남이 운명적으로 예비(豫備)되었음은 분명하다. 하지만 예정된 운명이라고 해서 우연히 그리고 저절로 이루어질 수 있었던 것은 아니다.

이런 점에서 기우(奇遇)일 수는 있겠지만, 결코 돌발적이거나 낙관적 성취라고는 할 수 없다. 오히려 세심한 살핌, 깊은 생각, 명확한 판단을 토대로 한 행동으로 이루어진, 하생의 노력에 의한 것이라고 해야 한다. 하생이 복사의 말을 빌려 전하는, "길흉은 사람에게 비롯된다는 것"은 결코 거짓된 말이 아니다. 사람이 어떻게 하느냐에 따라 운명은 충분히 달라진다. 이들의 만남이 기우임에는 분명하지만, 우연하게 저절로 이루어진 것은 아니라는 사실에서 반어(反語)일 수 있다.

그런데 하생과 여인의 태도와 관련해서 주지해야 할 바가 하나 더 있다. 그것은 상대에 대한 굳건한 믿음과 최선을 다하는 실천이다. 하생이 정정한 여인을 만나 행복한 결말을 맺을 수 있었던 것은 상대를 믿고 그 믿음을 굳건한 의지로 실천해나갔기 때문이다.

여인이 하생의 팔을 베고 누워 흐느끼며 눈물을 흘리자 하생이 놀라 말하였다. "겨우 좋은 만남이 이루어졌는데, 갑자기 왜 이러는지요?" 여인이 말하였다. i)"여기는 사실 인세(人世)가 아니에요. 첩은 곧 시중(侍中) 아무개의 딸로 죽어서 이곳에 장사 지낸 지 벌써 사흘째지요. 제 아버지께서 오랫동안 요직에 계시면서 아주 작은 원망만으로도 남을 중상(中傷)한 일이 아주 많았지요. 처음엔 아들 다섯과 딸 하나 있었지만 오라비는 모두 아버지보다 먼저 세상을 떠나버리고 저 혼자 옆에 남아 있다가 지금 이렇게 되어 버렸어요. 어제 상제께서 저를 부르시어 명하시기를, '네 아버지

34 生得詩 雖知女意 將信將疑. 〈하생기우전〉, 85쪽.

가 얼마 전 큰 옥사에서 죄인을 취조하면서 죄 없는 사람 수십 명의 목숨
을 모두 살려주었기에, 지난날 사람들을 중상하였던 죄를 용서받을 수
있게 되었다. 아들 다섯은 이미 죽은 지가 오래라 되돌릴 수 없으니 너를
살려 보냄이 마땅하다.' 하였습니다. 저는 절하고 물러나왔지요. 기한이
다음 날이었는데, 이것을 넘기면 다시 소생할 가망이 없겠지요. 오늘 낭군
을 만나게 된 것 역시 운명인 듯합니다. 오랫동안 사이좋게 지내면서 평생
지아비로 받들고자 하는데 허락해 주실지 모르겠네요."

　ii)하생이 역시 울며 말했다. "진실로 그대의 말과 같다면 죽더라도 그
렇게 하지요." 여인이 이에 베갯머리에 있던 금척(金尺)을 끌어당겨 건네
주며 말했다. "낭군께서는 이것을 가지고 국도(國都)의 저잣거리 큰 절
앞에 있는 하마석(下馬石) 위에 놓아두세요. 반드시 기억하고 알아보는
사람이 있을 거예요. iii)비록 곤욕을 치르게 되더라도 (제 말을) 잊지 마셨
으면 합니다." 하생이 "알겠다."고 하였다. 여인이 하생에게 일어나기를
재촉하였다. 드디어 손을 잡고 이별하면서 입으로 시(詩)를 한 수 외우며
하생을 전송하였다.[35]

하생과 여인이 잠자리에서 나눈 대화다. 여인은 울며, i)처럼 이곳
이 인간 세상이 아니라고 한다. 그리고 하생에게 자신의 내력과 현재
상황을 말한다. 그러나 하생은 전혀 놀라거나 하지 않는다. 하생은
여인의 말에 귀계이든 아니든 상관없다는 태도로 ii)처럼 감동하여

35　夜將曉 女枕生臂 嗚咽流涕 生驚曰 纔成好會 遽爾如此奚 女曰 此實非人世 妾乃侍
　　中某之女也 死而葬此 今已三日矣 吾父久居權要 以睚眦中傷人 甚衆 初有五子一女
　　而五姻皆先父夭折 妾獨在側 今又至此 昨上帝召妾 命之曰 爾父頃鞫大獄 全活無罪
　　數十人 可贖前日中傷人之罪 五子死已久 不可追也 當遣爾歸 妾拜而退 期在曉日 過
　　此則更無其蘇之望 今者邂逅郎君 是亦命也 欲托永好 終奉巾櫛 未識許否 生亦泣曰
　　苟若子言 當死生以之 女乃抽枕邊金尺以與曰 郎君可持此 置之國都市大寺前下馬石
　　上 必有記取者 雖至困辱 幸勿忘也 生曰 諾 女促生起 遂握手相別 口占一絶送生曰.
　　〈하생기우전〉, 86~88쪽.

울며, 그녀의 말에 따르겠다고 다짐한다. 하생에게 중요한 것은 서로 간의 애정과 믿음일 뿐이었다. 하생의 마음을 확인한 여인은 믿음의 상징인 금척(金尺)을 건넨다. 척(尺)은 길이를 재서 평가의 기준으로 활용하는 것이니 믿음을 상징한다. 여인은 이런 금척을 건네며, 저잣거리의 큰 절 앞 하마석에 놓아두면 반드시 알아보는 사람이 있을 것이며, 비록 곤욕을 치르더라도 자신의 말을 잊지 말라고 iii)처럼 다짐을 둔다. 이에 하생은 흔연히 알겠노라고 한다. 하생의 대답은 거리끼는 바가 없다. 인간과 귀신의 만남이라는 점도, 하생의 앞에 예비되어 있는 사건이나 곤욕도 중요하지 않다. 서로가 서로에게 만남을 허락했으니 서로의 말을 믿고 지키면 될 뿐이다.

이들의 애정과 믿음은 생사의 경계를 넘어선 실천으로 이어진다. 하생은 신중하게 살피고 생각하여 밝게 판단을 내리지만, 그것을 행할 때에는 독실하게 믿고 실천한다. 이것은 〈만복사저포기〉의 양생이 여인에 대해 끊임없이 망설이고 머뭇거렸던 것과는 확연히 다른 태도이다. 〈만복사저포기〉에서 양생은 매 순간 머뭇거리고, 의심하며 주저한다.[36] 그러나 하생은 일단 결정된 상황에서 머뭇거리거나 의심하지 않는다. 이런 점에서 하생은 〈이생규장전〉의 이생이나 양생과 같은 "반성적 주체"가[37] 아니다. 하생은 회의하고 성찰하면서 시

---

36 〈만복사저포기〉의 양생은 여인과 만복사 판방(板房)에서 잠자리를 함께하고 난 후에도 의심을 떨쳐 버리지 못한다. 양생은 끊임없이 의심하고 주어진 상황을 이상하게 여긴다. 몇몇의 예를 들면 다음과 같다. 인용한 원문은 장효현 외, 〈만복사저포기(萬福寺樗蒲記)〉, 『교감본 한국한문소설 전기소설』, 민족문화연구원, 2007이다. 이하에서는 인용한 쪽수만 밝히겠다. 生雖疑怯 談笑淸婉(60쪽) ; 生聞此言 一惑一驚(61쪽) ; 然其態度不凡 生熟柿所爲(61쪽) ; 隨應隨滅 不知所之(61쪽) ; 何居處若此也(62쪽) ; 意非人世 而繾綣意篤 不復思慮(62쪽).

간의 허무와 싸우며 좌절하는 파토스적 인물에[38] 해당되지 않는다. 그는 오히려 세계의 합리성과 존재 의미를 믿고 행하는 굳건한 실천 의지를 지닌 인물이다.

큰 절 앞에 이르니, 과연 네모난 반석(盤石)이 보였다. 금척(金尺)을 꺼내어 돌 위에 놓아두었지만 지나는 사람들이 아무도 돌아보지 않았다. 해가 중천에 떴을 때, 소복을 입은 여인 세 명이 저자에 왔다가 그곳을 지났는데, 뒤에 있던 여인 하나가 금척을 보고는 반석 주위를 세 바퀴나 돌고 갔다. 잠시 후에 그 여인이 건장한 노복 여러 명을 데리고 와서 하생을 묶으면서 말하였다. "이것은 작은 아씨의 순장품이다. 너는 그 무덤의 도굴꾼이지?" i)하생은 여인의 부탁을 소중하게 여기고 사랑하는 정 또한 도타운지라 고개를 숙인 채 곤욕을 치르면서도 입을 열려고 하지 않았다. 보는 사람들이 모두 침을 뱉으며 그를 더럽게 여겼다. 집에 이르러 하생을 묶은 채로 섬돌 아래 두었다. 시중(侍中)은 검은색 궤안에 기대어 청사(廳事) 안에 앉아 있었고 자리 뒤에는 주렴이 드리워져 있었다. 그 아래에는 시비 수십 명이 죽 늘어서서 서로 보기를 다투면서 말하였다. ii)"모습은 유자(儒者)인데 행실은 도적일세." 시종이 금척을 집어 들어 확인하고는 눈물을 흘리며 말하였다. 과연 내 딸과 함께 순장했던 금척이구나. 주렴 안에서 흑흑하고 우는 소리가 들리면서 시비들도 모두 얼굴을 가리고 울었다. 시중이 손을 저어 그치게 하고 하생에게 물었다. "너는 뭐하는 사람이냐 그리고 이것은 어디에서 손에 넣었느냐?" 하생이 대답하였다. iii)"저는 태학생이고, 그것은 무덤에서 얻었습니다." 시중이 말하였다. "시(詩)와 예(禮)로써 무덤을 파헤치는 것이 가당한 짓이냐?"[39]

---

37 윤채근, 『소설적 주체, 그 탄생과 전변』, 월인, 1999, 237~238쪽.

38 윤채근, 『신화가 된 천재들』, 랜덤하우스, 2007, 35쪽.

39 至大寺前 果有方石存焉 出金尺置之石 行者不顧 日且高 有女三皆素服 市過之 後一
    女見尺 繞石三環而去 有頃 女率健奴數輩來 縛生曰 此少娘殉葬之物 爾其墓賊乎 生

하생은 굳건한 의지로 여인과의 약속을 지켜낸다. 그는 반나절 이 상을 저잣거리에서 멍하게 서 있었고, i)처럼 천한 아랫것들이 도굴꾼 이라 욕하며 끈으로 묶고 침을 뱉어도 묵묵히 견뎠다. 하생이 서울의 저잣거리 한가운데서 비웃음과 조롱을 받아도 견딜 수 있었던 것은 여인에 대한 애정과 믿음 때문이다. 이런 행동은 여인과의 약속을 저버리지 않겠다는 굳은 마음이 없었다면 불가능한 것이었다. 하생 은 여인과의 만남을 허황된 것으로 여기거나 의심하지 않고, 여인의 말을 믿으며 자신이 약속한 바를 지키기 위해 모든 상황을 견뎌냈다. ii)와 iii)처럼 도둑대접을 받고 온갖 말로 모욕해도 그것을 견뎌냈다. 보통 사람으로는 쉬 감당할 수 있는 일이 아니다.

하생은 섬약하고 망설이며 회의하는 사람이 아니다. 실천 의지를 지닌 인물이다. 이런 점에서 하생의 행동은 쉬워 보이지만 누구나 할 수 있는 것이 아니다. 삶은 단순히 믿고 하겠다는 언명을 넘어서는 실천의 문제이다. 생각과 다짐은 쉽지만 실천은 어렵다. 더욱이 귀신 과의 약속, 실체를 의심할 수밖에 없는 약속을 믿고 자신의 체모와 분수를 돌보지 않으며 모욕을 감내하기란 더 어렵다. 그런데 하생은 그 모든 것을 견뎌냈다. 이런 하생의 태도가 바로 명이(明夷)의 올바 른 실천이라 할 수 있다. 세상 모든 사람이 어리석은 도둑이라고 욕해 도, 자신을 드러내지 않으며 굳건한 의지로 그런 암울한 상황을 감내

重女之托 情愛亦篤 俛首取辱 不敢開口 見者皆唾鄙之 旣至其第 縛致生階下 侍中倚 烏几 坐廳事中 座後垂珠簾 其下侍女數十 相排競看曰 貌是儒者 行則賊也 侍中取金 尺認之 泣曰 果吾女旬葬之尺也 簾內有哭聲嗚嗚 侍婢皆掩泣 侍中搖手止之 問生曰 爾是何人 得之何處 生答曰 我是大學生 得之墓中 侍中曰 汝以詩禮 發塚可乎. 〈하생 기우전〉 89~90쪽.

해냈다. 명이 괘의 대표 사례인 문왕(文王)과 기자(箕子)처럼 말이다.

대부분의 연구자들은 하생이 여인과 만나는 것을 손쉬운 문제 해결의 방식으로 치부하기 일쑤였다. 전기소설에서 흔히 보이는 인귀교구(人鬼交媾) 화소의 하나, 기이함의 수용 정도로 이해했다. 물론 여인과의 만남이 낙관적 문제해결의 한 방식이며, 인귀교구화소의 수용임을 굳이 부정할 필요는 없다. 다만 실제 현실의 측면에서 하생의 믿음과 실천 의지가 과소 평가돼서는 안 된다. 하생이 우연히 여인을 만나서 손쉽게 사랑을 이룬 것이 아니라, 자신이 믿는 바를 굳게 지키며, 어려운 곤액을 이겨내고 실천한 결과임에 주지해야 한다. 현실의 성취는 이상적 전망이나 목표가 아닌 실천에 있음을 상기할 필요가 있다. 요컨대, 기우의 서사는 믿음과 실천에 의해 현실이 조화롭게 완성됨을 형상화한 것이라 하겠다. 하생은 신중하게 살펴 결정한 후에 최선을 다해 믿고 실천하였고, 그후 천명(天命)을 믿고 기다렸다.

이것은 〈하생기우전〉을 통해 세상은 무질서하지 않으며, 모순된 것처럼 보일 수는 있지만 결코 절망할 필요가 없음을 역설(力說)한 것이다. 하생을 통해, 인간으로서 자신이 해야 할 바를 모르거나 행하지 않는 것이 문제이지 자신이 선택한 것을 믿고 실천할 때 천명과 우주적 질서는 그릇됨이 없음을 보여주었다. 이것이 성리학적 삶의 태도이고, 기우(奇遇)의 서사가 담고 있는 의미이다.

4. 〈하생기우전〉의 서사 지향과 가치 태도

그렇다면 작가가 이와 같은 점복과 기우의 서사를 통해서 말하고

자 했던 것은 무엇인가. 애초 하생은 세계 질서의 합리성을 믿고 실천
하는 인물이었다. 그렇기에 현실이 합리적이고 예측 가능한 방향으
로 일이 진행될 때는 길흉화복에 대한 의문도 생겨나지 않았다. 세계
에 대한 의혹됨이 없기에 그것을 해소할 어떤 노력도 필요하지 않았
다. 자신에게 주어진 길을 당당히 걸으면 되었다.

> 고려조에 하생이란 이가 있었는데 평원(平原)에 살았다. 집안이 대대로
> 한미하고 일찍 부모를 잃어 장가를 들려 하였으나 의지할 바가 없었고
> 가난하여 스스로 중매하지도 못하였다. 그러나 풍도와 생김새는 뛰어나
> 고 재주와 생각함이 영발하여 향곡(鄕曲)에서 그 어짊을 칭찬함이 많았
> 다. 고을 태수가 그 명성을 듣고 태학에 뽑아 올렸다.
> 생이 장차 행장을 꾸려 서울로 올라가고자 했다. 출발에 앞서 비복들에
> 게 말하였다. 내가 위로는 부모님이 안 계시고, 아래로는 처자가 없다.
> 어찌 구구히 너희들을 돌보겠는가. 일찍이 종군(終軍)은 비단 부(符)를
> 버렸고, 상여(相如)는 기둥에 (맹세의 글을) 써 붙인 바 있다. 모두 약관에
> 큰 뜻이 있었다. 내가 비록 노둔하지만 자못 그 두 사람의 됨됨이를 경모
> 한다.[40]

하생의 삶의 태도와 지향은 간명(簡明)하다. 그는 세계 질서의 합
리성을 믿고 자신이 걸어야 할 길을 걷는다. 자신이 나아가야 할 길이
분명하면 추호도 머뭇거리거나 망설이지 않는다. 종군(終軍)과 사마
상여(司馬相如)처럼 결연한 의지로 자신이 행해야 할 바를 실천한다.

---

40 麗朝有何生者 居平原 家世寒微 早失怙恃 欲娶無所售 窮不能自資 然而風儀埕秀
才思穎拔 鄕曲多稱其賢者 州宰聞其名 選補大學 生將整裝上都 臨發語婢僕曰 吾上
無父母 下無妻子 尙何顧汝輩刺刺 昔從軍棄繻 相如題柱 弱冠皆有大志 吾雖駑蹇 頗
慕兩子爲人. 〈하생기우전〉, 77~78쪽.

그는 애초 어젊과 명민함으로 평판이 자자했고, 주재(州宰)가 그의 명
성을 듣고 태학에 천거했다. 추천받아 태학에 들게 되었으니 열심히
공부하여 출세할 수 있으리라 여겼다. 태학으로 향할 때의 그의 미래
는 예측 가능한 범주 속에 있었다. 그러나 하생의 미래는 그가 낙관했
던 것처럼 전개되지 않았다. 현실 세계는 그 질서의 세세한 국면을
온전하게 다 드러내지 않으며, 미래 세계의 불확실성은 불합리함으로
증대되었다. 하생은 그가 낙관했던 미래와는 전혀 다른 상황에 직면
하게 된다.

　하생은 세계의 합리성이 어긋나버린 모순 시점에서 삶의 방향을
새롭게 설정해야 했다. 이른바 호의(狐疑)의 단결(斷決)이다. 그리고
새롭게 설정한 삶의 방향에 대해서는 세심한 눈으로 상황을 살피고
깊이 생각하며 밝게 판단한 후에 독실하게 행동한다. 작가는 〈하생기
우전〉의 하생을 통해 이상적인 삶의 태도를 형상화해냈다. 이것이
바로 신광한이 지향하는 유자(儒者)의 삶의 태도였다.

　그런데 이런 하생은 누군가로 특정(特定)되지 않는다. 사람이라면
누구나 하생처럼 될 수 있고, 하생처럼 믿고 실천하면 성취하게 된다.
〈최생우진기〉의 최생이 선연(仙緣)이 있는 최씨 성의 인물로 특정된
반면,[41] 하생은 그냥 "누구[何]"이다. 누구라도 하생과 같은 상황에 놓
일 수 있고, 또한 누구라도 하생처럼 행동할 수 있으며, 누구라도 하
생처럼 성취할 수 있다. 현실 세계의 그 누구라도 〈하생기우전〉의
주인공이 될 수 있다. 이런 점에서 하생은 현실적 인간의 일반적 사례

---

41 전성운, 「최생우진기의 서사기법과 의미」, 『어문논집』 71, 민족어문학회, 2014,
　　137~138쪽.

이다. 신광한은 모든 사람이 〈하생기우전〉의 하생처럼, 세계 질서의
합리적 운행을 믿고 상황에서 적절하게 선택하여 실천하기를 권면한
것이다. 그 과정에서, 『주역』의 점복과[42] 기우의 서사를 통해 처세의
이치를 밝혔다.

이런 서사지향과 가치 태도와 관련해서 주지할 바가 있다. 그것은
『기재기이』가 성리학적 사유가 세계에 대한 지배력을 확장하던 시기
에 국가기관에서 편찬된 관찬서(官撰書)이며, 신광한은 신진사류(士
類)들에게 유자(儒者)로 규정된 인물이라는 사실이다. 아래는 신호가
『기재기이』를 간행하면서 쓴 〈발(跋)〉이다.

이러한 사람이나 책들은 한갓 언어와 문자의 말단에만 힘을 경주해
의리(義理)를 돌아봄에 공허할 뿐이니, i)옛일을 논하는 선비가 어찌 족히
취하겠는가. 『기재기이』한 질은 곧 지금의 찬성사(贊成事) 기재(企齋)
상공(相公)께서 지으신 바다. 일찍이 먹과 붓을 놀리니 ii)기이(奇異)함에
뜻을 두지는 않았지만 저절로 기이하게 되었다. 그 지극함에 이르러서는
사람들을 기쁘게 하기도 하고 놀라게 하기도 함으로써 iii)세상의 모범이
되기도 하고 세상의 경계(警戒)가 되기도 한다. 그러므로 iv)민이(民彝)를
붙들어 세워 명교(名教)에 공로가 있음이 한두 가지가 아닌 까닭에 저
평범한 소설들과는 같이 논할 수 없으니 세상에 성행(盛行)하는 것은 당
연하다.[43]

---

42 신광한이 〈하생기우전〉에서 하생의 삶의 태도와 방향을 결정짓는 사례를 『주역』
점복에서 찾은 것은 성리학자가 바라본 『주역』의 기본적 성격은 물론, 그가 『주역』
에 깊은 이해가 있었던 사실과도 관련된다. 신광한은 당시 누구보다 『주역』을 깊이
이해했으며, 이를 실생활에 적용하고자 했다.

43 然而之人也 之書也 徒能駿力於言語文字之末 顧於義理 空空焉 尙論之士 烏足取哉
記異一帙 卽今贊成事 企齋相公所著也. 嘗游戱翰墨 無意於奇 而自不能不奇 及其至

신호는 〈기재기이발〉에 부정적인 내용을 담지는 않았을 것이다. 그렇다고 『기재기이』가 신광한의 저작이라는 이유만으로, 전혀 근거 없는 말로 칭송할 수도 없었을 것이다. 신호가 『기재기이』를 과장적으로 포장했다면, 그 허물은 되레 신광한에게 돌아갔을 터이다. 신광한의 소설 창작을 변호하기 위해 없는 사실을 만들어 다른 소설들과 iv)처럼 "의리(義理)"로 구별 짓거나, "민이(民彝)를 붙들어 세워 명교(名敎)에 공로가 있"다고 주장할 수는 없었을 것이다. 신호의 『기재기이』에 대한 평가는 긍정적 측면의 부각이겠지만, 터무니없는 수사적 분식(粉飾)은 아닐 것이다.

여기에 주목하면 『기재기이』에 대한 신호의 구체적 평가는 ii)에서 시작된다. 그는 『기재기이』가 기(奇)에 뜻을 두지 않았지만 저절로 기(奇)해졌다고 했다. 신광한이 기(奇) 자체를 목적으로 하여 『기재기이』를 편찬하지는 않았지만, 기(奇)한 것을 다루거나 그렇게 꾸몄기에 사람들은 놀라면서 좋아했고, 사람들은 놀라면서 좋아하였기에 『기재기이』에 빠져들었다는 말일 것이다.[44]

〈하생기우전〉의 점복 실현과 기우의 서사야말로 기(奇)에 뜻을 두지 않았지만, 기(奇)한 내용임은 분명하다. 죽은 여인과의 만남과 점복의 실현이야말로 기(奇) 자체다. 이렇게 기(奇)하기에 "세상에 성행"할 수 있었을 것이며, 읽으면서 사람들은 자신을 성찰하고, 하생의

也 使人喜 使人愕 有可以範世 有可以警世 其所以扶樹民彝 有功於名敎者 不一再 彼尋常小說 不可同年以語 則盛行於世固也. 신호(申濩), 〈기재기이발(企齋奇異跋)〉, 소재영, 앞의 책, 99~100쪽.

44 『기재기이』의 기변(奇變)에 대해서는 전성운의 논문을 참고할 수 있다. 전성운, 앞의 논문, 139~146쪽 참조.

삶의 태도와 자세를 내면화했을 것이다. 이른바, 〈하생기우전〉의 서사 지향이 어느덧 iii)처럼 세상의 모범이 되고 경계가 되었을 터이다. iv)의 민이를 붙드는 효과와 명교(名敎)에 공로를 갖게 되는 것도 이 지점일 것이다.

〈하생기우전〉을 포함한『기재기의』이같은 서사 지향을 고려했기에 i)의 '옛일을 논하는 선비[尙論之士]의 비판 대상이 되는 것까지도 무릅쓸 수 있었다. 즉 신호는 언어와 문자의 말단에만 힘을 쓴 저작들은 옛일을 논하는 선비들의 눈에 차지 않는 헛된 것일 테지만,『기재기이』는 그렇지 않음을 자신한 것이다. 이것은 신호가『기재기이』를 통해 성리학적 삶의 태도와 실천적 자세를 세상에 퍼뜨린 공로가 있음을 주목한 것이다.

신광한은 당대 모든 사람들에게 유자(儒者)로 인정받은 인물이다. 그가 〈하생기우전〉의 하생과 같은 유자의 삶의 태도를 세상 사람들에게 권면했음은 충분히 미루어 짐작할만하다.

> 사신(史臣)은 논한다. 광한(光漢)은 유자(儒者)이다. 기묘사화(己卯士禍)의 남은 사류(士類)로서 벼슬에서 떨어져 시골로 물러가서 음죽(陰竹) 원형리(元亨里)에 살았다. 가난한 살림이 쓸쓸하기만 하였으나 날마다 서적을 가지고 스스로 즐기며 지낸 것이 거의 20년이었다. 서용(敍用)이 되어서는 대간(臺諫)을 거쳐 문형(文衡)을 잡았다. 그의 저술은 족히 칭찬할 만한 것이 있었고 시문(詩文)은 청고전아(淸高典雅)하여 속류(俗流)들의 미칠 바가 아니었다. 이때에 이르러 정권을 잡은 자들에게 미움을 받은 바 되어 그의 문장에 대해서도 아울러 비방해 깎아내리니 굳이 사직하여 면직되기를 청한 것이다. 다만 성질이 자못 우활하고 편벽되어 일을 처리하는 것이 적절하지 못한 폐단이 있음을 면치 못하였고 관리로

서 치적이 졸렬하였으며 일에 임해서는 망연(茫然)히 어찌할 바를 몰랐으니 이것이 그의 단점이었다.[45]

신광한이 죽기 4년 전 『조선왕조실록』에 등장하는 사신(史臣)의 평가다. 사신은 신광한의 생애와 저술, 신광한이 사직(辭職)을 청한 이유 등을 말하고 그를 전체적으로 평가했다. 여기에는 신광한에 대한 긍정적인 평가와 함께 혹평도 있다. 사신(史臣)은 신광한에 대해 우활(迂闊)하고 편벽된 성정(性情)의 소유자로 적절치 못한 일 처리, 관리로서 졸렬한 치적, 일을 할 때의 망연함 등을 단점으로 말했다.

그런데 이런 혹평에서도 간과해서는 안 될 바가 있다. "신광한은 유자(儒者)다."라는 대전제이다. 사신(史臣)은 신광한을 기본적으로 유자, 기묘사화에 살아남은 사류(士類)로서의 성리학자(性理學者)로 규정했다. 그리고 그는 시문뿐만 아니라 저술 것이 뛰어났다고 했다. 실제로 신광한의 학문은 육경(六經)에 근본을 두었고,[46] 그는 북송 오자(五子)인 소옹(邵雍)의 상수학(象數學)에 깊이 빠졌던 초기의 성리학자였으며,[47] 유운(柳雲)의 뒤를 이어 후진의 학문을 책임지는 대사성(大司成)을 역임한 인물이었다.[48]

---

45 史臣曰 光漢儒者也 以己卯餘類 落職退居于陰竹之元亨里 環堵蕭然 日以書籍自娛 垂二十年 及蒙收敍 歷臺諫 秉文衡 其所著述 有足可稱 爲詩文淸高典雅 非俗流所可企及 至是爲當道者所不悅 幷與其文章而毀短之 固辭請免 但性頗迂僻 處事未免有不中之弊 拙於吏治 臨事茫然 此其短也. 『명종실록』 권11, 명종 6년(1551) 5월 15일.

46 申光漢其見重於世 如此 學問淵源 本諸六經 尤精於語孟庸學 理會心得 獨詣高妙 遠近學者 日萃師尊之. 조사수(趙士秀), 〈문간공행장(文簡公行狀)〉, 『기재집(企齋集)』 권지십사(卷之十四).

47 전성운, 「신광한의 삶의 태도와 소옹 지향」, 『한국언어문학』 90, 한국언어문학회, 2014, 214~227쪽.

그런데 채수(蔡壽; 1449~1515)의 〈설공찬전〉에 대한 살벌한 논쟁
을 주도했던 사림(士林)이 『기재기이』를 관찬했다. 『기재기이』가 단
순한 희필이나 오락거리였을 수 없음을 충분히 미루어 짐작할 수 있
다. 이런 점은 누구보다 신호 자신이 분명히 알고 있었다. 그렇기에
그는 혹시라도 "알지 못하는 자들"의 시비에 어찌할 것인가를 언급하
기도 했다. 더욱이 『기재기이』가 간행된 1553년은 신광한이 죽기 4년
전으로 문정왕후(文定王后)의 수렴청정이 철렴(撤簾)된 해이며, 정계
의 담론(談論)은 사림으로 넘어가려던 시기였다. 사림 주도의 정치적
도그마의 선점이 적극 모색되던 때였다. 『기재기이』가 성리학적 사
유를 담고 간행되었음을 짐작할 수 있는 까닭이다.[49]

유자(儒者)로서의 작가 신광한은 〈하생기우전〉을 통해 세계 질서
의 운행에 대한 성리학적 이해와, 그런 세계를 살아가는 사대부의 태
도를 사례를 통해 형상화하고자 했다. 그리고 그 전제는 인간은 보편
타당한 법칙[天理]을 품부(稟賦)했으므로 그 성(性)의 선(善)함을 본질
적으로 신뢰할 수 있다는 것이다. 인간은 자신의 선한 본성을 믿고
실천함으로써 하늘이 내려준 부귀를 누릴 수 있다고 낙관했다.

그러므로 인간에게 중요한 것은 주어진 상황과 여건에서 어떤 태
도로 살아가가 문제 될 뿐이다. 즉 모든 인간은 현재의 상황에서 기미
를 세심히 살피고 깊이 생각하여 밝게 판단한 후에 독실하게 실천하
는 자세를 지녀야 했다. 작가 신광한은 〈하생기우전〉을 통해 이것을

---

48 今申光漢代雲爲大司成 光漢亦不下於雲 以雲爲同知 則與光漢同心敎育可也. 『중종
실록』 권29, 중종 13년(1518) 7월 11일.
49 『기재기이』의 관찬이 지닌 의미에 대해서는 다음 장을 참고하기 바란다.

강조하였다.

요컨대 신광한은 〈하생기우전〉을 통해 부귀의 운명을 실현하고 실현하지 못하고는 각자의 몫임을 역설(力說)하였다. 하생이 재주만 믿고 현실에 저항하며 싸우거나 점복으로써 명이를 허황되게 여겼다면, 그의 명(命)은 실현되지 못 했을 것이다. 더욱이 기우의 과정에서 잘못된 판단을 내리거나 자존심을 내세워 곤액을 견디지 못하고 중도에 포기했거나 저항했더라도 부귀의 성취는 불가능했을 것이다. 운명을 낙관하며 미래를 믿는 것은 시작에 불과하다. 그 믿음을 기반으로 잘 살피고 판단하여 굳건하게 실천하고 나가는 것이 더 중요하다. 미래가 결정되어 있다고 해도 삶에서 손쉬운 실현은 없으며, 오직 죽음을 각오하고 자신의 모든 것을 내던질 자세로 명(命)에 최선을 다하는 태도가 중요하다. 이것이 신광한이 〈하생기우전〉에서 말하려던 바다.

5. 맺음말

여기에서는 〈하생기우전〉의 점복(占卜)과 기우(奇遇)의 서사적 의미를 살폈다. 그리고 이를 토대로 〈하생기우전〉의 서사 지향과 사유 태도를 고찰하였다. 이상의 내용을 정리하면 다음과 같다.

이도 저도 할 수 없는 불합리한 상황에 처한 하생은 점복을 한다. 이런 하생의 점복은 선택 불가능한 상황에 대한 인지적 지도(cognitive mapping)를 그려봄으로써 불확실한 현재에서의 행동 지침을 마련하고 삶의 동력을 확보하려는 것이다. 그런 점에서 점복 행위가 "신비주의적" 운명론에 의존하려 한 것으로 해석될 수 없다. 오히려 현재의 인간과 미래의 일 사이에 존재하는 차원의 어긋남, 즉 미래의 우주와 현재의 개인 사이에 존재하는 시공간의 간극을 천문 역수의 원리에 맞게 보정해주는 작업이라 할 수 있다. 요컨대 하생이 점복을 통해 자신의 운명(運命)을 믿고 실천하기 위한 지침을 얻고자 했다는 점에서, 점복은 성리학적 관점에서의 합리적 행동이었다.

하생은 점복의 결과, 명이(明夷)와 가인(家人)의 괘를 얻는다. 명이는 자신의 재주를 숨기고 바보처럼 혹은 미치광이처럼 살아가라는 말이다. 그리고 가인은 상(傷)한 자는 반드시 집으로 돌아와 쉬려고 하므로 정정한 여인에 의지한다는 의미다. 이런 점에서 성가(成家)하지 못한 하생이 명이의 실천을 통해 아름다운 배필을 만나는 것으로 그려지는 것이다. 〈하생기우전〉은 점복이 예언한 것처럼, 여인을 만나 행복한 결말을 맞는다.

그렇지만 〈하생기우전〉의 점복과 기우의 서사가 우연한 만남이라거나 비현실적 문제해결의 낭만적 결구인 것만은 아니다. 오히려 불확실한 삶에서 직면한 문제를 해결하기 위한 실천적 방법의 하나일 뿐이다. 인간으로서 자신이 해야 할 바를 모를 때, 그 의심됨을 타파하고 주어진 길을 굳건한 의지로 걸어가는 실천적 자세를 제시한 것이다. 사실 어느 것도 명확하게 믿을 수 없는 현실에서 누구도 하생처럼 굳건한 의지의 실천 자세를 보이는 것은 쉽지 않다. 이것이 점복과 기우(奇遇)의 서사가 담고 있는 의미이며, 이는 성리학적 사유에 근거한 가치 태도라 할 수 있다.

작가 신광한은 하생을 통해 불합리한 상황에서 행동의 방향을 결정한 후에는 기미(機微)를 살피고 깊이 생각하여[愼思] 밝게 판단하고

[明辨], 굳건한 의지로 독실하게 실천[篤行]하는 가치 태도를 보여주었
다. 〈하생기우전〉을 통해 실천 주체를 형상화한 것이다. 즉 〈하생기
우전〉은 세계 질서와 선한 인간의 본성에 대한 굳은 믿음, 그리고
그에 따라 실천하는 삶의 태도라는 가치 지향을 반영한 낙관적 구성
을 취하였다. 이것이 유자(儒者) 신광한이 〈하생기우전〉에 담아낸 서
사적 가치 지향이고,『기재기이』의 창작 동인이다. 그리고 신호가
〈기재기이발〉에서 언급하고 있는 민이를 붙들어 명교에 도움이 되는
바다.

제3부

- 『기재기이』의 간행 주체와 지향
- 『기재기이』의 편집 체계

『기재기이(企齋記異)』의
간행 주체와 지향(指向)

1. 머리말

여기서는 『기재기이』의 교서관(校書館) 간행과 그 의미를 고찰하는 것을 목적으로 한다. 그간 『기재기이』에 대한 연구는 다양한 측면에서 상당하게 진행되었다. 『기재기이』의 소설사적 전통과 의미, 16세기 소설사에서의 위상, 후대 소설과의 관련 양상 등과 같은 사적(史的) 측면에 대한 연구만이 아니라 등장인물, 서사구성과 같은 개별 작품의 특징이나 주제의식, 창작 시기, 작가의식 등과 같은 작가와 작품론의 측면에서도 많은 연구가 이루어졌다.[1]

그럼에도 불구하고 『기재기이』의 교서관 간행 배경과 그 지향에

---

1 『기재기이』에 대한 전체적인 연구사적 정리는 생략한다. 『기재기이』 관련 연구 업적이 방대하기도 할뿐더러, 기존 연구자에 의해 몇 차례 정리되었기 때문이다. 2000년대 이전의 성과는 유기옥에 의해 정리된 바 있으며, 이후 연구 성과는 개별 연구자에 의해 이루어졌다. 유기옥, 「기재기이의 연구 동향과 쟁점」, 『고소설연구사』, 도서출판 월인 2002, 75~100쪽. ; 최재우, 『기재기이의 특성과 의미』, 도서출판 박이정, 2008. ; 엄기영, 『16세기 한문소설 연구』, 도서출판 월인, 2009. ; 조희웅, 『한국고소설사 큰 사전』 7, 지식을만드는지식, 2017, 117~124쪽.

대한 연구는 없었다. 대부분의 연구자는 창작 시기와 작품에 투영된 작가 의식을 살피는 것이 중요하며, 간행 주체나 시기는 별 의미가 없다고 여겼다. 하지만 『기재기이』의 간행과 그 의미에 대한 고찰은 창작 시기의 구명(究明) 못지않게 중요하다. 간행 주체가 기대하는 『기재기이』 간행의 가치와 독자 수용이 호응할 것이기 때문이다.

이에 여기에서는 『기재기이』 간행과 그 의미를 다음의 세 측면에서 고찰하려 한다. 먼저, 교서관 서적 간행의 사례를 살피겠다. 국가 기관에서 특정 개인의 서적을 간행하는 것은 흔한 일이 아니다. 교서관 간행은 간행하고자 하는 서적의 가치를 고려하여 이루어진다. 만약 간행의 목적과 필요성이 불분명하거나 그 의의가 결여되었다면, 공공재(公共財)와 인력(人力)의 낭비나 민풍(民風)의 저해라는 비난을 받았다. 그러므로 여타의 교서관 서적 간행 양상과 그 요건을 살펴, 『기재기이』가 아유(阿諛)나 소설 기호(嗜好) 때문에 간행되지는 않았음을 밝히겠다.

다음으로, 『기재기이』 간행 시점의 정치 상황을 살피겠다. 『기재기이』에는 "嘉靖紀元之三十二年孟秋望後三日"이란 발문 날짜가 존재한다. 발문(跋文)을 쓴 날과 실제 간행일과의 차이를 고려한다면, 간행에 대한 논의는 그 전부터 있었을 것이다. 그렇다면 하필 1553년 7월 18일을 전후한 시기에 간행이 추진되었는가. 이 시점의 정치 현안을 살펴봄으로써 『기재기이』 간행이 어떤 시대적 배경을 지녔으며 그 의미는 무엇인가를 고찰하겠다.

끝으로, 간행 주체와 『기재기이』에 대한 그들의 인식을 살피겠다. 『기재기이』는 교서관 주도의 관찬이 아니어도 간행이 가능했다. 지방관으로 나가 있는 신광한의 문하생(門下生)이 간행을 주관하거나 문생들이 재원을 갹출해 사각(私刻) 혹은 목활자로 인출(印出)을 할 수도 있었다. 그런데도 굳이 교서관을 통해『기재기이』를 간행했다. 이것은『기재기이』에 공적 서적의 위상을 부여하고자 했던 것이며, 공간(公刊)을 통해 무엇인가를 달성하고자 했음을 뜻한다. 이 점에서 간행 주체와 그들이『기재기이』에 품었던 기대, 즉 지향 가치를 고찰할 필요가 있다.

2. 교서관의 서적 간행 요건

『기재기이』간행과 관련하여 다음과 같은 질문이 가능하다. 먼저 근본적인 관점에서 교서관의 서적 간행이 특정한 의미를 지니는가. 교서관 영사(領事) 신광한에 대한 아유 혹은 간행 주체의 소설 기호에 의해서는 이루어질 수는 없었는가. 나아가『기재기이』가 간행되던 시대에 공공 기관으로서의 책무와는 무관하게 교서관에서 소설이 간행된 경우는 없는가.

이상의 질문에 답하기 위해, 교서관 서적 간행 요건이 어떠해야 하는지 천문서(天文書)나 의서(醫書)의 간행과 관련된 논란을 보자.

삼가 전교(傳敎)하신 말씀을 보니, '천문서(天文書)와 의서(醫書)는 곧 잡술서(雜術書)이므로 간행해서는 안 되는데, 감인관(監印官)이 쓸데없이 늠료(廩料)만 허비하며 교서관(校書館)의 관원에게 교감(校監)시키고 있다.'고 하였습니다. 천문서, 의서가 잡서이기는 하지만 복희(伏羲)가 천문을 우러러보고, 제요(帝堯)가 공경하여 하늘을 따르고, 제순(帝

舜)이 선기옥형(璿璣玉衡)을 살피어 모두 이것으로써 왕자(王者)의 급선무를 삼았지, 잡술이라 하여 폐기했다는 말은 듣지 못했습니다. 더구나 의서는 신농(神農)이 짓고 황제(黃帝)가 강론(講論)하여 이윤(伊尹)이 전하였으며 게다가 주자(朱子)도 『소학(小學)』 속에 의술(醫術)을 배우지 않아서는 안 된다고 기재하였지 잡술이라 하여 폐기했다는 말은 듣지 못했습니다.

우리나라는 중국과 거리가 멀어 서책(書冊)이 매우 희귀하니, 간행하지 않는다면 그 학술을 배우고자 하는 자들이 어디에 의거하여 배우겠습니까. 또 천문서와 의술서에 사용하는 문자(文字)는 유학(儒學) 서적의 문자와 같지 않으므로 반드시 별도의 공부가 있어야 뜻을 분명히 깨달을 수 있습니다. 그런데 중국 판본(板本)에는 오자(誤字)가 많아 거의 구두(句讀)도 뗄 수 없으니, 그 분야를 전공(專攻)하여 능통한 사람이 아니고서는 교정하기가 극히 어렵습니다. 천문서에 만약 오자가 생긴다면 천체(天體)를 관찰하는 도가 이미 극진하지 못한 것입니다. 더구나 의서는 한 자(字)나 한 획(劃)만 틀려도 한열(寒熱)의 증세가 달라지고 약(藥)의 전량(錢兩)이 달라져 생사(生死)의 기틀이 여기에서 결정될 것이니, 더욱이 조금도 소홀히 하여서는 안 될 것입니다.[2]

『기재기이』가 간행되기 불과 4개월여 전인 1553년 3월 2일의 실록

---

2 伏見傳敎之言曰 天文醫書 乃是雜術之書 不可印出 而監印官徒費廩料 使校書館官員監校云 天文醫書 雖曰雜術 而伏羲之仰觀天文 帝堯之欽若昊天 帝舜之在璿璣玉衡 莫不以此爲王者之急務也 未聞以雜術而廢之也 至於醫書 則神農之所着[著] 黃帝之所講 伊尹之所傳 而朱子於小學書中亦載 其不可不學之言 未聞以雜術而廢之也 我國地隔中原 書冊甚稀 不有印出 則欲學其術者 何所據乎 且天文醫術之書 所用文字 與儒書不同 必別有工夫 然後可能通曉 況中國之板本 多有誤字 幾不可句讀 若非專業能通之人 則校正極難 天文之書 若有誤字 則其於觀察之道 已爲不盡 而況醫書則一字之誤 一畫之差 寒熱殊證 錢兩乖劑 死生之機 卽決於此 尤不可小忽也. 『명종실록』, 명종 8년(1553) 3월 2일.

기사다. 명종(明宗)은 천문서(天文書)와 의서(醫書)는 잡술서(雜術書)이므로 교서관에서 간행해서는 안 되며, 더욱이 교서관 관원에게 교정을 보게 해서 쓸데없이 늠료(廩料)만 허비케 했다는 뜻이 담긴 전교(傳敎)를 내린다. 이에 사간원(司諫院)에서는 천문서와 의서 간행의 정당성과 교정의 필요성을 아뢴다. 복희(伏羲)가 천문을 살핀 이래로 제순(帝舜)이 선기옥형(璿璣玉衡)을 살피었다. 그리고 천문을 살피는 것은 왕자(王者)의 급선무다. 또한 의서는 신농(神農)이 짓고 황제(黃帝)가 강론(講論)하여 이윤(伊尹)이 전하였다. 주자(朱子)도『소학』에서 의서를 배우지 않아서는 안 된다고 했고, 천문서와 의서가 역법과 생명을 다루는 전문 분야의 공부라, 그 분야에 능통한 사람이 교감해야 한다고 아뢴다. 사간원에서는 교서관에서 천문서와 의서를 교감하는 것이 늠료를 허비하는 일이 아님을 역설(力說)한 것이다.

이 기사는 교서관의 서적 간행이 국왕과 신하들의 감시에서 벗어나지 않음을 보여준다. 조선시대 교서관의 서적 인출이나 반사(頒賜)는 신하의 진언(進言)이나 왕명에 의해서 이루어졌다.[3]『기재기이』가 단순한 소설류였다면, 간행과 관련해서 조정에서 이와 관련된 시비가 없을 수는 없다. 더욱이 당시 신광한은 홍문관(弘文館), 예문관(藝文館), 경연관(經筵官), 춘추관(春秋館), 성균관(成均館) 등의 제 기관의 영사(領事)였다. 그러니 자신의 저술을 자기가 책임진 기관에서 간행했다는 혐의를 벗어날 수도 없었다. 피혐(避嫌)이 마땅한 이런 일에 있어, 아무리 신광한이라고 해도 간관들의 눈을 피하기는 어려웠을

---

3 김성수, 「조선시대 국가 중앙인쇄기관의 조직·기능 및 업무활동에 관한 연구」, 『서지학연구』 42, 서지학회, 2009, 180~181쪽.

것이다. 실제로 신광한은 『기재기이』 간행 2년 전인 1551년에 서른 살이 넘은 아들을 향시(鄕試)에 응시케 하려고 함경도의 참봉(參奉)이 되도록 감사에게 청탁한 것이 사헌부(司憲府) 감찰에 걸려 대죄(待罪)를 청하기도[4] 했다. 처신에 신중했던 신광한이 아들의 출사 문제도 아닌 단순한 소설을 간행하여 혐의를 사고자 했을 리 없다. 비록 그 것이 문하생들의 주도에 의한 것이라고 해도, 신광한이 그냥 보아 넘길 리 없었을 것이다.

사실 교서관 도서의 간행은 두고두고 조정 신료들의 주목을 받았으며, 종종 시비의 대상이 되곤 했다. 이와 관련하여, 기대승(奇大升; 1527~1572) 등이 석강(夕講)에서 선조(宣祖)에게 진계(進啓)한 바를 보자.

기대승이 나아가 아뢰기를, "지난번 장필무(張弼武)를 인견하실 때 전교하시기를 '장비(張飛)의 고함에 만군(萬軍)이 달아났다고 한 말은 정사(正史)에는 보이지 아니하는데 〈삼국지연의(三國志衍義)〉에 있다고 들었다.' 하였습니다. …(중략)… 위에서 혹시 이 책의 근본을 모르시는 것은 아닐까 하여 감히 아룁니다. 이 책은 〈초한연의(楚漢衍義)〉 등과 같은 책일 뿐 아니라 이와 같은 종류가 하나뿐이 아닌데 모두가 의리를 심히 해치는 것들입니다. 시문(詩文)·사화(詞華)도 중하게 여기지 않는데, 더구나 『전등신화(剪燈新話)』나 『태평광기(太平廣記)』와 같은 사람의 심지(心志)를 오도하는 책들이겠습니까. 위에서 무망(誣罔)함을 아시고 경계하시면 학문의 공부에 절실(切實)할 것입니다." 하고, 또 아뢰기를, "정사

(正史)는 치란(治亂)과 존망(存亡)에 관한 것이 모두 실려 있어서, 보지 않아서는 안 됩니다. 그러나 한갓 문자만을 보고 사적(事迹)을 보지 않는다면 역시 해가 있습니다. 경서(經書)는 심오하여 이해가 어렵고, 사기(史記)는 사적이 분명하지 않습니다. 사람들이 경서는 싫어하고 사기를 좋아함은 온 세상이 모두 그러합니다. 그러므로 예로부터 유사(儒士)가 잡박(雜博)하기는 쉽고 정미(精微)하기는 어려웠던 것입니다. 『전등신화』는 놀라우리만큼 저속(低俗)하고 외설적(猥褻的)인 책인데도 교서관이 재료를 사사로이 지급하여 각판(刻板)하기까지 하였으니, 식자(識者)들은 모두 이를 마음 아파합니다. 그 판본(板本)을 제거하려고도 하였으나 그대로 오늘에 이르렀습니다. 일반 여염 사이에서는 다투어 서로 인쇄하여 보고 있으며 그 내용에는 남녀의 음행(淫行)과 상도(常道)에 벗어나는 신이하고 괴상한 말들이 또한 많이 있습니다.

〈삼국지연의〉는 괴상하고 탄망(誕妄)함이 이와 같은데도 인출(印出)하기까지 하였으니, 당시 사람들이 어찌 무식한 것이 아니겠습니까. 그 문자를 보면 모두가 평범한 이야기이고 괴벽(怪僻)한 것뿐입니다. 옛사람들은 '첫째는 도덕(道德)이라.' 하였고, 또 '첫째는 대통(大統)이라.' 하였습니다. 동자(董子)도 '육경(六經)의 과목(科目)에 들어 있지 않는 것은 모두 폐기하라.'고 하였습니다. 왕자(王者)가 백성을 인도함에 있어 마땅히 바르지 않은 책은 금해야 합니다. 이는 그 해가 소인과 다름이 없습니다."[5]

---

5 奇大升進啓曰 頃日張弼武引見時傳敎內 張飛一聲 走萬軍之語 未見正史 聞在三國志衍義云 …(중략)… 自上幸恐不知其册根本 故敢啓 非但此書如楚漢衍義等書 如此類不一 無非害理之甚者也 詩文詞華 尙且不關 況剪燈新話大平廣記等書 皆足以誤人心志者乎 自上知其誣而戒之 則可以切實於學問之功也 又啓曰 正史則治亂存亡俱載 不可不見也 然若徒觀文字 而不觀事迹 則亦有害也 經書則深奧難解 史記則事迹不明 人之厭經而喜史 擧世皆然 故自古儒士 雜博則易 精微則難矣 剪燈新話 鄙褻可愕之甚者 校書館私給材料 至於刻板 有識之人莫不痛心 或欲去其板本 而因循至今 閭巷之間 爭相印見 其間男女會淫神怪不經之說 亦多有之矣 三國志衍義 則任誕如是 而至於印出 其時之人 豈不無識 觀其文字 亦皆常談 只見怪僻而已 古人曰一道德

『기재기이』가 간행되고 16년 뒤인 1569년의 6월의 기사이다. 기
대승은 교서관에서 『전등신화』가 각판되고, 〈삼국지연의〉가 인출된
것을 통렬하게 비판한다. 기대승의 아룀은 본래 어떤 책을 어떻게
읽을 것인가 등의 독서에 대한 것이었다. 이 과정에서, 선조의 전교
에 〈삼국지연의〉를 인용한 말이 있음을 지적한다. 그리고 〈삼국지연
의〉가 어떤 책인가를 말하며, 책을 선정해서 읽는 것에 조심해야 한
다고 했다.

『전등신화』의 교서관 각판이 옳지 못하다는 것과 유행의 폐해가
심각함을 언급한 것은 여기에 부연된 바다. 기대승은, 〈삼국지연의
(三國志衍義)〉는 정사(正史)가 아니며 무뢰(無賴)한 자가 잡된 말을 모
아 고담(古談)처럼 만들어 놓은 것이라고 한다. 그러면서 허탄한 일과
근거 없는 말로 부연하여 만든 것으로, 〈초한연의(楚漢衍義)〉 등과 같
은 괴상하고 탄망한 책에 불과한데 사람들이 무식한 까닭에 사서(史
書)로 알고[6] 인출(印出)했다고 아뢴다. 아울러 『전등신화』가 놀라울

又曰一大統 董子亦謂諸不在六經之科者 請皆絕之云 王者導民 當禁不正之書 此其
爲害 與小人無異也. 『선조실록』, 선조 2년(1569) 6월 20일.

6 『삼국지연의』를 사서(史書)의 일종으로 보는 인식은 17세기에도 여전했다. 예컨대
황중윤의 〈일사목록해(逸史目錄解)〉에서 연의소설을 사서의 일종으로 명명한다.
"일사(逸史)라 하고 각기 나누어 제목을 붙인 것은 어찌 된 것이냐고 해 이렇게
대답했다. 이것은 사가(史家)들의 연의(演義)의 기법을 모방한 것입니다. 일찍이
고찰해보니 〈열국지연의〉, 〈초한연의〉, 〈동한연의〉, 〈삼국지연의〉, 〈당서연의〉,
〈송사연의〉, 〈황명영열전연의〉 등의 제사(諸史)가 다 목록을 만들어서 그 제목을
따로 붙였다. … 문자는 곧 〈열국지〉 등의 사(史)를 본떴다. 그래서 일사라 했다.
또 목록은 여러 연의(衍義)에 의한 것이기에 연의라 했다."(然則謂之逸史 而各分
爲題目者 何也 曰此效史家演義之法也 嘗考諸列國誌演義, 楚漢演義, 及東漢演義 三
國志演義 唐書演義 及宋史演義 皇明英烈傳演義等諸史 則皆爲目錄以別題 其意盖
欲利於引目 務於悅人 而使觀者不厭 … 文字則盡虎於列國誌等史 故曰逸史 目錄則

만큼 저속하고 외설적인 책인데도 불구하고 교서관이 재료를 사사로
이 지급하여 각판하였다고 하며, 그 판본을 제거하려고까지 하였으나
미처 그러지 못했다고도 한다. 기대승은 『전등신화』의 유행을 문제
시하였을 뿐만 아니라, 남녀의 음행과 상도(常道)에서 벗어난 신이하
고 괴상한 말을 담은 책을 교서관에서 각판함으로써 유행의 단초를
제공했다는 것에 분노하고 있다.

교서관에서 각판하는 순간 서적은 '공간(公刊)'의 의미를 지니며 확
장성을 가지게 된다. 그러다 보니 그 판본을 제거하려고 해도 용이하
지 않았다. 기대승의 눈에는 그것이 커다란 폐해로 비춰진 것이다.
이와 같은 기대승의 진술은 교서관에서 간행되는 제 도서가 조정 신
료의 감시 아래에 있었음을 알게 한다. 이는 이어지는 발언에서도
드러난다.

> 우리 유자(儒者)의 학문 가운데에는 정(程)·주(朱)의 논의가 매우 옳
> 은데, 근래 중원으로부터 유포되는 책이 한두 가지가 아닙니다. 설문청(薛
> 文淸)의 『독서론(讀書論)』도 그중의 하나입니다. 현재 이를 인출(印出)
> 하였으나, 그의 의논도 역시 흠이 없지 않으니 배우는 자는 참고해 보는
> 자료로 삼는 것이 옳습니다. …(중략)… 『사서장도(四書章圖)』를 문청(文
> 淸)은 파쇄(破碎)하다 하여 더욱 배우는 자로 하여금 의심을 갖게 하였습
> 니다. 그 책에서 논한 태극(太極)은 또한 기(氣)를 우선하였으므로 문청
> 도 노씨(老氏)의 학설이라고 평하였습니다. 『사서장도』를 지금 비록 인출
> 하였으나 이러한 뜻은 마땅히 아셔야 할 것입니다.
> 근래 인출한 것으로는 또 『황명통기(皇明通紀)』가 있습니다. 무릇 역사

又依於諸衍義曰衍義.) 황중윤(黃中允), 〈일사목록해(逸史目錄解)〉.

를 저술하는 자는 반드시 한 나라의 종시(終始)를 보고 작성하여야 정사
(正史)라 할 수 있습니다. 그러나 이 책은 한때의 견문(見聞)을 가지고
만들었으니 취사(取捨)한 의논이 어찌 바를 수 있겠습니까. 그 의논을
보면 바르지 못한 것도 많습니다. …(중략)…『심통성정도(心統性情圖)』
는 정복심(鄭復心)이 만든 것입니다. 이황(李滉)이 이를 모방하여 만들었
는데 중도(中圖)와 하도(下圖)는 온당치 않은 곳이 있으므로 다시 고쳐
만들었고,『서명심학도(西銘心學圖)』도 역시 복심이 만든 것인데 이황(李
滉)이 전적으로 이에 의해 만들었습니다. 이황이 그 책을 얻어가지고 계
달하여 인출(印出)해 반포하려다가 태극(太極)을 논한 곳에 근본이 크게
잘못된 곳이 있어서 배우는 자를 오도(誤導)하게 될까 두려워하여 마침내
실행에 옮기지 못하였습니다.[7]

기대승의 말은 〈삼국지연의〉인출(印出)과『전등신화』간행의 문
제점 지적에만 머물지 않는다. 성리서(性理書)를 포함하여 인출된 여
러 서적에까지 미쳤다. 설문청(薛文淸)의『독서론(讀書論)』을 비롯해
서『사서장도(四書章圖)』,『황명통기(皇明通紀)』가 근래 인출(印出)되
었다는 말과 함께 그 단처를 말한다. 또『심통성정도(心統性情圖)』의
오류와 함께『서명심학도』를 인출하려다 그만둔 정황도 아뢴다. 일
련의 아룀에는『황명통기』와 같은 사서(史書)는 물론이고 성리서(性

---

7 吾儒學問中 程朱之論甚是 而近來自中原流布之書不一 薛文淸讀書錄 亦其一也 今
方印出 議論亦不能無疵 學者以爲考見之資可也 …(중략)… 四書章圖 文淸以爲破碎
尤令學者生疑 而所論太極 亦以氣爲先 故文淸亦以爲老氏之說 四書章圖今雖印出
而此意當可知也 近來印出者 又有皇明通紀 凡作史者 必見一國終始而成之 乃爲正
史 而此則因一時聞見而爲之 取舍議論 烏得正乎 見其議論 亦多不正之處 …(중략)…
心統性情圖 程復心所作也 李滉倣此爲之 而中圖下圖 則有未安處 故改之 西銘心學
圖 亦復心所作 滉專依此而爲之也 李滉得其冊 欲啓達印布 而其論太極處 根本大誤
恐誤學者 竟不果也.『선조실록』, 선조 2년(1569) 6월 20일.

理書)도 포함되어 있다. 특히 교서관 간행 서적의 경우 거의 모든 책이 비판의 대상이 되었다. 신광한이 이처럼 서책과 그 간행에 엄격했던 사람들의 태도를 몰랐을 리 없다.

그럼에도 불구하고『전등신화』는 교서관에서 판각되지 않았는가라고 되물을 수 있다. 즉 〈삼국지연의〉는 '무식한 자'들이 사서(史書)로 오인하여 인출했다고 해도,『전등신화』는 여전히 각판될 수 있었는데『기재기이』가 간행되지 말란 법은 없지 않은가. 다시 말하면,『전등신화』의 교서관 간행이 어떤 필요성과 목적이 있어서가 아니라 여염에서 다투어 인쇄하여 보는 유행의 덕분인 것처럼,『기재기이』가 "세상에 성행[盛行於世]"했기 때문에 각판했던 것이 아닌가라는 의문이 생길 수 있다.

그러나『전등신화』의 교서관 간행은 소설의 유행에 힘입은 결과가 아니었다. 이는『전등신화』의 간행 주체와 간행의 목적을 살펴보면 분명히 알 수 있다.『전등신화』의 인출은 정미년(1547)에 예부(禮部)의 영사(令史) 송분(宋糞)이 한리학관(漢吏學官) 임기(林芑)에게『전등신화』집석(輯釋)을 요청하여 시작된다.『전등신화』는 문언(文言)이었지만 순정한 고문(古文)이 아니라서 임기처럼 중국어에 익숙하지 않은 이들은 이해하기 어렵다. 그렇기에 송분은 중국어와 이문(吏文)에 능한 임기에게『전등신화』의 어구를 풀이해달라고 요청한 것이다. 그러자 임기는 집석(輯釋)과 교정을 마친 후 송분에게 넘겨 목활자로 모인(募印)케 했다. 그 뒤에 교서관 창준(唱準) 윤계연(尹繼延)이 이조판서 겸 교서관 제조(提調)인 윤춘년에게 아뢰어『전등신화』각판(刻板)을 허락받는다. 그리고 다시 임기가『전등신화』를 산번(刪煩)·구해(句解)하고 윤계연이 주도하여 각판한다. 송분의 목활자 인쇄가 1547년에 시작

하여 1549년에 이루어졌고, 윤계연의 교서관 각판은 1559년에 끝이 났다.[8]

예부영사 송분, 한리학관 임기, 창준 윤계연 등이 『전등신화』의 인출이나 간행을 주도했다.[9] 그런데 이들은 외교문서를 비롯한 각종 문서 담당 하급 관리라는 공통적인 특징을 지닌다. 처음 『전등신화』 집석을 요청하고 인출을 주도한 송분은 예부(禮部)의 영사(令史)다. 예부는 외교, 예악, 학교와 관련된 직임을 관할하는 부서이고, 영사는 문서를 담당하는 하급 관료로 서리(胥吏)다. 송분 역시 외교문서인 이문(吏文)을 비롯한 각종 문서 작성을 맡았을 것이다. 이런 그가 한리학관(漢吏學官; 사역원 소속의 중국어와 이문작성 담당 관리) 임기에게 『전등신화』의 집석을 요청한 것은 그 필요성의 측면에서 자연스럽다. 그리고 윤계연은 교서관에서 간행할 서적을 큰소리로 낭독하며 교정을 인준하는 창준(唱準)이다. 창준의 직임을 맡은 자는 하급 관리임에

---

8 임기(林芑), 〈전등신화구해발(剪燈新話句解跋)〉, 유탁일 편, 『한국고소설비평자료집성』, 아세아문화사, 1994, 60쪽 참조. ; 정용수, 「奎章閣所藏 古本 剪燈新話句解의 板本 硏究」, 『동아인문학』 3, 동아인문학회, 2003, 381~39쪽 참조.

9 『전등신화』 인출과 교서관 각판의 전 과정을 윤춘년이 주도한 것으로 오해되기도 했다. 하지만 그는 각판의 최종 책임자인 상징적인 인물에 불과했다. 윤춘년 스스로가 『전등신화』 판각이나 구해의 공이 오롯이 윤계연과 임기에게 있다고 말한 것이나, 세간에서 『전등신화구해』의 주석을 자기가 한 것으로 알고 있으나 그것은 그릇된 것이라고 말한 것에서도 드러난다. 윤춘년이 구해에 관여한 것은 『설부』에서 본 몇 문장을 첨부했을 뿐이다. 더욱이 이조판서 겸 교서관 제조의 지위에 있는 윤춘년이 영사(令史) 송분이나 한리학관 임기, 창준 윤계연 등과 함께 간행을 주관했다고 보기는 어렵다. 靑州林君芑子育 以博問强記之學 未試於世 無所攄發 遂注此書 窮搜冥索 少無疎漏 使隱者卽見 微者卽顯 其爲忠臣於宗吉氏 可謂至矣 芸閣唱準尹繼延 手書入梓 以廣其傳 可謂勤矣 世謂此注出於余者 非也 余添在玉堂時 偶見陶九城所著說郛 得數段 添入而已. 윤춘년, 〈제주해전등신화후(題註解剪燈新話後)〉, 유탁일 편, 위의 책, 61쪽 참조.

도 경사(經史)의 전고(典故)와 문장에 능해야 한다. 이들은 이문(吏文)을 비롯한 문서 담당 관리들이며, 자신들의 필요에 의해 『전등신화』 간행을 진행했다. 한마디로 『전등신화』의 구해와 간행은 이문 및 문장 능력의 향상을 위한 학습서의 발간 차원에서 이루어졌다.

임기도 『전등신화구해』 발문에서 이를 명백히 했다. 그는, "근래에 문자를 외워 쓰려는 자는 반드시 이 책에서 길을 빌렸다"라고 하면서 『전등신화』에는 "경사(經史)의 말이 많음"에도 "풀이가 없는 것을 모두 한으로 여겼다."라고[10] 했다. 『전등신화』는 하급 관리들의 문장 학습서였다. 다음과 같은 이규경(李圭景; 1788~?)의 기록 역시 이를 말해준다.

> 지금 여항(閭巷)의 이서(吏胥)들이 오로지 익히는 것은 『전등신화』 한 책인데 이를 읽으면 이문(吏文)에 능숙해지기 때문이다. 이는 도필리(刀筆吏)의 숙습(熟習)으로 지기(志氣)가 이미 그 속에 얽매였으니 굳이 책할 필요가 뭐 있겠는가. 이 책은 이미 사대부(士大夫)들이 좋게 여기지 않는 것인데, 아울러 어느 대에 누가 지은 것인지도 모른다. 마침 고증한 바가 있으므로 간략히 연원을 설명하고 사람들의 밝은 경계로 삼는다.[11]

이규경은 『전등신화』와 같은 책이 이서(吏胥)들에게 어떻게 수용되

---

10 近世記誦文字者 必於是焉 假途而祈嚮 然而引用經史語多 咸以無釋爲恨. 임기(林芑), 〈剪燈新話句解跋〉, 위의 책, 60쪽.

11 今閭巷里胥輩所專習者 有剪燈新話一書 以爲讀此 則嫺於吏文云 斯爲刀筆之熟習 志氣已梏於其中 則何必苛責也 此書旣爲士大夫所不屑 則竝不知何代誰某之所著 故 適有所考 略說其緣起 以爲吾人之炯戒. 이규경(李圭景), 〈전등신화변증설(剪燈新話辨證說)〉, 『오주연문장전산고(五洲衍文長箋散稿)』, 「경사편(經史篇)」 4, 「경사잡류(經史雜類)」 2, 「기타전적(其他典籍)」.

었는가와 함께 그것을 숙습(熟習)하던 정황을 변증한다.『전등신화』
를 읽으면 이문(吏文)에 능숙해질 수 있으므로 문서를 다루는 하급
관리인 도필리(刀筆吏; 문서 담당 하급 관리로 아전을 지칭)들이『전등신
화』의 숙독에 매달린다는 것이다. 그러면서 문서 담당 하급 관리들의
지향 즉, 출세하기 위한 목적과 의지가 담긴 책의 유행이므로『전등신
화』에 빠져드는 것을 두고 사대부들이 굳이 개탄할 까닭이 없다고
했다. 요컨대 임기의『전등신화』구해(句解)의 변이나 이규경의『전등
신화』변증을 보면 교서관의『전등신화』간행 목적을 충분히 이해할
수 있다. 나아가 사대부인 기대승이『전등신화』의 교서관 간행을 신
랄하게 비난한 것도 이해된다.

그럼에도 불구하고『전등신화』가 교서관에서 간행된 것에 의문을
제기할 수 있다. 서리배의 학습서를 국가 기관에서 간행한 것은 이치
에 닿지 않을 수 있다. 그런데 여기서 하나 더 주목해야 할 바가 있다.
『전등신화』가 인출, 각판되던 시기는 종계변무(宗系辨誣)로 인하여
명나라와의 외교 교섭이 무엇보다 중요한 시기였다는 사실이다. 종
계변무는 왕실의 정통성과 관련되는 중대사였다. 그런 점에서 외교
실무를 전담하다시피 하는, 외교 문서 작성에 능한 하급 관리의 지속
적 양성이 절실한 상황이었다. 더욱이 임기는 종계변무의 일을 적극
제기하였을 뿐만 아니라,[12] 북경에서 종계변무와 관련된 문서 일을
전담하여 처리하기도 했고,[13] 그 공로를 인정받아 서얼 출신의 한리학

12 漢吏學官林芑上疏曰 臣聞夏書曰 工執藝事以諫 其或不恭 邦有常刑 臣待罪漢吏學
官 幾二十年 徒費公廩 以養妻孥 而未効涓埃之報 日夜思慮 謀畫唯是 宗系誥命等事
微臣之職 所當陳列者 謹條四件于左 伏乞聖慈留神焉 一件宗系改正事.『명종실록』,
명종 11년(1556) 10월 8일.

관으로서는 전무후무하게 전(田) 15결과 가자(加資)를 받기도 했다.[14] 이것이 임기와 송분, 윤계연이 윤춘년을 설득하여 『전등신화구해』를 간행한 정황이다.

　이상의 사실을 요약해 보면 다음과 같다. 교서관의 서적 간행은 천문서나 의서의 경우에서 볼 수 있는 것처럼 그 목적과 필요성이 분명해야 가능했다. 교서관의 서적 간행은 왕이나 신료, 사간원 등의 감시의 눈길을 벗어날 수는 없었다. 이것은 『전등신화』와 같은 소설도 마찬가지다. 단순한 흥미나 오락을 위해서는 간행될 수 없으며, 뚜렷한 목적이 존재할 때 비로소 간행이 가능했다. 『전등신화』의 경우, 이문(吏文)에 능숙한 학습서로서의 필요성이 인정되었다. 특히 종계변무(宗系辨誣)의 긴요한 시기에 『전등신화』 간행의 필요성은 분명했다. 『전등신화』는 잡직(雜職) 실무 관리의 지향과 품은 뜻[志氣]이 담긴 학습서로 시대적 요구에 의해 교서관 간행이 이루어졌다.

13　臣前後進禮部時 安自命則傳語通情 崔世協則主用人情 凡大小呈文 則林芑專掌製述. 『명종실록』, 명종 18(1563)년 12월 10일.

14　憲府啓曰 但賞當其功 而恩不過實 然後允協於物情 而無後世之譏議矣 奏請之事 朝廷定議 委諸使臣 則呈文禮部 周旋成事 皆出於使臣 而安自命崔世協 則憑假譯說 傳語通情 林芑則承稟使臣之意 做了吏語而已 書狀官李陽元 職帶糾檢 亦無干與之事 使臣金澍之死 特贈判書 且賜田結奴婢 其報勞酬功之典 可謂極矣 李陽元以下 別無可稱之勞 而嘉善通政之秩 輕與不惜 無以勸人 只足取譏 且田結奴婢 在恩數 最爲重大 尤不可用之於賤類也 請竝亟命改正. 『명종실록』, 명종 18년(1563) 12월 11일.

3. 『기재기이』 간행 시점의 정치 상황

국가 기관에서 개인의 저작을 공간(公刊)했다는 것은, 단순한 기념 출판이나 서적 보급의 확대 이상의 의미를 지닌다. 특히 신진 사림에 의한 교서관 서적 간행은 지방 관청이나 개인의 기호에 의한 출판과는 격이 다르다. 이런 점에서 『기재기이』의 관찬은 사적 네트워크에 의존하여 향유되던 것을 공적 담론의 장(場)으로 진입, 유통해야 할 어떤 필요성이 존재하였음을 의미한다. 한마디로 『기재기이』 간행에는 억제하기 어려운 당대인의 소설 애호[15] 이상의 공적 가치가 존재함을 짐작케 한다. 그 가능성을 살피기 위해 『기재기이』 간행 시점의 정치적 상황은 어떠했나를 보겠다.

앞서 『전등신화』의 간행이 종계변무와 외교적 필요성이란 특정한 정치 상황과 연관되어 이루어졌던 것처럼, 『기재기이』의 간행 역시 특정 정치 상황과 유관할 수 있다.

상이 답하기를, "자전(慈殿)의 뜻이 간절하시고 대신(大臣)의 뜻 또한 이와 같아 형편상 어쩔 도리가 없으니, 억지로나마 따르겠다." 사신(史臣)은 논한다. 대비는 처음에 중묘조(中廟朝) 때 대윤(大尹), 소윤(小尹)의 설(說)로 인하여, 상이 어린 나이로 즉위하자 지난날의 감정을 분풀이하고자 하였다. 이에 한결같이 <u>윤원형(尹元衡)의 하는 바를 들어주어 사림을 모함해서 명유(名儒)와 열사(烈士)들을 거의 다 제거하였다.</u> 이 때문에 7~8년 동안 사람들이 모두 두려워하였다. 또 <u>이교(異敎)</u>를 신봉하여

---

15 정출헌, 「16세기 서사문학사의 지평과 그 미학적 층위」, 『한국민족문화』 26, 부산 대학교 한국민족문화연구소, 2006. 17쪽.

다시 선과(禪科)를 설치하였으며 사리(私利)를 도모하는 문을 크게 열어
놓아 국정을 어지럽혔다. 사람들은 모두 (대비가) 권력에 연연하여 임금
에게 정권을 바로 돌려주지는 않을 것이라고 생각했었는데, 하루아침에
귀정한다는 명령을 내리니, 온 나라 사람들이 모두 다행으로 여겼다.[16]

명종 8년(1553) 7월 12일 기사의 마지막 부분이다. 명종은 대비(大
妃)의 간절한 뜻과 대신들의 요청에 "마지못해 따르겠다.[勉從]"며 허
락한다. 이에 사신(史臣)은 기대에 차서 자신의 생각을 드러낸다. 그
것은 윤원형으로 대표되는 척신(戚臣)과 소인들에 의해 명유(名儒)와
열사(烈士)가 조정에서 다 제거된 현실, 불교를 신봉하여 선과(禪科)
를 다시 설치한 것, 그리고 사리(私利)를 도모하는 길을 열어 국정이
어지럽혀진 상황 등을 바로잡을 수 있으리란 기대다.

그렇다면 사신의 기대찬 발언은 어디에서 기인하였는가. 당시 최
대의 정치 현안이었던 '귀정(歸政)' 때문이었다. 애초 사람들은 대비
의 철렴(撤簾)이 이루어질 것으로 생각하지 않았다. 대비가 권력에
연연하여 귀정을 허락할 리가 없다고 생각했다. 그러던 차에 하루아
침에 귀정한다는 명령이 내리자 사신이 흥분하며 기록했던 것이다.
물론 사신의 기대는 시간이 흐르며 조금씩 꺾이게 된다. 외형상의
귀정과 달리 실질적 통치는 대비의 영향력에서 벗어날 수 없었고, 윤
원형으로 대변되는 소인의 무리가 여전히 정권을 장악하고 있었기

---

16 答曰 慈旨丁寧 大臣之意又如此 勢至於不獲已 故勉從之矣【史臣曰 大妃始因中廟朝
   大小尹之說 當上卽位幼沖之時 欲洩前憾 一聽尹元衡所爲 構禍士林 名儒烈士芟刈
   殆盡 七八年間 人皆重足 又崇信異敎 復設禪科 大開利門 變亂國政 人皆謂係戀權柄
   不卽復辟 而一朝有是命 國人莫不幸焉】. 『명종실록』, 명종 8년(1553) 7월 12일.

때문이다.

그렇지만 귀정을 결정한 7월 12일과 그것을 중외에 효유(曉諭)한 7월 15일을 전후한 시기에 젊은 신료(臣僚)들의 기대가 한껏 부풀어 오른 것은 주지할 바다. 이들은 척신(戚臣)에 의한 정권의 농단과 이교(異敎)의 숭배를 떨치고, 새로운 정치를 시작하기 위한 노력을 시도한다. 앞선 기록과 같은 특정 사신의 내밀한 바람으로써의 사평(史評)이 아니라 젊은 문신들의 공론으로 표출되기에 이른다.

> 참찬관(參贊官) 정유(鄭裕)가 아뢰기를, "이제 비로소 i)친정(親政)하시니 이는 바로 정치를 새로이 시작하는 것입니다. 조야에서 유신(惟新)의 정치를 크게 바라고 있으니, 이는 바로 성상께서 처음 일을 시작하심에 삼가고 조심하여야 할 때입니다. …(중략)… 상이 이르기를, "좌우에서 말한 바가 모두 격언(格言)이다. 나는 본래 불민한 사람으로 어린 나이에 보위를 이어 모든 기무를 혼자서 맡게 되었으니, ii)군자를 등용하고 소인을 물리치며, 학교를 일으키고 염치를 격려하며, 흐린 것을 치우고 맑은 것을 드날리는 등의 일을 어떻게 할 수 있겠는가. 오늘날 기강이 해이해지고 법령이 제대로 시행되지 않고 있으나, 조정에 위로는 삼공(三公)과 육경(六卿)이 있으며, 아래로는 여러 관원들이 있으니, 각각 자신의 직분을 다하여 보필하고 인도하여야 할 것이다. 또 대간(臺諫)은 나의 귀와 눈이 되어 인물을 탄핵하는 것이니, 마땅히 삼가야 할 것이다. 만일 억울한 일이 있으면 어찌 원통함이 없겠는가. 더구나 헌부(憲府)는 원통함을 펴주는 곳이니, 비록 작은 일이라도 자세히 살펴서 힘을 다하여야 할 것이다." 하였다.
>
> 사신은 논한다. 살펴보건대, iii)군자를 등용하고 소인을 물리치며, 염치를 격려하고 학교를 일으키는 이 네 가지는 실로 나라를 다스리는 급선무이다. 상이 복정(復政)한 처음에 이것을 먼저 말하였으니, 그 정신을 가다듬어 훌륭한 정치를 이룩하려는 뜻이 지극하다고 하겠다. 그러나 당시에

윤원형이 칼자루를 잡고 있어서 사람들이 감히 무어라 말하지 못하고 있으니, 소인을 물리쳤다고 할 수 있겠는가? 이황이 낮은 관직에 머물러 있어 등용되지 못하고 노수신(盧守慎)이 귀양살이에서 풀려나지 못하고 있으니, 군자를 등용하였다고 할 수 있겠는가? 도적질하는 신하가 조정에 가득하여 날마다 가렴주구를 일삼고 있으니, 염치를 격려하였다고 할 수 있겠는가? 학교가 황폐하여져 사습이 날로 비하해지니 학교를 일으켰다고 할 수 있겠는가?

을사년 이후로 윤원형과 이기의 무리가 충량한 사람을 죽이고 축출하며, 간사한 자를 등용하여 조정을 어지럽혀서 나라의 형세가 위태로운데도 재상과 대간은 입을 다물고 한마디도 말하는 자가 없으니, 상이 비록 훌륭한 정치를 이룩하고자 하는 마음이 있다 하더라도 누구와 함께 정치를 하겠는가?[17]

참찬관(參贊官) 정유(鄭裕; 1503~1566)가 1553년 7월 17일에 왕에게 아뢴 내용과 비답, 그리고 사신의 평이다. 정유는 당시에 홍문관 부제학을 맡고 있었다. 부제학은 홍문관의 실제 책임을 맡은 직임이라 홍문관 장관으로 칭해지며, 직제학과 교리(校理) 등의 홍문관 관리들

---

17 參贊官鄭裕曰 今始復政 是乃新政 朝野顒望惟新之治 此正聖上初服之所當謹愼者也 …(중략)… 上曰 左右所言 皆是格言 予本不敏 沖年嗣位 專摠萬機 進君子 · 退小人 興學校 · 勵廉恥 激濁 · 揚淸等事 何能爲之 今者紀綱解弛 法令不行 朝廷之上 有三公 · 六卿 下有百執事 各宜盡其職而輔導焉 且臺諫 爲予耳目 彈駁人物 所當謹之 若有冤枉之事 則其無冤悶乎 況憲府 伸冤之地 雖事之小者 亦當詳察而致力焉【史臣曰 按進君子 · 退小人 勵廉恥 · 興學校 · 此四者 實爲國之急務 上於復政之初 首以此爲言 其所以勵精求治者至矣 然當時尹元衡倒持太阿 人莫敢誰何 其可謂退小人乎 李滉沈下僚 而不能用 盧守愼在竄謫而不能釋 其可謂進君子乎 盜臣滿朝 日以掊克爲事 其謂勵廉恥乎 學校荒廢 士習日趨卑下 其可謂興學校乎 自乙巳以來 尹元衡 · 李芑之徒 殺逐忠良 引進憸邪 濁亂朝廷 國勢岌岌 宰臣 · 臺諫 結舌鉗口 無一言者 雖有願治之心 其誰與爲治耶】 『명종실록』, 명종 8년(1553) 7월 17일.

과 함께 본관록(本館錄)의 작성을 책임진다. 한마디로 부제학은 청요직(淸要職)의 핵심적인 자리로 당대의 가장 명망 있는 문신이 임명되었으며, 신예의 대표였다.

이런 부제학 정유가 친정(親政)과 새로운 정치의 시작을 명종에게 아뢰었다. 이에 명종은 좌우에서 말한 바가 모두 격언(格言)이라며, 정유의 아룀에 원칙적으로 동의한다. 다만 명종의 비답은 새로운 정치의 방안을 적극적으로 묻고 실천하려는 의지를 드러냈다기보다는, 조정에 위로는 삼공(三公)과 육경(六卿)이 있으며 아래로는 여러 관원들이 있으니, 각각 자신의 직분을 다하여 보필하고 인도해야 할 것이라는 다소 원론적인 것이었다. 왕의 비답은 사람들의 기망(企望)을 충족시키지 못하였다.

사신이 분노에 가까운 비평을 보태는 것도 이런 이유 때문이었다. 사신은 명종이 훌륭한 정치를 이룩하려는 지극한 뜻을 지녔다고 형식적으로 칭송한다. 그러나 이어지는 말에서는 엄정한 현실에 대한 인식을 그대로 드러낸다. 군자를 등용하고 소인을 물리치며, 학교를 일으키고 염치를 격려하며, 흐린 것을 치우고 맑은 것을 드날리는 등의 일을 어느 겨를에 누구와 함께 할 수 있겠는가라고 되묻는다. 윤원형이 칼자루를 잡고 있어 사람들의 입이 막혔고, 이황은 낮은 관직에 머물러 있으며 노수신은 귀양살이 중이니 어떻게 새로운 정치를 할 수 있겠는가라고 말한다. 그리고 이어 윤원형과 이기의 무리가 충량한 사람들을 죽이고 축출하며 간사한 자를 등용하여 조정을 어지럽혀서 나라의 형세가 위태로운 데도 재상과 대간은 입을 다물고 한마디도 말하는 자가 없다고까지 말한다. 암담한 정치 현실, 무너져 버린 사림 세력의 참담한 처지에 절규하고 있는 것이다.

1553년 7월 12일 귀정의 결정, 7월 15일 귀정의 중외 효유 그리고 7월 17일 친정에 대한 정유의 기대에 찬 건의 등을 보면, 정치의 일신에 대한 젊은 신료의 기대에 찬 분위기를 알 수 있다. 홍문관을 비롯한 삼관(三館)의 젊은 신료들은 소인을 축출하고 현인을 등용하며 이교를 배척하고 학교를 세워 기묘사화(己卯士禍) 이후 무너져 내린 사림(士林)을 복원하고 도학정치(道學政治)의 실현을 기대했다.

『기재기이』 간행은 바로 이 시점에 이루어졌다. 게다가 신광한은 젊은 사림들의 기망(企望)을 한 몸에 받고 있었다. 그런 그가 귀정에 대한 조정의 분위기나 휘하 기관 신진들의 기망을 모를 리 없었다. 이런 점에서 신광한이 궤장(几杖)을 하사받고 기로소(耆老所)에 들었던 것을 기념하기 위해『기재기이』 간행을 추진했다는 것은 납득할 수 없다. 또한『기재기이』 간행이 정치적 상황과 우연히 일치한 것에 불과하다고 보기도 어렵다. 『기재기이』의 교서관 간행은 특정한 필요성 즉, '새로운 정치'를 기대하는 정치적 분위기와 동궤에서 진행된 사업이라고 보는 것이 옳다.

4.『기재기이』의 간행 주체와 인식

그렇다면『기재기이』 간행 주체는 누구이고, 이들은 어떤 목적과 필요성, 그리고 인식을 가졌기에 간행을 추진했는가. 사실 신광한의 간여 여부를 논외로 한다면,『기재기이』 간행 주체는 분명하다. 〈기재기이발〉의 기록에 나타난 신호(申濩)와 조완벽(趙完璧)이 그들이다. 신호의 〈기재기이발〉을 보자.

『기재기이』한 질은 곧 지금의 찬성사(贊成事) 기재(企齋) 상공(相公)께서 지으신 바다. 일찍이 먹과 붓을 놀리니, 기이(奇異)함에 뜻을 두지는 않았지만 저절로 기이하게 되었다. 그 지극함에 이르러서는 사람들을 기쁘게 하고 놀라게도 하여 세상의 모범됨이 있고 세상에 경계됨이 있다. 그런 까닭에 그 책이 민이(民彝)를 붙들어 세워 명교(名敎)에 공로가 있음이 한두 가지가 아니다. 저 대수롭지 않은 소설들과는 같은 급이라 말할수 없으니 세상에 성행(盛行)하는 것이 진실된 바다. 다만 사본에 잘못된 바가 있으니 호사자들이 병통으로 여겼다.

교서 저작 조완벽은 나와 같은 해에 진사가 되었는데, 둘 모두 상공 문하 출신이다. 하루는 교서관에 모였을 때 i)말이 거기에 미치자, 나에게 ii)교수를 부탁하며 책을 빨리 출간하고자 했다. 나는 난색을 표하며 말하였다. "자네가 이번에 하려는 일은 아주 좋은 일이네만 가만히 생각해보건대 상공께서 우리 교서관의 영사(領事)시니 사정을 모르는 사람들이 상공의 생각에서 나왔다고 한다면 혐의가 되지 않겠는가." 그가 말하기를, "상공의 공명과 사업은 조정에서 제일이고 도덕과 문장은 유림에 은혜를 끼치고 있지요. iii)지금 이 책으로 (공의) 평생 저술을 본다면 태산에 터럭 한 올과도 같지 않으니 어찌 상공을 가늠할 수 있겠습니까. 게다가 iv)즐거움이란 남과 더불어 같이 하는 것이 저의 평소 생각이라, 가만히 엎드려만 있으면서 출간하지 않는 것은 내가 차마 못 하겠습니다. v)옛 시에 이르기를 '한 시대에 몇 사람 쓰이지 않는다.'고 했으니 제가 어느 겨를에 혐의를 따지겠습니까." 했다. 내가 말하기를, "자네의 말이 옳네." 했다.[18]

---

18 記異一帙 卽今贊成事 企齋相公所著也 嘗游戲翰墨 無意於奇 而自不能不奇 及其至也 使人喜 使人愕 有可以範世 有可以警世 其所以扶樹民彝 有功於名敎者 不一再 彼尋常小說 不可同年以語 則盛行於世 固也 第寫本承訛 好事者病焉 校書著作趙完璧氏 與余同年進士也 俱出相公門下 一日會芸閣 語及之 囑余校讐 亟欲鏤諸梓 余難之曰 君是擧甚善 竊念相公領敞館 不知者謂出於相公之意 則得無近於嫌乎 曰咈 相公功名事業 冠冕廟堂 道德文章 衣被儒林 今此編 視平生著述 不啻若泰山一毫 奚足爲相公輕重焉 而樂與人公共者 吾素志也 伏而不出 吾不忍也 古詩云 一代不數人 吾

　신호는 발문에서 『기재기이』를 간행하게 된 경위와 필요성을 상세하게 밝혔다. 신호와 조완벽은 세상에 없어지지 않을 가치 있는 것으로 입언(立言)이 있음을 말하고, 『기재기이』가 일반적인 제해패관(齊諧稗官)과 동급으로 취급할 수 없는 가치를 지녔다고 말한다. 이런 대화 끝에 조완벽은, 『기재기이』의 간행을 적극적으로 서두르면서 신호에게 교수(校讎)를 당부한다.

　이상의 내용은 『기재기이』 간행이 『전등신화』의 경우와는 판이하게 진행되었음을 보여준다. 애초 문명(文名)을 지닌 젊은 신료들의 교서관 내 대화가 『기재기이』의 간행의 출발점이었다. 신호는 명종(明宗) 1년(1546)에 증광시(增廣試) 병과(丙科) 12위로 합격했다. 그는 과거 합격 순위에 비해 문장 실력이 뛰어난 것으로 유명했다. 14살에 『문장궤범(文章軌範)』을 사백 번을 읽고 평생 천하의 책을 거의 다 읽었으며,[19] 신광한조차 시를 짓고 난 후에는 잘못된 바를 물어 바로잡은 후에야 비로소 세상에 내보였을[20] 정도였다. 또한 유몽인(柳夢寅; 1559~1623)은 15세에 그에게 고시(古詩)와 고문(古文)을 배웠다.[21] 그는 다독(多讀)을 바탕으로 한 뛰어난 문장 실력 덕분에 외직(外職)으로

何暇別嫌焉 余曰 子之言得矣 仍略序其語爲跋. 신호(申濩), 〈기재기이발(企齋記異跋)〉, 소재영, 『기재기이연구』, 고려대학교 민족문화연구소, 1990, 99~101쪽.

19　校理申濩氏歲十四 讀文章軌範四百遍 平生讀天下書殆盡 所讀佛經二千卷 其他書可知 而其應擧也 恒誦東策百首. 유몽인(柳夢寅), 〈서(書)〉, 『어우집(於于集)』 제오권(第五卷).

20　申企齋凡有所作詩 輒示申直講濩 其是正 方以行於世. 윤근수(尹根壽), 『월정만필(月汀漫筆)』.

21　十五歲始遇申校理濩 從事于古文 學古非不早也 而作掇靡常 不能一其做工. 유몽인(柳夢寅), 〈서(書)〉, 『어우집(於于集)』 제오권(第五卷).

나가지 않고 교서관 별제(別提), 승문원 검교(檢校), 성균관 직강(直講), 승문원의 교리(校理) 등과 같은 삼관(三館)내의 문장 관련 직임을 두루 맡았다.

　조완벽 역시 문과 출신 신예였다. 그는 명종(明宗) 4년(1549) 식년시(式年試) 문과에 병과로 합격했으며, 관직 생활 초반의 삼관(三館) 근무를 제외하면 주로 외직으로 돌았다. 그가 역임한 벼슬은 교서관 저작, 풍기군수, 익산군수 등이다. 풍기군수로 재직할 때에는 이황(李滉)의 청에 응해 금양정사(錦陽亭舍)의 완공을 도왔고[22] 익산군수 시절에는 강단 있고 현명한 지방관이라는 평을 듣기도 했다.[23]

　간행 당시 이들은 문예에 뛰어나고 현실 개혁의 의지를 지닌 신예였다. 게다가 이들은 『기재기이』가 "세상의 모범"됨이 있고 "세상에 경계"하는 내용을 지녔으며 "민이(民彝)를 붙들어 세워 명교(名敎)에 공로"가 있다는 것을 알았다. 이에 조완벽은 『기재기이』의 간행을 통해 그같은 인식을 확장 공유하려고 하며 조급해한다. 반면 신호는 『기재기이』 간행이 야기할 수 있는 현실적인 문제를 말한다. 교서관 영사(領事)인 신광한이 자기 책을 간행하기 위해 아랫사람을 부추겼다는 오해를 받을 수 있음을 지적한다. 아무리 의도가 좋아도 그 뜻을 알지 못하는 사람들이 신광한을 비난할 것이라는 실제적 염려였다.

　이에 조완벽은 iii), iv), v)의 세 가지 점을 들어 신호의 문제 제기에

22　退溪先生承召過郡 聞臺舍荒廢 因爲之感歎 寄懷郡宰 托以永護之事 其時郡守趙公完璧 下帖維羅 特加完護. 유운룡(柳雲龍), 〈금양정사완호기문(錦陽亭舍完護記文)〉, 『금계선생문집(錦溪先生文集)』, 권지구(卷之九).

23　剛明聽理 能決獄訟之官 唯礪山郡守鄭淹 益山郡守趙完璧 南平縣監李徵 潭陽府使金偉 求禮縣監申承緒. 『선조실록』, 선조 4년(1571) 6월 20일.

반박한다. 우선, 『기재기이』는 신광한의 공업과 저술에 비춰 작은 것
일 뿐이니, 그것을 가지고 신광한의 삶을 재단하거나 저술을 평가할
수는 없다고 한다. 그런데 표면적으로 온건한 이 말의 이면에는 강직
하고도 당당한 조완벽의 태도가 담겨 있다. 그는 뜬금없이 "泰山一毫"
란 어구를 사용하여 『기재기이』의 가치를 말한다. 이 표현은 언뜻
보면 『기재기이』가 터럭처럼 별다른 가치 없는 저작임을 말하는 것
같다. 그런데 실상은 그렇지 않다.

　이것은 한유(韓愈) 〈조장적(調張籍)〉의 "泰山一毫芒"에서 따온 말
이다. 〈조장적〉은 40운(韻)의 긴 작품으로 이백과 두보의 작품은 시
단을 비추는 등불[光燄萬丈長]인데, 무지한 개미 같은 것들이 제 분수
를 모르고 거목을 흔들어 댄다고 비웃는[可笑不自量 蚍蜉撼大樹] 내용
으로 시작된다. 그리고 이백과 두보가 천부적 재능을 가지고 평생에
천만 편의 금옥 같은[平生千萬篇 金薤垂琳琅] 작품을 썼지만 선관(仙官)
이 사자를 보내 모두 빼앗아가 버리고 지금 세상에 남겨진 것들은
태산의 한 터럭 같은 꺼끄라기[流落人間者 泰山一毫芒]에 불과할 뿐이
라고 말한다. 그러니 구구한 것에 바빠하지 말고 다정하게 이백과
두보를 배우기 위해 날아보자는 말로 마무리한다.[24] 결국 조완벽이
말한 "泰山一毫"는 천금 같은 이백과 두보의 저작 가운데 남겨진 귀한
것이란 의미의 극찬이다.

24　李杜文章在 光燄萬丈長 不知群兒愚 那用故謗傷 蚍蜉撼大樹 可笑不自量 …(중
　략)… 平生千萬篇 金薤垂琳琅 仙官勅六丁 雷電下取將 流落人間者 太山一毫芒 我願
　生兩翅 捕逐出八荒 精誠忽交通 百怪入我腸 刺手拔鯨牙 擧瓢酌天漿 騰身跨汗漫 不
　著織女襄 顧語地上友 經營無太忙 乞君飛霞佩 與我高頡頏. 한유(韓愈), 〈조장적(調
　張籍)〉.

조완벽의 태산일호의 인용은, "이 책으로 (공의) 평생 저술을 본다면"이란 말이나 "어찌 상공을 가늠할 수 있겠습니까?"라는 구절과 조화를 이룬다. 『기재기이』의 진정한 가치를 모르고 혐의를 씌우려는 자들이 이백과 두보의 위대함을 모르고 비난하는 어리석은 무리[不知群兒愚], 자신의 분수를 모르고 큰 나무를 흔드는 개미의 무리와 같다는 말이다. 그러므로 개미 같은 무지하고 어리석은 자들의 논란에 갇혀 『기재기이』의 간행을 미룰 필요가 없으며 『기재기이』의 가치를 공유하도록 하자고 제안한 것이다.

조완벽의 이같은 당당함은 iv)의 『맹자(孟子)』를 인용함으로써 다시 한번 강조된다. 그는 iii)을 iv)의 『맹자』「양혜왕장구하(梁惠王章句下)」의 즐거움이란 남과 더불어 같이 하는 것[樂與人]이란 말로 이었다. 인의(仁義)를 바탕으로 한 덕치를 행함에 여민동락(與民同樂)이 중요한 것처럼, 『기재기이』의 가치를 남들과 공유해야 한다는 뜻을 담았다. 『기재기이』의 가치를 알면서도 남들의 시비가 두려워 간행하지 않는 짓은 차마 못 하겠다는 말의 정당화인 셈이다. 이처럼 조완벽은 한유와 맹자의 말을 인용하여 『기재기이』의 가치를 강조하고 자신의 인식을 당당하게 표출했다. 조완벽은 인의(仁義)와 같은 중요한 가치의 공유와 확산이라는 점에서 간행을 서두르려 했다.

이어지는 조완벽의 말은 v)의 "한 시대에 몇 사람 쓰이지 않는다[一代不數人]"로 집약된다. 이는 송(宋) 조번(趙蕃; 1143~1229)의 〈용일대불수인백년능기견위운시부십장정진군거(用一代不數人百年能幾見爲韻詩賦十章呈陳君擧)〉를 인용한 것이다. 조번은 오언절구(五言絕句) 10수로 세상에 인재가 쓰이지 못하는 것을 말하였다. 그는 특히 두 번째 수에서, 글을 짓지는 않지만 지은 즉 한 시대에 행하여 아이와 늙은이까지 외워 익힌다고[25] 했다. 이는『기재기이』가 한 시대를 풍미할 뛰어난 가치를 지녔으므로 아이와 노인들까지 외워 익히기를 고대한 말이며, 뛰어난 저작이 세상에 읽히지 못할까 염려한 말이다. 그렇기에 혐의를 따질 겨를이 없다고 했다. 조완벽의 말은『기재기이』의 간행을 위한 아유나 분식으로만 보기에는 너무 당당하고 자신감에 차 있다.

그렇지만 이것만으로 간행 주체의『기재기이』에 대한 인식이 당시 젊은 신료들의 보편적 인식이었다고 추단할 근거는 없다. 귀정(歸政)의 중차대한 시기임에도 불구하고, 여전히 영사 신광한을 위한 간행으로 볼 수도 있으며,『기재기이』가 소설로서 일대 유행했기 때문으로 볼 수도 있다. 물론 다음과 같은 기록은 그런 가능성에 회의(懷疑)를 일으키기 충분하다.

봄에는 교서관에서 먼저 연회를 베푸니 이른바 홍도음(紅桃飮)이라 하고, 초여름에는 예문관에서 행하니 장미음(薔薇飮)이라 하며, 여름에는 성균관에서 주관하니 벽송음(碧松飮)이라 한다. 을유(1465)년 여름 예문관이 삼관(三館)을 모아 삼청동에서 술을 마셨는데, 학유(學諭) 김근이 흠뻑 취해 집으로 돌아가다가 검상(檢詳) 이극기를 길에서 만났다. 이극기가 묻기를, "친구는 어디서 오길래 이렇게 취했는가?"라고 하자 "장미를 먹고 가지."라고 답했다. 사람들이 듣고는 폭소했다.[26]

---

25 公乎不爲文 爲必行于代 誦習孰其人 兒童兼老輩. 조번(趙蕃), 〈대일대불수인백년능기견위운시부십장정진군거(用一代不數人百年能幾見爲韻詩賦十章呈陳君擧)〉 제이수(第二首).

26 春時校書館先行之 曰紅桃飮 初夏藝文館行之 曰薔薇飮 夏時成均館行之 曰碧松飮 乙酉夏 藝文館聚三館飮于三淸洞 學諭金根泥醉還家 檢詳李克基路遇之 問交友從何

성현(成俔; 1439~1504)은『용재총화(慵齋叢話)』에서 삼관(三館)에 소속된 신료들이 돌아가며 연회를 베풀며 즐겼던 풍속을 기술하였다. 그런데 이와 같은 삼관(三館) 문신들의 모임이 질펀했음은 술에 취한 학유 김근이 검상 이극기를 만나 대화하는 것을 통해 드러난다. 이들의 모임이 얼마나 질펀했으면 종9품의 말직인 학유가 정5품의 검상을 만나서 예도 못 차리고, "장미를 먹고" 간다고 정신없이 대답했겠는가.

그런데 이 기록은 단순한 풍류놀음 이상의 의미도 지닌다. 삼관(三館)에 소속된 젊은 신료들이 평소 상호 교류 하에 깊은 유대를 형성하고 있음을 보여준다. 50명이 채 안 되는 삼관(三館)의 젊은 신료들은 동질적 자부심으로 뭉쳤다. 문장과 학식이 검증된 문과 급제자, 천전(遷轉)과 거관(去官)의 근무일수제, 승진 등에서의 차별 배제, 상호 겸직 및 천전의 상례화[27] 등은 이들로 하여금 동일체적 연대 의식을 지니게 하였고, 나아가 이것은 동질적 정치의식의 형성으로 작용하곤 했다.

신호나 조완벽이 당시의 첨예한 정치 상황에서 소외됐을 것으로 보는 것은 무리다. 이들 역시 삼관(三館) 내부의 동질적 정치의식의 장(場) 안에 존재했을 것이다. 다시 말하면,『기재기이』간행 주체인 신호와 조완벽 역시 부제학 정유의 상소나 사관의 평에서 드러난 것과 같은 사림 정치의 복원을 기대했을 것이다.

來 何醉之至此 根答曰食薔薇而去 人有聞者皆齒冷. 성현(成俔),『용재총화(慵齋叢話)』권지이(卷之二).

27 한동명,「校書館考」, 경희대학교 대학원 석사학위논문, 1979, 54쪽.

이는 박계현(朴啓賢; 1524~1580)의 〈제기재기이후(題企齋記異後)〉에
서 보다 분명하게 드러난다.

> 문장과 사업은 옛사람과 같아   文章事業古人如
> 한 모퉁이 들어주듯 못 보던 책 엮었네.   隅一編成未見書
> 찻사발의 차 홀짝이며 여러 차례 읽노라니   啜罷茶甌仍數遍
> 봄날 송재(松齋)의 낮잠에서 깬 듯하네.   松齋春日午眠餘[28]

박계현이 『기재기이』에 붙인 것이다. 제목에 '제(題)'가 있으면서
도, '독후(讀後)'가 아닌 '권후(卷後)'라고 했다. 단순한 『기재기이』 독
서기(讀書記)가 아니라 간행에 직간접적으로 연계하여 썼음을 짐작케
한다. 그런데 이런 박계현의 제시(題詩)는 『기재기이』가 일종의 성리
학적 교훈서(敎訓書)임을 분명히 하고 있다.

그는 첫째 구(句)에서 신광한의 문장과 사업이 옛사람과 같다고
했다. 조완벽이, "공명과 사업은 조정에서 제일이고 도덕과 문장은
유림에 은혜를 끼치고 있다."고 말한 것과 근사(近似)하다. 또한 공자
의 가르침을 염두에 둔 말이기도 하다. 이는 둘째 구에서 명확해진다.

둘째 구에서는 『기재기이』가 전에 없는 성리학적 교훈서로써의 가
치를 지닌 새로운 저작임을 말했다. 이는 『논어』 〈술이(述而)〉편의
'일우(一隅)'를[29] 인용한 것에서 드러난다. 공자는 "한 모퉁이를 들어
보여 나머지 세 모퉁이로 반응하지 않으면 반복하지 않는다.[擧一隅
不以三隅反 則不復也]"라고 했다. "애태우지 않으면 일깨워주지 않으[不

---

28 박계현, 〈제기재기이권후(題企齋記異卷後)〉, 『관원일록(灌園逸錄)』.
29 子曰 不憤不啓 不悱不發 擧一隅 不以三隅反 則不復也. 『논어(論語)』「술이(述而)」.

憤不啓]"며 "안타까워하지 않으면 알려주지 않는다.[不悱不發]"는 말을 이은 것이다. 즉 일우(一隅)는 배우려는 자가 스스로 노력하지 않으면 일깨워주지 않으며, 배우려고 온갖 노력을 다하는 이를 위해 한 모퉁이를 들어 그 배움을 이끈다는 의미이다. 다만 여기서는 일우(一隅)를 시(詩)의 운(韻)을 맞추기 위해, 우일(隅一)로 썼다. 이런 점에서 둘째 구는 첫째 구의 문장과 사업이 옛사람과 같다고 한 것에 대한 구체적 진술이 된다. 신광한이 후학을 위해 전에 없던 책을 엮어 열심히 공부하려는 자를 돕기 위해 『기재기이』를 지어 한 모퉁이를 들어주었음을 가리킨다.

셋째 구는 『기재기이』의 성격을 더욱 분명히 드러내고 있다. 셋째 구에서 차 사발에 차를 가득 따라 철차(啜茶)하며 『기재기이』를 여러 차례 읽는다고 했다. 철차(啜茶)는 씹듯이 찻물을 조금씩 음미하며 마시는 것이다. 송(宋) 이백옥(李伯玉)이 〈이은당(吏隱堂)〉이란 시에서 "把似啜茶看孟子, 何如痛飮讀離騷"라고 했다. 『맹자』와 같은 경서는 차를 음미하며 마시듯[啜茶] 천천히 살펴서 읽고, 『이소』와 같은 문학서는 통음(痛飮)하며 소리내어 읽어야 함을 말한 것이다. 『맹자』와 같이 가르침을 주는 책을 읽을 때와 『이소』와 같이 낭만적 문학작품을 읽을 때는 그 방법이 다르기 마련이다. 『기재기이』는 『이소』와 같이 통음하며 읽을 책이 아니고 『전등신화』처럼 흠뻑 빠져들어 등잔의 심지를 자르며[剪燈] 읽는 소설책도 아니며 천천히 음미하며 읽어야 할 책이란 의미이기도 하다.

박계현은 셋째 구와 같이 『기재기이』를 읽으면 그 효과가 뚜렷하다고 보았다. 송재(松齋)에서 봄잠을 자고 깨어난 것과 같은 상태가 된다. 한가하고 여유 있는 송재(松齋)에서의 봄잠은 온갖 미망에서 벗어난

상태를 제공한다. 송(宋)의 구만경(裘萬頃)이 〈오수(午睡)〉란[30] 시에서
"午窓春日影悠悠 一覺淸眠萬事休"라고 했다. 맑은 잠[淸眠]을 자고 난
후 세사(世事)의 미망에서 벗어나게 된다는 뜻이다. 그것처럼『기재기
이』를 음미하며 읽으면 몽롱(朦朧)한 앎의 상태에서 벗어나서 청명(淸
明)한 정신 상태에 도달하게 된다. 박계현은『기재기이』가 새로운 앎
의 경지를 줄 수 있는 교훈적 가치를 지닌 책임을 시로써 말한 것이다.

그런데 박계현은 교서관의 소속 신료가 아니었다. 그는 명종 7년
(1552) 식년 문과에 을과로 급제해 승문원권지정자(承文院權知正字)에
보임되고, 그해에 곧바로 예문관 검열(檢閱)이자[31] 홍문관 정자(正字)
에[32] 임명된다. 승문원의 "권지(權知)"는 문과 급제자의 통상적 보임이
니 특기할 것은 없지만, 예문관 검열이나 홍문관 정자로의 보임은 의
미가 다르다. 검열은 예문관 봉교(奉敎), 대교(待敎)와 함께 한림팔원
(翰林八員)으로 불리며, 춘추관(春秋館)의 기사관(記事官)을 겸하여 사
초(史草) 작성의 임무를 담당한다. 이른바 사관(史官)이다.

사관은 왕의 측근에서 사실을 기록하고 왕명을 대필하였기에 근시
(近侍)로 칭해지는 청요직(淸要職)의 하나이다. 박계현은『기재기이』
가 간행되던 당시 최고의 엘리트 코스인 사관(史官)의 직임을 수행했
다. 이는 앞서 살핀 바, 귀정(歸政)과 관련된 사신(史臣)의 비판적 기록

---

30 午窓春日影悠悠 一覺淸眠萬事休 堪笑邯鄲槐裏夢 痴兒到老不回頭. 구만경(裘萬頃), 〈오수(午睡)〉.
31 以南應龍爲工曹參議 陳宴爲藝文館待敎 朴啓賢黃琳爲檢閱.『명종실록』, 명종 7년(1552) 5월 17일.
32 朴永俊 禹鎬 魚季瑄 愼希復 尹毅中 朴啓賢 金繼輝[以上弘文館].『명종실록』, 명종 8년(1553) 11월 12일.

이 박계현에 의해서 이루어졌을 수도 있음을 의미한다. 더욱이 당시 박계현은 홍문관의 관원 자격으로 조정 현안에 적극 참여하였다.[33] 이런 박계현이 아유를 목적으로 한 『기재기이』 간행에 직간접적으로 간여했다거나, 『기재기이』의 교훈서적 성격을 견강부회하여 시로 노래했다고 보기 어렵다.

이상을 종합해 보면, 『기재기이』는 "범세(範世)", "경세(警世)", "부수민이(扶樹民彝)"의 가치, 즉 성리학적 가치를 지녀 공부하는 이들을 위해 한 모퉁이를 들어주는 책임이 분명하다. 『기재기이』가 이런 책이기에 조완벽이나 신호는 귀정이라는 정치적 중요기에 간행을 도모했던 것이다. 사림의 정치적 지향과 궤를 같이한 채 말이다.

5. 맺음말

여기서는 『기재기이』의 교서관(校書館) 간행과 그 의미를 구명(究明)하는 것을 목적으로 하였다. 교서관의 서적 간행과 관련된 논의를 천문서나 의서와 같은 잡술서, 〈삼국지연의〉나 『전등신화』와 같은 소설, 성리서(性理書)와 사서(史書)의 경우를 통해 살폈다. 이를 보면 교서관의 서적 간행은 특정한 목적과 필요성에 따라 이루어졌다. 서적 간행의 목적과 필요성이 불분명하거나 그 의의가 결여되면, 공공재(公共財)와 인력(人力)의 낭비나 민풍(民風)의 저해라는 비난을 받았

---

33 修撰尹毅中 副修撰鄭愓 正字金繼輝朴啓賢 亦從申光漢等議 皆曰許通未便. 『명종실록』, 명종 8년(1553) 10월 7일.

다. 그런데『기재기이』에 대해서는 이런 비난이 존재하지 않는다. 이것은『기재기이』의 간행이 성리학적 가치에 부합하는 특정한 목적과 필요에 의해 추진되었음을 의미한다.

　그렇다면『기재기이』는 왜 간행되었는가. 이와 관련하여『기재기이』 간행이 추진된 시점에 주목할 필요가 있다.『기재기이』 발문이 써진 때는 1553년 7월 18일이다. 이는 명종의 귀정(歸政)에 따른 새로운 정치에 대한 신진 사림의 기대가 증폭되었던 시기다. 이런 시기에 홍문관을 비롯한 삼관(三館)의 젊은 관료에 의해『기재기이』의 간행이 추진되었다. 이것은『기재기이』가 지닌 성리학적 관점에서의 교육적 가치가 지대했음을 뜻한다. 이른바 신호가 발문에서 밝힌 바,『기재기이』는 범세(範世), 경세(警世), 부수민이(扶樹民彝)의 가치를 지녔다고 하겠다.

　이것은 홍문관 정자(正字) 겸 예문관 검열(檢閱)이었던 박계현의 〈제기재기이권후(題企齋記異卷後)〉에서도 드러난다. 박계현은『기재기이』가 후학을 위해 일우(一隅)를 들어주는 서적으로, 읽고 난 후 미망에서 벗어날 수 있는 교훈적 가치를 지녔음을 말하고 있다. 신호, 조완벽, 박계현과 같은『기재기이』 간행 주체가 기대한 바도 여기에 있었을 것이다. 정유의 상소나 사신의 비판에서 말한 바와 같이 새로운 정치를 기대하는 사림들의 지향에 부응하는 교훈을 담은 것이다.

　요컨대『기재기이』 간행 주체는『기재기이』의 성리학적 가치에 주목하여 공적 서적의 위상을 부여하고자 했다. 이상과 같은 고찰은 궁극적으로,『기재기이』에 수재(收載)된 개별 작품의 성격과 창작 의식에 대한 이해로까지 나가기 위한 것이다. 다만 여기에서는 간행 배경을 여러 관점에서 살피는 데 그쳤음을 밝힌다.

『기재기이(企齋記異)』의 편집 체계

1. 머리말

　『기재기이』는 〈안빙몽유록〉, 〈서재야회록〉, 〈최생우진기〉, 〈하생기우전〉 순으로 엮어져 있다. 기이(奇異)한 사건 중심의 서사라는 특징을 제외하면, 『기재기이』 각편(各篇) 사이의 근친성(近親性)은 쉽게 발견되지 않는다. 이것은 서사적 긴장의 결여나[1] 우의(寓意)의 산포,[2] 손쉬운 문제 해결이나 행복한 결말 구조[3] 등과 같은 개별 작품의 특징과도 관련된다. 『기재기이』 각편은 문제 의식의 결여라는[4] 특성으로 개별화되어 각편 사이의 체계적 혹은 통합적 지향의 부재처럼 보인다. 한마디로 『기재기이』는 각편(各篇)을 단순히 묶어 둔 작품집처럼 보인다. 그럼에도 불구하고 박계현(朴啓賢)은 다음과 같은 『기재기이』

---

1 김종철, 「서사문학사에서 본 초기소설의 성립 문제」, 『고소설연구논총』, 경인문화사, 1988, 203쪽.

2 윤채근, 『소설적 주체, 그 탄생과 전변』, 월인, 1999, 288~289쪽.

3 최재우, 『기재기이의 특성과 의미』, 박이정, 2008, 215쪽. ; 엄기영, 『16세기 한문소설연구』, 월인, 2009, 167쪽.

4 소인호, 「기재기이의 창작 배경과 서사문학적 전통의 변용 양상」, 『숭실어문』 22, 숭실어문학회, 2006, 125쪽.

제시(題詩)를 남겼다.

문장과 사업은 옛사람과 같아	文章事業古人如
한 모퉁이 들어주듯 전에 없던 책을 엮었네.	隅一編成未見書
찻사발의 차 홀짝이며 여러 차례 읽노라니	啜罷茶甌仍數遍
봄날 송재(松齋)의 낮잠에서 깬 듯하네.	松齋春日午眠餘[5]

　박계현은 첫째와 둘째 구(句)에서 신광한(申光漢)의 문장과 사업이
고인(古人)과 같아 『기재기이』 한편을 새로 엮어 후학의 공부를 도왔
다고 했다. 그리고 셋째와 넷째 구에서 『기재기이』를 천천히 여러
차례 읽노라면 봄에 낮잠을 자고 난 것처럼 정신이 맑아진다고 했다.
박계현은 『기재기이』가 몽롱한 앎의 상태에 있는 후학들을 위해 "한
모퉁이를 들어주는[一隅]"[6] 일종의 성리학적 교훈서(敎訓書)라고 했다.
이것은 『기재기이』 창작이나 교서관 간행이 특정한 목적과 필요성에
의해 이루어졌음을 의미한다.[7] 동시에 『기재기이』가 단순히 기이한
이야기를 여러 편을 끌어모아 엮은 것이 아니라, 일정한 의도에 따라
편집된 작품집임을 뜻한다.
　『기재기이』가 개별화된 각편을 무작정 끌어모은 것이 아닌, 특정
한 가치 지향을 체계화한 저작임을 가정한다면, 편집 체계의 일관성
혹은 의도성을 지녔는지를 살필 필요가 있다. 이에 여기에서는 『기

5　박계현, 〈제기재기이권후(題企齋記異卷後)〉, 『관원일록(灌園逸錄)』.

6　子曰 不憤不啓 不悱不發 擧一隅 不以三隅反 則不復也. 『논어(論語)』, 「술이(述而)」.

7　『기재기이』 간행의 특정한 정치적 상황과 관련하여 다음의 논문을 참조할 수 있
　다. 전성운, 「기재기이의 간행 주체와 그 지향」, 『우리문학연구』 69, 우리문학회,
　2021, 204~228쪽 참조.

재기이』 각편의 인물, 배경, 서사구성 등을 대비적 관점에서 살피겠다. 그리고『기재기이』 각편의 거리와 그 체계성을 고찰하겠다. 이것은 궁극적으로,『기재기이』 각편(各篇)이 담고 있는 가치 지향을 해명하는 방편이 될 것으로 기대한다.

2. 각편(各篇)의 서사기법 대비

『기재기이』는 "기이(奇異)"라는 제목에서 볼 수 있듯이 비현실적인 소재를 기반으로 한 작품집이다. 가전(假傳)의 문학적 전통에 있는 의인체적 성향의 〈안빙몽유록〉과 〈서재야회록〉, 선계 체험 혹은 인귀교혼의 비현실적 경험을 기반으로 한 인물의 일생을 서술한 〈최생우진기〉와 〈하생기우전〉이 수재되었다. 이런 점에서 〈안빙몽유록〉과 〈서재야회록〉, 〈최생우진기〉와 〈하생기우전〉을 중심으로 그 대비적 속성을 살핌으로써 작품집 편찬의 체계를 밝히겠다.

1) 인물 및 배경 설정

〈안빙몽유록〉과 〈서재야회록〉은 의인화를 기반으로 한 몽유 체험과 야회 경험이란 일회 경험이 서사의 중심을 이룬다. 그 주인공은 환상적 세계를 경험하는 단순한 체험자로서 안빙(安憑)과, 주밀한 관찰자면서도 야회를 주관하는 사대부(士大夫)이다.[8] 이들 작품의 시공

---

8 이하에서의 사대부(士大夫)는 〈서재야회록〉의 주인공인 '사부(士夫)'를 가리키며, 사(士)와 대부(大夫)의 결합인 일반칭으로서 사대부가 아님을 밝힌다.

간적 배경은 각각 남산별업(南山別業)의 후원과 달산촌(達山村) 산재 (山齋), 화창한 늦봄의 낮과 소삭한 중추의 밤이다. 이처럼 두 작품의 인물이나 배경 설정은 같은 듯 다르다. 이렇게 대비적인 인물과 배경 의 설정은 두 작품의 창작 의도나 서사 지향이 세심하게 고려되었음 을 뜻한다. 그 구체적 면모와 의미를 살펴보자.

〈안빙몽유록〉의 경우 인물의 성격이나 지향을 명시적으로 제시하 지 않았다. 그저 여러 정황으로 그 인물됨을 미루어 짐작할 수 있도록 했다.

> 성이 안이고 이름이 빙인 서생이 있었다. 여러 차례 진사시를 보아 급 제하지 못하자 남산의 별업으로 가서 한가하게 지내며 집 뒤뜰에 이름난 꽃과 기이한 풀들을 많이 심어놓고 날마다 그곳에서 시나 읊었다.[9]

안빙은 과거에 급제하지 못한 불우(不遇)한 처지로 인하여 꽃에 뜻 을 붙여 세월을 보내는 인물로 이해된다. 여러 차례 진사에 급제하지 못했다고 한 것으로 봐서, '동생(童生)－수재(秀才)－거인(舉人)－진사 (進士)'의 단계를 밟는 중국 대과(大科) 입격자로서 진사를 가리키는 것으로 보인다. 소과(小科) 입격에 해당하는 진사에도 급제하지 못한 상태에서 현실을 등지고 곧바로 남산(南山)으로 나가 처사의 삶을 선 택하는 것이 잘 이해되지 않기 때문이다. 또한 "累舉進士不第"의 상

---

9 有書生 姓安名憑者 累舉進士不第 就南山別業居閑 所居之後圃 多植名花異草 日哦 詩其間. 〈안빙몽유록〉, 3쪽. 이하의 인용은 소재영의『기재기이 연구』에 영인된 고려대학교 만송문고본『기재기이』이다. 이하에서는 작품명과 인용 쪽만 밝히겠 다. 소재영,『기재기이 연구』, 고려대학교 민족문화연구소, 1990.

황에서 남산의 별업으로 간 것을 '불우(不遇)한 현실'에 '읍읍(悒悒)해
하는 상황'으로 단언할 수만도 없다. 문면에 드러난 것만으로는, 안빙
은 현실을 떠나 자연의 여유로움에 의탁해서 살아가는 처사(處士)의
삶을 선택한 것으로 이해된다.

이것은 별업이 자리한 남산이 세상을 등진 은자(隱者) 공간의 환유
라는 점에서도 그러하다. 남산별업(南山別業)은 왕유(王維; 699~759)의
〈종남별업(終南別業)〉이나 조영(祖詠; 699~746)의 〈소씨별업(蘇氏別業)〉
에서 노래하고 있는 공간이다.[10] 왕유나 조영은 남산(南山)의 별업(別
業)을 세속을 떠난 소요의 공간으로 설정하고 은거(隱居)의 마음을 노
래했다. 실제로, 남산에서 안빙의 삶은 왕유가 〈종남별업〉에서 노래
한 것이나 조영이 〈소씨별업〉에서 추구했던 삶과 다르지 않다. 안빙
은 두 시인의 노래처럼 세속적 명리(名利)를 떠나 기화요초(琪花瑤草)
에 뜻을 붙인 채 한가롭고 여유로운 삶을 살아간다. 안빙이 몽유 체험
을 하던 때도 꽃들 사이에서 음완(吟翫)하며 기분 좋게 오갔던 늦은
봄날이었다.[11]

안빙(安憑)이란 이름 역시 이런 정황과 합치된다. 기화요초 등의
외물(外物)에 편안히 의지하는 처사의 삶, 구체적으로는 늙은 홰나무
에 기대어 잠드는 작품 내적 정황을 고려하여 지은 이름이다. 안빙은
직면한 현실이나 자연물에 분명한 가치 인식을 표출하거나 투사하지

---

10 中歲頗好道 晚家南山陲 興來每獨往 勝事空自知 行到水窮處 坐看雲起時 偶然值林
    叟 談笑無還期. 왕유(王維), 〈종남별업(終南別業)〉, 『당시삼백수(唐詩三百首)』.
    別業在幽處 到來生隱心 南山當戶牖 灃水映園林 竹覆經冬雪 庭昏未夕陰 寥寥人境
    外 閑坐聽春禽. 조영(祖詠), 〈소씨별업(蘇氏別業)〉, 『천가시(千家詩)』.
11 嘗於暮春末 天氣淸和 生乃吟翫花卉 怡怡往來者 不已. 〈안빙몽유록〉, 3쪽.

않은 채, 그저 자연물 속에서 소요음완(逍遙吟玩)하며 편안하고자 했
다. 그가 늙은 홰나무에 기대어 앉으면서, 괴안국 이야기를 떠올리고
심적 동요를 일으키는 것도 그의 이런 성향과 무관하지 않다.[12] 안빙
은 괴안국 이야기가 몹시 허탄하다고 생각하면서도 다른 한편으로는
괴이하다고 중얼거린다. 이것은 괴안국 이야기에 대한 가치 판단의
유보 혹은 그것을 적극 부정할만한 근거나 신념이 없었기 때문이다.
외물을 대하는 확고한 가치의 부재로 인해 심적 동요가 일고 "불현듯
한 생각"[忽思]과 함께 선잠 상태의 몽유 체험을 하였던 것이다.

　요약하면 안빙은 주어진 상황에 따라 편안하려고 하는 보통의 사
람이다. 누거부제(累擧不第)의 현실에서도 분울한 심사를 적극 드러내
지 않은 채, 그저 번다한 세상을 떠나 화초 사이에서 소요음완하며
지내는 인물, 그리고 갑작스러운 피곤함에 홰나무에 기대면서 괴안국
이야기를 떠올려 불안해하는 인물이다. 그는 현실과 외물(外物), 그리
고 작괴(作怪) 현상 등에 대한 분명한 인식과 가치 판단을 지니지 않
은 채, 그저 한유(閑遊)하며 편안히 지내려고 했다.

　〈서재야회록〉의 사대부(士大夫)가 과거에 대한 뜻을 접은 것이나
은거했다는 점에서 안빙과 유사하다. 그러나 인물의 구체적 면모에
있어서는 뚜렷하게 차이가 난다. 무엇보다 사대부의 성명(姓名)을 밝
히지 않은 채, 주인공을 '사부(士夫)'란 보통명사로 설정하여 일반화했
으면서도 그의 성품과 가치 지향만은 분명하게 밝혔다.

12　居然氣倦 坐憑老槐樹 摩挲口自語曰 世傳槐安之說 甚誕乎 亦恠哉 徒倚閑忽思假睡.
　〈안빙몽유록〉, 3쪽.

어떤 사대부(士大夫)가 있었다. 성명은 생략하고 쓰지 않는다. 옛것을
좋아하고 기상이 컸으나 세속의 예절에 구애받지 않아 세상 사람들로부터
배척받았다. 집이 비록 궁핍하였으나 품은 뜻은 넓고 크게 트였다. 일찍
이 달산촌에 한적한 집을 마련하고 문을 닫아 걸은 채 왕래를 끊고 살았
다. 오직 경서(經書)와 사서(史書)로 즐거움으로 삼고 지내니 이웃들도
그 얼굴을 보지 못한 지가 몇 년이나 되었다.[13]

〈서재야회록〉의 사대부는 호고낙척(好古落拓)한 인물이다. 호고(好
古)는 『논어(論語)』의 "옛것을 좋아하여 급급하게 구하는 자"에서[14] 온
말이고, 낙척(落拓)은 『수서(隋書)』 「북사(北史)」 〈양소전(楊素傳)〉이나
『신당서(新唐書)』 〈위징전(魏徵傳)〉 등에서 온 말로 "호방하고 큰 뜻을
품"어 "작은 예절"이나 "재산" 등에[15] 연연해하지 않는 사람을 가리킨
다. 사대부는 이런 성품 때문에 세상 사람들로부터 배척을 받았고
집안 살림살이는 궁핍했다. 하지만 그는 이런 상황에 별다른 혐의를
두지 않았다. 사대부는 주변이나 마을 사람들로부터 신망(信望)을 얻
기 위하여 여론에 영합하는, 덕이 있다고 칭송을 받기는 하지만 실제
로는 그렇지 못한 향원(鄕原)이 아니었다. 그는 공자(孔子)가 말한,
"자기 집 문 앞을 지나가면서 집에 들어오지 않아도 섭섭하지 않는"
향원이기를[16] 거부한 채, 오직 경서(經書)와 사서(史書)에 뜻을 두고 독

---

13 有一士夫 略姓名不書 好古落拓 爲世所擯 家雖窘罄 意豁如也 嘗構別墅于達山村
　 杜門斷往還 唯以書史自娛 隣比亦不得見其面者 數年矣. 〈서재야회록〉, 27쪽.

14 我非生而知之者 好古敏以求之者. 『논어(論語)』, 「술이(述而)」.

15 素少落拓 有大志 不拘小節. 『수서(隋書)』, 「북사(北史)」, 〈양소전(楊素傳)〉. ; 魏徵
　 字玄成魏州曲城人少孤落魄 棄資産不營 有大志. 『신당서(新唐書)』, 〈위징전(魏徵
　 傳)〉.

16 鄕原德之賊也. 『논어(論語)』, 「양화(陽貨)」. ; 孔子曰 過我門而不入我室 我不憾焉

실하게 공부하며 문을 닫은 채 왕래를 끊고 홀로 지냈다.

이런 특징은 겉으로는 사대부와 안빙이 유사해 보이지만 실제적으로 판이한 성향의 인물임을 뜻한다. 안빙이 현실을 등졌다면 사대부는 현실에 대한 분명한 가치 태도를 지녔다. 이는 사대부가 지향하는 삶이나 그가 밝힌 가치 태도에서도 드러난다.

> "아무개는 고양씨(高陽氏)의 후손이라오. 집안이 착한 일을 많이 했던 복으로 대대로 높은 관직을 이어왔지. 그러나 형설(螢雪)에 뜻을 두어 벼슬에 대한 생각을 접었다네. 박학심문(博學審問), 신사명변(愼思明辯)의 가르침을 스승삼고 격물치지(格物致知), 성의정심(誠意正心)의 학문을 실천하여 우러러 하늘에 부끄럽지 않고 굽어 사람에 부끄럽지 않으며 거처할 때는 아랫목에 부끄럽지 않고 잠을 잘 때에는 이부자리에 부끄럽지 않도록 스스로 기약한 지가 여러 해 되었다네.[17]

〈서재야회록〉의 사대부는 삶의 신념과 가치 지향이 확고한 인물이다. 그는 자신의 정체성을 밝히면서 고양씨(高陽氏)의 후손임을 천명한다. 고양씨는 황제(黃帝)의 손자이자 창의(昌義)의 아들인 전욱(顓頊)을 가리킨다. 전욱은 하늘과 땅의 소통을 끊고[絶地天通] 인문 질서를 확립한 오제(五帝) 중 하나로,[18] 인간과 귀신의 질서를 분리하여 교

者 其惟鄕原乎 鄕原德之賊也 曰 何如斯可謂之鄕原矣. 『맹자(孟子)』, 「진심장구(盡心章句) 하(下)」.

17 某乃高陽氏之後也 家積善慶 世襲貂蟬 然而志存螢雪 念絶綺紈 師博審思辨之訓 躬格致誠正之學 自期仰不愧天 俯不愧人 居不愧奧 寢不愧衾者 有年矣. 〈서재야회록〉, 36~37쪽.

18 帝顓頊高陽者 黃帝之孫 而昌意之子也 靜淵以有謀 疏通而知事 養材以任地 載時以象天 依鬼神以制義 治氣以敎化 絜誠以祭祀. 사마천(司馬遷), 신동준 옮김, 『완역

화에 힘쓰고 제사를 정결히 한 전설상의 존재이다.[19] 즉 사대부는 고양씨의 후손답게 인문 질서와 교화에 대한 공부에 뜻을 둔 인물이다. 그가 택한 공부 방법은 박학(博學), 심문(審問), 신사(愼思), 명변(明辯)의 가르침을 스승 삼은 것이며, 격물치지(格物致知), 성의정심(誠意正心)으로 학문을 실천하는 것이다. 이런 점에서 〈서재야회록〉의 사대부는 상황에 따르고 외물에 의지하는 편안한 삶의 태도를 보이는 안빙과는 확연히 다른 지향 가치를 실천하는 인물이라고 하겠다.

〈서재야회록〉은 안빙처럼 생각 없이 편안하게 외물에 기대어 살아서는 안 되고, 처사접물(處事接物)에 뚜렷한 신념을 가지고 궁리(窮理)의 태도를 지녀야 한다는 권계를 담은 작품으로 이해될 수 있다. 즉 주인공을 사대부란 일반 명사를 칭함으로써 지향하는 태도의 일반화를 시도한 것도, 무릇 사대부란 이래야한다로 볼 수 있다.

그렇다면 〈최생우진기〉의 최생과 〈하생기우전〉 하생의 인물 형상이나 배경 설정은 어떠한가. 먼저 〈최생우진기〉의 최생을 보자.

　임영(臨瀛)에 최생이라는 사람이 있었다. 쇄탈하여 구속되기를 싫어하고 영리를 도외시하며 산수 유람하는 것을 좋아하므로 사람들이 그의 우활함을 비웃었다. 일찍이 선(禪)을 배우는 증공(證空)이라는 이와 함께

사기본기』, 「오제본기(五帝本紀)」, 위즈덤하우스, 2015, 40~41쪽.
19 사대부가 이런 고양씨의 후손임을 자처한 것은, 물괴가 되어 나타난 문방사우(文房四友)의 원정(怨情)을 해소하고 제사지내 줌으로써 다시는 물괴의 변이 없도록 한 것과도 유관한 설정이다. 이것은 또한 기존 연구에서 〈서재야회록〉을 "처지의 공감"과 "기억하기"로 해석하며 "제문을 지어 제사지내주는 것은 자신의 존재를 기억하는 사람을 통해 존재 의의를 찾는 것"이라고 했던 것과도 일정 부분 관련된다고 하겠다. 엄기영, 『16세기 한문소설연구』, 월인, 2009, 155, 187쪽.

두타산(頭陀山) 무주암(無住庵)에서 오래 살았다.[20]

최생의 성품과 지향은 척당(倜儻)과 외영리(外榮利)로 요약된다. 척당은 쇄탈(灑脫)하여 구속되기를 싫어하는 호방불기(豪放不羈)한 성향을 가리키며, 외영리는 영화와 이익에 눈 주지 않는 가치의 지향을 의미한다. 이런 성향 때문인지 일반적인 사람들은 그의 우활(迂闊)함을 비웃곤 했다. 그러나 최생은 이에 아랑곳하지 않고 속세를 벗어나 선(禪)을 공부하는 스님과 주로 어울렸다. 한마디로 최생은 신선(神仙)의 세계를 지향하며 이교(異敎)인 불교의 선승(禪僧)과 어울리고 세사(世事)를 도외시하는 인물이다.

그의 이같은 성향은 용왕의 명에 따라 지은 〈용궁회진시(龍宮會眞詩)〉 30운(韻)에서도 그대로 드러난다. 그는 스스로에 대해, "어리석은 자질로 턱도 없는 바람을 지녀"서 "풍운에 몸을 맡겨 자유로이 멀리 날아가기를 바랐다."고[21] 한다. 그의 척당(倜儻)한 성품과 삶의 지향이 그대로 드러난다. 그랬기에, "이 모임을 좇아 이 땅에서 벗어나 몸을 깨끗이 지키고자"[22] 한다며, "왕이 앞에 서고 내가 다시 뒤따르며 세 신선과 함께 나란히 여러 세계를 떠돌며 바다가 뽕밭이 되는 것을 보고 싶다."고[23] 했다. 그는 현실의 굴레를 벗어난 신선의 삶을 간절

---

20 臨瀛有崔生者 倜儻外榮利 好遊覽山水 人笑其迂 嘗與學禪者證空 久寓頭陀之無住庵. 〈최생우진기〉, 51쪽.

21 嗟余蠢蠕資 迥隔泥塗望 常懷致風雲 脫身參翶翔. 〈최생우진기〉, 66쪽.

22 願言從此會 高蹈出大方. 〈최생우진기〉, 67쪽.

23 王前我復後 三僊同在傍 浮遊十千界 眼見波成桑 歸來吊蜉蝣 閱世何茫茫. 〈최생우진기〉, 67쪽.

히 원했다.

이런 최생의 인물 형상은 임영(臨瀛)과 두타산(頭陀山)이란 공간과
도 잘 어울린다. 임영은 강릉의 다른 이름이지만 동시에 영주(瀛洲),
방장(方丈), 봉래(蓬萊) 등의 신선의 세계를 떠올리게 하는 지명이다.
최생은 '영주라는 신선 세계를 마주한 곳'[臨瀛]에서 태어나 '선학(仙
鶴)의 신비를 품고 있는 두타산'의 무주암에 머문다. 더욱이 그는 선
도(仙道)의 조종(祖宗)인 최치원과 동성(同姓)으로, 동선(同仙)은 최생
을 "자손의 항렬"이라고[24] 했다. 작가는 최생을 선계와 인연이 깊은
것으로 설정하였다. 작가의 인물 설정 의도가 선명하게 드러난다.

〈하생기우전〉의 하생은 최생의 형상과 근사(近似)한 듯 하면서 다
르다. 하생은 최생처럼 출생지와 성씨를 밝혔지만 이름이나 인물의
성향은 직접 제시되지 않았다. 삶의 지향과 가계의 연관성도 분명히
드러나지 않는다. 그저 그의 삶의 태도를 통해서 인물 성향과 지향
가치를 가늠할 수 있도록 했다. 하생은 지극히 일반적인 인물의 특성
을 띠고 있다.

> 고려조에 하생이란 이가 있었는데 평원에 살았다. 가세가 한미하고 일
> 찍 부모를 잃어 장가들려 하였으나 의지할 바가 없었고, 가난하여 스스로
> 중매하지도 못하였다. 그러나 풍도와 의용이 빼어나고 글 짓는 재능(才
> 能)이 뛰어나 향곡(鄕曲)에서 그 어짊을 칭찬함이 많았다. 고을 태수가
> 그 명성을 듣고 태학에 뽑아 올렸다.[25]

---

24 同仙曰 崔生是我子孫行 而又有可做之資 及之篇末. 〈최생우진기〉, 72쪽.

25 麗朝有何生者 居平原 家世寒微 早失怙恃 欲娶無所售 窮不能自資 然而風儀埀秀
    才思穎拔 鄕曲多稱其賢者 州宰聞其名 選補大學. 〈하생기우전〉, 77쪽.

지적한 것처럼, 하생의 성품은 명시적으로 기술되지 않았다. 반면 그의 재능과 가문, 환경 등의 외적 조건이 분명하게 서술되었다. 하생은 "풍도와 의용이 빼어"났고 "글 짓는 재능이 뛰어났"지만 고아로 가세가 한미하여 장가들지 못한 인물이다. 진신(縉紳)의 대족(大族)이 아닐 뿐만 아니라 고아(孤兒)의 형편이니 출세의 가능성이 사실상 막혔고, 성가(成家)조차 못했다. 다만 하생 개인의 자질이 뛰어나 읍재(邑宰)의 추천으로 태학(太學)에 들어 출세의 가능성이 열리게 되었다. 이에 하생은 고향을 떠나 서울로 향하며 비복들에게 입신양명의 다짐을 둔다.

여기서 그의 성품과 삶의 태도가 분명하게 드러난다. 하생은 할부(割符)했던 종군(終軍)과 승선교(昇仙橋) 기둥에 출세의 맹세를 적었던 사마상여(司馬相如)를 경모한다고 말하며 입신출세의 의지를 강하게 드러낸다.[26] 하생은 한번 목표를 결정하면 신념을 가지고 실천하는 인물이다. 그는 이미 결정한 바를 두고 좌고우면하거나 호의준순하며 삶을 허비하지 않는다. 요컨대 하생은 한미한 집안에서 태어난 인재로 실천 의지를 지니고 입신양명을 지향하는 보통의 인물이다. 신선 세계를 동경하며 현실을 도외시하는 최생과는 판이한 성향의 인물이다.

이런 점에서 〈하생기우전〉의 주인공은 특화되지 않는 일반적인 집안의 사람을 대표한다. 하생(何生)의 '하(何)'는 특정 성씨일 수도 있겠지만, "누구" 혹은 "어떤"의 뜻도 가진다. 그러므로 하생은 평원

---

26 臨發語婢僕曰 吾上無父母 下無妻子 尚何顧汝輩刺刺 昔從軍棄繻 相如題柱 弱冠皆
    有大志 吾雖駑蹇 頗慕兩子爲人.〈하생기우전〉, 77~78쪽.

(平原)과 같은 그저 그런 지방의 한미한 집안에서 태어나 부귀공명을 꿈꾸는 '어느 누구'일 수 있다. 〈하생기우전〉의 주인공은 어떤 사람이어도 상관없는 개방형 인물로 설정되었다. 하생은 보편적 인간상이며 그가 지향하는 가치 역시 일반적인 사람이라면 누구나 추구하는 것이다. 그렇기에 하생은 바로 우리 자신이며 동시에 우리 모두일 수 있다. 이런 점에서 하생은 선계와 특별한 인연이 있는 최생과는 현격히 다르다. 선계 인연으로 특화된 최생과 보통 사람을 대변하는 하생의 대비가 두 작품 사이에서 이루어졌다.

2) 서사구성의 방식

『기재기이』 각편이 인물과 배경의 설정에 세심한 고려가 있었던 것처럼, 서사구성에 있어서도 일정한 유사함과 차이가 있다. 〈안빙몽유록〉과 〈서재야회록〉, 〈최생우진기〉와 〈하생기우전〉을 각각 대비하여 살펴보자.

〈안빙몽유록〉은 몽유를, 〈서재야회록〉은 유사해 보일 수 있는 야회(夜會)를 중심 서사로 택했다. 이런 두 작품은 이외의 서사구성에서도 상당한 유사점을 보인다.

(가) 안생은 조금 전 꾼 꿈이 모두 남가일몽이라 여기며, ㉠나무를 돌면서 생각하다가 확연히 떠오르는 것이 있어 바로 ㉡화원으로 나갔다. 모란한 떨기가 비바람에 시달려 꽃잎이 시들어 땅에 떨어져 있고, 그 뒤에 복숭나무와 오얏나무가 나란히 서 있는데 가지 사이에서 파랑새가 지저귀고 있었다. 대나무와 매화가 각기 한 둔덕씩 차지하고 있는데 매화는 새로 옮겨 심은 터라 난간으로 받쳐 보호하고 있었다. 연꽃이 심겨져 있는 정원 한가운데의 연못에는 푸른 연잎이 막 떠오르고 있었다. 울밑에는

국화가 싹을 틔우고 있었고 적작약은 활짝 핀 채 섬돌위에 무리를 이루고 있었다. 석류 몇 그루는 채색된 화분에 심어져 있었다. 담장 안에는 수양버들이 땅을 쓸 듯이 늘어져 있고 담장 밖에는 늙은 소나무가 담을 덮듯이 드리워져 있었다. 그 밖의 여러 꽃들은 울긋불긋하였고 탄알처럼 나는 벌과 춤추는 나비는 악기(樂妓)들처럼 보였다. 안생은 곧 이것들이 변괴를 일으켰다는 것을 알았다. 또 ⓒ문밖의 미인을 생각해보니, 안생이 일찍이 이른바 출당화라고 불리는 것을 얻어 화동에게 잘 간수하라 하면서, 장난삼아 말하기를, "이 꽃은 양귀비에게 죄를 지은 까닭에 출당이라고 하니 섬돌밖에 심는 것이 좋겠다."고 하였다. 화동이 과연 섬돌 아래에 심었다.[27]

(나) 사대부는 혼자 방안에 누워 근심스레 잠을 이루지 못하였다. i)만났던 일을 돌이켜 생각해보니 거의 깨달아지는 바가 있는 것 같았다. 해는 벌써 창을 비추고 있었다. 시아가 이상히 여기며 와서 문안하였다. "오늘은 어찌 늦게 일어나시는지요?" 사대부가 답하여 말하였다. "어젯밤에 달이 너무 밝아 시를 읊으며 감정을 풀어내다가 아침잠이 깊이 든 것뿐이다. 너는 어찌 알지도 못하고 와서 문안하는 게냐?" ii)일어나서 방안의 붓과 벼루, 종이, 먹을 하나하나 찾아 살폈다. 옛날에 넣어두었던 벼루는 벽의 흙덩이가 떨어져 깨어져 있었고, 붓 한 자루는 반죽으로 붓대를 만들었는데, 붓두껍이 없고 너무 닳아 글씨를 쓰기에 적합하지 않았다. 먹 하나는 다 닳고 남은 것이 한 치도 안 되었다. iii)종이는 며칠 전에 시아가, '이곳

---

27 語未訖 迅雷一聲 劃若地裂 蘧然醒悟 乃一夢也 頗覺酒暈在身 芳馨襲衣 恍然起坐 則微雨灑槐 餘雷殷殷 生以爲向之所夢 亦是南柯 繞樹而思 省然記得 仍詣花圃 牧丹一叢 爲風雨所擺 委紅墮地 其後 桃李並立 枝間靑鳥噪嗻 竹與梅各專一塢 而梅則新移 護以欄 庭中有蓮池 靑錢始浮 籬下有菊抽苗 赤芍藥盛開 亞于階上 安榴數株 植於彩盆 墻內垂楊拂地 墻外老松偃盖矣 其餘雜花 絳綠紅紫 蜂彈蝶舞 若見樂妓 生乃知此物作怪 又思門外美人 則生嘗得 俗所謂黜堂花者 戲謂護花童曰 此花得罪楊妃 故名黜堂 植諸外階 可也 僮果植之階下矣. 〈안빙몽유록〉, 25~27쪽.

에 질이 좋지 않은 종이가 있는데 장단지를 덮겠습니다.'해서 사대부가
'그래라.' 했었다. 시아를 불러 종이를 가져오게 하여 살펴보니, 곧 종이가
정결(精潔)한 것이 두툼하였다. 이에 환하여 완전히 깨닫고 즉시 종이로
세 물건을 싸서 담장 아래 묻으면서 글을 지어 제사지내 주었다.[28]

(가)와 (나)는 〈안빙몽유록〉과 〈서재야회록〉의 결말 부분이다. 그
런데 두 작품의 결말 부분 구성이 유사하다. (가)의 ㉠과 ㉡은 몽유
체험 속 인물의 정체를 현실에서 확인하는 부분이다. 이런 과정은
(나)의 i)과 ii)에 대응된다. 안빙이 모란을 비롯한 꽃의 상태를 하나하
나 확인한 것처럼 사대부는 붓을 비롯한 물건들을 찾아 살핀다. 〈안
빙몽유록〉과 〈서재야회록〉 모두 물괴와의 만남이라는 환상적 경험
을 현실에서 확인하는 과정을 거친다. 그리고 그런 확인은 제3자의
개입에 의해 확고부동한 것으로 받아들여지게 된다. (가)의 ㉢과 (나)
의 iii)이 그것이다. (가)에서는 양귀비에게 득죄했기에 죽단화(=출당
화)라고 부른다며, 담장 밖에 심으라 했던 사실을 떠올림으로써 남가
일몽(南柯一夢)의 실재성이 입증된다. 비슷한 방식으로, (나)에서는
질이 별로인 종이라는 시비의 말만을 믿고 장독 덮개로 썼던 종이
상태를 확인함으로써 물괴의 원정(怨情)을 완전히 이해한다.

그런데 〈안빙몽유록〉과 〈서재야회록〉의 구성상 유사함에도 불구

---

28 士獨臥室中 耿不能寢 追思所遇 庶幾解悟 日已照窓矣 侍兒怪而來問日 今日何晏起
耶 士答日 夜月明甚 遣情吟魔 朝寢甚酣 爾豈不知者 而來問耶 起閱室中筆硯紙墨
舊藏陶硯爲壁土墮破 有筆一枝 以班竹爲管 而無頭匣 老不中書 有墨一枚 磨不盡者
未寸 紙則前數日 侍兒云 是處有薄楮 請覆醬瓿 士日 諾 遂召侍兒 取楮觀之 乃藁精
之潔且厚者 於是 脫然盡解 卽以楮裏三物 瘞于屏地 爲文而祭之. 〈서재야회록〉,
46~47쪽.

하고 실제적 의미는 전혀 다르다. 〈안빙몽유록〉은 화원 세계의 실재를 반복적으로 확인함으로써, 외물(外物)인 꽃이 꿈에 출현하는 것을 인정하게 된다. 홰나무에 기대어 잠들 때 "허탄하지만 또한 괴이한 것"이라고 중얼거린 것이 결코 허탄하지 않음을 보였다. 이는 안빙이 평소 꽃에 대해 지녔던 애착의 결과, 즉 안빙의 마음과 꽃의 얽힘(物有結之)[29] 결과가 꿈으로 실현되어 나타난 것이다.

이에 반해 〈서재야회록〉은 모든 경험이 꿈이 아닌 현실에서 이루어진다. (나) ii)의 확인에 앞서 뜬금없는 대화처럼 끼어들어간 시아(侍兒)와의 문답, 즉 무슨 일로 늦잠을 주무셨냐는 물음과 시를 다듬으며 감회를 풀다 늦잠을 잤을 뿐이라는 대답은, 밤사이 그가 경험한 것이 꿈이 아닌 현실임을 거듭 확인해준다. 사대부는 물괴와의 만남이 꿈이 아님을 분명히 인식하고, 물괴로 나타났던 물건의 상태를 하나하나 확인한다. 그는 물괴가 도대체 왜 출현하였으며 그들의 원억한 정회(情懷)를 말했나를 분명하게 알고자 한다. 그리고는 물괴 출현의 이유 즉 물정(物情)을 곡진히 알고 그에 따른 조처를 취한다. 경험이 꿈이 아닌 현실임을 확인한다. 이처럼 두 작품은 구성의 유사함에도 불구하고 그 의미는 다르다.

그렇다면 〈최생우진기〉와 〈하생기우전〉의 경우는 어떠한가. 〈최생우진기〉와 〈하생기우전〉은 일개인의 일대기를 구성의 근간으로 한다. 다만 최생의 일대기는 두타산 용추동 탐방과 용궁 체험이 중심이며, 최생의 삶이 아니라 진경(眞境)의 실재성이 강조되는 것처럼 구

---

29 而不能自解者 物有結之. 이석호·장기근 역, 『노자·장자』, 「대종사(大宗師)」, 삼성출판사, 1983, 246쪽.

성되어 있다. 〈최생우진기〉는 모두 3,707자로 된 단편인데, 최생의 성향이나 인정기술 관련된 부분이 35자,[30] 용궁 체험의 아쉬움을 포함한 결말 부분이 59자이다.[31] 그 외 분량은 모두 두타산 용추동 탐방과 용궁 체험과 관련된다. 이렇게 약 1:36이라는 분량 할당 비율을 보면, 〈최생우진기〉는 제목 그대로 '최생(崔生)'이 '진경(眞境)을 우(遇)'한 '기록[記]'인 셈이다. 요컨대 표면적으로는 최생의 일생을 서사화한 것처럼 보이지만, 최생을 등장시켜 '진경'과 관련된 이야기를 베풀어 놓은 것이 그 실상이다.

이것은 작품의 시작이 최생에 대한 소개가 아니라는 점에서도 그러하다. 전(傳)의 일반적 구성과는 다르다. 〈최생우진기〉는 태백산맥 자락에 위치한 두타산과 용추동에 대한 소개를 부감(俯瞰), 줌인(zoom in)하는 방식으로 시작하고 있다. 그리고 그곳이 "진경(眞境)이지만 아무도 그 근원을 찾아 살피지 않았다."로 일단락 짓는다. 최생이란 인물에 대한 소개는 여기에 이어진다.[32] 〈최생우진기〉의 중심 내용과 작품의 시작을 보면, 서사의 대상은 최생이 아닌 두타산 용추동의 진경임이 분명하다.

〈최생우진기〉는 '두타산 용추동의 근원[眞境]을 살핀 이야기'를 베풀기 위한 서사면서도, 진경(眞境) 체험은 믿을 수 없는 제3자의 전언

---

30 臨瀛有崔生者 倜儻外榮利 好遊覽山水 人笑其迂 嘗與學禪者證空 久寓頭陀之無住菴. 〈최생우진기〉, 51쪽.

31 吾謂此只一日之內也 今已數月乎 所可恨者 不得與師同乘霓馬雲車 遊戲十洲三島間 爾 其後生入山採藥 不知所終 證空老居無住菴 多說此事云. 〈최생우진기〉, 77쪽.

32 世指以爲眞境 莫有尋其源者 臨瀛有崔生者 倜儻外榮利 好遊覽山水 人笑其迂. 〈최생우진기〉, 50~51쪽.

(傳言)에 의해서만 이루어진다. 진경 체험의 전달자는 무주암(無住庵)의 증공(證空)이다. 여기에는 '무주(無住)가 진주처(眞住處)'라거나 '공(空)을 증(證)함'과 같은 불교적 가르침이 내포되어 있다. 그런데 이런 명명은 동시에 독자로 하여금 진실된 세계[眞境] 체험의 서사에 대한 사실 여부를 의심케 하는 설정이기도 하다. 무주(無住)는 '아무도 살고 있지 않다'이며, 증공(證空)은 '실체가 없는 헛된 것[=空]을 증언'한다는 뜻을 지닌다. 아무도 살고 있지 않는 곳에 사는 거짓말하는 사람이 서사를 전달하는 셈이다. 작가는 증공을 "도무지 신뢰할 수 없는 인물로 설정"한[33] 것이다. 이런 점에서 〈최생우진기〉는 서사 자체가 의심받도록 하는 구성 방식을 취하였다.[34] 요컨대 〈최생우진기〉는 일대기 구성처럼 보이면서도 일대기 구성은 아니고, 진경 체험의 서사이면서도 독자로 하여금 그 진실성을 의심케 하는 서사구성을 지녔다고 하겠다.

이에 반해 〈하생기우전〉은 한 사람의 일대기를 온전하게 그리고 있다. 전(傳)의 일반적 구성 방식을 취하여 인정기술, 성향과 행적 등이 나타난다. 다만 전형적인 전(傳)이라기에는 입전(立傳)의 동기나 포폄(褒貶)의 구체성이 선명하게 드러나지 않으며, 사신(史臣)의 평도 없다. 또한 하생 행적의 주요 국면에는 여인과의 만남인 인귀교구 모티프가 자리하고 있다. 이런 면모는 사실의 기록인 전(傳)의 특징과 구별될 뿐만 아니라, "비일상적 인물이 환생한 뒤 일상적 인물과 동일

---

33 엄기영, 앞의 책, 165쪽.
34 이와 관련하여 다음의 논문을 참고할 수 있다. 전성운, 「최생우진기의 서사 기법과 의미」, 『어문논집』71, 민족어문학회, 2014, 134~135쪽 참조.

한 삶을 같이 영위한다."는[35] 점에서 여타의 전기소설과도 다르다. 특히 〈최치원〉, 〈만복사저포기〉, 〈이생규장전〉 등이 '만남-이별'의 구성을[36] 보이는 데 반해, 〈하생기우전〉은 인귀교구 모티프의 기이성은 약화시키고 일상적 삶의 가치가 강조되는 행복한 결말 방식의 구성을 취하고 있다. 기이한 사건을 통해 현실의 질곡을 부각시키는 것이 아니라, 현실의 문제를 해결하는 소재로 인귀교구 모티프가 활용된 것이다. 요컨대 〈하생기우전〉은 '기우(奇遇)'를 매개로 하여 하생의 일생을 서사화한 것이며, 인귀교구 모티프가 존재함에도 일상성이 강조된 전기적(傳記的) 서사구성을 취하고 있다.

이상을 보면, 〈최생우진기〉와 〈하생기우전〉은 외형상 일개인의 삶을 서사화한 것처럼 보인다는 점에서 근사(近似)하다. 하지만 서사구성의 구체적 면모나 의미에서는 뚜렷한 차이가 있다. 〈최생우진기〉는 환상적 진경 체험을 중심에 둔 서사인 반면, 〈하생기우전〉은 하생의 기우(奇遇)를 매개로 다단한 삶의 여정을 그려낸 서사이다. 여기서 인귀교구 모티프로서의 기우(奇遇)는 그 환상성이 강조되기보다 행복한 결말에 이르는 과정에 등장한 소재로 활용되었다. 이런 점에서 〈최생우진기〉의 환상 체험 중심의 서사인 데 반해 〈하생기우전〉은 일상적 삶을 중심으로 기이한 소재를 채택한 서사라 하겠다.

---

35 최재우, 앞의 책, 215쪽.
36 최재우, 위의 책, 218쪽.

3. 각편(各篇)의 거리와 서사 지향

앞서 『기재기이』 각편의 인물과 배경, 서사구성이 세심하게 고안
되었음을 살폈다. 여기서는 각편의 거리와 서사 지향의 구체적 양상
을 통해 『기재기이』 전체의 편집 체계와 그 의미를 살펴보겠다.

〈안빙몽유록〉과 〈서재야회록〉은 그 지향에 있어 뚜렷한 차이를
지닌다. 안빙이 꿈에서 꽃의 세계를 경험한 것은 꽃과의 관계 때문이
다. 외물(外物)인 화원의 꽃들은 계절에 따라 끊임없이 변화하며 그
들만의 세계상을 이루며 존재한다.[37] 그런데 이런 꽃[≒外物]에 마음
을 두어 집착하게 되면 마음이 꽃과 얽혀 매듭을 이루게 되고, 종국
에는 그것들이 자신을 해치게 된다.[以物害己] 외물에 집착하는 보통
사람의 경우, 잠들게 되면 혼과 교섭하여 꿈을 꾸고 깨어나면 형(形)
이 열리어 얽힘으로써 날마다 마음으로 다투게 되기[38] 때문이다. 이
른바 외물로서의 꽃의 모습에 빠져 부림을 당하고[39] 종국에는 그 뜻
을 잃게 되는 지경에 이르게 된다.[40] 안빙이 "장막을 내리고 오직 글

37 예컨대 모란이 시들어 떨어지거나 연꽃의 잎이 동전만하게 피어나는 것은 계절에
   따라 꽃의 세계가 변화하는 것을 보여주는 대표적 사례다. 꽃의 세계가 지닌 독자
   성과 변화에 대해서는 앞 장의 〈안빙몽유록〉관련된 내용을 참고할 수 있다.
38 其寐也魂交 其覺也形開 與接爲構 日以心鬪. 이석호·장기근 역, 위의 책, 199쪽.
39 五色令人目盲 五音令人耳聾 五味令人口爽 馳騁畋獵 令人心發狂 難得之貨 令人行
   妨 是以聖人爲腹 不爲目 故去彼取此. 이에 왕필은 "爲腹 不爲目"에 대해 "爲目者
   以物役己 故聖人不爲目也."라고 주(注) 했다. 위의 책, 53~54쪽.
40 조광조는 외물에 빠지는 것을 두고 다음과 같이 경계했다. "바깥세상에는 말을
   사랑하는 사람도 있고, 화초를 사랑하는 자도 있으며 거위와 오리를 사랑하여 기
   르는 사람도 있습니다. 만약 마음이 외물에 쏠리게 된다면 반드시 진흙탕에 빠진
   듯한 지경에 이르러 끝내 도(道)에 들 수 없을 것입니다. 이것이 이른바 완물상지

만 읽으면서 다시는 정원을 엿보지 않았던" 것도[41] 이런 정황을 반영
한 것이다. 결과적으로, 〈안빙몽유록〉은 처지와 상황에 따라 한유(閑
遊)하며 외물(外物)에 편안히 기대는 삶의 방식에 대한 부정적 사유
를 담고 있다.

이와 다르게 〈서재야회록〉에 등장하는 사대부의 지향은 긍정된
다. 사대부는 현실에 출현한 물괴의 모임을 우연히 목도하게 되고,
그들에 대해 세심한 관찰(觀察), 곡진한 질문[審問]과 꼼꼼한 추사(追
思)의 반관(反觀), 정성스러운 행동[篤行]으로 대한다. 그리고 이런 과
정을 통해 물정을 완전히 이해하고 물의 원정(怨情)을 들어줌으로써
그들을 떠나보낸다.[42] 외물과의 관계를 조화롭게 형성한 것이다. 그
날 밤 네 사람이 사대부의 꿈에 나타나 사례하며, "공의 수명은 사십
년이 남았으며, 이것으로 보답합니다."라는 말을 한 이후로, "괴이한
일이 다시는 없"게 되었던[43] 것도 이런 까닭이다. 〈서재야회록〉은 박
학심문(博學審問)과 신사명변(愼思明辯)의 가르침을 스승삼고 격물치
지(格物致知), 성의정심(誠意正心)의 학문을 실천하며 살아갈 것을 긍

(玩物喪志)라 할 것입니다." (外間有愛馬者 有愛花草者 有愛養鵝鴨者 若馳心於外
物 則必至着泥 而終無以入道 是所謂玩物喪志也. 조광조(趙光祖), 「시독관시계구
(侍讀官時啓九)」, 『정암집(靜菴集)』 권지삼(卷之三) 7쪽.)

41 이와 관련하여 유종국은 환락의 유혹을 경계하며 독서 정진을 권장하는 것이라
    하였고, 김종철은 일상적 삶에의 복귀를 뜻하여 유희적 발상을 드러낸 것으로 이
    해했다. 유종국, 『몽유록소설연구』, 아세아문화사, 116쪽. ; 김종철 앞의 논문,
    200~201쪽.

42 전성운, 「서재야회록의 서사구성과 궁리」, 『우리문학연구』 64, 우리문학회, 2019,
    326~327쪽 참조.

43 是夜夢四人來謝曰 公之壽自今以往 四十年有餘矣 以是相報 後絶無是恠云. 〈서재
    야회록〉, 49~50쪽.

정 권유한 서사인 것이다.

　이처럼 〈안빙몽유록〉과 〈서재야회록〉은 서사를 통해 수신(修身)과 궁리(窮理)의 길잡이를 제시했을 뿐만 아니라 지향해야 할 삶의 태도를 밝혔다. 〈안빙몽유록〉은 사물에 편히 기대거나 외형(外形)에 이끌려 완물상지(玩物喪志)하게 되는 것을 몽유 체험의 방식으로 경계한 것이다. 이것은 이물관물(以物觀物)의 필요성을 반례(反例)로 역설한 것이며,[44] 그 구체적 실천 방식은 〈서재야회록〉을 통해 제시한 것이다. 즉 〈서재야회록〉에서는 이물관물을 통한 궁리지요(窮理之要)를 실체적 사례를 통해, 성명(誠明)에 의한 궁리의 실천을 역설함으로써[45] 안빙처럼 삶을 허비하지 말고 사대부처럼 궁리하며 살아가기를 권면하였다.

　이런 대비적 특징은 〈최생우진기〉와 〈하생기우전〉에서도 드러난다. 앞서 말한 것처럼, 〈최생우진기〉는 환상적 진경 체험을 중심에 둔 서사인 반면, 〈하생기우전〉은 하생의 기우(奇遇)를 매개로 다단한 삶의 여정을 보여주는 서사이다. 이를 통해 〈최생우진기〉에서는 거짓을 일삼는 불교도와 가까이 지내거나, 요행(僥倖)을 바라며 신선되기를 희망하는 것을 경계한다. 〈최생우진기〉의 동선(同仙)은 인연이 없으면 결코 신선이 될 수 없는 세계를 희구해 삶을 허비하는 것과 노력하면 누구나 요순(堯舜)이 될 있다고[46] 말을 대비하였다. 그런데 이런 동선의 진술은 자기모순에 빠진 것이다. 더구나 진경(眞境) 체험

---

44 이물관물(以物觀物)에 대해서는 앞 장의 〈안빙몽유록〉 관련 내용을 참고할 수 있다.
45 전성운, 「서재야회록의 서사구성과 궁리」, 292~330쪽 참조.
46 洞仙曰 爾謂神仙可求歟 人皆可以爲堯舜 不可皆得爲神仙. 〈최생우진기〉, 75쪽.

이 무주암 증공에 의해 전달됨으로써, 그것이 모두 허탄한 이야기에 불과하다는 것을 일깨우고 있다.

『기재기이』 편제상 〈최생우진기〉의 서사 지향은, 〈하생우진기〉의 하생처럼 부귀공명을 지향하는 일반적 삶을 긍정하는 것으로 이어진다. 물론 하생의 부귀공명을 지향하는 삶이 한결같이 순탄할 수만은 없다. 세상살이에는 불합리한 상황과 굴곡진 때가 있기 마련이다. 앞날에 대한 불확실성으로 무엇을 어떻게 해야 할지 모르는 정신적 공황 상태에 놓이기 일쑤며, 남들의 의심으로 곤경에 처하기도 한다. 그렇기에 〈하생기우전〉에서는『주역』을 통해 삶의 합리성, 세계 질서의 정연함을 확보하고 굳은 의지로 삶을 실천할 것을 권한 것이다. 예컨대 명이(明夷)의 괘를 굳건하게 믿고 실천할 때 모든 어려움은 다 극복할 수 있다는 것이다.[47] 이런 점에서 〈최생우진기〉와 〈하생기우전〉은 대비적이다. 이들의 대비는 헛된 꿈을 바라지 말고 도학(道學) 사대부의 행실 근간인 동정(動靜)의 항상(恒常)됨을[48] 믿고 굳건한 의지로 살아가라는 권면과도 같다.

박계현이 말한 바, 『기재기이』의 일우(一隅)의 공능(功能)은 여기에 있다. 즉, 성리학적 교훈서로서 『기재기이』 체계성은 다음과 같이 설명된다. 외물(外物)에 대해서는 안빙처럼 상황과 처지에 따라 편히 기대어 한유하여 완물상지(玩物喪志)하지 말고 사대부와 같이 항상 박학심문(博學審問), 신사명변(愼思明辯)의 궁리지요(窮理之要)를 실천할

---

47 전성운,「하생기우전; 점복과 기우의 서사」,『어문연구』 100, 어문연구학회, 2019, 210~217쪽.

48 動靜有常 正心奉性 正冠危坐 深斥仙佛. 김굉필, 〈한빙계(寒冰戒)〉, 반우형,『옥계집(玉溪集)』.

것이며, 삶의 지향에 있어서는 신선의 후손인 최생처럼 허탄한 무리
와 어울리며 가능성 없는 신선을 바라지 말고 하생처럼 동정유상(動
靜有常)을 믿고 실천하면 누구나 부귀공명을 얻을 수 있다. 이것이
신호(申濩)가 〈기재기이발〉에서 밝힌 바, "세상의 모범(模範)"이자 "세
상의 경계(警戒)"이고 "민이(民彝)를 붙들어 세워 명교(名敎)에 공로"
라[49] 하겠다.

신광한은 성리학적 사유를 실천하고자 했던 신진 학자의 선도적
인물이다. 이런 점에서 『기재기이』는 단순한 흥밋거리 소설이 아니
라, 도학적 생활 실천의 경계를 담은 교훈서일 수 있다. 실천적 지향,
공부와 수신(修身)에 대한 생각은 『기재기이』가 간행되던 시기 신광
한의 주된 고민거리였다. 다음을 보자.

예조판서 윤개(尹漑)가, 신(臣) 광한으로 하여금 그 이름을 짓고 명명
(命名)한 뜻을 쓴 뒤, 교서관(校書館)으로 하여금 각판 반사(頒賜)하고
서책을 내려보내 줄 것을 청하였습니다. 상께서 모두 윤허하시니, <u>신(臣)
광한은 명(命)을 듣고 황공배계(惶恐拜稽)하며 백운동(白雲洞) 소수서원
(紹修書院)이란 이름을 올렸습니다. 신(臣)이 생각하기에, 학문을 하는
도(道)가 쇠퇴하여 폐(廢)하고서 강(講)하지 못한 것이 오래된지라 배우고
서도 그 뜻을 강명(講明)하지 못하며 수기(修己)가 어떤 일인지 알지 못합
니다. 이미 모르는데, 경(敬)으로써 안을 강직(剛直)하게 닦고 의(義)로써
밖을 방정(方正)하게 할 수 있겠습니까.</u> 이것이 서원의 이름을 '소수(紹
修)'라고 한 까닭입니다.
아아, 삼대 말엽에 성인이 나오지 않으니 상서(庠序)와 학교(學校)는

49 有可以範世 有可以警世 其所以扶樹民彝 有功於名敎者 不一再. 신호(申濩),『기재
기이(企齋記異)』〈발(跋)〉, 소재영, 앞의 책, 99~100쪽.

있으나 위에서 몸소 실천하여 인도한 이가 없었기에 천하의 학자들이 혼미하여 따를 바를 알지 못하여 인의(仁義)가 상실되고 명덕(明德)이 어두워졌습니다. 공자께서 비록 큰 성인이셨으나 군사(君師)의 자리를 얻지 못하고, 다만 제자들과 함께 학문하는 도를 강명(講明)하였으니 이르기를, "천자로부터 서인에 이르기까지 하나같이 수신(修身)으로 근본으로 삼아야 된다." 하였고, 그가 가르친 학문한 바는 내외(內外)를 닦는 도가 아님이 없었습니다. (이로) 천하 후세들이 모두가 공자를 종사(宗師)로 삼았습니다. 공자의 도가 쇠퇴함에 맹자가 나오니, 맹자는 공자의 도를 전하여 이은[紹] 것입니다. 맹자의 수심(收心)과 양기(養氣)의 설은 또한 나 자신을 돌이켜 보는 것이 아님이 없는 것으로, 그 도가 비록 크지만 요체는 수기(修己)와 안인(安人)에 불과할 뿐입니다.[50]

신광한이 명종 5년인 1550년 4월 하순에 쓴 〈소수서원기(紹修書院記)〉이다. 왕명에 따라 백운동(白雲洞) 소수서원(紹修書院)이란 이름을 지은 신광한은, 자신이 왜 그렇게 명명(命名)했는지를 밝히고 있다. 인용한 부분의 앞에 백운동에 소수서원을 건립하게 된 내력, 편액과 서책을 조정에 청하게 된 경위 등을 서술하였다. 사실 서원의 기원과 건립 내력을 길게 썼으면 '기(記)'로서 충분한 내용 구성이다. 그런데

---

50 上命大臣議 而允之 遂下其事于禮曹判書臣尹漑 請以臣光漢命其名 且記命名之義 令校書館刻而頒之 加給書冊 郵以傳之 上皆可之 臣光漢 聞命惶恐 拜稽而獻其名曰 白雲洞紹修書院 臣竊惟爲學之道 廢而不講久矣 學而不講明其義 不知修己之爲何事 旣不知修之能敬 而直之於內 能義以方之於外乎 此紹修之所以名書院也 嗚呼 三代之末 聖王不作 庠序學校雖存 而上無躬行以導率者 天下之學者 貿貿莫知所宗 仁義喪而明德晦矣 孔子雖大聖 不得君師之位 乃與其徒講明爲學之道 其言曰 自天子至於庶人 一以修身爲本 其所以敎所以學 無非內外交修之道也 天下後世 翕然宗而師之 孔氏之道衰 而有孟氏者出 孟氏者 傳孔氏之道 而紹之者也 其收心養氣之說 亦無非反之於吾身 其道雖大 其要不過曰 修己反(安)人而已. 신광한(申光漢), 〈소수서원기(紹修書院記)〉, 『기재문집(企齋文集)』 권지일(卷之一), 15~18쪽.

신광한은 여기에 '소수(紹修)'란 이름을 짓게 된 까닭을 다시 덧붙여 말한다. 그가 기대하는 서원의 기능과 역할, 그의 교육철학이 여기서 분명하게 드러난다.

신광한이 '소수(紹修)'란 이름을 지은 것은 강명(講明)과 수기(修己)를 강조하기 위함이다. 공자가, "천자로부터 서인에 이르기까지 하나같이 수신(修身)으로 근본으로 삼아야 된다(自天子至於庶人 一以修身爲本)"라고 한 것이나, 공자의 도를 "이은[紹]" 맹자가 수기(修己)와 안인(安人)의 가르침을 베풀었다고 본 것 등이 모두 그러하다. 그가 서원이란 교육 공간에서 이루어지기를 기대했던 바는 관료로서 뛰어난 인재를 양성하는 것에 있지 않았다. 그는 서원이 성리학적 관점에서의 배운 바를 밝히고[講明] 경(敬)과 의(義)로써 안과 밖을 닦는 수기의 공간이 되기를 기대했다. 이는 당시 무너진 성리학적 가르침을 진흥하고 사림(士林)을 바로 세우려는 의도가 반영된 것이며, 장래의 지치주의(至治主義)를 이끌 인재를 양성하려는 의도였다.[51]

〈소수서원기〉는 『기재기이』가 간행되기 직전, 정치 현실에서 이루고자 하는 신광한의 기망(企望)이 무엇에 있었는지를 말해준다. 그렇기에 그는 "바른 학문을 하는 서원이 우리나라에 많이 설립되어 많은 인재가 등용됨"으로써 "백성들이 지극한 다스림의 은택을 입게 될 것"이라고 했으며, 이것이 어찌 "송나라 유생처럼 조정에 등용되지 못하고 집에서 은거하며 수신만 하는 데 그치겠습니까."라는[52] 말로

---

51 소수서원의 교육목표 및 그 성격이 기존의 사립 교육기관과 다르게 변화한 양상에 대해서는 다음 논문을 참조할 수 있다. 김지윤, 「과거 대응 방식을 통해 본 소수서원 교육의 성격 변화」, 『퇴계학논집』 20, 영남퇴계학연구원, 2017, 289~319쪽.
52 不但正學書院 又見於東方 將見人材蔚爲世用 而民蒙至治之澤矣 奚止修其身於家

맺었던 것이다.

이런 신광한의 고민은『기재기이』에서 드러나는 가치 지향과 상통하는 것이기도 하다. 〈소수서원기〉에서 밝힌 바 유자로서의 앎과 실천적인 삶의 태도가 고스란히『기재기이』의 지향으로 제시되어 있다. 즉 외물(外物)에 대해서는 편안히 의지하고 한유하며 완물상지(玩物喪志)하지 말고 항상 박학심문(博學審問), 신사명변(愼思明辯)의 궁리지요(窮理之要)를 실천할 것이며, 삶의 지향에 있어서는 허탄한 무리와 어울리며 가능성 없는 것을 좇지 말고 동정유상(動靜有常)을 믿고 실천하도록 권면한 것이다.

4. 맺는말

여기서는『기재기이』가 일정한 의도성을 가지고 창작, 편찬되었다는 가정을 전제로 논의를 진행하였다. 즉『기재기이』는 개별화된 각 편(各篇)을 무작정 끌어모은 것이 아닌, 특정한 가치 지향을 체계화하여 구현(具現)한 저작(著作)일 수 있다는 전제이다. 이를 고려하여『기재기이』가 편집 체계의 일관성 혹은 의도성을 지녔는지를 살폈다. 특히『기재기이』각편의 인물, 배경, 서사구성 등을 대비적 속성의 관점에서 고찰했다.

그 결과『기재기이』는 인물, 배경, 사건구성 등이 특정한 의도 하에 고안되었음을 볼 수 있었다. 즉 외물과 인간의 관계를 중심으로

而不得立於朝 如宋儒而已哉. 신광한(申光漢), 〈소수서원기(紹修書院記)〉.

한 부정적 사례인 〈안빙몽유록〉과 긍정적 사례인 〈서재야회록〉, 그리고 삶의 가치 지향이란 측면에서 부정적 사례인 〈최생우진기〉와 긍정적 사례인 〈하생기우전〉이 순차적으로 배치되었다.

이는 외물(外物)에 대해서는 안빙처럼 상황과 처지에 따라 편히 기대어 한유하며 완물상지(玩物喪志)하지 말고 사대부와 같이 박학심문(博學審問), 신사명변(愼思明辯)의 궁리지요(窮理之要)를 실천할 것이며, 삶의 지향에 있어서는 신선의 후손인 최생처럼 허탄한 무리와 어울리며 가능성 없는 신선을 바라지 말고 하생처럼 동정유상(動靜有常)을 믿고 실천하면 누구나 부귀공명을 얻게 될 것이라는 권면의 의도를 반영한 것이다. '안빙[反]−사대부[正]'와 '최생[反]−하생[正]'의 가치쌍을 고려하여 『기재기이』를 편찬함으로써 궁리와 삶의 태도를 서사적으로 제시하였다. 소요음완하며 한유하거나 허탄한 불교나 가망 없는 신선 세계를 지향하지 말고 궁리의 태도로 삶을 낙관하고 살아가라는 권면인 것이다.

이것이 신호가 『기재기이』 발(跋)에서 밝힌, "세상의 모범(模範)"이자 "세상의 경계(警戒)"이고 "민이(民彝)를 붙들어 세워 명교(名敎)에 공로"이며 박계현이 제시에서 말한 바, 『기재기이』가 일우(一隅)의 공능을 지녔다고 한 근거이다. 그리고 신광한이 〈소수서원기〉에서 밝힌 수기(修己)와 학문의 길을 걷는 선비 양성의 한 방편이다.

그런데 『기재기이』가 성리학적 교훈을 고려하여 편찬되었다고 해서 그 가치가 일방적으로 폄하될 수는 없다. 정치적 우의나 현실 비판의 관점에서만 『기재기이』의 가치를 평가하는 것은 연구자의 협애한 시선에 불과하다. 신광한은 『기재기이』를 통해 기이(奇異)하고 흥미로운 서사를 활용하여 성리학적 가치 권면의 영역까지 나갔다고 볼 수 있다. 이른바 소설의 새로운 지평을 연 것이며, 더 많은 소설 독자를 고려한 것이란 점에서 서사적 자아의 가능성의 확대 혹은 통속성의 확대로 보아야 온당할 것이다. 이는 『기재기이』를 통해 소설 발전의 새로운 가능성을 제시한 것이기도 하다.

참고문헌

「繫辭」 上 第四章, 『正本周易』(全).

『朱子語類』 卷第六十六, 「易二」, 〈綱領上之下〉.

權好文, 「觀物堂記」, 『松巖集』 卷之五.

金宏弼, 〈寒冰戒〉, 潘佑亨, 『玉溪集』.

李昉 等編, 『太平廣記』 3, 「精怪」, 〈崔珏〉.

李白, 〈天馬歌〉, 『全唐詩上』 卷162.

李承召, 〈致仕吟〉, 『三灘集』 卷之一.

朴啟賢, 〈題企齋記異卷後〉, 『灌園逸錄』.

班固, 〈揚雄傳〉, 『漢書』 卷八十七.

司馬遷, 「五帝本紀」, 『史記 本紀』.

_____, 〈范雎蔡澤列傳〉, 『史記 列傳』.

成俔, 〈次歸去來辭〉, 『虛白堂文集』 卷之二.

邵雍, 『皇極經世書』 「觀物篇」 卷六十二.

____, 〈謝伯淳察院用先生不是打乖人〉, 『伊川擊壤集』 卷11.

____, 〈自餘吟〉, 『伊川擊壤集』 卷19.

____, 『宋史』 「道學列傳」 第一百八十六.

申光漢, 『企齋記異』(고려대 만송문고본).

_____, 〈企齋記〉, 『企齋文集』 卷之一.

_____, 〈紹修書院記〉, 『企齋文集』 卷之一.

_____, 〈至日雪偶吟〉, 『企齋集』 卷之三.

_____, 〈圃田合歡瓜說〉, 『企齋文集』 卷之一.

申濩, 『企齋記異』 「跋」(고려대 만송문고본).

王維, 〈終南別業〉, 『唐詩三百首』.

劉義慶, 〈乘興而行 興盡而返〉, 『世說新語』, 「任誕」.
趙光祖, 「侍讀官時啓九」, 『靜菴集』 卷之三.
趙士秀, 〈文簡公行狀〉, 『企齋集』 卷之十四.
祖詠, 〈蘇氏別業〉, 『千家詩』.
韓愈, 〈答劉正夫書〉, 『唐宋八大家文鈔』, 卷4.
洪暹, 〈贈謚文簡申公墓誌銘〉, 『企齋集』 卷之十四.
黃叔達, 〈將次施州旋先張十九使君〉 三首其二, 『全宋詩』.

김기동, 『한국고전소설연구』, 교학사, 1983.
소인호, 『한국전기문학연구』, 국학자료원, 1998.
소재영, 『기재기이연구』, 고려대학교 민족문화연구소, 1990.
신광한, 박헌순 옮김, 『기재기이』, 범우문고, 1990.
신재홍, 『한국몽유소설연구』, 계명문화사, 1994.
엄기영, 『16세기 한문소설 연구』, 도서출판 월인, 2009.
유기옥, 『신광한의 기재기이 연구』, 한국문화사, 1999.
유정일, 『기재기이연구』, 경인문화사, 2005.
윤채근, 『소설적 주체, 그 탄생과 전변』, 도서출판 월인, 1999.
_____, 『신화가 된 천재들』, 랜덤하우스, 2007.
_____, 『황혼과 여명-16세기 문학사의 맥락』, 도서출판 월인, 2002.
장효현 외, 『교감본 한국한문소설 전기소설』, 고려대학교 민족문화연구원, 2007.
조동일, 『한국문학통사』 제4판, 지식산업사, 2005.
최재우, 『企齋記異의 특징과 의미』, 박이정, 2008.

강봉수, 「서경덕의 '머무름'의 윤리학과 자득적 공부론」, 『윤리연구』 55, 한국윤리학회, 2004.
권석순, 「기재 신광한의 〈최생우진기.에 관한 일고-동해 두타산을 중심으로 한 문학적 가치와 의미」, 『강원민속학』 20, 강원도 민속학회, 2006.
김근태, 「초기 서사유형의 모색 과정과 기재기이」, 『열상고전연구』 6, 열상고전연구회, 1993.
김보현, 「『기재기이』의 사상적 토대와 미의식」, 『한국고전연구』 10, 한국고전연구학회, 2004.

김종철, 「서사문학사에서 본 초기소설의 성립 문제」, 『고소설연구논총』, 경인문화사, 1988.

김지윤, 「과거 대응 방식을 통해 본 소수서원 교육의 성격 변화」, 『퇴계학논집』 20, 영남퇴계학연구원, 2017.

김창룡, 「기재 신광한과 문학적 소통 : 『기재기이』의 「서재야회록」을 중심으로」, 『소통과 인문학』 14, 한성대학교 인문과학연구원, 2012.

김태환, 「퇴계 관물당시 '관아생'의 이론 배경」, 『유교사상문화연구』 66, 한국유교학회, 2016.

김현화, 「〈서재야회록〉의 분위기 구현 양상과 문예적 특질」, 『반교어문연구』 36, 반교어문학회, 2014.

_____, 「〈하생기우전〉 여귀 인물의 성격 전환 양상과 의미」, 『한민족어문학』 65, 한민족어문학회, 2013.

문범두, 「〈안빙몽유록〉의 주제고」, 『어문학』 80, 한국어문학회, 2003.

_____, 「〈최생우진기〉의 구조와 의미」, 『어문학』 72, 한국어문학회, 2001.

박명채, 「기재 신광한 한시 연구」, 단국대학교 박사학위논문, 2004.

소인호, 「『기재기이』의 창작 배경과 서사문학적 전통의 변용 양상」, 『숭실어문』 22, 숭실어문학회, 2006.

손유경, 「기재 신광한의 의식세계에 대한 일고찰」, 『한문학논집』 29, 근역한문학회, 2009.

송미경, 「〈서재야회록(書齋夜會錄)〉에 나타난 대화의 서사전략과 의미」, Journal of Korean culture. Vol.22, 서정시학, 2013.

송병렬, 「기재기이의 의인체적 성격」, 『한국한문학연구』 20, 한국한문학회, 1997.

신상필, 「기재기이의 성격과 위상」, 『민족문학사연구』 24, 민족문학사연구소, 2004.

신창호·이유정, 「『주역』 계사전」에 나타난 괘상(卦象)의 형성 및 해석 원리와 교화의 가능성」, 『교육철학연구』 35(3), 한국교육철학회, 2013.

신태수, 「『기재기이』의 환상성과 교환 가능성의 수용 방향」, 『고소설연구』 17, 한국고소설학회, 2004.

신해진, 「〈안빙몽유록〉의 주제의식 고찰―작가의 의식 성향 및 정치적 입장과 관련하여」, 『한문학연구』 20, 한국한문학회, 1997.

안창수, 「〈하생기우전〉의 문제 해결 방식과 작가의식」, 『한민족어문학』 49, 한민족어문학회, 2006.

안희진, 「왕국유의 유아지경과 무아지경을 논함」, 『중어중문학』 45, 한국중어중문학회, 2009.

엄기영, 「『企齋記異』와 작자 신광한의 자기인식 : 〈안빙몽유록〉과 〈서재야회록〉을 대상으로」, 『고소설연구』 32, 한국고소설학회, 2011.

엄태식, 「〈최생우진기〉의 서사적 의미와 신광한의 현실 인식」, 『민족문화』 42, 한국고전번역원, 2013.

유기옥, 「〈최생우진기〉의 구조와 의미-〈용궁부연록〉과의 비교를 중심으로」, 『한국언어문학』 27, 한국언어문학회, 1989.

_____, 「〈하생기우전〉의 구조적 특성과 의미」, 『국어국문학』 101, 국어국문학회, 1989.

_____, 「기재 신광한의 문학과 사상적 배경」, 『인문논총』 22, 전북대학교 인문학연구소, 1992.

_____, 「기재기이 연구 동향과 쟁점」, 『고소설연구사』, 도서출판 월인 2002.

_____, 「기재기이의 소설사적 의의」, 『논문집』 14, 전주우석대학, 1992.

_____, 「〈최생우진기〉의 구조와 의미, 『한국언어문학』 27, 한국언어문학회, 1989.

유정일, 「〈書齋夜會錄〉의 構造와 意味」, 『국어국문학』 133, 국어국문학회, 2003.

_____, 「〈하생기우전〉에 대한 반성적 고찰-주요 모티프의 서사적 기능과 사상적 배경을 중심으로」, 『한국어문학연구』 39, 한국어문학연구학회, 2002.

_____, 「기재기이의 전기소설적 특성에 관한 연구」, 동국대학교 박사학위논문, 2002.

_____, 「안빙몽유록연구-서사구조의 특성과 주제를 중심으로」, 『청대학술논집』 2, 「인문과학」, 청주대 학술연구소, 2004.

유종국, 〈안빙몽유록〉, 『몽유록소설연구』, 아세아문화사, 1987.

윤채근, 「기재 신광한의 한시 연구」, 『어문논집』 36, 민족어문학회, 1997.

_____, 「기재기이의 창작 배경과 그 소설사적 의미-수사적 만연성을 중심으로」, 『고전문학연구』 제29집, 한국고전문학회, 2006.

이경규, 「신광한의 기재기이 연구」, 한남대학교 석사학위논문, 1999.

이월영, 「〈만복사저포기〉와 〈하생기우전〉의 비교 연구」, 『국어국문학』 120, 국어국문학회, 1997.

이종묵, 「관물(觀物)과 성찰(省察)의 공부(工夫) – 남명학파를 중심으로」, 『남명학』 22, 남명학연구원, 2017.

이지영, 「『금오신화』와 『기재기이』의 비교 연구 – 공간 구조를 중심으로」, 서울대학교 석사학위논문, 1996.

이태화, 「〈書齋夜會錄〉, 정신적 재무장을 위한 의인화 수법 : 〈서재야회록〉에 대한 분석심리학적 접근」, 『한국고전연구』 13, 한국고전연구학회, 2006.

장경남, 「고소설의 이물교구담 수용 양상과 의미」, 『우리문학연구』 23, 우리문학회, 2008.

전성운, 「기재기이 편집 체계와 서사 지향」, 『어문연구』 107, 어문연구학회, 2021.

_____, 「기재기이의 간행 주체와 그 지향」, 『우리문학연구』 69, 우리문학회, 2021.

_____, 「〈하생기우전〉, 점복(占卜)과 기우(奇遇)의 서사」, 『어문연구』 100, 어문연구학회, 2019.

_____, 「〈서재야회록〉의 서사구성과 궁리」, 『우리문학연구』 64, 우리문학회, 2019.

_____, 「〈안빙몽유록〉의 몽유세계와 관물(觀物)」, 『우리어문연구』 59, 우리어문학회, 2017.

_____, 「〈최생우진기〉의 서사기법과 의미」, 『어문논집』 71, 민족어문학회, 2014.

_____, 「신광한의 삶의 태도와 소옹 지향」, 『한국언어문학』 90, 한국언어문학회, 2014.

정상균, 「신광한의 기재기이 연구」, 『국어교육』 105, 한국국어교육연구회, 2001.

정출헌, 「16세기 서사문학사의 지평과 그 미학적 층위」, 『한국민족문화』 26, 부산대학교 한국민족문화연구소, 2006.

조기영, 「고봉시의 '관물' 정신」, 『동양고전연구』 8, 동양고전학회, 1997.

조희영, 「주역에 내재된 리수(理數)의 함의 – 송대 선천역학자의 관점에서」, 『한국사상과 문화』 77, 한국사상문화학회, 2015.

진성수, 「주역의 인간학적 고찰」, 『한문고전연구』 12, 한국한문고전학회, 2006.

차용주, 『몽유록계 구조의 분석적 연구』, 창학사, 1981.

채연식, 「〈하생기우전〉의 구조와 전기소설로서의 미적 가치」, 『동국어문학』 10·11, 동국어문학회, 1999.

최승범, 「〈안빙몽유록〉에 대하여」, 『국어문학』 24, 전북대학교 국어문학회, 1984.

최정묵, 「주역의 기본 논리에 대한 고찰」, 『유학연구』 27, 충남대학교 유학연구
　　소, 2012.

홍서연, 「왕국유 유아지경·무아지경론의 이론적 특징에 관한 고찰」, 『중국학논
　　총』 39, 고려대 중국학연구소, 2013.

황광욱, 「소옹 관물을 통해 본 서경덕 철학의 일면」, 『동양고전연구』 13, 동양고
　　전학회, 2000.

찾아보기

논문출처

제1부

신광한의 삶의 태도와 소옹 지향
『한국언어문학』 90, 한국언어문학회, 2014.

제2부

〈안빙몽유록〉의 몽유세계와 관물(觀物)
『우리어문연구』 59권, 우리어문학회, 2017.

〈서재야회록〉의 서사구성과 궁리
『우리문학연구』 64, 우리문학회, 2019.

〈최생우진기〉의 서사기법과 의미
『어문논집』 71, 민족어문학회, 2014.

〈하생기우전〉, 점복(占卜)과 기우(奇遇)의 서사
『어문연구』 100, 어문연구학회, 2019.

제3부

기재기이의 간행 주체와 그 지향
『우리문학연구』 69, 우리문학회, 2021.

기재기이 편집 체계와 서사 지향
『어문연구』 107, 어문연구학회, 2021.

전성운(田城芸)

고려대학교 국어국문학과를 졸업하고 북경 중앙민족대에서 박사후과정을 마쳤다. 지금은 순천향대학교 한국문화콘텐츠학과에서 근무하고 있다. 장편소설을 대상으로 박사논문을 썼고 그 이후로도 고전소설 관련 논문을 꾸준히 발표하였다. 현재는 관심의 영역을 넓혀 비교문학이나 전통문화 분야도 공부하고 있다.

신광한 기재기이

2022년 1월 27일 초판 1쇄 펴냄

지은이 전성운
펴낸이 김흥국
펴낸곳 보고사

책임편집 이소희
표지디자인 손정자

등록 1990년 12월 13일 제6-0429호
주소 경기도 파주시 회동길 337-15 보고사
전화 031-955-9797(대표), 02-922-5120~1(편집), 02-922-2246(영업)
팩스 02-922-6990
메일 kanapub3@naver.com / bogosabooks@naver.com
http://www.bogosabooks.co.kr

ISBN 979-11-6587-281-6 93810
ⓒ 전성운, 2022

정가 24,000원